お月さまいくつ

金関 丈夫

法政大学出版局

お月さまいくつ／目次

III　お月さまいくつ

IV　青い遠山

V　心にかかる峯の白雲

I 緬鈴

緬鈴（めんりん）

橘《たちばな》南谿《なんけい》（一七五三〜一八〇五）の「西遊記続編」に「龍の玉」の一章がある。少し長くなるがそのまま写す。

「薩州にて近き年、「龍玉《りうぎよく》」といふもの有、鶏卵ばかりの大さにて、常に少しあたたかにて、手の内《うち》に握ればいかなる寒中といへども自然に暖気ありて手炉《しゆろ》の替《かわ》りになるとぞ。龍蛇は寒気を恐るゝものの故、常に此《この》玉を掌中に握るといふ。此故に絵に書ける龍には、かならず其手に玉を握らしむ。希代の珍物ゆへに彼国のやんごとなき人へ献ぜりとぞ。

又一つ城下の寺の什物《じうもつ》として有となり。余彼地に有し日、親しく交りし人、此玉を所持する寺主と懇意成故《なるゆえ》に、かねて噂して、余をも同道して彼《かの》寺に行きて一見させんといひしに、彼人ことに繁《はん》用《よう》なる人にて、終《つい》に其事果《はた》さざりぬ。今にして思へば残り多き事なり。余寡聞にしていまだ斯《かく》の如き奇玉世にある事を聞《きか》ず。誠に石には暖石《だんせき》とて、あたたかなる石ありて、庭の飛石《とびいし》などにして雪霜の積《つも》らざりし事ありと云聞伝《いうききつた》へ侍《はべ》る。

又、唐土《もろこし》の滇中《てんちう》に緬甸《めんでん》と云所《いう》ありて、それより緬鈴《めんれい(りん)》といふ物を出す。其大きさ龍眼肉《りうがんにく》程ありて、人の肌《はだえ》の温気を得れば自然と動きてやまず、彼地《かのち》の婬婦これを以て楽みとす。

近き年京都にも何方《いずかた》よりか此緬鈴売物に出で、かなたこなたに取はやし、おのれと動く名玉なりとて、如意宝珠《にょいほうじゅ》といひふらし、おそれ多くも王公貴人の御手にまでふれさせ給ひて、めでさせ給ひける。誰一人《だれひとり》緬鈴といふものにして不浄のものとは知らざりし。其果《そのはて》はいづかたへ買取《かいとり》けるや行衛もしらずなりぬ。余も只《ただ》其噂《うわさ》のみを聞《きき》て其物は見ざりき。彼《かの》龍玉もかかるたぐひにてあらざりしや。

其後《そのご》伊勢国津《つ》の城下に遊びし時、余も緬鈴を見たり。大さ二三十匁の鉄砲の玉の如く、重さ纔《わずか》に七八匁、唐金《からかね》にて作りたるもののやうにて、内に鳴り響くものあり、掌中に握りて少し動かせば、其玉大《そのたま》に響きうごきて掌《たなごころ》をふるはす。蛮夷の房中《ぼうちゅう》陰具奇妙の細工なり。此玉津より五里ばかり西の方、小倭郷《おやまとごう》佐田村弥兵衛という百姓の家に数百年伝へて、鳴玉《なりたま》と名付け、不浄の物なる事をしらず、世上《せじょう》の宝物のやうに珍重せり。」

これによると、南谿は、(1)鹿児島で「龍玉」というものの有ることを聴き知った。大きさは鶏卵くらい。握ると暖かくなる。やんごとなき人に献上された(第1図)とある。(2)城下の寺の什物にもこれがあると聴いたが、見る機会がなかった。(3)彼はそれを暖石のごとき石造のものであろうと考えた。〔この南九州の遊覧が天明三(一七八三)年の春であったことは、「西遊記」の巻之一の書き出しによって知られる〕(4)これについて、中国の「緬鈴」という物と関係があろうかと考えた。滇中(今の雲南省の昆明を中心として、その北方を含む地域)地方の物で、大きさは龍眼肉(果樹龍眼の実)ほど。人の肌の温気に触れると動きやまず、女性の淫具として用いられたという。材料の何かは書かれていない。(5)その緬鈴が「如意宝珠」の

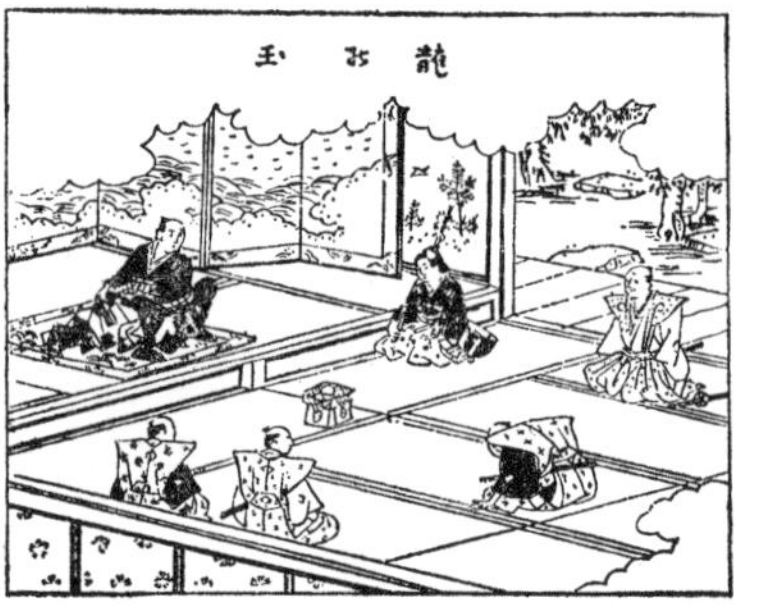

第１図　「龍玉」献上（薩州）
（帝国文庫紀行文集による）

名で、その頃京都でも売られ、不浄の物とは知らず高貴の人々の眼にも入った。実物は見ていない。(6)その後、伊勢の津の城下に近い村の百姓の家ではじめてこれを見た。形は重さ二三十匁の鉄砲玉のようで、材料は唐金《からかね》（青銅）、手に握ると鳴り響いて手のひらを動かす。持主は「鳴玉」と名づけ、数百年来の家宝だという。淫具とは知らない。

　緬鈴に関する南谿の知識は右の通りである。彼が引いた「緬鈴」の語の出典の名は、これには記されていない。

　この「西遊記続編」を含む南谿の『東西遊記』は、その序文によって寛政七（一七九五）年の刊行と知られるが、その年には六十三歳であった天野信景の『塩尻』（巻之一）に、緬鈴に関する次のような記載がある。

「房中の邪術に緬鈴といふもの有《あり》、『五雑組』に緬夷を殺す時、活《い》きながらこれをとるものよしといへり。今の緬鈴は金にて造るにや。嗚呼《あゝ》、工人是等《これら》の器を制（製）して利を釣り、淫夫色女多く是等を買て婬戯をそへ、風俗をみだし侍る。和漢とも季世にはあらぬ事ども起りて道徳は日々にうとく成行《なりゆく》あさまし。」（和漢の季世を嘆いている信景もまた、この淫具の日本に渡来していることを知っていた）

ここに『五雑組』の記事の一部を引用しているが、それは「緬夷を殺す時、活きながらこれをとるものよし」の一行のみであって、これだけでは南谿の記述の種にはならない。南谿の記事は『五雑組』そのものを読まねば書けない。その『五雑組』は明の謝肇淛〔万暦二〇（一五九二）年の進士〕の作で、その巻一二（物部）に次のような記事がある。

「滇中又有緬鈴、大如龍眼核、得熱気、則自動不休、緬甸男子嵌之於勢《これをせいにはめ》、以佐《たすく》房中之術、惟殺緬夷《ただめんいをころす》時、活取《いきて》之者良《よし》、其市之中者《それをちうこくにうる》、皆偽《にせ》也、彼中名曰太極、凡官属餽遺《やくにんおくりものにする》、公然見之箋牒《これをちょうめんにのこす》矣」。

（緬甸は今はビルマであるが、ここではその隣りの雲南の先住民すなわち緬夷の地であろう。勢は男根）

これを見ると、その最後の一部を除き、前部と中部の文を二分して、南谿と信景とが写し採《と》ったことが判る。ただし、南谿の引用した部分は、明の万暦の進士徐応秋の『玉芝堂談薈』にもそのまま（或いはそれだけであったらしく）残っている。いまわれわれの見られるテキストには欠けているが、『辞源』、『中文大辞典』、諸橋の『大漢和辞典』には緬鈴の項にこの本が引用されている（『談薈』のこの項は乾隆の『四庫全書』編纂の時に整理されて取り除かれたらしい）。念のために、これらの辞典に残された『談薈』の文を記しておく。

「緬鈴、滇中又有緬鈴、大如龍眼、得熱気、則得自動不休、緬甸男子嵌之於勢、以佐房中之術」

（『五雑組』に龍眼核、「西遊記続編」に龍眼肉とあるものが、ここでは龍眼とのみなっている。三者の差はこれだけである）

さて、以上のものが江戸時代の日本の文献にのぼった緬鈴の知識であるが、それを要約すると、緬鈴は金属製の雛卵大または龍眼核大の淫具であり、握れば熱気を起こして自動する。男子はこれを男根に嵌めて、房中の術をたすけるとある。その形ではこれを男根に嵌めるという想像は得難いが、とにかく

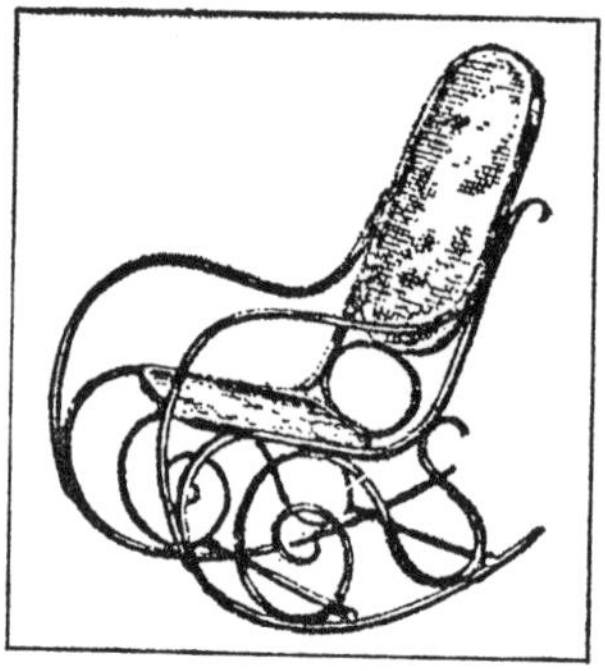

第2図　オーストリア製揺椅子(1860)
(平凡社世界大百科事典より)

一種の淫具だということになる。

しかし、中国には、仮りにいって『五雑組』系のものの他にも、なおこの物に関する文献がある。その一つは明の談遷（一五九四～一六五七）[6]の『棗林《そうりん》雑組』である。曰く、

「緬鈴、緬鈴相伝鵬精《ほうのせい》也、鵬性淫毒、一出《ひとたびいずれば》諸牝悉《ことごとく》避去、遇蛮婦輙啄而求合《つついてみをかさねようとする》、土人束草人《そうじんをたばね》、絳衣簪《そのうえにあかいきもの》花其上《のとはなのかんざし》、鵬翃之置《これをもてあそんでとどまり》、精溢《いんすい》其上、採之裹《つつむに》以重金、大僅《わずか》如荳、嵌之於勢、以御《ぎょす》婦人、得気愈勁《いよいよつよし》、然夷不外《どじんそとへはう》售《らず》、夷取之始得《どじんにとらせてはじめてえられる》、滇人偽者、以蒺藜形《しつれいをもってかたづくる》、裹《つつみて》而揺之亦躍、但彼揺《ゆられると》自鳴耳《のみ》、滇程記」。(蒺藜は薬草ハマビシ、角《つの》のある菱に似た実をもつ植物。『滇程記』より採るとあるが、この本はいま遺っていない)

大意は雲南の男が鵬の精水を入れた金具《かなぐ》に男根を嵌め、女性をよろこばすのである。この豆ほどの大きさの金属製淫具は商品になるが偽物もある。鵬精などというのは商人の作り話であったであろうか。これについてはまた後述する。

清朝になると趙翼（一七二七～一八一四）の『粤滇雑記』にこれが出てくる。曰く、

「緬地有淫鳥、其精可助房中術、其淋於石者《いしにふりかけたもの》、以銅裹之《これをつつむ》如鈴、謂之緬鈴、余帰田後、有人以一鈴来售《うりにくる》、大如龍眼、四周無縫、不知其真偽、而握入手、稍得暖気、鈴自動、切切有声、置於几案《つくえ》、則止、亦一奇也、余無所用、乃還之」。

耳に聴くばかりで信用のできない淫鳥の精の文字はあるが、「鳥の精水をふりかけた石」というのは、銅鈴の中のものの重さで、それを石と感じたか、と思わせる。著者が自分で手にしたことがこれで判る。ここには、また、「勢（男根）に嵌めて婦人を御す」という明代の記録に常套の文句が、見えない。実物を手にし、恐らくはその使用法をも教えられた彼には、「嵌之於勢」の一句は言い得なかったであろう。

この記録でいま一つ知られることは、清朝になると広西省までこの商品が拡がっていたことである。江戸時代に京都や薩摩に渡ったのも、また京都で知られたものが商品であったこともきわめてあり得ることであったと思われる。

以上が私の探し得た緬鈴の、中国及び日本の文献資料である。これによって、それが女性を喜ばせる淫具であること、またその形体の如何もほぼ推察されるが、その使用法を明らかにする文章には、なお接することが出来なかった。

ところが、この器具の材料と構造、そして使用方法を詳細に書きのこしてくれた記録が無いではなかった。その初版は"L'Amour aux Colonies"の名で一八九三年パリで出た医師ジァコブ・Xの著書だが、私の見たのはその第二版として、一八九八年、同じパリで発行された英訳本で、その書名は、"Untrodden Fields of Anthropology"と変っている。初版でDocteur Jacobus Xであった著者の名も英訳本では A French Army-Surgeon となっている。関係の記事はその第二巻第六章（九八頁）の"The Masturbating Ball"（自慰球）であるが、この部分は雑誌「ドルメン」にこの本が「人種秘誌」の名で訳されたものの中にも含まれている（第二巻四号、一六九頁、一九三三）から、今はこれを利用する。但し当時の官権の圧迫による欠字が多く、そのままでは役に立たないから、原本によってこれを埋めておく（また誤植なども正しておく）。

「**自慰球**　シナ婦人にとっての今一つの快楽具は、銀あるいは象牙の長めな球、というよりは、寧ろ玉子である。大きさは小さな鶏の卵くらい。長さと幅とは余り変らない。その真中《まんなか》を捻じ開けて二つに割る。水銀を半分程盛《い》《れ》る。再び螺旋を締めて外面に油を塗る。女性は之れを膣の中へ挿しこむ。それから揺り椅子に腰を掛けて、前後にゆる。此《この》運動で水銀は一端から他端へと流れる。それに応じて球子は膣の中を動く。一種特別の自慰が生れる。付け加へておくが、膣への入れかたは、球の奥端は太くて丸味があり、他端はやや尖っている。だから、体が起きると、球は容易《たやす》く外の方へ滑る。

斯かる球子の一つを余は久しく蔵していた。ショーロンのシナ人から貰ったのである。」（ショーロンはサイゴン西南の華僑街）

これは一八六一（一八六三か）年、著者が植民地軍医として派遣された最初の土地、仏領インドシナの南方、当時のコーチンシナの話であり、描かれた風俗は華僑婦人のそれである。

さて、この資料によって、あまりにもはっきりと描かれたその道具が、問題の緬鈴なるもの（趙翼の没年一八一四年はこの話よりは僅か半世紀前にすぎない）であること、それが明らかに女性専用の淫具であり、その用法の仔細がはじめて明白になったことはいうまでもない。『塩尻』や「西遊記続編」の注解もはじめて完全になる。私の筆もこれが目的であるからここで措いてもいいのであるが、なお付け加えたい

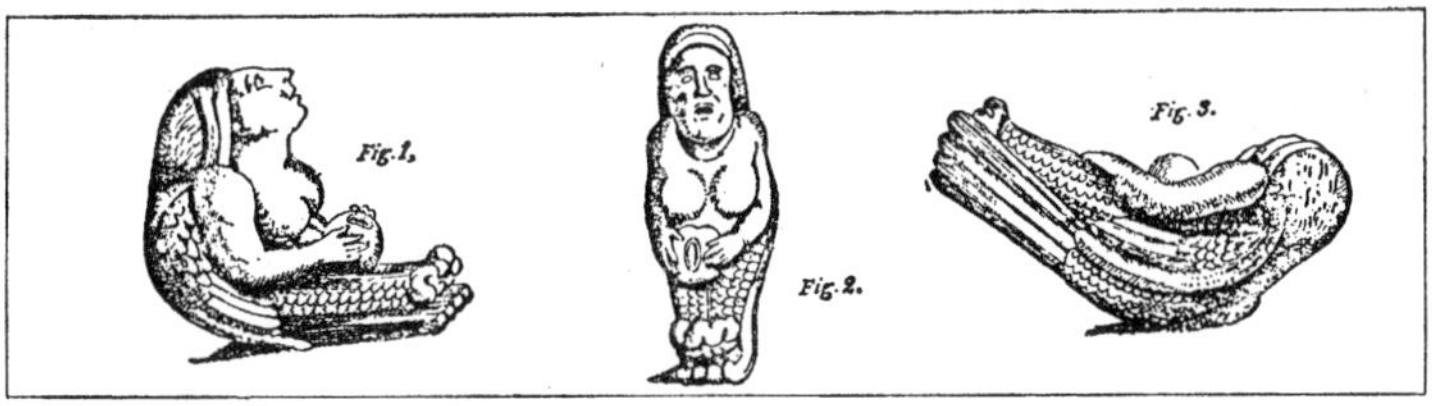

第3図　ヴァンダル (Vandal) 族の駆邪像
Thomas Wright: The Worship of the Generative Powers During the Middle Ages of Western Europe (1866) による。

ことが少しある。

(1) 右に挙げた中国明代の資料には、龍眼（果）のような球に、淫鳥の精水を淋《そそ》いで、これを男の勢に嵌め、房中の婦女を楽しますということがある。甚だ奇怪な話で読者を当惑させるが、これを解く資料が、はからずもまた前記『人種秘誌』のしかも「自慰球」の項の頭に見られる。「ドルメン」の訳文の欠字を補って次に挙げる。

「**シナ流の蝟**《はりねずみ》 (Chinese hedge-hog)。これは細い柔かい羽毛の環だ。羽茎のところを銀の針金《はりがね》で結えて、銀環にくっつけたもの。銀環の大きさは色々あるが、男根がエレクトしていない時に亀頭を嵌めこむだけの大きさはある。そして、この道具の感覚で男根の大きさは増す。この羽毛で膣の表面の粘膜を擦《こす》ると、特殊の効果的感覚をおこさせる事は想像に難くないであろう。この蝟は余り精力を消耗させるので、シナの医者はこれを用いることを禁ずる。然し多くの婦人は堕胎の目的でこれを使用する。」

銀環に柔らかな鳥の羽を、ハリネズミのように脹《ふくら》まして付け、これを男の亀頭に嵌めて、房中の歓びを助ける、というのは筋が通っている。明代の文筆家はこのハリネズミを聴いて、婦女専用の自慰球と混同させたに違いない。

(2) 女性の自慰に関する文献で古いところは、旧約聖書「エゼキエル書」(第一六章)、これはこの預言者が前六世紀の後半のころ、バビロン在中にできたものと言われているが、もちろんこれより古くも、またバビロン以外の土地にもこの風習のなかった筈はない。ただその後の、またその他の地方での、われわれのいま知る女性の淫戯には、緬鈴のように手を必要としないものはない。ただし、近代に及んでただ一つの例外はある。それも、精神病的のものだとあるから、ここに引く値打ちはないかもしれない(古代のものも元来が原始宗教的のものだから、或る意味では精神病的といわれないこともないが)。それはさておき、念のためその記録を挙げておく。

Dr. V. Krafft-Ebing : Psycopathia Sexualis. London 1895. Vol. VIII, p.31 に、

「『医学及び実験外科学雑誌 Journal de Médicine et Chirurgie pratique』に依ると、三十六歳の或る婦人が、十四歳の時から木綿糸用の糸巻を膣に入れ通しにしていた。この途方もない道具を入れたお陰で、たびたび腹膜炎や出血を招いた。」(筆者のクラッフト・エビングはこれに続いて「古代にもこの風習は大いに流行した」といい、その一例としてさきの「エゼキエル書」の例を挙げているが、これは女性自淫の一般的の例をいうのであって、「入れ通し」遊びの例を指しているのではない)

(3) 緬鈴の淫戯に必要な揺椅子の問題がある。揺椅子がないと、この遊びもない(とひとまず考える)。ところが、この椅子がアメリカから起こって世に出たのはどうやら一九世紀のはじめらしく、その前には乳児用の揺籠 (berceuse) があるが、これと揺椅子 (rocking chair) とは床に接している曲木の曲度の強弱

に差がある。揺籠程度の揺れでは緬鈴の遊びは恐らくは不可能であろう。ということになると、明朝の筆者、或いはまた一八一四年に没した趙翼の時代すらも、揺椅子に替る別の遊具が用を足したということになる。それは何だったろう。

はなはだ突飛なことになるが、

Thomas Wright: The Worship of the Generative Powers during the middle Ages of Western Europe. 1866 Sec. print. New York, 1961. に引用された D. Hancarville: Antiquities Etrusques, Grecques et Romaines, Paris, 1785 tom. V. p. 61.

に前掲図（第3図）のようなものがある。三方から見た一つの青銅像であるが、左図は女性の上体を立て、右図は上体を倒している。その背部は屈曲した床であって、鳥の羽の彫刻で飾られている。その屈曲は直角に近い。両手で女陰のシムボルである「防護のアンズ（abricot fendu）」を挾んでいる。フランスのヴァンダル（Vandal）族の製品、すなわち中世のゲルマン族の駆邪像である。淫具ではない。それをここに持ち込んだのは、その曲床のためである。中世のこの地に、こうした曲床が実用されていなかったら、こうした像は作られなかった筈だ、と思ったからである。揺椅子以前に揺板があり、陰部を開いた女性がこれを揺る。問題の淫戯にはたして関係があるかどうかは、これだけではわからないが一応問題にしておく。

(4) 揺椅子の他に女性の体を揺り動かした、もっと古く、もっと拡《ひろ》く、もっとポピュラーに、そして近代までも続いて使用されたブランコ（鞦韆 swing）がある。二本の縄の端に棒を渡したものもあるが、本

第4図　ぶらんこ　J.H. Fragonard (1766作？)
Wallace Collection, London

来は椅子の座を挟んだものであり、揺椅子との差はその座が地についているか、いないかにある。後世の文明国では単なる遊戯の道具になり失《う》せたが、元来は収穫祈願の祭事に、神を迎える択《えら》ばれた少女が乗ったもので、この時一般の男女は林間で野合するが、ブランコの少女は眼に見えぬ神と交わる（日本古代の農民は雷神《かみ》の交具《まぐわいのぐ》である電《いなびかり》をいな魂《だま》、また稲妻《いなずま》といった。稲妻の「つま」は女が夫《おっと》に「わが夫《つま》」といったように男性であり、秋のはじめに稲を孕ます長い棒なのだ）。しかし、ここでは、その眼に見えぬ棒を受けるのに、何故ブランコが必要なのか。中に水銀の流動する金属製の玉子ではなくても、体内を游動する、何かの像を必要としたのではなかったか、と私は空想している（ブランコが女性のものであり、近世に入ってもなお艶戯の痕《あと》を残している例は、ロンドンのウォレス美術館にあって有名なフラゴナールの絵によく表わされている。第4図）。

(5)　最後に、この淫具（緬鈴）の発明の問題に移ろう。玉子形の金属球に水銀を入れ、その重さと流動性によって目的を果すというのは、はたして近世に入っての、頭のいい或る個人が、商品として発明したものであろうか。少なくとも玉子形の容器と、その中の水銀となれば、誰しも思い出すのは、近世までなお盛んであった錬金術（Alchemy）であろう。さまざまの、多くは呪術的の錬金材料のうちに、最も重用されたのは水銀であり（古代中国の錬金を意味した錬丹の「丹」も水銀だった）、錬金学者の守り神メルクリウス（Mercurius, Mercury）がその名でもあった。錬金術のうちで、温められてアマルガレートした水銀と、同じ容器にある小量の金が合金され、純金ではないが、見かけだけは金の増製になる。この学問が学といえるのはここまでであり、これ以上の効果が得られないために、さまざまの奇妙奇てれつな呪術がこれをとりまくのである。この水銀と金とを容れた壺（alchemical vessel）、火神（Vulcan）があずかり、鳥が火力を管理する玉子形の金属容器を、中世には「学者の玉子（Philosophic Egg, Philosopher's Egg）」といった。錬金術での水銀の重要なことはこれで判ったが、なぜこれを包む容器が玉子形であり、「玉子」と呼ばれたか。この玉子形の壺を温める火力の管理者である鳥の卵、白身《しろみ》の中に黄身《きみ》を囲み、これを温めて時がくると、全く新しい姿の雛《ひよこ》に変わる。この白身を水銀、黄味を黄金と見れば、その容具は当然玉子形でなければならない。この玉子形の金属具を温めて、その中の水銀を流動させる術は、その目的は不同でも、その形、構造、その材料の点で、すでに緬鈴の先蹤をなしていたかといいたくなるが、いいたいことはそれだけではない。卵を生み、これを温めて孵化させる者は牝鳥《めす》であり、錬金の壺を「卵（Egg）」というからには、これは女性の仕事になる。錬金術の神であった男性のマーキュリーの一体では不足になり、いま一つ女性神が必要になる。そこから錬金者の神には女体が加わり、マーキ

第5図　“Putrefactio（液化）”．神の贈物の男女のある「学者の玉子」17世紀（Bibliotheque de l’ Arsenal, Paris）

ュリーはヘルムアフロディト（双性神 Hermaphrodite）になる。爾来、錬金図に描かれるマーキュリーには一体に男女両顔を持つ者が現われる。それだけではない。この双性神は「学者の玉子」の中に、男女二体の裸体で相重った人間を入れてくれる（第5図）。最初の一儀がすむ刹那、錬金材料と共に、彼ら二人も溶解し、揮発する。二人の死によって、その子が生れる、という。鳥の卵だけでは足らず、人間の男女の交接を必要とした錬金術の性的な一面が、単なる玉子形の球と水銀だけではなく、緬鈴の発明に影響しているのではないか。

緬鈴の発明との直接影響の証査は、以上の三節のどの例にも挙げることができなかったが、表《おもて》には忘却されている地下水が、突如として現われる例はあるものだ。

（追記）

本篇の擱筆後に「緬鈴」の文献資料を二つ発見した。まず明の隆慶（一五六七―一五七三）の進士、朱孟震（字、秉器。江西の新淦の人。山西巡撫になったことがある）の『西南夷風土記』に次の一行がある。

「陽物嵌緬鈴、或二或三、三宣六慰酋目、亦有嵌之」(男根に緬鈴を嵌《はめ》ること、或いは二つ或いは三つ。三宣の官目、六慰の土官、酋長にもまたこれを嵌めるものがある)

この記録と『五雑組』のそれとの前後は明らかでないが、その筆者の進士になった年は、約十年朱の方が早い。まずおおまかに同時代といっておけばよかろう。その内容もやはり『五雑組』式で、緬鈴と『人種秘誌』にいう"Chinese Hedge-hog"とを混同して、後者の名を緬鈴としている。ただ、この文献の貴重なのは、その「西南夷」地が明らかに緬甸《ビルマ》であることが同書の地理的記文によって確実なので、これによって「緬鈴」の名称の起こりもうなずかれるし、『五雑組』などの、これと域を接した雲南などで(見)聞された緬鈴が、これから北上したものと考えていいことにもなるからである。

追加の第二は、康熙の進士厳虞惇(一六五〇—一七一三)の著『艶囮二則』の中の一文である。明の神宗に寵愛された鄭貴妃の宝玩の中で最も珍しいものは、貴妃がその嫡女の賽姑という娘に与えた宝物数種のうちの「有不世奇珍、有玉如鶉卵、曰暖手、寒時両手握之、掌中温気欲汗、有炉曰自然香、木質而中空、臥時以體偎、香気滃然流繞被中」なるものだというのである。鶉鳥の卵大、木質中空の玉、握ると暖くなり、床《とこ》につくとき持ち入って身につけると、その香気は衾中を満たすというようなことは、これ以上のことがなくとも、この女性の珍宝「暖手」なるものが、問題の緬鈴であったことを——香気の如き言いすぎもあわせて——よく表わしている。中国西南の珍物が薩摩に現われたり、京都で売られたところを見れば、これが万暦の末に燕京に達していなかったら、その方が不思議といわなくてはなるまい。中日ともにまず高貴の社会に面《かお》を現わしていることも面白い。

明の嘉靖といわれていたが、今では万暦の作と考えられている『金瓶梅』の第十六回に、左に掲げるような一節がある（明刊の古本による）。その二行目の「説畢」以下を意訳すると、次のようになる。

女（金蓮）が旦那の西門慶の白綾の上衣を脱がそうとする。と、袂の中からコロリと音をたてて転《ころ》がり落ちた物がある。拾いあげて掌《てのひら》にのせると、重みがあり、大きさは弾丸ほど。しばらく見ていたが、何だかいっこう解らない。

もとはこれ南方生れの兵、今は流れて京に転在。痩せてはいるが中には玉のころぶ音《ね》があり、そっと小突くと、くるくる廻って、ミンミンと鳴く。聞くと女は胸をもやし、男も滅法元気づく。戦《いくさ》の庭の先鋒隊、戦い終れば功一級。音にきこえた勉子鈴。

女はしばらく眺めていたが「これなあに。腕がすっかり痺れたわ」という。西門慶は笑って、「これはお前には判るまい。名は勉鈴《めんりん》、南方勉甸国の産物なのだ。銀子で四、五両する」という。女「何に使うもの」ときく。西門慶いう。「まずこれをお前の炉《かまど》に入れ、それから仕事に掛かると、とてもたまらぬものだ」。女いう「さては李瓶児と、もうやってみたのだね」。そこで西門慶は前夜のことを、はじめから一通り報告する。女、にわかに情炎を燃やし、二人は真昼間から部屋を閉め、着物を脱ぎ、寝床に上って歓びをかわす。

一々説明する必要はなく、この勉鈴が先の緬鈴であることは明らかである。ただ、いくつかの問題はある。

まずその「南方勉甸国」は「国」とあるからには、今の緬甸（ビルマ）であったかと思われる。しかし、これはどうでもいいとして、問題はその使用法である。これまでの明時代以後の文献では、これが自慰の具であるといったものがない。男が女を歓ばすものといっている。近代の交趾のものが自慰具となっているので、これを明代の記者が誤解したのであろうと考えたのであるが、この本で見ると、勉鈴はやはり男女一戦の先鋒として、女陣をあらかじめ攪乱するための用具となっている。自慰具ではなかった、とはいえないが、それが専用だったといえないことが、これで解った。

当時の市場の売価もこれでわかった。いうまでもないが、この小説の舞台は宋代だが、描かれた風俗は明らかに明代のものである。

なおいま一例、中国の文献を見つけたのでつけ加えておく。柴蕚『梵天廬叢録』中の媚薬六則に、

此の物、予は日本に在りて嘗て之を一見せり、大きさ黄豆の如く、手中に握れば、掌心奇癢す、蔵する者謂えらく、緬甸の淫女及び寡婦、常に此を以て膣中に納入す、鈴は膣中の暖気を得れば、旋動すること尤も速し、快美の感、男に近づくに勝れり、一刻ならずして、女の精洩る、此の物は緬甸に在るも亦た多くは得ず、収蔵の時、暖に過ぎ寒に過ぎ、燥に過ぎ湿に過ぎ、及び気味悪濁の処は、皆な壊れ易し、惟だ膣に入ること一次なれば、則ち固密を加え、愈いよ久しくして旋転すること愈いよ霊、誠に異宝也。

と感歎し、著者は日本でこれを見たといっている。おそらく民国以後では、中国よりもわが国において、注目を引いたのであろう。

りんの玉は、江戸文学に多く登場し、例えば『好色一代男』巻八床の責道具や、『鹿の巻筆』第五湯屋の海士に見えるが、いま『ひとりね』下の文を次に引いておく。

惣じて近代房術の物を見るに、海鼠の輪・ひごずいき・冑がた・よろい・りんの輪・明月剣・半かた・胴かけ・大極丸《リンノタマ》などのたぐひ数々有て……

その他、いちいち引用するのは面倒であるから、中野栄三先生の名著『珍具』の解説を、そのまま借りておく。

りんの玉　秘具「りんの玉」は金属製大小二個一組の玉である。大きさは四分玉ぐらい、大小といっても目だった差はない。そのうちの一個は心部が空洞であるが、他の一個は中に金属製の玉とか水銀が入っていてやや重く、ちょっと掌にのせて動かしても妙音を発する。澄んだ美しい余韻をもった鳴鈴である。

用法はまず空洞の一個を竅中に入れ、次に他の一個を入れて行なうのだが、女竅自体の運動だけでも球が振動して快美をもたらすという。しかし女悦して振動の妙音を発すれば一層の情緒を増すとされているわけだが、或はまたこの用法は竅中へ入れるのではなくて、女の耳に挾んで用いるとか、枕の抽出しに入れて楽しむものだと説く者もある。だがこの説によれば、玉に軽重二種のある理由が疑問となる。

『五雑組』には「緬鈴」（めんりん）と称し、緬人を殺すとき生きながらこれをとったという伝説らしいことを記し、――緬甸男子嵌之於勢、以佐房中之術――とて、男勢にはめて用いるようにいっているのは、「琳の輪」のことであるらしい。

『塩尻』には――房中の邪術に緬鈴というものあり、五雑組に緬夷を殺すときいきながらこれをとるもののよしいへり、今の緬鈴は金にて造るにや云々――とある。中国の書物には、この玉の産地を緬甸国といっているのは、今のビルマのことだが、そのほか印度、安南、中国にも古く行なわれていたといい、欧州にもあったようで、これを「恋の玉」「春球」と称した。一七七三年頃、巴里には旅行者によってもたらされたとて、これを「ボール・エロチック」と呼ばれた。

この球は鳩の卵大の球で、雌球と雄球との二個があり、雌球の方は中が空だが、雄球の方には重い金属球か、或は水銀が入っていた。

というから、全く日本の「りんの玉」と同じである。また中国や朝鮮には、かつて特殊な金属球の幾種かのものを、女竅に入れてさまざまな妙音を発して聞かせた見世物があったと酒井潔著の『らぶ・ひるたあ』には載っている。

「りんの玉」には「琳の玉」(婦嬨の雪)、「鈴の玉」「輪の玉」(天のうきはし)などの名が用いられ、また「鳴鈴」ともいい、『金瓶梅』では「勉鈴」とある。

りんの玉の効果について『春情婦嬨の雪』上巻に、琳の玉の図を掲げ――常に十倍の喜悦をなす――とあるが、川柳には

りんの玉女房急には承知せず

どっちらの為になるのかりんの玉

など、その実効を疑問とするような句がある。『色道禁秘抄』では、これを使用するよりも妙接の法を心得べしと説き、また『塩尻』にも、徒らに工人を利するばかりで馬鹿げたことだといっているのである。

しかし、艶本などにはしばしば現われて女悦の具といっている。『地色早指南』には、きんかん(金柑)をぬく灰に入れて「りんの玉」の代用品とすると説明が載っている。小咄本の『豆談語』には「輪の玉」とて、

金柑がよいと他所で聞いて帰った亭主の話に、女房が早速八百屋へ買いに行ったが、生憎と品切れ、八百屋は何も知らないから九年母ではどうですかと出されて、女房「ばからしい、それが入るものか。」

との話がある。また他の小咄では「すっぽん」とて、

金柑がよいといわれて、これを袖に入れて吉原へ出掛けた男、ひそかに女郎に試みて首尾も済みたる頃、妓は内証から呼ばれて二階をおりかかると、裾からぽろりときんかんが落ちたのを見て、妓は急に悲しげに「わたしも、とうとう親の因果が酬って生きながら、すっぽんにあやかってしまったか。」(臍下開物語)

との話がある。これは、俗にスッポンに指を噛まれると、食い切るまで離さないとの俗諺があるので、スッポン屋の娘だった妓が遂に因果のむくいで、客のものを噛み切ってしまったのかと思った

笑い話だが、ここでも金柑の喜悦を暗示した話になっている。

艶本『旅枕五十三次』鞠子の条には、うつのや峠の名物十団子を、りんの玉の代用に使ったが、中途で溶けて気味悪く用うべからずといっているのがある。

名玉は尻を叩くと転ろげ出し

この「りんの玉」は、とにかく用い方よりも後でそれを取り出すことがむずかしかろうとは、誰もが案じるところだが『艶道日夜女宝記』や『女大楽宝開』その他『文指南』などにも〝うつ向けて尻をたたけば、りんの玉出づ〟と記されている。

りんの玉女房急には承知せず

を、著者は「その実効を疑問とするような句」というが、『末摘花通解』には、「淫具りんの玉を使用しようとしたが、この女房まだそれが初物なので、不安のあまり一寸には中々承知しないのである」と説明している。

なお同書はさらに、

りんの玉芋を洗ふがごとくなり

の一句を載せ、「りんの玉は淫具の一で、交媾の際に其愉悦の度を増す為に、陰中深く潜ますもの、金玉銀玉の二色に別れ、雲雨急なる時、美妙なる鈴の音を出す事になっている。また枕の小抽斗に入れて置くと、これに亦霊音が女の耳朶を打って、思はず死を叫ばしめるとも云ふ。それで、鈴入の枕なぜなぜ約束し、など云ふ句さへある。但し、この句は無論前者の場合である」。「成る程、桶の中で芋を洗ふが如くなり、……形容し得て妙だ」という、樽翁と壺翁の対話を記している。

このりんの玉は、一六世紀には、すでにヨーロッパに伝わっていた、とハイドの『ポルノグラフィーの歴史』は、次のように述べている。

十六世紀のフランスで、愛の林檎《ポム・ダムール》として知られていたこれと同様の金の玉は、東洋、おそらくインドを経て日本から伝えられたことはほとんど確実である。というのは日本ではそのような玉は「りんの玉」とよばれ、すでに避妊のために使用されていたからである。それらは避妊の効果があるだけでなく、女性の自慰行為にも使用できる。時に最初の玉を膣の中へ入れた直後に、二つ目の玉を膣の中へ挿入するようにして使うと、きわめて大きな快感が得られる。(ハヴロック・エリスによれば、ハンモックに横たわって寝るか、揺り椅子に坐って身体を揺り動かすことによって、あるいは骨盤か腿をほんの少し動かすことによって得られる身体の震動は、快い性的興奮の持続を可能にするだけではなくて、性的恍惚の絶頂へと導く)

避妊のために用いられたというのは事実で、一世を風靡した蕩児カサノヴァは、きわめて紳士的な配慮をもって、三人の娘たちに、丁寧に次のように教えている。

「これは」と、私はポケットから三つの金の球をとり出しながら彼女たちに説明した。「いかなる不愉快な結果からも君たちを守るものです。私は十五年の経験によって、これらの球があれば何の心配もいらないこと、今後は二度とあの悲しいサックなどは必要としなくなるだろうことを保証できるのです。この点はどうか私を完全に信用して下さい。そして君たちを熱愛する一人のヴェネチア人からの、このささやかな贈物を受取って下さい。」(『回想録』六―一〇)

もちろん、りんの玉が一般に広く用いられていたわけではなく、特殊な場所、例えば遊廓などで珍重されていたにすぎないことは、次の外人の証言によっても明らかであろう。

……そのほか日本では、ジェスト教授が報告しているように、リンノタマとよばれる、小さい球が用いられている。これは女性を性的に刺激する目的のもので、紙のタンポンによって、その場所に固定された。普通の娘は――たとえ彼女が恋の術《アルス・アマンディ》にかなりたけていても――この球を名前しか、また姿しか知らなかった。これは(こういうことばが許されるならば)、「身分の高い」ゲイシャや、ヨーロッパ人がたいてい近づくことのできない売春婦等々によって用いられた。この球は中空で、なかにそれぞれ四個の小さな金属の心棒でできた二つの底があり、その間に非常に小さくて、重い小球が自由に運動している。したがってごくわずかの運動もこの小球を回転させ、金属の心棒をなかだちにしてわずかの振動、「非常に小さい感応電気装置をあてたときのような、不愉快でないくすぐり、あるいは軽い刺戟」をひき起した。中国人もこのような刺戟球、あるいは「リンリン鳴る球」を用いている、といわれている(クラウス『日本人の性生活』安田一郎訳)。

またエドワーズの『蓮の中の宝石』は、一九世紀中頃、列強が中国を侵略した時、北京の市のハレムで見つけた珍妙な品物の中に、「小さな鉄砲玉みたいなものがあった。女がこれを体内へさしこんでおくと、腹の筋肉をちょっと動かしただけでも快感をおぼえた」と記している。

鼻とペニスの関連についてのK博士の意見

　山口源五左衛門がこと。さる家中に山口源五左衛門と申す、ならびない弓の名人があった。或る時、朋輩の者共集り、予て聞き及ぶ貴殿が手並の程を、今日こそは我等が前にて示されよ、と申し入れた。源五左衛門、心得たりと、早速に弓を執って庭に立ち、雁股の矢をつがへて、天上を指してひょうと射た。矢は忽ち雲上に騰って姿を消した。源五左衛門が狙ひに狂ひがなくば、やがてその矢は元のところに下りて来ようず。されど、待てども矢は下りては来なんだ。人々は、さては源五左、仕損じたりなと、はやひそめいてゐた。然るところ、源五左衛門は覚えあり気に天上を仰いで、元の足場を変へようとはせなんだ。さる程に、やがて件《くだん》の雁股は雲中より流星の如く現れて、元のところに下りて来た。人々はやんやと騒ぎ立てた。それはよけれども、その勢ひにて、地に落つるとき、雁股は源五左衛門が鼻のさきと、勢《へのこ》の頭とを削《そ》いで落した。源五左、これはとうろたへ、落ちたるものを拾うて顔と勢にくっつけた。されど、あまりのことに流石の源五左衛門も取り乱したりと見え、鼻のさきと勢の頭とをとり違へてくっつけた。爾来、源五左衛門が美女を見れば、鼻さきがうごめき出すのは、まだしも我慢もなったが、なにかの折に奥方のかくしどころの、怪しからず匂ふには、神明、我慢がならなんだと申すことでござる。

右は延宝八年の『咄物語』の上巻に収められた話である。もっとも、この本は、いま手許にないので、文章は原本通りではない。『咄物語』は博文館の帝国文庫の『落語全集』に収録されているから、帝国主義時代の良家に育った方々は、大ていご承知のことと思う。

これに依ると、鼻と男根との間に、形の上の相似のあることを、江戸時代の人々は強く感じていたに違いない。もっとも、この程度の知識が、江戸中期の文運を俟って、はじめて発生したと考える必要はない。現に台湾の原始民族の中にも、そんな思想の痕跡が見られる。これについては、台湾大学のK教授の報告（「Dentes vaginae 説話に就いて」台湾医学会雑誌第三九巻第一一号、昭和一五年一一月）がある。それによると、パイワン族やルカイ族の彫刻には、男の顔面で鼻のあるべきところに、陰茎を刻んだものがあるそうである。

白人種の間にもそんな考えがあると見え、淑女の前で鼻を弄《もてあそ》ぶことは、よほどの失礼にあたるというのは、やはりそこから来ているのであろう。

元来、鼻と男根とは、外形が似ているばかりではない。解剖学的に見ると、陰茎には陰茎海綿体という組織があって、急激に大量の血液を血管内に充《みた》し得るようになっている。陰茎の膨張は、これによって可能になるのである。

ところが、鼻腔壁にもこれと同様の組織をもった、甲介海綿体というのがある。容易に充血して膨大するところから、鼻腔内の気道を狭くする。狭いところを一定量の空気が通過するから、従って鼻息が荒くなり、或いは、管楽器の原理に従い、鼻を鳴らす、という仕末になる。――これは楽音よりは魅力があるということだ。――フリース(W. Fliess; Die Beziehung zwischen Nase und weiblichen Geschlechtsorgane. Leipzig-Wien, 1897, S. 3.)は、この鼻甲介海綿体を、鼻の「性的部位(Geschlechtsstellen.)」だといっている。

ところが、世間では別の観点から、かえって鼻と女性性器との間の関連を説くものがある。鼻腔の粘膜は口腔粘膜などとは違って、上皮組織が弱く出来ている。そのために出血しやすい。外部から損傷を加えなくても、血圧の上昇によって自然的に出血することがある。婦人の中には往々にして毎月規則正しく鼻出血をするものがあり、これを「鼻の月経」などというところから、鼻も生殖器の一部なりと考えるのである。しかし、それは偶然の一致であって、構造上の根拠はない。但し、女性にも陰梃や小陰唇には、男茎と同様の海綿体があり、膨張もすれば勃起もする。これと鼻の海綿体との一致は、男性の場合と同様である。鼻と女陰との間の関連を説くならば、むしろこの点を挙ぐべきであって、陰梃が勃起する時に、女性は鼻を鳴らすのである。

念のために断わっておくが、鼻を鳴らしているからといって、必ずしも常に下の方が膨らんでいると考えてはいけない。風邪をひけばやはり鼻の海綿体は膨らむ。同時に陰部が風邪をひくということは、まずないとしたものである。

さて、鼻と陰茎との間に、こうした構造上、外形上の類似のあることが判ったとすると、その次に問題になるのは、両者の間の相関関係である。例えば、鼻甲介海綿体のよく発達したものは、陰茎海綿体もまた強く発達しているであろうか。これを結果の方からいい換えると、鼻息の荒いものは、下部の膨張率もそれに相応して大きいだろうか、という問題になる。残念ながら、この相関関係に着目したのは、世界の学者の中でも、さきのK教授くらいのものだそうだが、そのK教授もまだ実証的にこれを確かめていないというから、今のところは何とも申されない。

それならば、両者の間の外形上の相関はどうだろう。

これを説く前に少し前置きをする必要がある。いったい人間の顔というものは、右の半分と左の半分とでは、かなり形が違っている。正中《まんなか》で顔を縦割りにして、右半分にそれと少しも違わぬ左半分をくっつけて一つの顔を作る。また同様にして左半分だけの顔を作ると、この二つの顔は別人の顔のように違うものである。このことは誰でも知っている。だから写真顔を気にする人は、いつでも自分の気に入った方の半面を撮らせようとするものである。

つまり、顔の右半分と左半分とは、生まれつき発達が違っているのである。そしてそのことは、右半分と左半分とが、境を接して並んでいる、鼻の形に最もよく現われる。どちらかの半分が、他の半分よりより強く発達しておれば、鼻は曲る。ちょうど、二頭立ての馬車の、一方の馬が他方の馬より勢いが強ければ、馬車の軌道は弱い方へ曲るのと同じである。誰の鼻も生まれつき曲っている。まっすぐな鼻はない。

しかし、これは鼻だけ、顔だけの問題ではない。鏡に向って大口をあいて見給え。口の奥に上から口蓋帆懸垂という、紅い 𝒱 こんな形をしたものがぶら下っている。これがまっすぐに垂れているものは殆どない。曲っているのが普通だ。博多人形は、前半分と後ろ半分とがくっついて出来ているが、人間は右半分と左半分とがくっついて出来ている。右と左の両半の発達が異なっておれば、全身、ことに正中部には、至るところ同様の歪曲の現われるのが当然である。世には臍《へそ》まがりという人間もあるが、これはどちらへ曲っているか、自分は知らない。しかし、その下の男根を見ると、たしかに曲っている。そして、大ていは、左にまがっているのである。

男根が左にまがっているのは、男根の右半分が左半分よりも強く発達しているためであることは、いうまでもない。二頭立ての馬車の右側の馬が勢いがいいのである。そしてこのことは、大たいにおいて全身にあてはまる。鼻も、口蓋帆懸垂も、大ていは左に曲っている。これは、大ていの人間が、生まれつき右利《き》きであることと関連するのであって、人間のからだは、大たいに右の方が左よりも発育が強いのだ。小さい足袋を穿《は》いたことのある人は、誰でも右足の方で、よけいに難渋した経験があるであろう。

ところで一つの例外がある。きんたまは左の方が大きいぞ、と諸君は抗議するかも知れない。しかし睾丸そのものは、決して左が大きくはないのだ。それを容れている左の陰嚢が、右に比してよけいに垂れている。それで左の方が大きく見えるのである。左がよけいに垂れているということは、左の陰嚢筋――われわれの意志を無視して、昼夜間断なく勝手に行動している――が、右のそれよりも弱いことを表わす。つまりここでも、やはり右の方が発育がいいのである。

さて、臍やきんたまの問題はぬきにして、鼻と男根の問題に立ち戻ることにしよう。

以上の所説によると、大たいにおいて、鼻が左に曲っておれば、陰茎もまた左に曲っている。いいかえると、鼻の右半分が左半分より大きい場合には、陰茎の右半分も左半分より大きいのが普通である。すなわちこれを両者の間の、一つの相関だといえばいえる。

それならば、いま一歩を進めて、左右の不揃いはあるままに、鼻の発達のいいものは、陰茎の発達もいいだろうか。手っとり早くいえば、鼻の大きいものは、男根もまた大きいかどうか、という問題が起るわけである。

さて、ここにアクロメガリー（末端肥大症）という病気がある。病気というよりも症状といった方がいい。脳下垂体の病気の結果起る症状である。脳下垂体に炎症があり、その前葉ホルモンの分泌が異常に盛んになると、この症状が起るのである。

その症状を一口にいえば、身体のあらゆる末端が強く発育するのである。例えば、成長期のものにこれが起ると、上下肢は強く発育して身長が高くなり、往々にして巨人を作る。――これをマクロゾミーという――。成長期のものでなくとも、手足の指さきが強く肥大する。鼻が太くなり、口唇《くちびる》が肥厚する。はなはだしい場合には、舌が肥大して口中いっぱいになる。同様の変化はもちろん男根にも来るのである。

病的でなくて、生まれつき脳下垂体前葉ホルモンの分泌の盛んな者もある。やはり、長身・大鼻・厚唇・巨根の人物を作るのである。また、そうした生まれつきは、集団的に、人種性としても現われる。黒人はその例である。かれらは世界最大の平均身長を有している。鼻は高いとは申されないが、横に広く、鼻翼の肥厚していることは、これも世界随一である。口脣の肥厚していることも同様であり、そして、男根もまた世界第一に大きいのである。

して見ると、理論上からいって、大きい鼻と大きい男根との間には、やはり相関が成り立つ。だから、大きい用具を択ぶ場合には、鼻の大きい——必ずしも高い必要はない——のを択ぶのが賢明である。それに脣厚く、指さきの太いところに眼をつけると間違いはない、ということになるであろう。

理論的にはそうなるとして、実際的にはどうか。またしてもK教授を煩わすわけだが、教授によると、上下の寸法を計り較べて、個人的の相関を求めた報告は、まだ現われていないそうである。しかし、一種の実験から、この相関を確認した人々のあったことは確かである。一五五〇年に出版されたロディギヌスという人の書物(Ludovicus Caelius Rhodiginus; Lectiones antiquae. Basel, 1550. Lib. 27. Cap. 27. Col. 1058.)に「古人は、立派な鼻は立派なお道具を意味するものと考えていた。」とあるから、古くからそう信じられていたことが判る。また、一六六九年の「Geneanthropeia」なる書物(J. Benedicti Simbaldi; Geneanthropeia. Frankfurt, 1669. S. 172.)にも「かく、あらゆる点から見て鼻と外陰部との間に、調和と交感のあることが証せられる。巨大なる鼻は常に陰茎の太さと長さに相応するものである。」と教えている。この書物にはまた、三世紀の初葉にローマに君臨したヘリオガバラス皇帝が、その左右に鼻の大きい人間ばかりを集めたのは、おそらく催淫作用による一種の回春法のつもりだったのだろうといっている(S. 168.)。

しかし、この学説ないし俗信を、最も有名にしたのは、かの悪名高きナポリの女王ヨハンナであろう。

この女王は、一三七一年に、ドゥラッツオ家の息女として生まれた。父は「小男のカルロ」である。彼女はこのドゥラッツオ家とアンヂュウ家との間の執拗な私闘のため、不安な一生を送るべき運命を担って生まれたのであるが、十九歳のときオーストリアのウィルヘルム土地侯に嫁ぎ、七年目には未亡人となってナポリに帰った。兄のラディスラウスの死後、家を襲ってナポリの女王となる。彼女の乱行はこの時からますます激しくなるのである。彼女はヘリオガバラス帝の例に倣って、その左右に鼻の大きい男を蒐めるのであったが、この蒐集はもちろんたんなる回春術のためではない。

「鼻奴《め》、よくも朕を欺きおったな。」という罵りの言葉が、ときどき不満の一夜を明かした翌朝、それにふさわしい刑罰の宣告に先立って発せられたという。解剖学的例外の存在を、彼女は容赦出来なかったのである (Henrici Salmuthi; Commentarius in Panciroll ,,Res memorabiles“. Frankfurt, 1660. S.177.)。して見ると、シラノ以前にも、鼻の悲劇はあったのだ。

日本にもこの種のトラブルを取扱った話がある。寛永のころ印行された『昨日は今日の物語』の中の、次の一節は知る人も多いであろう。

或人俄《にはか》に医師《くすし》を心がけ、医書を集めそろそろ読みて、合点の行かぬところに付紙《つけがみ》を付ける。女房これを見て、「其の紙はなぜに付けさせらるゝ。」と問へば、男聞きて、「是れは不審紙とて、合点の行かぬ所に付けて、後に師匠に問ふためにつける。それに由りて不審紙と云ふ。」女房聞きて、「中々の事ぢゃ、おれも不審がある。」とて、紙を少し引き裂きて、唾《つばき》を付けて男の鼻の先《さき》にひたと付くる。「これは何事の不審ぞ。我等が鼻に不審は有るまい。」と云ふ。女房聞きて、「其の事ぢゃ。世上に申しならはし候。男の鼻の大きなるは、必ず彼《か》の物が大きなると云ふが、其方《そなた》の鼻は大きなれども、彼《か》の奴《やつ》は小さい。之れが不審ぢゃ。」……

丁一大の『続志諧』（昭和七年）に収められた「鼻の高い男」という朝鮮の話は、もっと猛烈だ。鼻の高い男。巨物を好む女があってね。鼻の高い男を探していた。鼻が高いと、あれもでかいというんでね。或る市の日に、大道で往来の男達を見ていると、来た来た、滅法に高いやつが。行色は草々としているが、でっぷり肥った堂々とした男でね。この男をのがしてはてんで、甘い言葉で言い寄った。そして彼氏を見事陥落させ、その晩は山海の珍味を供えて歓待した。ところがさ。夜が更けて、さて○○を始めて見ると、まるっきり見当がはづれてしまった。その小さいことったら、まるで子供のそれのようでね。馬鹿馬鹿しくて、くやしくって、足でぽーんと胸倉を蹴とばした。が、あの鼻が恨めしいやね。で、彼女は仰向けに倒れた奴の顔に跨り、己が○○を奴の鼻にぶっ被せて、めちゃめちゃにこすりつけちゃったね。その方がむしろ優秀で、それで結構放射しちゃったんだね。

彼氏、息がならず、暫く昏倒していたが、気がついて見ると、東の空が白けて来た。大急ぎで衣物をなおし、蒼黄として外へ出た。いまだ人通りはない。そこへちょうど女中風情の娘に出会った。するとその娘が

「もし重湯《おもゆ》はどこで売ってましたか？」

ときくんだ。彼女は母乳のない赤ん坊に飲ませるため、重湯を買いに出たところだったんだね。

彼氏、

「わしはそんなところ知らんよ。」

と答えた。けれど女中承知せず、彼氏の顔を指しながら、

「嘘をおっしゃったって駄目ですよ。重湯を飲んだ跡が、鼻や鬚のあたりにいっぱい付いてるじゃありませんか。」

また中国では、柳宗元の「河間伝」(『柳河東集』外集巻一)に、河間の淫婦が、鼻の大きな者、わかく壮んな者、顔のきれいな男を招き入れて、日夜淫戯に耽ったことが記されている。

とにかくこれで見ると、東西軌を一にして、大鼻即巨根の信仰はあったのである。ただ、その信仰はいかなる観察から生まれ、その観察はいかなる経験の集積によって成立したのであろうか。自分はそれを考えると、一つの教訓に到達せざるを得ない。

「婦人は元来科学的な思考者ではない。しかし、身に切実な問題に関しては、往々にして科学者と同様の結論に達することもある。」

自分は決して女性を軽蔑しないつもりだ。これについて、どこかで見た言葉を思い出した。それは、

「原始民族における、彼等の獲物の習性に関する知識は、しばしば現代における科学的観察を凌駕するものがある。」

というのである。その本には獲物のことをゲームと書いてあった。

『膝栗毛』の前作で、『ウル膝栗毛』ともいうべき、十返舎一九の『金草鞋《かねのわらじ》』第十九篇、「私の顔を篤と御覧じませ、天狗さまのやうに鼻が高いから、女中方は別して御信心なさりませ」、同じく第十四篇「男は鼻で知れる、女は口で知れるといひますから、この妾の小さな口でお推量なされませ。」このあとの方の思想は中国文献にもある。『広村笑記』に、女の口の大きいのは、下の口も大きいとある。

わきくさ物語

（本篇は昭和五年九月三日、大阪中央放送局のもとめに応じて放送したラジオ講演の筆記を基とし、これを増補かつ訂正したものである）

『万葉集』の巻十六は色々な戯《ざ》れ歌があって、大変面白い巻でありますが、この中に、

小児《わらは》ども草はな刈りそ八穂蓼を穂積の朝臣が腋草を刈れ

という歌があります。これは平群《へぐり》の朝臣という人が、穂積の朝臣を嘲弄した歌で、この腋草という言葉が問題でありますが、契沖の『代匠記』、千蔭の『略解』、雅澄の『古義』などという古い注釈書には、みなこれを「腋毛」の意味に解しております。ただ安政の頃、斎藤彦麿という人は『傍廂《かたびさし》』という随筆の中で、この腋草を腋臭とするを正しいといっておりますが、これはもちろんさもあるべきことで、今日の万葉学者はみな後の説を採っているようであります。

すなわち歌の意味は、草を刈っている小児たちに向って、「草を刈るのを止して、穂積の朝臣の腋くさを刈れ」、くさはくさでも刈れない相談の腋くさすなわち腋臭を刈れ、といったところに滑稽味があ

るのであります。もちろん穂積の朝臣も負けてはおりません。さっそく平群の朝臣の鼻の赤いのを詠んで嘲りかえしております。

それはともかくとして、私の知っている範囲では、この歌が腋臭の文学として、わが国では最も古いものらしく思われます。その後には、室町時代の一、二の物語類、たとえば『乳母《めのと》の草子』であるとか、『四十二の物諍《ものあらがひ》』という物語などに、腋臭のことが見えます。ただしこの頃には、腋臭のことを「ありか」と呼んでおります。『言海』を見ますと、ありかは「生《あ》れながらに在る臭」の意かと考えていますが、この言葉はもともと一般の匂いを指したものであることは、文学上明らかであります。『乳母の草子』の方には、

「ひとの身におのづからありかなどある人は、とき〴〵によからむ沈香などおんたき候て……そのありかを失ふばかり御たしなみ候へ。」

とあって、腋臭あるものの身だしなみを教えており、『四十二の物諍』の方には、近衛の大臣という人が、「みめわろきとありかあると」というグロテスクな題で、次のような歌を詠んでおります。

　葛城の神はよるともちぎりけり知らずありかをつつむならひは

この歌の意は、醜女と腋臭女とを比較するに、前者は葛城の神の故事にならって、夜の暗闇まぎれに逢いもできようが、ありかばかりは昔から包むすべを知らぬから真平《まつぴら》だというのでありましょう。

江戸時代では『東海道中膝栗毛』、『浮世風呂』、『花暦八笑人』などにいうに、腋臭は罵詈の材料、それも猛烈なものになっています。近代の文学にもこれは衰えず、武田麟太郎、水上滝太郎などの作品に

はこれが出てきます。

このように、腋臭の文学は、古来わが国では寥々たるのみならず、嘲侮の対象として、また隠匿すべきものとして、あるいは嫌悪すべきものとして取扱われております。これが日本文学の腋臭観であります。

一方、文学以外の方面ではどうかと申しますと、まず平安朝の中期に出ました源順の『倭名類聚抄』という字引、またこれよりやや後れて出ました丹波康頼の『医心方』という、わが国最古の医書などには、「わきくそ」という和名を挙げております。また、下って慶長頃から後の江戸時代の医書や字引を見ますと、「わきのか」あるいは「わきが」という俗称を採って、腋臭を呼んでいますが、いずれも病名であることはもちろんでありまして、古人がこれを常人には無きもの、病的のものと認めておったということは、明白な事実であります。

この観念は今も変りはありません。徴兵検査の際に、わが国の壮丁は、軽い程度の腋臭あるものは乙種、強い程度のものは丙種という風に決定されるということであります。官立学校の入学の際にも、腋臭あるものは許可されないということがある。また腋臭のために世人に嫌われて自殺をした女の記事が、古い新聞に見えております。すなわち腋臭のためには、兵役や教育の特権も奪われる。甚しきに至っては生存の権利さえも剝奪されるということが起る。しかもわれわれはさまで、これを不思議とも不合理とも考えません。妙齢の婦人はこれあるがために永久に結婚難を喞つ。新聞紙上には「わきが薬」の広告が絶えない。もちろん、『医心方』以来、腋臭の療法は種々挙げられておるという有様であります。

次に中国ではどうかと申しますと、中国では腋臭のことを、古く六朝時代から「胡臭」、または「狐臭」などと呼んでおり、その他「慍羝」、「鴉臭」、「猪狗臭」、「蒜気」、「犼臭」また「腋気」、「体気」等と称しております。いずれも病名であることはわが国と同様でありますが、その文字を見ても、彼らがこれを野蛮人臭、動物臭と感じ、正常人にはないものと考えていたことが判ります。唐の叛魁安禄山が、腋臭を好んだという伝説がありますが、禄山が塞北の雑胡で、中国人から見て異人種であったことは、何人も知る事実であります。もちろんこれに対しては種々の療法が伝えられており、その一部は、古くよりわが国にも伝わっているのであります。

かく日本人も中国人も、古来腋臭は身体異常であり、病気である、忌むべきもの、治療すべきものと考えていた、これは現今でも同様であります。

ところが欧米人はどうか。まず腋臭に相当する病名が、一般国語の中には見当りません。もちろんわきが薬というようなものもない。臭汗症という病気や、その治療法はありますが、これはまた腋臭とは別のものであります。しからば腋臭は欧米人にはないかというと、これは非常にたくさんある。あるのが普通である。のみならずその程度も強い。またこれを好む。これを身に具わった魅力として誇るという有様であります。

わが国では、例えば天保五年兎鹿斎先生の『色道禁秘抄』などという書物を見ましても、わきが、色の白いこと、雀斑《そばかす》のあることなどは相関連した、女の特徴として挙げてあり、またこの著者はわざわざ反対しておりますが、二重瞼で目尻の下った女も、またこの部類に属するという俗説があったらしく、いずれも色情が盛んな女の特徴と信じられていたものであります。色情の点はともかくとして、以上の如き特徴が関連して考えられていたことは余程面白い。俗にもわきがのあるものは色白く、眼鼻が整っていると申します。またわきがのあるものは耳垢が湿っている。いわゆる「じるみみ」であります。子供の耳だれは少し意味が違いますが、これがあると、将来わきがになりはしまいかと親が心配するというようなことがあります。また色白く、雀斑あるひとは、髪の色も薄く、少しウェーブしているというのが多い。眼の虹彩の色も薄い。すなわち黒目でなくて茶目というのが多い。もっともこういう人がことごとくわきがだというのではありません。しかしわきがは大抵かかる体質に伴うものであります。一方にまた、生え際の美しい、もみ上げの濃い婦人は多情だという信仰があります。こういう人は睫毛も濃い。腋毛なども多いに違いない。すなわち一般に多毛の傾向のある人でありましょう。また顔のどこかに黒子のある婦人もそうだという。これも雀斑と同様の体質に関係があるらしく思われる。一から十まで俗信を取りあげるのもどうかと思いますが、これらの特徴が、何か一貫した体質に属しているだろうということは、容易に想像できます。

ところが以上の特徴は、ことごとく欧米人の普通の特徴なのであります。すなわちわが国では稀にある体質、これが欧米人では一般的である。しかもその程度が強い。色も白い。雀斑も多い。髪も赤い。ウェーブしている。瞳は茶目を通り越して碧いのがある。二重瞼で目尻は下っている。耳垢もじくじくしている。同時に多汗でありかつ多毛である。わが国の婦人は黒子を厭がるが、彼らはこれを愛嬌と心得、わざわざ顔に書き入れたりする。色情の点は別問題としても、当然体臭の強いことが想像される。

事実これがはなはだ強いのであります。しかも以上の特徴が著しいほど体臭が強いということは、欧米人自身もよく知っている。先般アメリカの映画に「紳士は赤毛がお好き」というのがあったのは、承知の方も多いでありましょうが、これは単に赤髪の色かたちだけに関した嗜好ではありません。赤毛ということについては、彼らはすぐ体臭の強いということを考える。そしてこの強い体臭を彼らは好むのであります。もちろんこれには性的意味があるので、現にこの映画の主演者クララ・ボウという女優は、近頃流行の「イット」という言葉の本尊だとのことであります。つまり赤毛はイットが多い。イットの主成分が体臭にあることは想像できましょう。

彼らの分類法によると、赤毛の女は一番よく匂うという。次に鳶色《ブルユネット》、それから栗色《カスタネット》、次に金髪女《ブロンド》がよく匂うという。もちろん匂うほど彼らには好いのです。

かようなわけですから、女の体臭を讃めた文学は西洋では非常に多い。とてもわが国の文学の比ではない。古いところではかの『イリヤッド』、その中に色彩の描写が少なくて、ホメロスは盲目であったとまでいわれるほどでしたが、体臭のことは強く歌っています。例えば第六章の四八三節に「アンドロマックはアスチアナックスを、その匂う懐に抱きしめる」というような句がある。またローマの古詩人ホラチウスの抒情詩（第十二）に「腋の下の山羊臭（或は助平臭）」を歌ったのがあります。元来イタリアには **Odor di femina**（女の匂い）という言葉があって、この方面ははなはだ盛んであります。フランスになるとこれがさらにひどい。**parfum de la femme** という言葉のあるのも同様でありますが、彼らには感ずるという言葉と嗅ぐという言葉は、一つの **sentir** で間に合わせているほど嗅界が広い。故に匂いの学問なども、主としてこの国に発達し、種々の書物も出ています。ことにこの方面では、ガロパンという人の『女性の匂いと恋愛における嗅覚』(一八八六)などは最も有名であります。また文学としてもそうでありまして、体臭のことはフランス文学に最も盛んであります。象徴派の詩人エドモン・アロークールなどは、女の身体の各部の匂いを嗅ぎ分けて讃めています。ボードレールが匂い狂《きちがい》であったことはよく知られておりますが、その代表作である『悪の華』には、女の体臭を歌った詩がいくらもあります。小説家ではエミール・ゾラがこの方面では最も有名で、例の『ナナ』の体臭を描いた所などは、特に読者の脳裡に残っていることと思われます。もちろん他の小説にも盛んであります。殊に『巴里の胃』に出てくる女性などは、みなその体臭が描き分けられています。ベルナールは『ゾラの小説中における匂い』(一八八九)という本の中で「ゾラ以前には匂いに関する語彙が貧弱であった」とまでいっております。その他エドマン・ド・ゴンクール、シャトーブリアンなどにも、この方面の描写があります。またフランス文学のみならず、スペイン・イタリア・ドイツ・オーストリア等のヨーロッパ文学、殊にロシア文学には著しい。トルストイの『コサック』や『戦争と平和』の中の描写などは、実に生きいきとしたものであります。

このように欧米人は体臭、殊に異性の体臭に関してははなはだ敏感である。しかもわれわれが嫌な方向に敏感である程度に、彼らは好きな方に敏感である。以上は主として文学上よりの例証でありましたが、実際の生活においてはなおさらにはなはだしい。しかも彼らはこの彼ら特有の事実、彼ら特有の感情を、人類一般のものと信じていた。ついこの間まで気がつかずにいたのであります。が、これは彼らだけの話である。われわれ日本人は匂わない。われわれはこれが嫌いだ。このことを始めて彼らに教えたのは、わが京都帝国大学名誉教授、足立文太郎博士であります。博士は当時ドイツに留学中でありましたが、一九〇三年に「欧洲人の匂ひ」と題する学術論文を書いて、これをかの地の専門雑誌に発表したのであります。彼らは驚きました。自分たちが匂うということは知っていた。また、これは後に申しますが、自分たちよりも黒人種がよく匂うということも知っていた。これが下等の性質のものであるということもおそらく知っていた。が、日本人が匂わないと聞いて驚いたのであります。足立博士はその論文の中で、そもそもヨーロッパ婦人の匂いたるや「刺すが如く、饐えたるが如く、或は甘く、或は苦く」といった調子で遠慮なくやっつけたものですから、その後宴会の席で、いかなる美人も足立博士の左右に坐るのを遠慮したということであります。もちろん人類学界のみならず、一般的なセンセイションを巻き起したことは非常なものであります。

ここで腋臭とは生物学上どんなものであるかということを、簡単に説明いたしましょう。人間の皮膚には、脂腺と汗腺の二種の分泌腺がありますが、この汗腺に属するもので、大汗腺一名アポクリン腺というものがあります。これは普通の汗腺とは構造も異なり、分布も非常に局限されておりまして、人間では腋の下とか外陰部、肛門周囲部などに少しばかりあるのみであります。このうち後二部には、きわめて貧弱なる腺管が散在するにすぎませんが、腋窩には多少集って集塊を作っていることがあります。腋臭は実にこの腺の分泌物の発する匂いなのであります。ところが動物では、この腺が通常の汗腺と同じように身体中にあり、従って匂いは盛んであります。すなわち人間のは動物的形態の遺残であり、進化学上より申せば、下等な特徴であるということになります。また遺伝的形質であるということも判っております。

次に生理学上のことを申しますと、これはもちろん性的現象に関係あるものでありまして、周期的恋愛を営む動物では、この腺の分泌も周期的、すなわち匂いもこれに伴って周期的に起り、異性を惹きつけようとします。もちろん幼者にはなく、老衰すれば衰えます。人間にははっきりとした周期的現象こそありませんが、思春期に発し、老人になくなるのは、動物と同様であります。この子供と老人の腋臭のないことは、本間棗軒の『瘍科秘録』などにも記載がありまして、その遺伝的のものであるということとともに、日本人も既に気がついていたのであります。

腋臭の性的方面の話をすれば際限がありません。またおそらく腋臭の話の面白味もそこにあるだろうと思いますが、ここでは到底述べつくせませんから、篤志の方は前記ガロパンの著書であるとか、ハーゲンの『性臭学』(一九〇六)など、日本の書物では田中香涯の『耽奇猥談』(一九二八)などをお読みになることをお勧めします。

とにかく、動物に限らず、人間においても、これが恋愛時に大きな役目を演じていることは事実であります。「女は恋愛時に最もよく匂う」とか、「恋愛は鼻から」といったような言葉は、前記ガロパンの書物にも見えますが、これは欧米人一般の実感と見て差支えありません。フリードリヒ・クラウスによると、南方スラヴのある種族には、異性の匂いを嗅ぐだけで性的満足の得られるものがある、とのことであります。腋臭をひどく嫌う日本人ですら、永く欧米人に接するうちには、だんだんに彼らの匂いがよくなり、彼ら同様に性的刺戟を受けるようになるということであります。わが国の上代の歌集などに見える「移香増恋」などという題歌などは、もちろん後朝《きぬぎぬ》の衣に残るたきものの匂いより、思慕を増す情を詠んだものでありますが、これに向って微細な想像を加えることをさし控えるとしても、なお鼻がわが上代人の恋愛場裡に大きい役割を持っていたことが判ります。腋臭のために結婚難を喞つことはあっても、これを匿して結婚すれば、滅多に離婚されることがないという事実は、この間の消息を語って余りあるものでありましょう。

かく腋臭は性的なものであり、進化学上よりいえば、原始的なもの、動物的なものであります。一方動物では嗅覚がはなはだよく発達しております。彼らの大脳の大部分は嗅覚に関する部分からできているという有様でありますが、人間においても原始人は比較的よく鼻を使う。原始人には「鼻挨拶 Nasen-grüss」ということがあります。つまり、われわれがおじぎをするところを、彼らはいきなり鼻と鼻とを摺り合わせて挨拶するのであります。この風習は、アフリカの黒人、ラプランド人、エスキモー、樺太アイヌ、インドシナ人、ペルシア人、ニュージーランド土人、ミクロネシア人、マレー土人などに広くゆきわたっております。殊にマレー地方では一般に、「嗅ぐ」と「挨拶する」とは同一語であります。すなわち、鼻の挨拶は原始人に一般的の風習であり、ペルシア人の如きアーリア系統の種族にもこれが残っている。われわれは欧米人の接吻が、われわれのおじぎと同様の単なる挨拶であるということを、はなはだ不思議に思うのでありますが、これを土俗上より考えるならば、正に原始人の一般的風習たる、鼻挨拶の遺風であると解すべきであり、かく考えて初めてわれわれに理解ができるのであります。現にペルシア、インドシナ、ポリネシアの一部など、体質的にもある一貫した素質を持った地方では、接吻と嗅ぐという言葉は同様に使いますし、殊にサンスクリットの ghrâ という語には、接吻と嗅ぐということとの両方の意味があるのが、何よりの証拠であります。しかるにわれわれは既にこの風習を脱しています。接吻はおろか、手に触れ合うことだにしない。もちろん身体は匂わない。嗅ぎ回さない。毛も少ない。これだけから考えると、欧米人に比してわれわれははるかに高等であるといわなければなりません。なお、われわれ日本人と欧米人との体質上の優劣の比較については、足立博士の世界的名著『日本人の動脈系統』その他によって、しかもぬきさしならぬ統計数字をもってはっきりと示されておりますその結論によっても、われわれが欧米人に比して、体質上決して劣っていないということが判るのでありますが、今は詳しく申し上げる暇がありません。

さて世界の人種の中には、この欧米人よりもさらによく匂うのがあります。アフリカの黒人がそれであります。カートルファージュという人類学者の書いたものの中に、「沖を黒人船が通ると陸まで匂う」ということが見えます。一般ヨーロッパ人ははなはだしくこれを嫌います。アメリカ人もそうでありまして、例の南北戦争当時、黒人問題は鼻の問題であるといわれたほどであります。またハッチンソンという人は「これは嗅神経の問題でなく、全身的感覚の問題だ」とまでいっております。ただし黒人は一般に不潔臭がはなはだ強く、女は山羊や牛の尿で顔を洗う所があります。それから水で洗い、そのあとへ獣脂を塗る。これが分解してはなはだ臭い。ついでにつけ加えておきますが、前記『医心方』というわが国最古の医書には、腋臭の療法として、まず腋窩を人尿で洗い、次いで水洗し、そのあとへ脂薬を塗るということが書いてあり、その方法は、この黒人の風習と全く一致しているのであります。もちろん大陸伝来の療法でありましょうが、偶然の暗合でなければはなはだ面白いことであります。

しかし、かかる不潔臭を除いても黒人は臭い。強く匂う。しかも特殊の臭気を放つのであります。ただし東海岸のガラ族のみは例外だといわれています。ところが他のヨーロッパ人に比べると、スペイン人やポルトガル人はさして黒人臭を嫌がらぬという。ご承知の通り、この地方はアフリカの血が少なからず混入しておりますから、当然のことといえばいえるのでありますが、面白いことには、フランス人は一面において黒人の婦人を好むのであります。匂いがよいというのであります。一八世紀には、パリに黒人婦人のみの娼家ができたということであります。イギリス人もこれに劣らず黒人女が好きであるという。近頃欧米で大もての黒人踊子ジョセフィン・ベーカーなどという婦人も、果して踊りの一手でかく魅力を振っているのかどうか、はなはだ疑わしい。これは冗談でありますが、かくヨーロッパの男子が黒人女を好むだけではない。ヨーロッパの婦人もまた黒人男を好くのであります。ナポレオン三世の宮廷のド・サルム夫人の如きは、有名な黒人嗜好者でありました。この黒人が、例えばマッサイ族などは、ヨーロッパ人と会う時には鼻をつまむというから面白いではありませんか。当然両者の混血児はよく匂います。例のボードレールは『悪の華』の中で、黒人女やムラット（黒・白混血児）の体臭を讃美しておりますが、ムラットのみならず、テルツェロン（黒白・白混血児）もよく匂うそうであります。

パリの毛髪商人は、独・仏人の毛髪を嗅ぎ分けると申しますが、同じヨーロッパ人の間にも地方によって差異があるらしく、イタリア人やフランスのプロヴァンス地方人は蒜臭く、ノルウェー人やアイスランド人は魚臭いといわれております。ただしこれらの特異臭は、おそらく純粋の体臭ではありますまい。また欧米人と同じアーリア系種族でも、ジプシーには特別の匂いがあり、警察ではジプシー関係の犯罪は、現場に残る匂いで発見する。つまり文字通り嗅ぎ出すということであります。エーガーという人の報告によると、十九世紀の終りに、社交界で有名な某公爵夫人が、賤しいジプシー男に誘拐されたことがありますが、のちにその夫人の自白したところでは、男の体臭に誘惑されたのだそうであります。アーリア系ではこの他にインド人、ペルシア人などもよく匂うらしい。インドでは体臭によって婦人の品等を分つ分類法があるということであります。またペルシア人は「あの人が好きだ」という代りに「あの匂いが鼻にある」というそうでありますから、嗅生活はなおはなはだ盛んであるといわなければなりません。

ユダヤ人の特異臭、いわゆる foetor judaicus については、マルクス・アウレリウス帝の伝記中にも記されていて、古来すでに定評のあるところでありますが、これはおそらく食物その他の関係より来るものだろうと思われます。一般に乾燥した地方にすむ民族は、体表に脂を塗る風習が盛んでありますが、ユダヤ人もこれを行ないます。しかるにこれらの風習から来る匂いを別としても、ユダヤ人は生れつきの匂いを持っているという人があります。ある人は当人さえ自覚しないユダヤの血統を、体臭によって嗅ぎ出したという。現にピウス九世というローマ法王がユダヤ系人であったことを、その上草履に接吻して初めて嗅ぎ出したのはこの人でありました。ユダヤ人に対する欧米人の反感の原因には、この匂いが与って力あることは容易に想像ができましょう。

一方において白人に似ており、一方黒人に近いというオーストラリア土人、これもかなりよく匂うらしい。体臭で性的快楽を得る程度は、彼らの間では特にはなはだしいといわれています。南洋諸島人やマレー人などもしばしば特異臭のあることが報告されていますが、どこまでが不潔臭であり、体臭であるかは、はっきりと判りません。殊にマレー人には一般に特異臭はありません。フィリピン人や生蕃人にもありません。ブリアンという坊さんはマレー半島内部のマントラスという蕃族が、黒人と同様の匂いがするといっておりますが、この人は同地方で一万数千人の中国人を詳しく調べて、外部より来る魚臭以外には、中国人に特異臭はないと申しております。すなわち中国人はあまり匂わないのであります。一方中国人は白人の体臭をよく知っており、白人の子供をたくさんとり扱ったある中国婦人は、彼らは羊の匂いがするといったそうであります。また前述の通り、古代中国人は腋臭のことを胡臭と申しましたが、これは胡人の臭の意味であり、胡人とは漢代より後に盛んに東方に流れ来った白人系人種をも指すことが明らかでありますから、胡臭は白人臭と解しておそらく差支えなかろうと思います。すなわち中国人は古来白人臭を知り、これに悩まされたものであります。

日本人に特有の匂いがあるということを、永く日本にいた某ドイツ人が帰国後に書いていますが、これもはなはだ疑わしい。彼によると、日本人は大勢よると甘い匂いがするし、ドイツ人は酸っぱい匂いがするということであります。最近の「学士会月報」で技研海士という人が、日本人はモンゴルとアーリアの二系から成っている。そしてアーリア系の証拠としては、腋臭者がわが国民中にも間々あるという事実を挙げておりますが、これを直接アーリアに結ぶのは、少し早すぎはしないかと思います。ご承知の通り、われわれの周囲を一応見まわしますと、白人に近い人種としてはアイヌがおります。例えば皮膚の黄色くないこと、多毛、美髯、波状毛であること、眉間は突出し、鼻根や眼は凹み、瞼は二重で眼尻は下り、顔には雀斑が多い、というようなこと、また近時血清学や手掌紋の方からも、同様のことがいわれておりますが、先年私の調査したところによりますと、彼らには腋臭者が非常に多い。しかもはなはだ強烈なのであります。故に技研海士のいわゆるわが国のアーリア系なるものは、一応アイヌ系と考える方が至当でありましょう。もちろんアイヌとわが国民との混血は、歴史上疑うべからざる事実であります。

さてわが国民中には、かかる腋臭者がどの位いるかと申しますと、明治三三年、東海道地方の壮丁三万四一〇〇余人中、重症者二八人、すなわち〇・〇一一%、その翌年同地方の壮丁三万五七〇〇余人中では、同様二五人、すなわち〇・〇〇七%という成績であります。そのいかに寥々たるものであるかということが判るのであります。

アイヌに悪臭あることは、私は北海道アイヌについて実見したのでありますが、幕末の探検家高津淄川の『終北録』には、樺太アイヌの悪臭あることを記し、美人も何もあったものではないと辟易しています。本土人についてアンドリーが報告した、さきの鼻挨拶の事実と照してはなはだ興味があります。アイヌの北に住んでいるカムチャッカ土人もよく匂うそうでありますが、報告者のシュテルラー自身、魚臭ならんといっていますから、アイヌのごときものではないらしい。飛んでアメリカに渡りますと、エスキモーは不明でありますが、アメリカ・インディアンは一般に匂わぬ、少なくとも白人ほどは匂いません。ペルーの土人は嗅覚が強くて、夜でも人種を嗅ぎあてるということでありますが、彼ら自身の匂いを posco、白人の匂いを pezuna、黒人の匂いを grajo と称し、みな別な言葉で区別しております。そしてこのうち、grajo は最も強く、posco は弱い。ある土人では黒人と会うときに、女子供は鼻をつまんで会うということですし、またある土人はヨーロッパ人の匂いをはなはだしく嫌います。白人とアメリカ・インディアンの混血児は、一般に余り匂いません。白人とメキシコ土人との混血児は匂うということでありますが、これとても土人の方が匂うという証拠にはならないようであります。

かくして、世界中を一通り嗅ぎ廻しますと、黒人、白人、オーストラリア人などは種族としてよく匂う方に属し、南洋諸島人はやや不分明でありますが、一般東洋人は匂わぬ方に属しております。アメリカ・インディアンはあらゆる点でわれわれと似たところが多く、いわゆるモンゴロイドと称すべき人種でありますが、これもやはり匂いません。

わきくさの話も長くなりましたから、このくらいにしておきましょう。なおこの問題に関しては、昭和五年八月一二日の「週刊朝日」に、「わきくさ漫考」、同年一二月二一日の「京都帝大新聞」に「腋臭と文学」の二文を草しておきました。本篇の記事と重複するところもありますが、何かのご参考になれば幸いに存じます。

* 高砂族はその後の足立博士の調査によれば、四二パーセントから四六パーセントまで匂う。
** 日本人の腋臭者の統計はその後足立文太郎博士の手によって進捗し、現今のところは多少の地方差はあるが一般日本人の腋臭者

は一〇・五パーセントである。すなわち本文中に引用の数字は、いわゆる「重症者」のみに関するものであることを断わっておく。足立博士はその後現在に至るまでこの方面の研究を継続しておられ、既に多くの新事実を闡明された。

アイヌの腋臭

アイヌに腋臭あり、ということについては、昭和六年の本誌(1)にもちょっと申してあります。またその前年八月一二日の「週刊朝日(2)」にもあらまし書いておきました。ところが最近にまたこのことについて新たに見聞したことがありますから、前記二文の追補の意味で、いま一度紙面を汚すことにしました。

元来アイヌの匂いに関しては、従来これといった記載がないようであります。前文中にも引きました高津淄川の『終北録(3)』には、なるほどカラフト志由志由耶（今のススヤか）の蝦夷婦人について次のような記事が掲げてあります。

「其の俗、生れて下来《このかた》、沐浴盥濯を知らず、況んや粉黛粧飾を乎《や》、故に塵垢満面、臭穢悪《にく》む可し、縦令《たとえ》施嬙有るも、識別す可からず。」

「西施や王嬙のような美人がいたとしても、見分けがつかぬ」と、よほど辟易した様子ですが、しかしこれとて、たとえ事実はいかんともあれ、淄川その人は、アイヌの生活から来る不潔臭と受取ったようにも解せられるのであります。

しかしながら、もちろん不潔臭も伴ったであろうし、それによって体臭も一層発揚されたに相異ありますまいが、たとえ不潔の風習がなく、「生下来不知沐浴盥濯」の反対であったとしても、アイヌはやはり臭かったであろうと考えるのであります。

そもそも何故アイヌが匂うとか、匂わないとかいうことが問題になるかと申しますに、一体アイヌという人種は世間周知の如く、白人に似た体質を多分に有しているのであります。例えば、全身多毛であること、従って美髯でありますし、頭髪は直毛でなくて軽く波うっており、眉間は突出し、鼻根や眼はくぼんでいる。眼瞼は二重瞼で、瞼裂は広く、眼尻が上っていないこと、皮膚には黄色の調子がなく、顔面には雀斑《そばかす》が多い。頭形からいっても東洋人中では比較的狭い方であり、手掌紋や血液型の点でも周囲の人種とは異なっています。

ですから、古い所ではベルツ[4]がトルストイとアイヌの写真を比べて見たり、近くは小谷部氏[5]が室蘭の酋長オビステクルと、作曲家ブラームスの肖像を並べて見たりしましても、なるほど顔だけ見たところでは、ちっともとっぴな感じを与えないのであります。

これらの点から、アイヌが白人種の分派であるという結論を簡単に抽き出すわけには行きませんが、少なくともアイヌは、白人様の体質を少なからず持っているということはいえるでありましょう。

しかるに、一方白人種なるものが、人種として強い体臭を持っている。このことは既にしばしば述べましたから、もはやここではこれ以上申しません。つまり、この白人種に似ているアイヌ、殊に皮膚系統体質の点では、一層白人臭く思われるアイヌ、このアイヌの体質から推して、彼らもやはり白人同様皮膚のよく匂う人種ではあるまいかという想像が、すなわちこの問題の出発点であったのであります。

こういうところから、かつて「欧洲人の匂ひ」(6)と題する一文を彼の地の学界に発表して、碧眼共をあっといわせた足立文太郎先生は、爾来アイヌに対するこの種の興味を抱かれたものとおもわれます。博士の古いノートを拝見しますと、アイヌの一混血婦人に腋臭のある例を、ちゃんと拾いあげているのであります。

元来アイヌに腋臭があるかないかということは、直接アイヌに接触する人々には周知のことでもあり、いまさら云々するほどのことではないかも知れません。しかしながらこれを文献に求めるとなると、一向どこにも書いてないのであります。思うにこれはたとえアイヌに腋臭があり、そのためにはなはだしく悩まされることがあったとしても、普通人はこの事実を書きのこそうとまでは思わない。況やこれが学問の端くれになるのだという所までは、とても気がつかないのであります。そのために文献が残らない。アイヌに腋臭がなければ、もちろんわざわざ「ない」と記載するような物好きはないのであります。だから、たとえ世間一般の常識になっているような事実であっても、今一度学問の立場から再検討し、記載しておくことが必要となってくるのであります。

私は昭和三年の一二月、足立先生の注意に従い、北海道アイヌの男女一九名について、腋臭の有無を調査したことがあります。今その時の記事を重複を厭わず、前記「週刊朝日」(7)から引用します。

「(前略)、昭和三年、御大典の際に入洛した北海道アイヌの男女一九人について、人種学的調査をしたことがあった。筆者はその時、足立博士の注意に従って彼らの腋臭を検した。検したといっても大したことはない、鼻で嗅いでみただけのことだ。(中略)

アイヌにもまた白人同様腋臭がひどくはないか、というのが足立先生の予想なのだ。調査を始めると、果して予想通りの事実に出会わした。すなわち調査した一九人のアイヌのうち、よほどの高齢者の一、二を除けば、ことごとく腋臭がある。殊に成熟期の女にひどい。詳細はやがて正式の報告を出すつもりだからそれに譲り、ここではこの時の筆者の受難ぶりを話そう。

冬のことだから室はしめきりだ。被験者は半裸体だから風邪をひかせてはと、ストーヴはガンガン焚いてある。調査人はまさか裸身になるわけにもゆかない。汗をたらしながら被験者の肌に鼻を押しつけて尺度の目盛りを読むのだ。室はむやみと暖かくなる。皮膚の分泌は盛んになる。汗腺に劣らずかのアポクリン腺がテンポを早め出したからたまらない、室はたちまち異香に満たされる。しかもこの中で一々その香源を嗅ぎわけるのだ。筆者の鼻が無事であったのは奇蹟だと言わなければならない。（中略）

調査も終ったのでやれやれと、筆者はその室にあった外套をとり手袋を持って外に出る。すると、これらの毛織物はそのあらゆる細孔にかの匂いをいっぱいに吸い込んでいるのだ。匂う。家にかえっても匂う。翌日も、その翌日も。ついに一冬中匂ったのだ。それればかりではない。この調査のプロトコルを、その翌年すなわち昭和四年の夏、所用あって抽出から取り出す。すると一抹鼻をかすめて、またかの匂いだ。筆者はこの時つくづく人種学をやるのもまたつらいかなと歎じた。（後略）」

なおこの時の調査の詳細は、次表によって知ることができよう。

すなわち全一九人の男女のうち、一二人の女子にはことごとく腋臭があり、男子では八一歳の老人になく、若い者では内地人との混血の二七歳の一例だけに、きわめて微弱にしか証明できないということ

性	年齢	出　　身	腋　臭
♂	34	胆振・白老	有
♂	41	同　　上	有
♂	81	同　　上	無
♂	27	同上(混血)	甚弱
♂	71	同　　上	有
♂	45	旭川・近文	有(弱)
♂	67	日高・平取	有
♀	66	同　　上	有(弱)
♀	58	同　　上	有
♀	50	同　　上	有(弱)
♀	45	旭川・近文	有(甚強)
♀	56	胆振・白老	有
♀	28	同　　上	有
♀	63	同　　上	有
♀	64	同　　上	有
♀	26	同　　上	有
♀	55	同　　上	有
♀	64	同　　上	有
♀	62	同　　上	有

になります。

すなわちアイヌは腋臭ある人種と考えて差支えないのであります。それで私は「わきくさ物語[8]」の中に次のように記しておきました。

「(前略)最近の「学士会月報」で技研海士[9]という人が、日本人はモンゴルとアーリアの二系から成っている。そしてアーリア系の証拠としては、腋臭者がわが国民中にも間々あるという事実を挙げておりますが、これを直接アーリアに結ぶのは早すぎはしないかと思います。ご承知の通り、われわれの周囲を一応見まわしますと、白人に近い人種としてはアイヌがおります。(中略)

先年私の調査したところによりますと、彼らには腋臭者が非常に多い。しかもはなはだ強烈なのであります。故に技海研士のいわゆるわが国のアーリア系なるものは、一応アイヌ系と考える方が至当でありましょう。もちろんアイヌとわが国民との混血は、歴史上疑うべからざる事実であります。」

アイヌの腋臭に関するわれわれの従来の知識は以上の通りであります。

さて以上の知見を追補する新見聞というのは他でもありません。昭和九年の六月一六日、近畿言語学会の席上で、当夕の講師である金田一京助氏より会後に拝聴した事実であります。

金田一氏によると、アイヌはことごとく匂う。そしてこのことは彼らに接触する内地人《シャモ》はすべて悉知している。アイヌ自身もよく知っているのでありますが、ただ異なるのは内地人がそれをはなはだしく嫌うのに反して、アイヌ自身は一向に苦にしないことであります。もっとも内地人と始終接触するものは、内地人がそれを嫌うという理由で、自分を卑下するというようなことはあるかも知れません。

このアイヌの匂いが不潔臭でないということも確かであって、その証拠にはこういう例があります。金田一さんの所にアイヌの某婦人が滞在しますと、湯上りが最もよく匂う。すなわち身体の最も清潔な時が最もよく匂うのであります。

この婦人は祖父に内地人を持っているためか、母親も叔母もよく匂うのに、父親だけは匂わないそうであります。父親の○吉さんが金田一さんの家に来ると、家の子たちが、「○吉さんは匂わなくって良い」というそうです。

これはほんの一例に過ぎませんが、アイヌの中にもし匂わないのがいたら、近い先祖に必ず内地人がいるというのは、金田一氏の信念になっているらしい。このことはアイヌの人種学的研究の上に、殊にその材料選択の上に参考にされていいことだと信ずるのであります。

金田一氏は人も知る如くアイヌ研究家の第一人者であります。その半生中の多くの月日を、アイヌの間で生活された人であります。学者的良心に富んだ方であるのは申すまでもありません。この人の言葉でありますから、私共は自ら多数のアイヌを嗅いで廻らなくても、少しも疑うことなく信じることができるのであります。

すなわち、アイヌは匂う人種である。このことは疑いないところであります。

次に、匂う人種と匂わない人種とは、体臭に関する観念が異なっている。実際生活においてそうであるように、文学などにもこれが表われている。すなわち、匂う人種には匂う文学があるのであります。

Günther 一派の「人種文学」なども、案外かかる所に一根拠を置いているのかも知れません。[10]当然ヨーロッパ人には体臭の文学があります。このことについては前記の諸篇その他でしばしば述べた通りであります。詳しくは Hagen[11] の著書、また最近の式場氏[12]の一文などは面白いものであります。

しかるにわれわれ日本人には、腋臭の文学というものがありません。皆無ではありませんが、あればすなわち嘲弄の対象[13]として、罵詈の材料[14]として、或は嫌悪すべきもの[15]、隠匿すべきもの[16]として記されているに過ぎません。耽溺生活を謳歌した江戸文学に、一つでも腋臭讃美の文字があるかと探して見ますが、一向に見つかりません。却って最近に見つけたのは今申した腋臭罵詈の文学であります。すなわち式亭三馬の『浮世風呂』に、乳母と子守の喧嘩の場面があって、

子守「おれが口っぱたきならそっちは尻っぱたきだ」

乳母「なに虱ったかりめ」
子守「狐臭《わきが》ぷんぷんめ」
乳母「おれがいつ狐臭がある」
子守「おれがいつ虱がある」
乳母「鍋屋薬をつけるじゃねえか、目腐めが」
子守「茄子薬をつけたじゃねえか、猿眼めえ」
という猛烈なのがあります。
その他一九の『東海道中膝栗毛』(17)、鯉丈の『花暦八笑人』(18)などにも、嘲弄の対象として腋臭を取扱っています。
しかるにアイヌではどうかと申しますと、立派に讃美派の文学があるのであります。ここでいったい文字のないアイヌにどういう文学があるかという疑問が起るかと思いますが、アイヌ文学については、これこそ金田一氏が専門に独立的に研究を遂げられたのでありまして、いわゆるユーカラと申すアイヌの口承文学がこれであります。
しかも、私が承った当夜の講演中紹介せられたユーカラのうちに、体臭の文学があったのですから、その奇縁に驚かざるを得ません。
胆振国幌別の伝承者、金成イメカノ刀自が伝えるユーカラの「小伝(Pon oina)」は金田一氏によって最近整理されたのでありますが、同氏はこれを「アイヌ文学の代表的な名篇と推して差支え(19)」がないといっております。

これは一種の妻覓伝説でありますが、その中に女主人公である一女神が、初めて未来の良人たるべき「まだうら若い」美丈夫の勇姿に接するくだりがあります。その場面の描写は、金田一氏の美しい紹介文によって、まことに活きいきと再現せられております。これを見ますと、その慕わしき客人が女神の知覚にはいって来る順序は、まず耳に、次には鼻に、最後に眼に入り来るのであります。

「……どんな人であろう。大きく咳払いの音がしてよい香がする。垂れてある帳《とばり》をするりと風のようにそよがすと見る間に……」

「よい香がする」。これが問題の句であります。もとよりアイヌには香を焚くというような風流もなければ、香料を用いるすべも知られていません。すればどうしてもこれは体臭の実感を表わしたものと考えなければなりません。金田一氏自身もこれについては同意見の様子でありました。

以上、アイヌは匂う人種である、同時に一例には過ぎませんが体臭讃美の文学さえある。このことはわれわれ日本人とはよほど違っている。むしろ白人種などと共通の現象であるといってよろしいかと考えるのであります。

アイヌの腋臭についてはこれまでとしまして、ついでにさきに引用した三馬の『浮世風呂』の文句を今一度拾いあげて見ます。あの中の子守の喧嘩相手になった乳母は、子守氏の言葉によると、「狐臭《わきが》ぷんぷん」であり、その証拠には「茄子薬をつけ」ており、そして「猿眼」であったということになります。中にこの「猿眼」というのはどんなものかよく判りませんが、文字通りに解しますと、円いくぼみ眼で、も一つの悪口語法では「鉄漿壺眼《かなつぼめ》」といったものかと思われます。三馬がこれと狐臭とを結びつけたのは偶然であったかも知れませんが、もし両者の関連を意識して、あるいは無意識ながら何かの必然感よりして、同一人に附与したといたしますと、ことはもっと面白くなってまいります。事実腋臭者である白人やアイヌは、東洋的凸斜眼と異なって、著しく猿眼なのでありますから。

最後に、前記「わきくさ物語」の中に体臭に関連して記しました鼻キッス（Nasengüss）のことについて、少しばかり追加いたします。同文中に Andrée[20] の記事を引いて、カラフトアイヌにも同風習があるがごとくに記載してあります。私はこの事実を確かめるために、金田一氏を再び煩わしました。

金田一氏に拠ると、アイヌには一般に鼻キッスの風習はありません。ただし婦人の挨拶としては、右手を左脇下から静かに挙げて、最後に鼻下を左から右へ擦るというのが礼儀だそうであります。なお、鼻キッスはありませんが、婦人が久濶に肉親の者を迎えた場合のごときは、盛んに接吻をする。これを chopchop-se と申すとのことであります（chopchop は接吻の音、se は「という音をする」との意味）。私は前にも申しましたように、欧米人などの接吻は、原始人の間に見る鼻キッスの遺物ではないかと想像しているのでありますが、とにかくアイヌにも白人と同様に接吻の風習のあることを、金田一氏のごとき権威ある人の口から聞いたのは、これだけでも非常な収穫であったと喜んでいる次第であります。

文献

（1） 金関丈夫「わきくさ物語」、「生理学研究」第八巻第四号（昭和六年四月）
（2） 金関丈夫「わきくさ漫考」、「週刊朝日」（昭和五年八月一二日）
（3） 高津泰『終北録』、一名『戌唐太日記』（安政四年刊、会津）、十六丁、文化五年五月七日の日記に出づ。

(4) Baelz, E. Zeitschrift für Ethnologie. Jahrgang 33. 1901

(5) 小谷部全一郎『日本及日本国民之起源』（昭和四年、東京）

(6) Adachi, B. Geruch der Europäer. Globus. Bd. 83. Nr. 1. 1903.

(7) 「わきくさ漫考」（二）を見よ

(8) 前出、（一）を見よ

(9) 技研海士「我が民族の起源」、「学士会月報」第五〇六号、一三頁（昭和五年五月）

(10) 金関丈夫「腋臭と文学」、「京都帝国大学新聞」（昭和五年一二月二一日）

(11) Hagen, A. Die Sexuelle Osphresiologie. 2. Aufl. 1906. Berlin.

(12) 式場隆三郎「体臭の科学」、「週刊朝日」（昭和九年六月二四日）

(13) 『万葉集』巻十六、平群の朝臣の歌、「小児ども草はな刈りそ八穂蓼を、穂積の朝臣が腋草を刈れ」

(14) 式亭三馬『浮世風呂』第二篇、巻下（文化六年）

(15) 『四十二の物語』（一名たけくらべ）、「葛城の神はよるともちぎりけり知らずありかをつゝむならひは」

(16) 『乳母の草子』、「ひとの身におのづからありかなどある人は、とき〲によからむ沈香などおんたき候て……そのありかを失ふばかり御たしなみ候へ」（明和八年）

(17) 十返舎一九『東海道中膝栗毛』第二篇、巻下（文化六年）

(18) 滝亭鯉丈『花暦八笑人』初編（文政三年）

(19) 金田一京助『アイヌ文学』一七頁（昭和八年、東京）

(20) Andrée, R. Globus. 1879. Nr. 10. Hagen（前出）に拠る。

人間の嗅覚

戦う動物のからだとして見るときは、人間のからだはまことに貧弱なものだ。犬の牙もなければ、猫の爪もない。牛の角はもとより、馬の蹄もない。『水滸伝』の武松はから手で虎を張り殺したというが、これなどは超人的の豪傑で、普通の人間にはたいした腕力もない。憐れむべき動物、人間。人間の体制は、個体として、一個の力で戦う動物のそれではない、ということは、どこから見ても明らかである。

個体として、一個の力で戦う体制をとらない動物は、人間だけではない。馬や、牝鹿や、キリンのような、非武装動物は、人間の他にもたくさんいる。彼らの身を護る方式は、戦闘ではなくて逃避である。長脚と俊足。

逃避を生存の方式とする動物は、なるべく早く敵の接近を知る方が有利だ。彼らが一様に長いくびをもっているのは、長脚にしてかつ地面の草を食べねばならぬというところから、一面きているにしても、単にそれだけの必要からではない。眼位を高めて、つまり見通しをよくするということが敵を見出すのに必要なのである。長いくびの上部に、自在に動く耳殻をそなえている。あらゆる方向からの物音をとらえるためである。彼らは視力と聴力とを利用して、敵の接近を知ろうとする他に、同じ目的で嗅覚を極度に発達させているのである。たとえば鹿狩りをする人間は、決して獲物の風上へまわることをしない。視力も聴力もまだ及ばない距離で彼らは早くも人間の匂いを知り、その俊足を利用して遁走するからである。

ところが、人間は彼らと同様の非武装動物であるのに、逃避のための、こうした警戒装備も発達していない。耳殻を動かす耳殻筋のごときは退化して用をなさないし、風の運ぶ匂いで、敵の近接を早くも予知するほどの嗅覚はもちろんない。他の猿にくらべると、眼位はやや高くなっているが、樹の上の猿とは比較にならない。敵を樹上に避けるには、木のぼりははなはだ下手くそだ。といって、脚力を利用して逃げようにも、競走では大ていの動物に負けてしまう。つまり、人間は敵と戦うようにも出来ていないが、敵を避けるようにも出来ていない。どちらから見ても、動物としては大変不出来な存在である。その関係はちょうど、人間の大人に対して、人間の子供が同じ意味で大変不出来な個体であるのと同様であり、他の動物にくらべると人間の個体保存の能力は、彼らの子供のそれに等しい。つまり、個体としては、ひとり立ちの出来ない動物である。

ボルクというオランダの比較解剖学者は、形態の上からも人間の体制を幼若化現象の結果だといっているが、これはもっともな意見である。人間に、同類の過去の経験を自分のものにする、という精神機能がもしなかったとしたら、無人島のロビンソン・クルーソーは、生きていられなかったにちがいない。それは動物の仔どもをひとりで抛り出して、そのまま成長をとめてしまったのと、同じことだからである。保護するもののない限り、彼は生きてはゆけない。ロビンソンが無人島で生きてゆけたのは、人類共通の知識が彼を指導したからである。ロビンソンは決して独りではなかった。同類と共にあったのだ。人間は独り立ちの出来る動物ではないのである。

人間が、動物として、こんななさけないものになったのについては、いろいろの原因はあるが、その原因の一つは、人間がもともと猿のように、樹の上の生活をしていた動物から、分れ出たということである。これは、人間の手足を見ると、すぐ判ることで、人間の手足——足はいまではもう、物をにぎることをしなくなっているが——が、全然猿と同じように、ものを握る手足であり、樹の枝をにぎって、ぶら下ったり、よじのぼったりするために得られた構造を示していることが、一番わかり易い証拠である。樹上の生活というものは、そんなら、樹上生活者のからだをどういう風に規定したであろうか。鹿やキリンのように、いくら速力が速くても、敵の牙から逃がれるには、数マイルもの困難な遁走を試みなければならないのに比べると、木の上に数メートルのぼりさえすれば、猛獣の攻撃から安全になれるのが、樹上生活者の第一の利点である。彼らはもはや武器も必要ではなくなった。牙の発達の弱い個体でも、樹上生活のお蔭で生きのびて、子孫をのこすことが出来るようになった。くびを長くして眼位を高めなくても、木の上という位置の利で、遠方の敵を見ることも出来る。耳殻の筋や嗅覚の退歩したことも、牙の弱くなったこと、従って牙の大きい根をおさめている顎の歯槽部の容積が少なくなって、口吻が後退してきたのも、みなこの樹上生活時代の、比較的安全な生活のお蔭である。

ところが、そうした結構な樹上生活者——そこには食物も豊富にあり、雨や風に対する庇護物にもことを欠かなかった——が、こんどは突然、平地へなげ出されたのである。これは第三紀の終りから、第四紀のはじめの頃にかけての、地球上のクリマの変動が、その原因であったろうと思う。つまり、寒冷地帯が、赤道の方に進み、森林がその方向に後退する。森林についていったものは、もと通りの猿であるが、河とか、海とか、何かの障碍に遭って、森林の移動についてゆけなかった、つまり森林の後退からとり残された猿が、地上になげ出されたわけである。そのために、多くの、あまりにも樹上生活に順応しすぎて、新しい環境に適応することの出来なかった猿は、絶滅したにちがいない。また樹上生活にあまり順応していなかった或る種の猿は、いま一度牙で戦う生活に入り、四足這行を恢復した。戦いかつ走る猿であるヒヒはその一例である。人間の祖先となった猿は、ちょうどその中間の程度の樹上生活への順応を遂げていたに違いない。新しい環境に適応することは出来たが、その方向はヒヒとは反対であった。戦い走る猿の方には逆行しないで、今までになかった新しい猿の方向への途についたのである。

森林という天然の温室を失って、地上になげ出された猿のあるものが、樹上生活の時代に既に獲得していた、からだの垂直姿勢を利用して、樹上時代には不必要であった、眼位の高上をはかった。つまり、二足で立ち上ったのである。同時に脚も長くなったし、くびも幾らか長くなった。耳殻を動かす筋肉の退化は、もはやもとに戻すことは出来なかったが、直立の結果、頭をくびの上で水平にまわすことが円滑になって、猿のようにからだをまわして後を見なくても、頭だけまわして四方を見ることが出来るようになった。こうして、幾分動物本然の警戒装備を恢復することが出来たが、しかし、それにも増して、根本的に重大な変化がこの二足直立ということから、人間のからだに起った。これは人間のからだと、その後の発達とを決定した最も重大なモメントである。というのは、一つは上肢の負荷からの解放と、脳髄の発達を、これが結果したからである。

しかし、人間がこうした新しい方式を採用して、猿から人間への途をとった、ということも、もしわれわれの祖先が樹上に住んだ時代が相当に永くなくて、牙や耳殻の筋や嗅覚の退歩が絶望的な状態にまで達していなかったとすれば、決して起り得なかったのであり、そういう戦闘や逃避の装備が、既に失われていたために、始めてそこへ出て来たのである。だから、樹上をはなれて、こんどは再び牙で戦ったり、耳を動かしたり、鼻をうごめかしたりする必要に迫られたにもかかわらず、人間にはそういう能力はもはや還ってこなかった。人間は致しかたなく、樹上時代に新しく獲得した状態、たとえば垂直姿勢や、ものを握る手を、新しい方向に利用して、人間独特の生活様式を樹立していったのである。直立から得られた上肢の自由と、頭を前方にぶら下げる必要がなくなったために容量を増加することの出来た脳髄の発達とは、からだ以外の道具を武器として、製作することを人間に許し、また個体で戦い或は警戒するのでなくして、集団で戦い警戒するための、人間同士の間の意志や感情の疎通法を発達させた。その特に目ざましいものは、言語の発達である。これに伴って顔面の表情が細分化した。耳殻を動かす警戒筋は、人間ではもはや不用となったが、ついお隣りの顔面の表情筋は、他の動物に見られない発達をとげている。耳殻の筋と同様に、警戒装備としての嗅覚も、もはや人間には必要はなくなったのである。

嗅覚は人間では、退化した感覚であるという常識を、完全にするためには、人類発達史上の、これだけの知識がないと不充分である。つまり、これで人間の嗅覚は、人間の牙や耳殻の筋肉と同様の意味をもつ、退化物であるということ、また一面からいって、そういうものが退化していたからこそ、人間はヒヒにならないで、人間になり得たのだといえる。そういうことが判るわけである。

ところが、ここに一つの不思議がある。嗅覚は人間では退化した感覚の一つであるというのに、人間の鼻（外鼻）は、他のどの猿よりも顕著である、ということである。もっとも猿のうちにもテングザルなどは、外鼻のはしが下に垂れさがるほど強く出ているが、これは真の意味での人間の外鼻の隆起とは、別の現象である。人間の鼻の隆起という現象については、その原因や理由を、いろいろの学者が考えているが、結局はっきりしたことはまだいわれていない。ダーウィンの雌雄淘汰説で説明しようというのも、古い考えであるが、今ではこうした説は認められていない。どんな無格好な雄でも、そのために雌が得られなくて子孫をのこす機会にめぐまれなかったということは、いまでは認められていないのである。またあるものは次のように説明する。すなわち、四足歩行時代には、顔は下に垂れていたから、鼻孔は地面を向いていた。四足歩行から直立歩行にうつると、顔は前を向くから、そのままでも鼻孔も前を向くはずである。しかし、鼻孔が前を向いたのでは、地面からのぼる匂いが感じにくくなるから、鼻孔は下向けにしておかなければならない。鼻孔を下向けにするために鼻の脊がせり出してきたのだ、という。しかし、これも何だかあてにならない説で、第一人間が地面の匂いを、それほど熱心にかぐ必要があったとは、考えられない。結局、人間の外鼻の発達については、まだ何の解釈も成り立っていないのである。

しかし、これを「隆起」或は「発達」と見る必要は、かならずしもないのである。外鼻と同様に人間の下顎骨の中央の頤（おとがい）の部分は、上部の歯槽縁よりは前の方につき出ている。これをポジチブチン（陽頤）などといって、人間独特の特徴の一つに数えているが、人間のうちでも、古代人にはこの陽頤はなく、猿と同様に陰頤（ネガチブチン）である。この人間の頤の「発達」についても、いろいろと比較解剖学や、胎生学の方面から議論があり、一概にはいえないような細部的の複雑な現象もあるが、しかし大局から見て、これは「発達」と見るよりも、その周辺の退化に伴わないで、いわば退化にとりのこされた部分だと考えた方が、いいようである。つまり、前方の歯槽部、ことに犬歯の大きな根のはいっていた歯槽の部分が、牙の不用化に従って退化し縮小した。すなわち上部が後退したのに、下方の頤部はそのまま残った。これが、人間の頤のいわゆる「発達」の本態だと見てさしつかえない。そうすると人間の頤は「発達」したのでなくて、「残存」したのである。人間の外鼻についても、これと同じことがいえるのではあるまいか。従来これを隆起或は発達と見ていたから、その意味がわからなかったのではないか。隆起ということは、顔面から出っ張ったということになる。しかし、これと同じ結果は、顔面が鼻に対して後方に退いた場合にも起り得るのではないか。

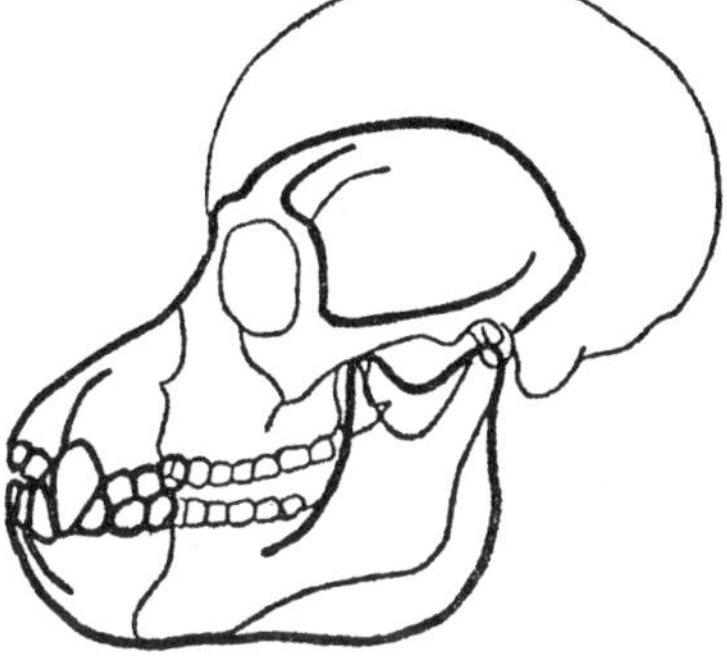

人間の鼻は出ていない。顎が引っこんでいるのだ。（人間の頭蓋とチンパンジー（♀）の頭蓋との比較）——細線は人間，太線はチンパンジー

筆者の机上には、いま、チンパンジー（♀）の頭蓋骨と、人間の頭蓋骨とがのっている。その横顔の輪郭を箇

単に図で示すと、右のようになる。これは、両者の輪郭を重ねて描いたもので、太線の方がチンパンジー、細線の方が人間である。しかし、その大きさの割合は前者に対して、人間の方が少し大きくなっている。それは、チンパンジーの鼻骨に、人間の鼻骨を完全に重ねて描いたからで、前者の鼻骨が、人間のそれよりも幾分大きいところから来るのである。チンパンジーの鼻骨は、人間の鼻骨より大きい。このことだけから考えても、人間の外鼻は発達しているとはいえないことが判るのである。

さて、この図を見ると、人間の外鼻は、決して前にとび出していない。鼻が出ているのでなくて、顔面がひっ込んでいるのである。ゴリラの大きい犬歯と、その大きい根をいれている上顎の歯槽の部分は、人間では非常に退化して後方に退いている。それはちょうど、下顎の場合と同様である。鼻梁はしかし、下顎の頤の部分と同様に、前方歯槽部の後退に伴って後退しなかった。そのために上顎の前面と鼻梁との間に、人間独特の一定の角度が出来たのであり、それに従って、鼻孔は自然と下向きになったのである。一口にいえば、犬歯の退化が第一次の原因であり、その結果として、顎が後退した。いわば、人間の外鼻はほんとは出たのでなくて、顔の前方にとり残されたのである。

だから、黒人のように、上顎の強く出ている、いわゆる「プログナート」型の人種では、鼻の隆起は少く、白人のように顎の後退の強い、いわゆる「レトログナート」型の人種では鼻の隆起が著しい結果になる。以上のように解釈すると、人間の外鼻が、他の猿に見ないような特殊の隆起をもっている理由が、明快に理解されるのではないか。いいかえれば、人間の鼻は、猿の時代から、猿と同じ程度に退化していた。人間になって急に退化したのではないが、これに対して、牙の方は猿以上に退化したのだということが出来る。

さて、以上の考察は、人間の嗅器の退化現象を警戒装備の退化という面で捉えて論じたのであるが、もちろん人間の嗅器は、他の動物のそれと同様に、単なる警戒装備の意味しかもっていないというわけではない。警戒というのは、個体保存の本能に伴う消極的な一面にすぎない。その積極的な面でも、嗅覚は人間に役立っているはずである。われわれの祖先も、これを利用して食物の在りかをさがしあてたに違いない。落語の「随徳寺」には長兵衛という、鼻ききの名人が出てきて、友人をいやがらせているが、われわれもウナギ屋の前では、鼻をうごめかす。この刺戟は間脳の植物性神経の中枢につたえられ、そこから唾液や胃液の分泌神経を亢奮させることは、誰でも知っていることである。

また、消極的、積極的の個体保存の本能に伴うだけではなくて、嗅覚は種族保存の本能とも、強く結びついている。動物が配偶者を求めて、遠い距離の障碍をのり越えるには、嗅覚の力が非常に役に立っている。この異性の匂いに亢奮するという現象も、われわれには強く残存しているのであって、遠方に住む女性を、われわれは鼻で探し出す必要も、能力もなくなっているが、異性の匂いにはいつでも亢奮するのである。間脳の植物性神経の中枢が、われわれの性器の亢奮を支配する神経に連絡していることはいうまでもない。ちょうどウナギ屋が、いい臭いを発散させて通行人を誘惑するように、女性は自分のからだの臭いを出来るだけ快いものにして、男性を誘惑しようとするのであるが、われわれのように、その刺戟がもう強すぎるという分別の出来た年齢者には、この時の嗅器は、たちまち個体保存用の警戒装備に変貌する。この種の分別的動物をも捉えるためには、女性は香料会社へ、さまで強烈ではなくて、相手の警戒心をよび起さないうちに、知らず知らずの間に、いつとなく相手を魅了するというような、こまやかな作用を有する香料を、注文しなければならないだろう。

話が変な風に終ることになって、筆者自身も思いがけないところへ出て来たような、戸まどいをしているのであるが、人間の嗅覚の退化ということの本態を、説明しようというのが、この文章の目的だった。その用は果したようだから、もうこれで擱筆する。

II

鼻の挨拶

鼻の挨拶

康熙六一年に台湾を巡遊した黄叔璥が、その時の見聞を録した『台海使槎録』(巻七、番俗六考)に、鳳山傀儡番の風俗の一として「親朋相見、以鼻彼此相就一點。」とある。乾隆一六年の『皇清職貢図』巻三「鳳山縣山猪毛等社帰化生番」に、「親朋以鼻相就、為敬。」とあるのも、おそらくこれに拠ったものであろう。乾隆二九年の『重修鳳山縣志』(巻三、山猪毛等四社、傀儡山等二七社風俗)にも、『使槎録』の前句が引用されている。すなわちこれによると、康熙末年の頃「傀儡番」は親しい者が相逢うと、互いに鼻を接して挨拶する風があったと解される。ところが、これはアフリカの黒人から、イラン、インド、インドシナ、ニュージーランド、ミクロネシアの原住民、飛んで樺太アイヌからエスキモーなどにひろく行き亙っているいわゆる「鼻キッス」(Nasengruss)の風習に他ならない。北海道のアイヌも鼻と鼻を相就一点はやらないが、あるいはそういうところは既に卒業したのかも知れないが、やはり親朋相見の時に指でもって手前の鼻をこする挨拶がある。やめてはみたが何となく鼻がむず痒くなるというところかも知れない。これは指で鼻をこする挨拶だが、日本には木で鼻を括る挨拶というのがある。これはいったいどういうところから来ているのか、今もって筆者には判断がつかない。日本でほんとに鼻をすり合せて挨拶するのは、横町の白君や黒君ぐらいのもので人間はやらない。犬はこの時「クンクン」という挨拶語を使用する。これは「薫々」であって「貴殿はまことに芳い香がする」という意味だと教えてくれた人があるが、真偽のほどはうけ合えない。

なお『台海使槎録』には、前の記事のあとにつづいて「小番見士官、以鼻向士官。」とある。目したの者は恭しく鼻の孔を上長者にさし向けて他意のないところを示したのであろう。高い見料を支払って菊五郎の鼻の孔を賞玩する現代の東京人は、この礼を受けたときの高砂族上長者の気もちが、よく判るに違いない。それはとにかくとして、今から二二〇年前のころまでは、高砂族の間にもこの世界的な原始風俗が遺っていたということが、『使槎録』の記載で判った。

さて、鼻を相手の皮膚につけることが挨拶になるのだから当然といえば当然のことかも知れないが、イラン、インド、インドシナからポリネシアでは「嗅ぐ」という言葉と「挨拶をする」という言葉が同一であり、サンスクリットの「グラー」――この発音は少し鼻にかかるのだが――はその好例である。これと同源の言葉であるラテン語やイタリア語の「グラーティア」だとか、英語の「グリート」、ドイツ語の「グルーセン」、オランダ語の「グルーテン」などは、いずれも挨拶に関係のある言葉であるが、彼らは鼻を交えないで口を交えて挨拶する。鼻は縦で口は横についているから、縦と横との差はあるが、両者の距離はそう遠くない。同じことなら鼻より口でというところから、鼻時代の挨拶語を使用しながら、実際は口の方に切り換えたのであろう。「横着」とはここから起った言葉かも知れない。

とにかく現今の欧米人の接吻というものは、はなはだ野蛮な風俗に違いないが、これは鼻キッスの遺風だと見て差支えないであろう。体質の方からいっても、ヨーロッパとイラン、インド、ポリネシアは一貫したものがあるのである。日本の母親が赤ん坊を愛撫するとき、たまたま自分の鼻と赤ん坊の鼻とを擦り合せることがあるのを、西洋人はもの珍らしそうに書き立てている。しかし日本の婦人が赤ん坊の代りに御亭主にそれをやったら大きな物笑いだろう。いったい皮膚の潔癖ということでは日本人は世界一の文化人であり、腕環、指環を佩びる風なども、原始時代には既に衰退している。耳環はもちろんのことである。西洋人が石器時代以来の風を今も保っているのとは大変な違いであろう。西洋人にまねて明治以後の日本人は、千数百年前に卒業したこの原始風習を再び採り入れたのであるが、欧米風でなくては夜も明けない時勢になっても、さすが人前で接吻する風は日本では流行しなかった。手と手を交える握手の風すらも一世を風靡するところまではいかなかったようだ。古い話になるが『ひらがな盛衰記』の無間鐘の段で、瀬川菊之丞の女役が相手役の口を吸う仕草をしたのは、江戸の民衆の嘲罵を招いた。菊之丞のような人気役者の用いた言葉や意匠がすぐ一般の流行になった当時でも、こればかりはそうはいかなかったのである。

人前で口を交えて挨拶する欧米人に、二〇〇年前の高砂族の鼻の挨拶は決して嗤《わら》えたものではない。彼らの間にいまも遺っているさまざまの蛮風を、土俗学者などがいろいろ親切に説明してやっても、自分のことはなかなか判らぬものと見え、彼らは一向に納得しない。というのも、彼らは自分たちこそあらゆる点で世界一進歩した人類だと自惚れきっているからである。このけしからぬ自惚れを叩きつぶす役目はわれわれ日本人以外にはないのだ。

わきがと耳くそ

西洋人が書いた解剖学の書物を見ると、耳垢（みみくそ）は柔らかくて、べとべとしたものだと書いてある。しかし、日本人の耳垢は、一般に乾いた、ころころしたものだ。

この耳垢を産する耳の孔の皮膚の腺は、腋の下の一種の腺と同じ性質のものであり、西洋人にはこれが発達しているから、彼らは大ていわきががある。この腺の分泌が強いのであるが、東洋人には、わきがのあるものは少ない。

耳垢の柔らかいことと、わきがのあることとは、きり離すことの出来ない、同一の生理的現象である。ところが、藤原明衡の撰と伝えられる『新猿楽記』という本に、ある家庭の十三になる娘は「攣耳」にしてかつ「身薫胡臭」とある。「攣耳」は「みみだり」と訓ませている。すなわち耳垢の柔らかいものだ。「胡臭」はもちろんわきがのことである。

明衡は後冷泉天皇の康平年間の学士だというから、今からざっと九〇〇年前の人である。その頃に日本人は既に、わきがと耳だりとが関連した現象であるということに気づいていたのである。

西洋人がこのことを知ったのは、京都大学の教授故足立文太郎博士が、一九〇三年に「欧洲人の匂ひ」という論文を滞独中に書いて、彼らを啓発してからのことである。しかし足立博士も『新猿楽記』の記事は知らずになくなられた。

これは余談であるが、近人柴蕚の『梵天廬叢録』巻三四に、耵聹とは耳垢のことで、味はにがい。虫などが耳に入るとこのために死ぬので、天然の保護物なのだが、中国では往々、耳搔きでとってしまうのはよくない、といっている。

二枚舌

解剖学の教科書を開くまでもなく、鏡に向って口をあけて見たまえ。舌の裏の両側に、青く見える静脈に沿ってぎざぎざのある一対の襞が見えるに違いない。もちろんこれは学名を綵襞というのであるが、キツネザルやメガネザルにはこの襞はなくその代りにもう一つの小さい舌がくっついていて、いわゆる Unterzunge をなしている。人間の綵襞が擬猴類に見える Unterzunge の遺残だと判定したのはドイツの比較解剖学者カル・ゲーゲンバウルである。

ところが先祖返り《アタビスムス》ということがあって、人間界にもこの下舌が時々出現することがある。中国では古くから重舌といい、わが国では小舌といった。藤原末期か鎌倉初期の頃に描かれた『病草紙』の第四段には、この小舌をもつ男の記事があって、その絵が面白く描かれている。

また平安朝の初期の撰述、丹波康頼の『医心方』を見ると、重舌に対する古来の療法がいろいろと挙げられている。だから昔は治療し得べき疾患だと考えていたのである。しかしラジカルの切除以外にこれを治す方法のないことはもちろんのことであろう。もし外科にそういう患者が来たら、私は切り取る前にぜひ一度見せて貰いたいものだと思っている。

へその緒

いまは知らず、むかし日本のある地方では、赤ん坊のへその緒の切口には、その父親の家紋が現われるという俗信があった。もしこれが確かなら、近頃のように、法医学者が血液型の鑑定のなんのといって、騒ぐことも無用になる。ホメロスの「テレマコス」や、ストリンドベルヒの「父親」のような作品も面白くなくなってくる。

しかし、へその緒の切口というものを、よく見た物好きがあって、こういうことを言い出したものに違いない。なぜかと言うと、いったいへその緒というものは、胎盤から起って、母親のからだから来る、養分に富んだ血を、赤ん坊のからだに運ぶ一本の静脈と、赤ん坊のからだから、排泄物に富んだ血液を、母親のからだに運ぶ二本の動脈とから出来ている。だから、その切口には、どこを切っても整然として、これらの血管の切口である三つの輪が見える。それがなにかの紋章のように見えるというのも、自然な観察である。

三つ丸の紋は「三つ星」といって、児島氏、それから出た三宅氏の一族の紋だ。もしへその緒の切口に父親の家紋が現われるというなら、世界中の赤ん坊の父親は、みな児島さんか三宅さんだということになる。この姓の人は、そんな俗信のある地方へ行きあわせないように気をつけないと、とんでもないぬれ衣を着せられるおそれがある。人間だけではない。犬のお産にも、よりつかない方がいい。

オールバック

犬や猫を飼っている人はよく知っているだろうが、彼らの頭を撫でるときには、人間の子供を撫でるように頭から顔に撫でおろすと、これはいわゆる逆撫でになって、不快を与えることになる。彼らの頭の毛流は内眥の所から発する毛流放射に属していて、例外なしにオールバックなのである。これは犬、猫に限らず、猿でも皆その通りである。

ところが人間には頭頂旋毛という特殊のものがあって、これより発する毛流が額を下り、さきの内眥放射の毛流と衝突する所に眉毛を作るのである。だから眉毛は下内方と上外方の毛流の方向が逆であって、その境界線に一つの櫛峰を作っている。

また、この人間独特の前頭毛流は、大ていの場合正中よりも左に偏った部分で左右に別かれているから、人間は元来頭髪を左側で分けるように出来ており、これが人間の他の動物と違う一つの特徴だといえるのである。その原因はおそらく人類頭蓋の大きさの特異な発達にあるだろうと私は考えている。

だから何もチックで固めてまで、猿の真似をしなくてもいいではないかというのが、この文章の趣旨なのである。

ハゲアタマの一考察

大人は子供よりも、男子は女子よりも、よりプログレッシブな体格をしている。ただしここでプログレッシブというのは、進化的とか高等という意味ではない。いわば保守的、幼若的に対する、進行的というような意味である。

こうした意味でのプログレッシブな体格を特徴づけるものは、判りやすい例をあげると、例えば筋肉やそれの付着する骨面の凸凹の発達、上肢や下肢の長いこと、体毛や、眉部の前突や、鼻の隆起の強いことなどである。

しかし男性成人のうちにも、いろいろ個人差があって、よりプログレッシブな人と、そうでもない人とがある。見るからに男らしい男と、女にまごうような男とがあることは、誰でも知っている。

ところが、ひとり個人差だけではなく、種族の間にもやはりこうした差があるように思える。多毛な点、眉部や鼻の隆起の強い点、上下肢の長い点などで、いわゆる西洋人は、一般にわれわれ東洋人よりも、よりプログレッシブな体格をしている。西洋へゆくと、そのへんの門番や小使のたぐいが、日本では将軍元帥にしてもいいような堂々たる体格をしているのがたくさんいて、われわれを威圧する。

女どうしを比較しても男らしい女が、西洋には割合に多い。りっぱな髭を生やした女なども、むこうではあまり珍らしくない。また、子供のときに、何かの原因で発育の進行が阻止されると、西洋人のあいだにも、東洋的な体格が生まれることがある。この場合、精神発育の阻止からくる精神薄弱が主として訴えられるから、精神病科の方でとり扱われるが、これを一般に「モンゴリスムス」などといっている。モンゴリスムスというのは、その顔貌が、東洋人に似て、一般西洋人よりも、より幼若的に見えるところから、つけられた名称である。

これらのことから考えて、一般西洋人が、東洋人よりも、よりプログレッシブな体格をしているということは、明らかであると思える。

もっとも、オランダの有名な比較解剖学者のボルクは、同じ意味で、西洋人が人類の中では最も幼若的、すなわち非プログレッシブだといっているが、これには、西洋人が人類中で一番高等であるという、旧式の自尊的観念が、その根拠にあるらしく、賛成することが出来ない。ボルクが、非プログレッシブな、幼若的体質を、人類中で最も高等な、言いかえれば、最も人間的な体質だというのは、霊長類の比較解剖学の結果から得られた結論であって、つまり、人類は幼若化された猿であるというのであるが、この考えはおそらく正しい。ただ西洋人がそのうちでも、最も幼若化されているという説に対して、われわれは賛成できないのである。われわれはむしろその反対に、西洋人は東洋人よりも、非幼若的であると考えるのである。

さて、前置きが大変長くなったが、このことに関連した一現象として、ぼくはハゲアタマのことを考えてみようと思う。ここでハゲアタマというのは、もちろん病気やその他の後天的の作用で出来たものではなく、自然的の、おそらく遺伝的体質の一つとしてのハゲアタマである。そういうハゲアタマは、子供にはもちろん、女には普通見られない。これが男性の光栄をあらわす特徴の一つであることは、いうまでもない。また、これが東洋人よりも西洋人に多いことには、多くの人が夙に気がついている。これだけのことからいっても、ハゲアタマが、やはりプログレッシブな特徴の一つだろうということは、断定出来なくても推測はされる。

それでは、個人的にも、ハゲアタマは、男の中の男といったような、一般的にプログレッシブな特徴をそなえた人に、多いであろうか。僕は友人や知人のからだつきを、いろいろ想い合せて見たが、だいたいそういうことはいえるようだ。また街頭や乗物の中でも、注意して通行人を観察した。多少の例外はあるようだが、やはり推測にたがわない。

そこで、これは集団的に、統計的に観察する必要があると考えた。昨年の八月、北九州の或る漁村で、漁民の体質を調査したとき、ぼくだけの興味から、ハゲアタマの一項目を、調査票の中に追加しておいたのであるが、観察の結果は予想をうら切らなかった。すなわちハゲアタマの連中は、身長もとくに大きく、ひげが濃くて、太腿や、胸にまで体毛が生えている。顔つきなども、非常に男らしい連中だ、ということが、統計的に判ったのである。

さて、この結論が幾分でも正しいとすると、それではハゲアタマがなぜ進行的な体質に伴うか、という問題が起る。またボルクのいうように、そしてわれわれも賛成するように、人類は幼若化された猿で

あるとする。或はこれを裏がえしにいって、猿は人類よりも、よりプログレッシブな体質をしていると
すると、それならば、人間よりも猿の方によけいにハゲアタマがありそうなものではないか、という抗
議も出るかも知れない。

しかし、鼻の場合を考えて見ると、子供よりも大人、女性よりも男性に、その隆起が強い。鼻の隆起は、人間のあいだでは、たしかにプログレッシブな特徴であるが、人類よりもよりプログレッシブな体格をしている猿類には、外鼻の隆起は認められない。どういうわけか判らないが、鼻の隆起は、人類にはじめて現われたプログレッシブな特徴である。だから、ハゲアタマの場合も、そう考えられないことはない。

しかし、人間に一ばん近い猿であるチンパンジーやゴリラを見ると、そのうちで最もプログレッシブな体質をしているのはゴリラのおす（雄）である。ところが、ゴリラのおすが年をとると、しばしば胸毛がぬけて、その部分がはげることがある。アタマではないが、類人猿にも一種のハゲはあるのである。すなわち現われる場所はちがうが、類人猿と人類とを通じて、ある種の体毛は、進行の究極の到達点として、自然消失する、こういうことはいえると思う。ハゲアタマの人は、その到達点へ、比較的早く達した人であり、この意味で、やはりこの点でもプログレッシブな体質をもつ人である。

だから、この進行をとめたり、あと戻りさせたりすることは、誰にも出来ない相談である、というその党の人々にとっては、はなはだ悲観的結論が出るようである。

雁

明衡先生はわが党の士らしく、前記『新猿楽記』の十四御許夫に、「謂《イハユル》閇《ヘノコ》大而如レ横《タヘルガ》二虹梁一、雁《リ》高《ニシテ》而似レ戴《キ》二藺笠《ガサ》一、長八寸、太四伏《サハツブセ》紐結、附贅《フスベハ》如二蜘蛛咋《ヒ》付一、帯縛《マトヘル》筋脉如二蚯蚓《ノハヘルガ》蚑行一、剛《キコト》如二栗木株一、堅《キコト》如二鉄槌一、晩発《クレニオヘテ》暁萎《ナエ》、敢無二被レ嫁女一」といい、男子の或る特徴を記したうちに、「雁高」の文字を用いている。こんな時代から、この語はあったものと見える。

また羅泰の「鉄槌伝」(『本朝文粋』十二)にも、「鉄槌、字藺笠、袴下毛中人也、……腐鼠揺動、鴻雁翱翔、非骨非肉、親彼閨房、……彼犢鼻夜湿、雁頭気衝」という表現がある。藺笠や鉄槌の語が共通し、この『文粋』も明衡の撰であるから、羅泰は或いは彼のペンネームであるかも知れぬ。

雁高は紫色雁高が、古来一級品とされ、『仮名手本忠臣蔵』八段目の浄瑠璃に、「ししきがんこうがかいれいにふきう」とあるのは、「紫色雁高我開令入給」のことだという。川柳にも、下女が雁高の語を解せず、お経か落雁かと思うというのがある。雁は「かかり」の意かともいわれている。

安永三年の小咄本『口拍子』に、「お姫さま、庭のけしきを眺めて、たばこをあがる折ふし、空を雁が渡るゆへ、お姫さま、あれを見や局、がんが通る、とおっしゃった。局、雁はカリとおっしゃるがようございます、と申上げた。お姫さま、吸がらをはたくとて雁首がぬけて灰ふきの中へ落ちた。コレ灰吹の中へかりくびが落ちた」という話がある。

最後に、亡友関政則宗匠の得意の句を紹介しておこう。

小便に出て雁を見る月夜かな

抜歯風習の起源

風習的抜歯には、大別して、いわゆる Pubertätskasteiung として行なわれるものと、近親者の死に際しての服喪の一形式としての Trauerverstümmeiung との二つの場合があり、同種族内にこれらの両者の併存する場合があるから、両者が無関係に、それぞれ別個の起源をもって始まったものとは考えられない。

筆者は両者ともに、死者の再帰への恐怖にもとづく、死霊による自己の Identification を避けるための一種の Camoufrage としての、故意の変貌手段として起ったものと考える。死の直後の一期間のみならず、成年式の如き生涯の重大時にも、祖霊は子孫に近づき、恐れられる。成年式の行事の一部に必ず厳重な斎戒の期間が伴う。これは日本でいう「ものいみ」であり、「もの」は恐るべき霊、「いむ」はその注目をひかぬよう、これを避けて静かにひきこもることである。

繡鞋（しゅうあい）

繡鞋《しゅうあい》とは、美しい縫いとりをした纏足《てんそく》の靴のことである。纏足の起源その他については、古くから多くの論考があり、私も以前、「蓮の露」と題して、それらの考察をまとめたことがある（『木馬と石牛』所収）。

中国では、賈伸の『中華婦女纏足考』（民国一五年・一九二六、北平文化学社刊）につづいて、姚霊犀が『采菲録』（民国二四－三〇年・一九三五－四一、天津書局刊）六冊に、多くの写真と共に、関連資料を殆ど網羅している。

纏足のことを初めて詠じたのは、蘇軾（東坡）の「菩薩蛮、詠足詞」であるといわれているが、鞋《くつ》を歌ったものは、おそらく元の薩都剌《サトラ》の「咏繡鞋詩」が、最初であろう。

羅裙習習春風軽
蓮花帖帖秋水擎
雙尖不露行復顧

猶恐人窺針線情（下略）
羅裙　習習として春風軽く
蓮花　帖帖として秋水に擎《うか》ぶ
雙尖露《あらわ》ならず　行きて復た顧《かえりみ》る
猶お恐る　人の針線の情を窺《うかがわ》んことを

この雙尖、二つの鋭《とが》ったものが、すなわち纏足の鞋である。そして、これを有名にしたのは、陶宗儀『輟耕録』巻二三「金蓮盃」に見える、元末の詩人楊維楨（鉄厓）の故事であろう。彼はいつも声色に耽り、酒宴で歌妓舞女の繊小な纏足を見れば、鞋をぬがせて盃をその中に載せ、客に勧めて金蓮盃と称したという。

また纏足の起源より説き起こしながら、鞋の考証に及んだものに、明末清初の文人、『板橋雑記』の著で知られる、余懐の「婦人鞋襪考」がある。さらに前記『采菲録』には、「繡履小記」「履話」等の雑文が収められ、今それらによって、清末の状況を紹介しておこう。

当時、世人の女性美に対する意識は、螓首娥眉、明眸皓歯の他に、スカートの下の双鈎《あし》の大小に集中し、たとえ西施や毛嬙の容色があっても、足の肥に失するものは鄙しみ顧られなかった。一方女性も、足の装飾には奢美を極め、そのため一足の繡鞋を作るのに、刺繡に十日を費やし、しかもそれを数日で履き棄てたとさえいう。珠玉をちりばめ、蘭麝をたきこめ、鞋底には香木を用いるなど、その価は、銀

❶

❷

❸

❹

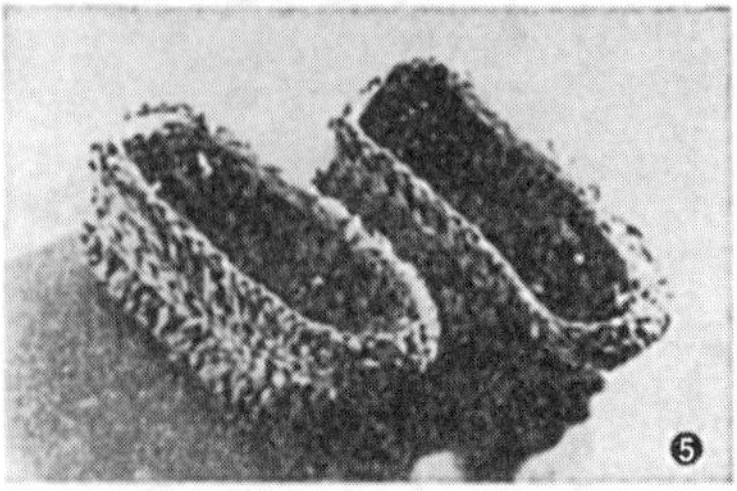
❺

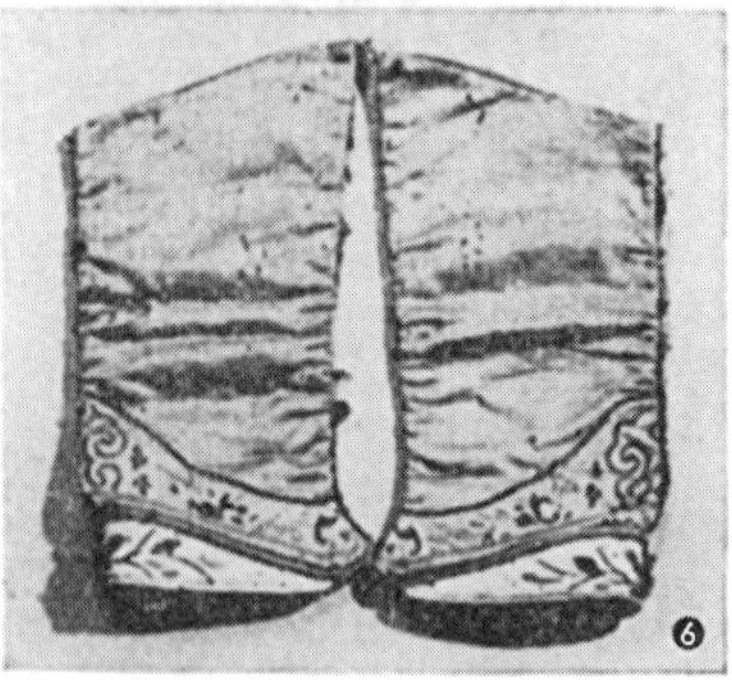
❻

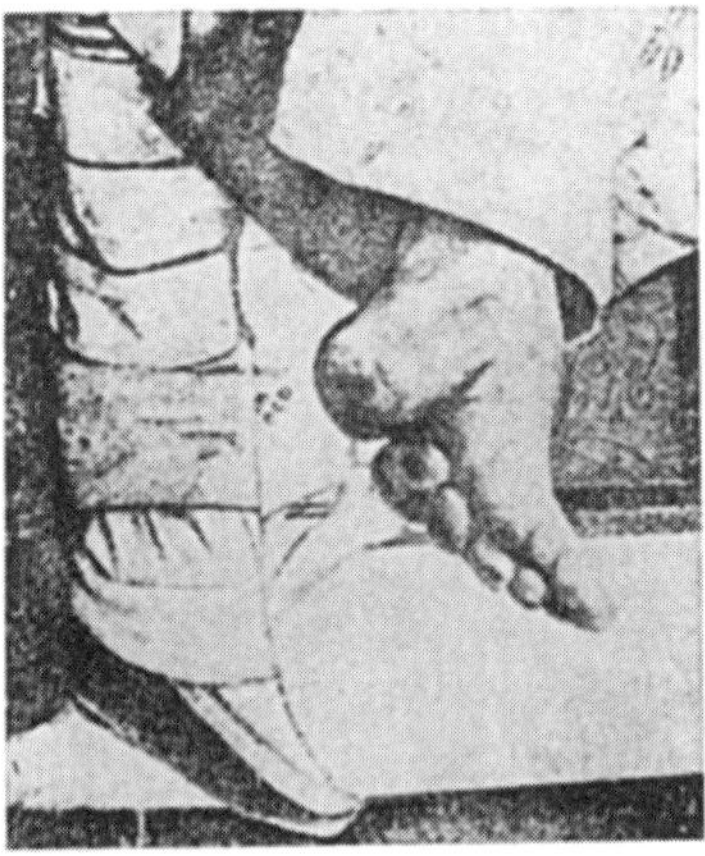

 繡　鞋

数両から二、三十両に達するものまであった。
足は、肥・軟・秀を貴び、纏足の方には、蓮弁・新月・和弓・竹萌・菱角の五式があり、鞋にも用途に応じて、衛鞋・套鞋・睡鞋・靴の四種に大別された。衛鞋は当時流行の天津衛鞋式の名をとったもの。套鞋は家庭内で用い、睡鞋は文字通り就寝時に、靴は冬にはくものである。

纏足の鞋はみな小さい。その殆どが長径一〇センチ前後にすぎない。写真の①は繡鞋の側面。②はその正面、中につめてあるのは、足をつつむ布、纏帛《チャンフ》である。③はその提跟《テイケン》、少し高くしたかかと。④は雨の日に下にはく。⑤は遠方への外出のときにはくもの。⑥は襪套《ワタオ》と呼ぶ家庭用である。⑦は藕覆、俗に褲腿《クートイ》または膝褲《チクー》といい、脚絆にあたるものである。

鞋の形は各時代に変遷があり、また地域によっても異なる。北式・准《わい》式・南式等の区別があり、さらにこまかく、揚州式・蘇州式・杭州式等に分れる。かかとの高低によっても、高底と薄底の別がある。台湾では尖頭小鞋がふつうで、写真にうつしたのは、昭和十年代に、私がそこで集めたものである。

清朝では、しばしば詔勅を下して纏足を厳禁したが、積弊は容易に改まらなかった。太平天国の洪秀全は、男女平等の立場から、婦女の天足——自然のままの足を主張したが、この天足運動が全国に拡まったのは、清末、康有為《こうゆうい》や梁啓超《りょうけいちょう》の提唱によるのであり、台湾でも、それ以後、ようやく千年の陋習は終熄したのである。しかし私が台湾にいた頃は、まだ老婦人の間によく見かけたもので、台湾語では、纏足のことを縛脚《パクカア》といい、天足を卑しんで、赤脚《チアカア》・粗脚《ソオカア》と呼んでいた。

三百年前にも義歯はあった

本年二月一日付の朝日新聞の夕刊に、「百年前にも義歯はあった」という見出しで、最近発見された、嘉永のころの、大原幽学の義歯についての報道があった。「幽学の歯」というのがおもしろいのか、「鯨骨製」というところがめずらしいのかは知らないが、「百年前」ということは、いっこうピンと来ない。日本では義歯は三〇〇年も前から知られている。

堀尾茂助の曽孫の一人が母方の姓を冒して小野氏を名のり、万治の頃玄人と名を改めて、医業に従事した。この初代小野玄人がはじめて惣入歯を発明した、ということはよく知られていることだ。万治元年は、いまからざっと三〇〇年前である。

しかし、これよりもまだ前、寛永のころには、江戸市中の侠客に、金歯組、銀歯組などというのがあった。喧嘩して失った歯を、金や銀で補塡したところから、この名が出たのであるが、旗本の中にも、江戸一番のあぶれ者といわれた山中源右衛門、向う歯一枚銀歯ありし者が、将軍家光の上意で、切腹仰せつかった事が、『明良洪範』に出ている。

江戸時代を通じて、入歯はむしろポピュラーなもので、川柳などの材料にもなっている。上句は忘れたが、化政ごろの句に「めかけ入歯をのみこんだ」というのがあり、若いめかけが入歯をしているはずはなく、これは旦那の歯を、思わずのみこんだので、近頃の映画も顔負けの猛烈なキッスの情景を詠んだものだ。

江戸初期の入歯の法は、金歯、銀歯の他には、よく知られていないが、幽学の義歯の嘉永元年よりも三二年前の、文政九年の序文のある佐藤成裕の『中陵漫録』という随筆の巻六には、入歯の法が詳しく書いてある。黄楊（ツゲ）で台を作って、これをエンジで紅く染める。これに蠟石の歯を植えるのである。また田口鼎軒の『日本社会事彙』には、出典は挙げてないが、江戸時代の義歯について、さらに詳細な法が記されている。例えば、ツゲは八丈島のがよいとか、植歯は、男のは象牙か備前或は秩父の産の白蠟石、女のは黒檀を用いるか、台とともにツゲを彫刻して、歯の部分には鉄漿をつけるとかいうような事があり、これを糸で隣の健康歯に結びつけて、もたせたとある。

江戸時代の義歯の実物の遺っているものも皆無ではない。越中の氷見の洞窟は弥生式時代の遺物や人骨が出るので有名であるが、往年京都大学の清野先生は、この洞窟底から、蠟石製の義歯を発見し、一時は弥生式時代のものかとまで考えたが、その後江戸時代のものと判明して、少々ガッカリしたことがある。

日本の義歯が慶長のころには、まだ知られていなかったか、少なくともポピュラーでなかったことは、慶長八年の『日葡辞典』にその名の見えないことで、推察できる。しかし中国では、随分と古くから「種歯」の法の知られていたことは、陸放翁の詩に「卜塚治棺輸我快、染鬢種歯笑人痴」というのがあり、その自註に「近聞有医以補堕歯為業者」とあるので判る。放翁は宋の嘉定三年に八六歳で死んでいるから、今からざっと七〇〇年前の人である。朝日の販売店が冥途にもあったら、放翁いまごろ「笑人無知」とうたっているかも知れない。

日本人の手と足

握りこぶしを作って、手首のところをぐっと曲げると、手首のところの手のひら側の皮膚の中央の部が隆起して、一本のすじが皮下に現われる。触ると固く緊張している。これは長掌筋という筋肉の腱である。日本人では大ていの人にこれがあり、欠けているのは一〇〇人のうちで四人位のものである。

ところが、この筋は西洋人では割合に欠損が多い。一〇〇人のうち二〇人近く欠けている。猿を解剖してみると、この筋は一〇〇パーセント存在しており、どうもこれの欠けている方が人間らしいということになる。して見ると、この筋肉の点では、日本人は西洋人よりも下等であるといわなければならない。

しかるに足の方にもこれと同じような筋がある。足蹠筋というのがそれで、これもやはり欠けている方が人間らしい足である。この足蹠筋は皮膚の上からは見えないが、解剖するとよく判る。日本人では一〇〇人のうち一一人まで欠けているのに反して、西洋人では一〇〇人中六人しか欠けていない。するとこの点では日本人の方が西洋人よりも高等だということになる。唯物弁証論というものが一時盛んであったころ、河上肇博士が何を思ったか、この長掌筋足蹠筋の事実を弁証法の例に引いたことがある。

土田杏村がそんな馬鹿な例はない。手と足とは何ら反対テーゼを含む概念を成さないときめつけて、一大論戦を展開したことがある。ばかばかしい話であるが、しかしそれ以来われわれの仲間ではこの両筋に弁証法筋という綽名をつけている。

手と足とのそういう解剖学的弁証法なら、まだその他にもある。手のひらを見ると、いわゆる手すじの他に指紋と同じような理紋がある。これを掌紋といっている。この掌紋の特徴をしらべて見ると、やはり日本人の方が西洋人よりも猿に近い。ところが、足の裏にもこれと同じく足蹠紋というものがあり、その特徴は、日本人の方が西洋人よりも高等である。すなわちここでも手は日本人の方が下等であり、足は西洋人の方が下等なのである。

日本人の足が西洋人よりも高等である点はまだ他にもある。西洋人は平常靴を穿いているから足の趾をあまり使わない。しかし日本人の足の趾は縄をなったり、草鞋を作ったりするときにいろいろ働く。船の艫を漕ぐときなどにも、足の趾をつかう。それを見て、日本人は猿のように足趾をつかう、原始的だと西洋人はいう。ところが、日本人の足趾の原始的でないことは解剖してみれば判る。

解剖してみると足の趾も手の指と同じように第二から第五までのゆびは三つの小さい骨がその軸をなしている。猿の足趾にはこの三つの骨が完全な形をしていて、手の指と同様に働く。ところが人間の足は専ら歩行やからだの支えに用いるために、趾が非常に退化している。つまり退化しているほど人間的なのである。

人間の足の趾の中で最も退化しているのは小趾である。形が変形して小さくなっているのみならず、三つあるべき骨の先と中の二つが癒合して、一つとなり小趾全体に二つの骨しかない、という場合さえしばしばある。西洋人は始めはその意味を知らないで、これは靴で圧迫するからそうなったのだと、後天的の影響のように考えていたのである。ところが靴を穿かない日本人に、この小趾の骨の癒合が多い。その割合は西洋人を凌駕しているのである。すなわちこれは後天的のものではない。進化学上意味のあるものであり、この点でも日本人の足は西洋人の足よりも高等なのである。

アメリカの映画に出てくるレビューガールの脚を見ると、膝から下が非常に細くてすらりとしている。現代人の嗜好には適していると見えて、日本人でもそんな脚を羨しがる娘さんが多い。ところが、猿の脚を見ると、下腿は非常にすらりとしている。こぶらはぎ（腓腸）の筋肉は少しも隆起していないのである。つまり、オーストラリアの土人や、黒人や、西洋人の脚は、日本人の脚よりも猿に近いのである。こういう風に、足の方では日本人は比較的高等な人種である。

そんなら上肢の方は日本人がことごとく西洋人よりも下等であるかというと、そうでもない。第一、腕の長い人間がいると「猿公」だと綽名をするように、猿は腕が長い。そして人間も腕の長い方が猿に近いのである。ところが、身体の各部の比例を割り出してみると、日本人よりも西洋人の方が腕が長いのである。絶対的に長いのはもちろんであるが、比較的にも長い。すなわち西洋人は腕の方でも日本人より下等なところがある。

もう少し専門的に血管や神経の状態を調べると、まだ面白いこともあるが、日本人と西洋人の手足の比較はこの位にしておく。これをもって見てもわかるように、或る一つの人種が、からだのあらゆる部分において、絶対的に他人種よりも高等であるというようなことは、あり得ないのである。そしてから だ全体を比較して見た結果では、今のところ、日本人の方が西洋人よりも高等の箇所が、その反対の箇所よりも幾らか多いのである。これらのことについてはまた暇があったらおいおい話してみたいと思っている。

信長父子の肖像

大徳寺総見院にある織田信長、信忠、信雄の三人の肖像は、その顔貌が皆共通な特徴をもっている。まず、高頭、長顔である。前頭は平たく、後頭はいわゆる、Planoocciput で、これも平たい。だから頭の上面観は小さくて、円い筈である。眼ははなはだしい斜眼で、瞼裂は細い。鼻は長く、鼻梁が凸彎を描いていわゆる鈎鼻をなしている。下顎は小さく、頤はあまり出ていない。

以上の特徴のうち、ことに著しいものは、高頭、長顔、長鈎鼻である。信長から二人の子供にこれがそのまま遺伝されたところをみると、これらの性質はメンデルのいわゆるドミネントなのであろう。織田家がもう少しつづいたら、日本にもかの鈎鼻をもって有名なハプスブルグ家のような、遺伝家系が確立されたのであっただろうと残念に思う。

石田三成の頭蓋

確かなことは憶えていないが、ワイマルかどこかでシラーの墓を発いたとき、この詩人の頭蓋の候補者が二つ出て来て人々を迷わせた。そこで解剖学者のだれだったかが双方の頭に肉をきせて、これを昔の肖像と比較し、真物と偽物とを見事に鑑別したことがある。これには立派な報告書が出ているが、手許にないのではっきりしたことを書き得ないのである。

バーゼルでエラスムスの頭蓋が出たときにも、解剖学者が肉をきせた。そしてホルバインの描いた彼の肖像などが引合に出されて一役を演じたことがある。これもバーゼルの博物館から報告書が出ており、私は一部持っている筈だが今ちょっと見出せない。

私もこれらの故知に倣い、先年台湾で有名になった白骨事件の被害者木越某の頭蓋と思われるものに、軟部をくっつけて、生前の写真と比較したことがある。この鑑定の結果は裁判官を満足させたと見えて、彼は容疑者を死刑にしてしまった。

京都の解剖学教室にいたころ、勝軍塚の石田三成の墓から出た頭蓋というものが教室にあって、一度これに肉をつけてみようと思いながら、つい怠ってしまったのであったが、しかし三成の頭蓋は、単に頭蓋を見ただけで彼の肖像画の風貌を連想させるような、顕著な特徴をもっていた。顴骨が出て、反歯であまり威厳のある顔ではなかった。彼の親方であった秀吉の頭蓋がもし出てきたら、それこそすぐに見分けがつくだろうと、考えただけで少し楽しくなってきた。

黒田如水の死因

医人であって宗具と称した江村専斎——彼は百歳の長寿を保って寛文四年に死んでいる。その昔話をあつめた『老人雑話』という書物が、「史籍集覧」など、二、三の叢書に収められている。その話はおおむね信ずるに足るものと考えられているが、その中に黒田如水に関する面白い話がある。

「黒田如水、病重く死前三十日許の間、諸臣を甚罵辱す。殊に乱心の体也。」という書き出しのある一節である。諸臣大いに困って、如水の嗣長政に訴える。長政如水に向って諸臣に寛ならんことを乞うときに、如水ひそかに長政に言う。「これは乱心ではない。汝のためにわざとやっているのだ。臣下の心がおのれ(如水)を離れて、早く汝の代になることを望むように仕向けているのだ」と。しかし、この話の後半は、おそらく長政のこしらえごとで、前半の乱心のていだけを信ずべきだと思う。そして、ぼくはこの如水の歿前三〇日間の「乱心」は、どうしてもバイドク性のパラリュージスに因るものだろうと、かねてから想像していた。

ところが近頃刊行された南方熊楠翁の全集巻八のなかに、慶長元和頃の名士で、バイドク患者だったものの名を挙げている中に、黒田如水の名が見える。如水はバイドクで死んだというのである。

南方翁の記事はこれだけで、その典拠が示されていないが、あの通りの博識の先生だから、きっと何かの根拠があるにちがいない。ぼくはそれについて、いろいろと探索してみたが、はっきりした文献が見つからない。当時の有名人士の病歴が書かれている曲直瀬玄朔の『医学天正記』にも、如水の弟の黒田養心の病歴は見えるが、如水のことは出ていない。

ただ一つ、如水は生前、自分で自分の頭のことを「唐瘡あたま」といっている。唐瘡(トウガサ)は当時ではバイドクの名称であったから、如水は自分で自分のことをバイドク患者だといったことになる。これは、秀吉が、わがなきあとで天下を取るものは如水の他なしと、近臣に洩した。これを伝えきいた如水が、すわこそ身の破滅とばかり恐れて、「この唐瘡あたまを獄門にかくべき前表はこの事なり」と言ったのである。この話は『黒田家旧記』(上の三)や、『黒田古郷物語』(上)などに出ている有名な話である。それ以来保身術にうき身をやつし、出仕の命があっても、やれ「唐瘡頭が痛む、跛臑が酸(うず)く様申して、終に浮世に出」なかったとも、『古郷物語』に記されている。秀吉も日常「黒田の瘡天窓(カサアタマ)は何とも心を許しがたきものなり」と言っていた(『名将言行録』)。つまり、秀吉在世のころ、如水はそういう頭をしていたのだ。これは後に治癒したことと思うが、現今のこっている如水の肖像は、みな頭巾で頭をかくしている。治癒したにしても、醜いあとが残ったのであろう。

この、如水の壮年のころの頭部の腫物が、果たしてバイドク性のものであったかどうかは断言出来ないが、執拗なものであったらしい。そして、少なくとも当人や、その周囲の人々は、これを当時南蛮人のもたらした、唐瘡だと信じていた。

次に、如水はその晩年、嫡子長政に向って汝の自分にまさることが五つある、と言い、その五つの勝事のうち一つとして、自分は男子は汝一人を有つのみだが、汝は男子を三人も有している、と言ったことが『武隠叢話』に出ている。いろいろのことから、この記事のような対話のあったことは信じかねるが、如水の子が長政一人だったということは正しい。如水は永禄一一年(一五六八)に長政を生み、それから一六年たって、天正一二年にはじめて次子熊之助を生んだ。熊之助はのち(慶長二年)朝鮮渡海の途中で溺死して、結局如水の子は長政一人になったわけである。この長子と次子との間の一六年間の間隔は、ポリモルタリテートの存在を疑わせる。貝原益軒の編した、黒田家譜の系図を見ると、如水に三人の妹、また一代おいて長政の子の忠之に同じく三人の姉妹の有ったことが記入されているが、長政の代には、弟熊之助の名を見るのみで、その他に女子のあったことが見えない。この時代の系図に女子の記載を省くことはありがちであるが、この場合には、長政と熊之助の間には、女子あって伝えられなかったのでなく、もともと女子がなかったと見るべきであり、ポリモルタリテートの疑いは濃いのである。

それから、如水は晩年に及んで、いろいろ他人から見て狂気とも見られ、馬鹿のようなとも思われる言動を、しばしば行なっている。『古郷物語』に見える話は、如水かつて龍若という草履とりを折監するとて柱にしばりつけ、用のある時は縄を解いて使役し、使役がすむとまた柱にしばりつけた。この事は別に狂気のようとも考えられないが、著者はこの記事のはじめに「如水は気違の様なる可笑事共多き中に」と書き出しているから、他にももっと風変りなことがあったのだ。この著者は他の段でも「如水は物毎に馬鹿の行を好み」と言っている。また同じ書物に、鍋島勝茂がかつて石田三成に通謀したことがあった。その証拠の手紙を如水が百両の金で勝茂に売りつけたことを挙げて、その心事を不可解としている。

また、慶長六年すなわち関ヶ原役の翌年、家康の天下をとった祝いをのべ、かつ長政に筑前を賜ったお礼をも言上すべく、はじめて伏見に上った時にも、何故となく、家康への出仕が延び延びになって、終いに目通りはならなかった。それは、如水をとりまいて、不穏な気があったからである。というのは、如水は伏見狼谷の邸に多くの客や浪人共をあつめ、盛んに放談豪語する。久しい間の友人の山名禅高が忠告すると、かえって威気高になって昨年石田の乱の始まった際、西国の兵を催して、中国は空国なり、海陸より上方へおし進み、内府と出合い次第に合戦に及ばば、なかなか内府の手に物をもたせる事ではなかったのだ、と、扇で畳をたたいて高言する。禅高は「呆れたる体にて、つづいて申さるる旨もなかりけり」という有様であったから、家臣共はハラハラして、はやばや福岡へ御帰城あるべし、と嘆願する始末だった（『古郷物語』）。

如水は一度福岡へ帰りその後、慶長八年十月伏見で発病して、有馬温泉で治療したが、九年三月二〇日伏見で死去した。享年五九。パラリュージスだったとすると、年齢の点には不都合はない。

すなわち、如水は発病の二年ほど前から、精神的の徴候が徐々にあらわれ、終りの一ヶ月には狂暴性になっていた。壮年時代、バイドク性と思われる執拗な頭腫があり、ポリモルタリテートの疑いがあり、晩年に精神的徴候を得て、恐らくは狂死した。如水の死因はおそらくバイドク性パラリュージスであったであろう。

服用

出雲地方で、一休みすることを「たばこする」というのは、他の地方の者には、大変めずらしい。他の地方では、たばこは言外において「一服する」という。

ところが、この一服が問題だ。今では、服用ということを口を通して、薬物を摂ることと考えて、疑うものがない。

ところが、現在でも海南島の土人などは、たとえば腹痛のさい、野草を腹や背の患部につけて、ヒモでしばりつけている。服というのは、元来からだの外につけることであるから、これがほんとうの服薬である。『中庸』の有名な拳々服膺という言葉も、つつしんで胸につける、という意味である。だから、たとえば『山海経』というような、古い文献を見ると、これを食すれば何々を治す、これを服せば何々を治す、という風に、食と服との用法をちゃんと使い分けて、記載している。

真の服用は、皮膚から薬用成分が吸収されての、効力をねらったものであり、現今でも、いろいろのコウ薬や軟コウなどがこの方法で用いられている。しかし、「コウ薬を服用します」などというと、いまでは却って人が驚くだろう。

神農さまの絵を見ると、口に一本の薬草をふくみ、からだにはたくさんの薬草を腰みののようにつけている。これは食薬と服薬とのお手本を示しているのかもしれない。

福来病

『日本紀略』に二条、この福来病の記事が見える。すなわち、

天徳三年（九五九）　今年人民頸腫、世号二福来病一。

長元二年（一〇二九）　十月、自二去月一至二今月一、京中病二頸腫一、世謂二之福来病一。

である。福来はふくら、つまり「ふっくら」であり、ふくれる病に意識的に福の字をあてたものである。『玉勝間』巻三は、この文を引いて、「頸のふくらかなるにより斯く云ひなせしなるべし」と、町医者の見解を示している。また清水浜臣の『答問雑稿』には、

按ずるに頸のふくらかなるによりてかくいひなせしにて、福来はフクラの仮字がきにてもあるべし、又俗にほゝづきのふくらかなる女をおたふくといふも同じ義なるべければ、今いふハサミバコといふ病をいへるなるべし。

と詳しく説明している。さらに高田与清の『松屋筆記』巻三七は、「福来はフクレの語にかり用《もちひ》し字にて、フクレヤマヒと訓ずべし」と主張している。

私はこの病気を、最初、今日の甲状腺腫ではないかと思っていたが、服部敏良博士の『平安時代医学

の研究』を見るに及んで、誤りであることに気づいた。博士は次のように述べている。

頸腫が流行性にくる点から見て、恐らく現今の流行性耳下腺炎に相当するものと想像される。現今、耳下腺炎を「おたふく風」と云うのも、このような所から出たものであろう。

この他『倭訓栞』ふくびゃうに、「黄胖病をいう、其症ふくれて見ゆるもの也」と記し、いずれも、福をふくれの仮字として用いている。台湾でも、ある腫物を福のつく言葉で呼ぶことがあるのは、偶然の一致とはいえ、おもしろい。

「古」字

「古」の字は『説文』では十口に従うという。この十口にはいろいろの解があり十代の伝承だとか、衆口だとかその両方だとかいわれているが、皆適切とは思われない。僕は古は十口の如き会意ではなく象形だと思っている。周の金石ではの如くなっており、|は十と読まれるので後にとなったのであるが、僕の考えではこれはの如き形を象わしたもので、その形は甲状腺腫から来ていると思う。その形の甲状腺腫に類した牛の頸の贅皮を胡というが、これも月は肉であって説明であり、その本態は古である。胡は一に礼器であり、壺である。壺はの如き容器であろうが、胡もの如き壺であったと思う。湖は水の古形に溜ったところである。胡は胡寿の如く長寿の意がある。長寿者はすなわち老人であり、甲状腺腫の最も典型的に発達したものである。甲状腺腫の地帯、例えば熱河地方の如きは、老人はすべて見事な嚢を頸にぶら下げている。これは老人のシンボルであり、老人を表わすには或はの如き形を用いるのが適切である。周代金石文の「寶」字はである。家に玉、貝あり古すなわち老人がいて寶なのである。古代人には「古《ふるくいにしへ》」という観念がまず抽象として浮ぶよりは、眼前の老人を以って「古」の観念が代表させられたであろう。古は甲状腺腫であり老人であり長寿の象

であり、而して最後に「いにしへ」であった。台湾では甲状腺腫は不吉な観念でなくて「福」の観念が伴う。日本でも『玉勝間』の例がある。中国の「胡福」はこれであろう。そこで古は吉に通う。古文では古字と吉字とは共通である。胡人は北方の甲状腺腫地帯の異族の名である。僕は古字は甲状腺腫の象形であり、ふるし、いにしへ、という観念は後に抽象されて出て来たものと思っている。

嬰　児

「嬰」は前にいう通り双貝の飾り物である。女の頸にかける。その形から甲状腺腫を癭ということが起った。嬰形の病症であるからである。嬰は頸飾を頸に巻くところから、めぐる、めぐらす、という意味で生じる。しかしなぜこれが幼児みどり児の称になったであろうか。甲状腺腫は老人では古形にふくらみ垂れ下る。すなわち胡である。しかし幼児にはの如く単に双貝の如き形のかすかなふくらみが見えるにすぎない。幼者は嬰であり、老者は胡である。いずれも甲状腺腫地帯の住民の命名であろうと思う。釈名に「嬰」は胸前をいう。幼児を胸前に抱くから幼児を「嬰児」ともいう、との説明があるが、信じられない。嬰は胸前でなくて頸である。

台湾の癭疾文献

癭疾は今の甲状腺腫《スツルーマ》である。台湾にはかなり多い。『台湾紀略』所引の「一肚皮集」に「大肚山以内、居民頸に癭疾多く、附贅懸疣の如く、医薬も効なきは、此れ地気の異れる為なり。」又龔柴の『台湾小誌』に「東境は生蕃の地と為す。頸に贅瘤を生ずるの人、随所に皆有り。」いずれも伊能氏『台湾文化志』下巻より引く。因みに癭は嬰の病気であり、嬰は双貝を頸に懸ける女飾である。病気の形状のこれに似るところより起った文字である。古人癭を忌まず。癭すなわち甲状腺腫は地方病であるから、そうした地方では普通一般のことである。だから嬰まで忌まれないというのが当然であろう。このことは癭に対する一つの観念を決定したと考えられないだろうか。

『列女伝』巻六の「斉宿瘤女」の賢明貞節であったために閔王の后となったことは、古人の必ずしもこの疾を忌まなかった一証であるが、なお消極的例証たるに過ぎぬ感がある。積極的にこれを祝福する如き事例を多年披していたが、『史記』の秦の樗里子の伝に、彼が癭ありて多智なるため、人これを指して智嚢となしたとあるのを知った。前に書いた「古」字の説に大変都合のいい材料である。

古人の曰く

上薬中薬下薬

上薬は命を養う。五石は形を錬り、六芝は寿を延ばす、などをいうのである。中薬は性を養う。合歓の忿を除き、萱草の憂を忘れしめるなどは、これである。下薬は病を除く。大黄の実を除き、当帰の痛を止めるなどがこれである。（『博物志』）

三人冒霧

昔、三人の男が、同時に霧を冒した。一人は病気になった。一人は無事だった。一人は死んだ。無事だった男は酒を飲んでいた。病気になった男は飯を食っていた。死んだ男は腹が空っぽだった。（『博物志』）

扁鵲

医者の尊いのは、病候を見て薬を調えるところにあるのではなく、その息や脈を見て、病気のよって生ずる所を知るのにある。それはちょうど、聖人の尊ぶべきところは、その罪によって、刑の軽重を考えるところにあるのではなく、乱のよって起るところを、能く知るのにあるのと同様である。（『灸轂子』）

龍宮薬方

孫思邈が或るとき、一四の青蛇を救ったことがある。これは龍の子であったので、後に孫は龍王に召されて、水府に入り、龍宮秘方三十を得た。孫の著わした『千金方』（三〇巻）の中には、一章毎に一つの秘方が隠されているはずだ。（『続仙伝』）

疥有五徳

疥癬には五つの徳がある、ということだ。顔まで上ってこない。これは仁である。喜んで他の人に伝える。これは義である。搔くとき、右手を左の袖に、左手を右の袖に入れて叉手する。これは礼である。指のまたや節の間などに好発する。智である。痒みは必ず一定の時間に起る。これは信である。（『東斎記事』）

医者意也

許裔宗は名医であった。人がどうして本を著わさないのか、と尋ねた。その答えに、医は意である。脈の深いおもむきを、どうして言葉で伝えることが出来ようぞ、といった。（『談賓録』）

虱　卜

嶺南（広東地方）の人は、病気になると虱を這わせて卜《うらな》う。虱が病人のからだに向って歩くと病人は助かる。病人から離れてゆくと凶である。（『酉陽雑俎』）

正郎鼻

徐郎中（郎中は役名）が若いとき夢を見た。神人が竹籠をもっている。その中には、人の鼻が一ぱいはいっている。神人は徐をつくづくと見て、運の悪い顔ではない、ただ鼻が反っていて小さい、一つとり換えてやろう、といって、籠の中から一つの鼻をとり出し、徐の鼻を削りとって、とり出した鼻をくっつける。ひどく痛かったが神人は笑いながら「これでこそ正郎（役名）の鼻だ」といった。徐の鼻はもともとあまり隆くなかったのにこれ以来鼻すじがだんだん通ってきた。そして、役もだんだん上って、とうとう正郎になった。（『括異志』）

医道将行

王彦伯の医術のやり方はこうだ。庭に釜を据えて薬を煮る。と、老幼男女庭に満ち、門を塞ぐほど集る。彦伯は指さして、熱のあるものはこれを呑め、寒気のするものはこれ、咳の出るものはこれ、といっておく。その翌日、各自謝金や礼物をもってくる。効かないものはなかったという。（『国史補』）

III

お月さまいくつ

お月さまいくつ

一

行智編『童謡集』に、「子守唄　これは目ざめ唄也」として、次の童謡が採録されている。

お月さまいくつ　十三七つ
まだとしゃわかいな
あの子をうんで　この子をうんで
だれにだかしょ　お万にだかしょ
お万どこいた
油かいに茶かいに
油屋の縁で　氷がはって
すべってころんで

油一升こぼして
次郎どんの犬と　太郎どんの犬と
みんななめてしまった
その犬どうした
太鼓にはって
あっちらむいちゃどんどこどん
こっちらむいちゃどんどこどん

この『童謡集』は、文化・文政期における悉曇学研究の第一人者行智によって、文政三年（一八二〇）頃に作られたといわれ、内容から見て、宝暦・明和年間（一七五一―七一）の童謡を集めたもので、この「お月さまいくつ」の他に、「かごめかごめ」・「れんげれんげ」等の唄も収められている。

「お月さまいくつ」は、現在でも殆んど変らぬ形で残り、『日本歌謡集成』(注1)巻十二・近世篇、岩波文庫『わらべうた』等に載せられ、全国各地の異伝は、北原白秋編『日本伝承童謡集成』(注2)巻二に、ほぼ網羅されている。次章の歌はみな、白秋の編著からの引用である。

二

「お月さまいくつ」という問いかけで始まる、この唄のヴァリアントを見ると、そこにはたいてい、お万・油・犬の三つが登場している。この組合せで、次のように分類することも可能となろう。

一　お万（又は別名）と油と犬を含むもの

二　お万（又は別名）と油

三　お万（又は別名）

四　油と犬

五　油

六　これらの言葉を含まないが、お月さまへの問いかけで始まるもの

ここで、それぞれの例を挙げてみよう。

一の例（兵庫）

お月さまなんぼ　十三七つ
そりゃまだ若いや
松の木へのぼって　赤子を生んで
それ誰に抱かそ　おまんに抱かそ
おまんいやとて油買いに酢買いに
油屋の門で油一升うちまいて
その油どうした　犬がねずって候
その犬どうした　太鼓に張って候

その太鼓どうした　火にくべて候
その灰どうした　瓜にかけて候
その瓜どうした　鳥がちぎって候
その鳥どうした　阿波へぶいぶい
讃岐へぶいぶい

他に、東京・長野・新潟・福岡・香川・愛媛・茨城にも、同形のものが見られる。

二の例（長崎）

お月さま幾つ　十三七つ
まだ年ゃ若い
いばらのかげで　赤いぼこ産んで
おまんに抱かして油買いやったらば
油屋の前で滑ってころんで
赤いばいよごして　洗屋で洗って
乾屋でほして　畳屋でたたんで
てんてん手箱へ打ちこんだ

他に、新潟・島根にも、同形のものがある。

三の例（山口）

お月さまなんぼ　十三九つ
そりゃまだ若いよ　若いのは道理
道理の道で　子をひとり拾うて
そりゃ誰に抱かしょ
お万に抱かしょ
お万の部屋は金の屛風に切子の枕
きいきいとないた

他に、広島・三重に同形のものがある。

四の例（滋賀）

お月さんどこへ　油買いに酢買いに
油屋の角で　油一升こぼして
その油どうした　犬がねぶって候
その犬どうした　太鼓にはって候
その太鼓どうした
ぶうぶう燃して候

その灰どうした
裏の胡麻の畠にまいて候
その胡麻どうした
まんまんさんに供えて候
他に、京都・奈良・福岡に同形のものがある。

五の例（石川）

お正月いくつ　十三七つ
まだ年ゃ若い
ねんね生んで　子生んで
おんばさにやったらば
油屋の前に滑ってころんで
銭一文拾うて一文膏薬買うて
貼ったら治った　おうろうろうろ
他に、群馬・千葉・長崎・鹿児島・兵庫に同形のものがある。

六の例（茨城）

お月さんいくつ　十三七つ
まだ年若いね　いつ嫁に行くの
あしたの晩の雞の頃
仲人はどこだ　お山の坊主
赤茶に染めて　黒茶に染めて
ぷっぷくぷうのぷう

（群馬）

お月さんいくつ　十三七つ
夜のよなかに　兎をつれて
海見て山見て川越えて
ひろいお空をとんととはねる

（岐阜）

お月さまいくつ　十三七つ
そりゃまだ若い
白粉つきょ　紅つきょ
笹の葉で帯しょ　どったんしょ
踊らまいか　のうのうのう

(佐賀)

お月さんいくつ　十三七つ
七つの年から京にのぼせて
学問させて
七どん八どん源八どん
そういうて喧嘩してくいやんな

このタイプは、全国到る所、さまざまな歌詞で存在する。一方、次の歌などは、その内容から見て、「お月さまいくつ」と同類と考えてよいであろう。山形の例を挙げておく。

烏、烏、足洗ってどさ行ぐ
麴買いに罷る
そんならその麴は犬がなめ申した
そんならその犬は打ち殺した
そんならその皮は太鼓に張り申した
そんならその太鼓は
向いの太郎と隣の次郎と
ぶっさばき申した

長野の例も加えておこう。

鳥　鳶どこへ行く
お諏訪さまのお迎いに
何々持って行く　麹三合米三合
橋の詰へこぼいて　爪立って拾って
洗場《せんど》で洗い　ゆすぎ湯ですすぎ
囲炉裏のぐるりへ持ってって
甘酒作っておいたらば
下の町の黒犬と上の町の赤犬と
甘いといっちゃひん舐め
まずいといっちゃひん舐めて
みんな舐めてしまった
その跡はどうやった　太鼓に張った
太鼓はどうやった
夕べの踊りに叩き破ってしまった

三

さて、この歌が最初に見える文献は、先に挙げた、行智編の『童謡集』であるが、その「朱書」に、

俳諧崑山集　慶安四　良徳撰

九月十三夜更に、

お月さまやいくつ十三七ツ時　吉時

宝暦年間の川柳点

久松は次郎太郎の犬の年

とあり、「お月さまいくつ」の句が、慶安四年（一六五一）にすでに見えることを、注記している。その他、元禄一五年（一七〇二）に上演された、近松の『賀古教信七墓廻《かこのきょうしんななはかめぐり》』第一段に、

……おちや乳人《めのと》の癖として

背《せな》に子を負ひ寝させて置て

犬の子犬の子とゆたもな　めなかけそ

ここな子は幾歳《いくつ》　十三七つ

七つになる子がいたいけな事を云《いふ》た

殿が欲《ほしい》と唄ふた

とあり、また宝永七年（一七一〇）刊の『松の落葉』(注3)巻三の七「難波壺論」に、

……飲めや歌へやざゞんざの
声澄み渡る目出たさよ
我も変らぬ嬉しさよ
こゝな殿御はな幾つ　十三七つ
あらまだ若や　さても〳〵わごりよは
誰人の子なればしをらしや……

と見える。

この歌は、庶民の間で好んで歌われたらしく、時代は降るが、式亭三馬の『浮世風呂』の中でも、朝湯につかりながら、父親が小さい兄妹と一しょに、かわるがわる「お月さまいくつ……」を歌ってゆく。

天保二年（一八三一）刊、小寺玉晁編の『尾張童遊集』(注4)に、

お月さまいくつ十三七つ……往古よりかくわらんべの唄へる、其意をあんずるに応永の比にや、

と、この歌の成立を、室町初期の応永年間（一三九四―一四二七）と推測しているが、傍証はなく、その発生や起源は、明らかではない。結局、以上の資料から、この歌は、江戸初期には存在していたと認められるにすぎない。

四

「お月さまいくつ」という問いかけに、「十三七つ」と答えるのが、この歌のごくふつうのパターンであるが、他に、「十三一つ」や、「十三九つ」と歌う地方もかなり多い。これについて真鍋昌弘(注5)は、日本全土の分布を丹念に集めて、地図の上に示し、

これを見るかぎりでは、㈠十三七つ型の中にまじって、十三一つ型が、長野に一部分ある他は、畿内にかたまっていること、㈡十三七つの型の中にまじって、十三九つ型が近畿以西の西日本と東北にかたまっていて、日本の両端に見うけられること、㈢十三九つの型が、なかでも瀬戸内海沿岸の地帯に一様に見うけられること、などがあげられる。わらべうたの伝承伝播ということで、今後考慮されるべきであろう。

と述べている。しかし、それらの地方に、「十三七つ」の詞も共存していることから、やはり「十三七つ」が、祖型であろうと思われる。ところでこの「十三七つ」が、何を意味するかについて、従来多くの説が提出されたが、未だに定説を見るに至っていない。古くは安永五年(一六七六)叙の『小歌事文類聚』(注6)第十「童歌古記の小哥」十一首に、

お月さまなんぼ、十三七つといふ事は、元天文推歩の名目より起りたる事のよし、ある天文者申されき、天は昼夜に三百六十五度四分度の一をめぐり、日はこれに一度づゝおくれ、月は十三度七分

づゝおくれる事をしる名目よりいでたる事とかや。

とあるが、菊池寛は『話の屑籠』にこの説を引いて、「これはこじつけらしい」といっている。このように天文暦法にかこつけて説明するものに、山田孝雄(注7)の意見がある。彼は太陰暦と太陽暦について検討した後、次のようにいう。

今ここに至って考へて見れば、上の童謡は、十三とは暦年の月数をさしたものと見られ、その十三ヶ月の閏年が、十九年に七つあるということを示したものと見ゆる。

そしてその理由を、

おそらく之は、当時の暦法の公式を、和歌か諺かの形として、覚え易くして後輩に教えたものであったろうと思う。

と説いている。しかしこれも牽強附会を免れず、「十九年に七度」の十九の数が出てこない限り、充分に説得的とはいい難い。

現在、最も妥当な見解とされているものは、月齢とする説と、娘の年齢とする説の二つである。前者は歌の意味をそのままに解釈したもので、相馬大は『京のわらべ唄』(注8)で、十三夜の七つ刻の月という意味である、とする。子供たちが十五夜の月を待ちきれず、十三夜の月、しかも夕方の月に向って歌いかけ、月と問答した形になっている、と解するのである。浅野建二(注9)は、十三という数が固定していることから、十三夜(豆名月)の行事などに結びつけられた数字であろう、と考えている。

また、「十三一つ」が祖型ではないか、という説もあり、十三に一つを足して十四夜、十五夜より一夜早いということで、「まだ年若いな」という言葉が続くというのである。

娘の年齢であるとする説は、十三と七つを足して、二十歳の娘、当時としては適齢期を少し過ぎた娘のことで、続く「まだ年若いな」の句は、その娘に対する皮肉なあてつけである、とするのである。兵庫に、

　お月さんなんぼ　十三七つ
　そらまた若いな
　若うもごんせん
　はたちでごんす

という歌詞があることが、この説の根拠として引かれるが、この詞も、そうした解釈の一つとして、後に生れたもので、最初からこの歌詞で歌われていた、とは考えにくい。

島袋全発の『沖縄童謡集』(注10)に採録されて、広く知られるようになった八重山童謡に、

　月の可愛しゃ　十《とう》日三《み》日
　女童《みやらび》かいしゃ　十《とう》七つ
　　ホーイチョーガ

というのがあり、月の美しいのは十三夜、乙女の可愛さは十七歳という意味である。これらに関して、桜井満(注11)は綜合的に次のように述べている。

十三夜の月を眺めながら子供を背にした子守りが謡った歌なのであろう。「十三七つ」で二十歳の

若さをいうと考えられたりしているが、十五夜の月を待つ気持が表現されているとみてよい。「十三七つ」の「七つ」はまれに「十三一つ」とか「十三九つ」などと謡われるところもあり、調子を整えるだけの言葉だったのかも知れないのだ。なお沖縄の八重山地方の童唄に、「月ぬ美《カイ》しゃ」といわれるものがあり、

〽月ぬ美《カイ》しゃ十三日《トウカミカ》　みやらび美《カイ》しゃ十七つ《トウナナ》ホーイチョーガ

と謡われている。月の美しいのは十三夜であり、少女の美しいのは十七歳だ、というのであって、「鬼も十八、番茶も出端《バナ》」に通うものである。なおこれも「鬼も十七……」ともいう。とにかく、十五夜に満たない十三夜から「まだ年若い」おとめに連想が発展するのもたしかであろうが、十三夜の月が謡われているのだ。十三夜の月もまた名月であったのだ。「片月見」といって、八月十五日の月見をしたら必ず九月十三日にもお月見をしなければならないという俗信もある。「芋名月」に対して「豆名月」とか「栗名月」と呼ばれている。

この文中、「調子を整えるだけの言葉だったかも知れぬ」という指摘があるが、そういうことであれば、「十三七つ」——jūsan-nanatsu→san-nana が、同音の反覆で、最もふさわしい数であるともいえよう。

東北地方の津軽や秋田では、「十五七節」と呼ばれる山唄が残っている。例えば、

十五七がヤイ
沢を登りに笛を吹く

峰の小松が皆なびく
十五七と
五月五日の粽《まき》の葉は
年に一度はいはれ草

などというのがあるが、これについて柳田国男(注12)は、

……十五七節は其歌の章句のはじめに、十五七といふ語がよく使はれるからで、その十五七は成年期の女子のことであった。

といっている。「十三七つ」の句に対して、いささか参考となろう。

また、この十三七つは、恐らく調子のよさからであろう、以後さまざまの場合に転用されて、一種の慣用語となったことは、次の『嬉遊笑覧』(注13)によっても、窺い知られる。

お月さまいくつ十三七つといへることをとれるにや「類柑子」乳のみ子に意味を付てや十三夜　沾州「松の落葉」丹前の部、難波津壺論、こゝのとの子はないくつ十三七ッあらまだわかや云々、沾涼が「あやにしき」韓に舟よぶ場所を思だし、山からにょっと十三七ッ　蓮真菰垢離の音頭の鼻へ来る　この十三七ッは月の句にて童謡をとれるなり。又似たる諺あり「物類称呼」に東国の童謡に、旅籠はいくら十三はたごと云こと有。いにしへ鳥羽街道にて十三銭のはたごありしことなりとぞいへり。

なお附記すれば、「十三一つ」が畿内に見られることに関し、南方熊楠は「お月様の子守唄」と題す

る短文（注14）で、郷土田辺で歌われているヴァリアントを、次のように紹介している。

「お月様（あるいは、あとはん）いくつ、十三一つ、そらまだ若い、若船へ乗って、こぎこぎ見れば、夷子《えびす》か大黒か、福の神かみかみ、また今度お出で、守りのゼゼ（銭）で、ひともじ買うて、ぼりぼり咬《か》みましょ」。子守唄と言わんより、子守言葉と言うべきものだ。『守貞漫稿』二五編に、月を観て子児および小児冊《かし》つきの女の詞に、京阪にては、「お月さんいくつ、十三一つ、そりゃまだ若や、今度京いのぼって、守りのぜぜで、おまんを買うて、お万どこいた、油買いに酢買いに、油屋のかどで、滑って転《ころ》んで、一升こぼして、太郎どの犬と次郎どの犬となめって候」。江戸にては、「ののさんいくつ、十三七つ、まだ年は若いな、あの子を産んで、この子を産んで、だあれに、抱《だ》かしょ、お万に抱かしょ、お万どこいた、油買いに茶買いに、油屋のえんで、氷がはりて、滑って転んで、油一升こぼした、その油どうした、太郎どの犬と次郎どの犬と、みななめてしまった」。（「郷土研究」一巻七号四三〇頁、弘津史文「子守唄」参照）（大正三年一月「郷土研究」一巻一一号）

〔追加〕

「お月様の子守唄」刊行ののち拙妻に示すと、拙妻いわく、これは完全な物にあらず、わが祖母八十一で二十四年前歿したるが、常に唱えしは次のごとし、と。その詞が、「井戸のぞーきんどと、竈《かま》のはたのぞーきんどと、せい競べをしたら、娵《よめ》の陰戸《ぼぼ》へ火が付いて、娵泣くな泣くなよ、赤い小袖三つ、白い小袖四つ、それが嫌《いや》ならツツとお帰《かい》り、お帰りの道で、大箱《おおばこ》小箱《ばこ》、小箱の内に、雌《めん》鳥雄鳥《どりおんどり》、尾のない鳥と、尾のある鳥と、竹の筒《つつ》っぽ銜《くわ》えて、高い山へ上《のぼ》る、上るはいくつ、十三一つ、そらまだ若い」、以下既刊のごとし。ただし、これには月のことなし。月に関する子守詞にちなんで作りし一種の詞で、まずは今も唄わるる「入道清盛ゃ火の病い、山へ登るは石堂丸よ、丸い卯も切り様で四角」などという尻取り唄の前駆なるべし。山形最上地方には、「お月様なんぼ、十三七つ、まだ年若い、油買いに酢買いに、酢屋の前に、すとんと転んで笑われた」という由、小宮水心の『随筆大観』三七八頁に見ゆ。(大正三年二月「郷土研究」一巻一二号)

〔追加〕

拙妻に教わったのが刊行成りて、念のため読み聞かせおると、田辺から七、八町隔った神子浜《みこのはま》から来ておる下女が、かの在所で行なわるるは多少違うとて教えてくれたから、実《げ》にや勧学院の雀は『蒙求』を囀る、下女ながらも民俗学の穿鑿感心の至りと賞して、筆記した。その詞にいわく、「昨夕《よんべ》来た嫁さん、結構《けっこ》な座敷へ坐らせて、襟とおくびと掛けてんか、能《よ》う掛けぬ、そんな嫁ならいりません、田圃《たんぼ》の道まで送りましょ。京へ上《のぼ》って男に惚れて、惚れた男に何買うてもろた、櫛や笄《こうがい》、紅白粉《べにおしろい》買うてもろた。お月さん小月《こつき》さん、今度の衣《べべ》は、裏は桃色表は鹿子《かのこ》、鹿子揃えて御乳母《おんば》に着せて、御乳母悦ぶ、お月さん怒る。お月さん小月さん、十三一つ、そらまだ若い、若舟へ乗って、沖こぎ見れば、夷《えべす》か大黒か、福の神かみかみ。神々の銭《ぜぜ》で、ひともじ買うてボリボリ嚙んで、くさい子を産んで、誰《だーれ》に抱《だ》かしょ、誰に負わしょ」。(大正三年十月「郷土研究」二巻八号)

五

この「お月さまいくつ」の歌に、子守女の名が出てくるが、その多くは「お万」である。それ以外の名、例えば、おこよ・おちょぼ・お仙・お千・お菊・お花なども、各地に見られる。この「お万」は、他の民謡から取りこまれた可能性のあることは、次の諸例によって推測される。

おまんどこ行った　油かひ茶かひ
茶かひ山から谷そこ見れば
見れば目のそこ　そこりゃ歯の薬
薬峠の権化さまよ
様よさみのかは　そら猫の皮
かはい男にさし傘さして
さして通れば二階でまねく
まねく二十一　妹は二十
はたちで道中なるものか
こぬか三升持ちゃ婿には行くな（埼玉・子守唄）

この歌を例に引きながら、浅野建二は次のように論じている。(注15)

このように、「お月さまいくつ」とは全然無関係にうたわれているものもあるので、「おまんどこいた」以下を全く別系統の歌とする見方もできそうであるが、これは見る通り一種の尻取り歌として、民謡との交流の著しいもの、童謡とはいうものの、大人の興味を中心とし、既に子供の世界からは遊離したものというべきである。それはむしろ「お月さまいくつ」の歌から転化したものと考えられる。かように古くから伝承される童謡には、往々にして童歌に大人が参加した部分が混入していることがある。ことに江戸時代の市井に起った有名な事件（例えば井筒屋お駒の伊勢神宮へ抜け参りの悲劇など）が、一種の口説《くどき》風のものとして手鞠唄や何かに採用され、あちこち形のくずれたままで、命脈を保っている実例はかなり多い。小島氏の最近の論文にも、この大人の世界と子供の世界のチグハグによって原型が歪められている場合の多いことが指摘されている。そこで、この歌の「おまん」なども、そういう角度からすれば、或はひょっとすると、東海道の名物女「関の小万」を詠み込んだ民謡が流布伝播して以来、童謡に混入するようになったものであるかも知れない。つづいて、「お万」を含む多くの俗謡が引かれているが、これは省略しておく。

次に、多くの歌詞に頻出するのは、油と犬である。これについては、『嬉遊笑覧』の説がある。(注16)

今童の月をみてお月さまいくつ云々おまんどこへいた油かひに茶買にと戯れ唱ふることあり、其義わきまへがたし、但し油かひに云々いへるは是もゝと物がたりにてありしにやとおぼし「甘露寺職人歌合」に、山崎やすべり道ゆく油うり打こぼすまであく涙かな　判云 此歌の故事をおもふにも山崎のうばがもとにあぶらかひにいたればとこそ侍れ、それを今作者なれば油うりとよめるも本説にたがふめり、たゞ油かひと詠べきにこそあり、此事いまだ考へざれどもさる物語より児戯は出たる歟。犬については、先に引いた『童謡集』頭注に、「宝暦年間の川柳点、久松は次郎太郎の犬の年」とあるのに、「太郎どんの犬と、次郎どんの犬」の歌詞が符合するというが、山川菊栄の『おんな二代の記』(注17)には、彼女の母が父から聞いたという、次のような話が紹介されている。

七代将軍(家継・一七一三―五)の生母月光院のスキャンダルを風してできたもので、月光院が六代将軍家宣に仕えて七代を生み、家宣に死別後、若くて閣老間部詮房の子をみごもったといううわさをいい、お万に抱かしょは、お万の方を指し、あとの文句は、結局、その子を闇に流して世間体をつくろったことをいったもの。太郎ドンの犬と次郎ドンの犬とあるのもそれぞれにあてはまる人物がわかっていたらしく、この歌がはやりはじめた頃、幕府がきらって押えた。

これは時期的に見て、行智『童謡集』以前のことであり、可能性のある話であるが、うまくできすぎていて、却って信憑性に乏しいように思われる。

六

李献璋の旧書『台湾民間文学集』(注18)に収録されている、台北地方の童謡に、次の一篇がある。

蚱蜢公　穿紅裙

欲何去　欲等船
船何去　船損破
船片何去　片焼灰
灰何去　灰壅菜
菜何去　菜結子
子何去　子搾油
油何去　油点火
火何去　火給老公突熄
老公何去　老公仔死在弓蕉脚
用甚貯　用破猪槽
用甚蓋　用破米籮
用甚祭　一甕亀一甕桃
一甕雞屎膏蠕蠕趖

意訳すると、次のようになるらしい。

イナゴ（蝗）さん　赤いパッチで
どこへ行く　船待ちに
その船どうした　こわれた

そのこわれどうした　焼いて灰にした
その灰どうした　野菜にかけた
その野菜どうした　実がなった
その実どうした　油にしぼった
その油どうした　火をつけた
その火どうした　旦那が消した
その旦那どうした　死んで芭蕉の根へ埋めた
何に入れて埋めた　破れブタ槽に入れた
何で蓋した　紅餅一皿桃一皿
雞の糞一皿　うーじゃうじゃ

これを見ると、問答体の歌であるが、相手の語を受けて、尻取り歌のように、つぎつぎと質問して、相手がそれに答えてゆく。これは同書に同様の形式のものが五篇採られているうちの、私には比較的翻訳しやすいものを、一つ挙げたのである。その五篇のうち、他の四篇は、それぞれ、旧城・彰化・屏東と、採録地不明のものである。これで見ると、台湾では北部・中部・南部と、普遍的に伝承されたもののようであることがわかる。

著者からこの本を贈られて、これらの歌を見た時、すぐに連想したのは、日本に古くからある童謡、「お月さまいくつ」の歌であった。尻取りに類した、たわいのない根問いの形式であることが、台湾のものと非常によく似ている。自分の好奇心を飽くまで満足させようとする、児童心理の共通性からして、これが台湾と日本との両地に、偶然別々に発生したと見られないことはない。その間に何らかの連絡があった、と見るよりは、むしろそう考える方が穏当である。しかし台北や屏東のものには、日本のものと同様、「その油どうした」の一句が登場している。そして犬も出てくる。これも偶然の一致だとする。しかし採集地不明の一例には、冒頭に「月光々」即ち「お月さまきらきら」の句があって、日本のものが「お月さまいくつ」から始まるものと、いかにもよく似ている。こうなると何故か、偶然の一致とはいいきれない気がしてくる。(注19)歌詞は次の通りである。

月光々　老公在菜園
菜園掘鬆々
欲種葱　葱無芽
欲種茶　茶無花
欲種瓜　瓜無子
掠老婆仔来打死
打死在何位　打死在弓蕉脚
用什麼貯　用破猪槽
用什麼蓋　用破米籮
啥人跪　老海瑞

啥人拝　老子婿
啥人挙香　老新娘

海瑞は、文革の発端となった呉晗の『海瑞罷官』の主人公。明の嘉靖・万暦間（一五一四―八七）、広東瓊山の人で、『明史』巻二二六に伝がある。世宗を諫めるに当って、あらかじめ棺を市《か》い、決死の覚悟を示したことで有名な忠臣。それ故、この童謡は明末以後、恐らく広東あたりで歌われたものが、台湾にのちに移入されたものであろう。

それはともかく、こうした疑いを抱いてから、三〇年余りの歳月がたった。その間、手をつけないままに放置してきたのであるが、何とかこれをいま一度、とりあげて考える気になった。結論が出るかどうか心もとないが、問題の提起だけはしておきたいと思う。

林耕の『客歌と山歌』(注20)に、翁源（広東韶州）地方の童謡として、「月光々」で始まるものを二十一種採録しているが、その中に、

月光々　好種薑
薑碧蕾　好種菊
菊打花　好種瓜
瓜盲大　孫子偸来売
売倒三文銭　学打棉

棉綫断　学做磚
磚断節　学打鉄
鉄生魯　学遅猪
遅猪 yu 蝕本　学做粉
粉 yu 焼　学撑船
撑船跌落水　終差奔狗咬到呀呀呀

月あかり　薑植えにいい
薑に芽がでりゃ　菊を植え
菊が花咲きゃ　瓜を植え
瓜まだ熟さぬに　孫が偸《と》って売った
三文に売って　棉打ち習おう
棉糸は切れる　瓦焼き習おう
瓦は破れる　鉄打ち習おう
鉄は銹がでる　豚殺し習おう
豚殺しは損する　粉打ち習おう
粉風を引く　船頭になろう

船頭して川に落ちこんで
とうとう犬奴に咬みつかれた

というような尻取り式の歌が多くある。この類歌は、やはり広東の梅県等にも見られる。いま一つ、このような例を引いておく。上段は広州で、(注21)下段は閩(注22)(福建)で歌われているもので、この歌やまた他の歌からも、両者がほぼ同一の歌謡圏にあることが推察される。台湾が、福建・広東の文化圏に属していることは、いうまでもない。

月光々	月光々
照地塘	照寺塘
年卅晩	年三晩
摘檳榔	切檳榔
檳榔香	檳榔香
摘子薑	切指薑
子薑辣	指薑辣
買葡突	買羊胆
葡突苦	羊胆苦
買猪肚	買猪肚
猪肚肥	猪肚肥

買牛皮
牛皮薄
買菱角
菱角尖
買馬鞭
馬鞭長
起屋梁
屋梁高
買張刀
刀切菜
買籮蓋
籮蓋圓
買隻船
船漏底
沈死両個番鬼存
一個蒲頭
一個沈底

買牛皮
牛皮薄
買菱角
菱角尖
買馬鞭
馬鞭長
建屋樑
屋樑高
買張刀
刀切菜
買鍋蓋
鍋蓋圓
買隻船
船没有底
浸死両個小孩子
哈　哈　哈
一個変海豚

一個匿埋門扇底　一個変海豹
悪々食孖油炸燴

これらは、非常に長い尻取り式の歌であるが、「月光々」で始まるものには、何故かこの様式のものが非常に多い。今度は北上して浙江呉興の、楽清県の童謡（注23）を挙げて見よう。ここには油が登場してくる。

月光々　光亮々
頭葱篦子給娘々
娘好　爹好
打双糢粫給兄嫂
兄嫂踏一脚
踏扁変隻鴨
鴨何用　鴨生卵
卵何用　卵客喫
客何用　客担油
油何用　油点燈
燈何用　燈陪月
月何用　月上山
山何用　山生草

草何用　草牛喫
牛何用　牛耕田
田何用　田種穀
穀何用　穀人吃
人何用　人伝種――男女孩唱――

ところがさらに北上して、江蘇淮南地方になると、この「月光々」の代りに、「亮月一出亮湯々(注24)」と歌われるものが多く、例えば次のような歌詞が見られる。

亮月一出亮湯々
開口後門漿衣裳
衣裳漿的白鐸々
我送哥々去上学
学堂満　開筆管
筆管粗　嫁哥々
哥々矮　嫁蚌蟹
蚌蟹臭　嫁緑豆
緑豆香　嫁生薑
生薑辣　嫁宝塔

宝塔高　嫁鐮刀
鐮刀快　割菲菜
菲菜長　割両行
菲菜短　割両碗
割把那个吃
割把楊奶々吃
楊奶々肥　蔴線捶
楊奶々痩　蔴線扣
把楊奶扣在大樹上
大樹倒得了
楊奶々跑得了
楊奶々跑上船
船翻得了
楊奶々淹死了

北京の童謡は、「月亮爺　亮堂々(注25)」と歌われるものが多く、歌詞もやや淮南に似たものがある。

月亮爺　亮堂々
開々後門児洗衣裳

洗得白　漿得白
嫁了個丈夫不存財
愛喝酒　愛門牌
焼餅麻花児一大落
黒麪火焼倆大銭個
隔壁児倒有姜三哥
也会過
緑靴子　緑帽子
緑袍子　緑套子

これには英訳が付されているので、併せて載せておく。

THE FATHER MOON

The father moon is so bright! I open the back door to wash my linen. I wash it white and I starch it white; but my husband after having married me is thrifty with his money. He likes to drink wine; he likes to play cards, and likes too a great pile of cakes and buns, and brown flour biscuits, which cost two big cash each. But here living by us there is a neighbour. Chiang the third, who knows how to live well, because he has got green boots, and a green hat, and a green garment, and a green jacket.

七

このように見てくると、中国のお月さまに関する童謡で、尻取り問答式のものは、北に行くほど次第に少なくなり、『北平童謡選』などによる限り、北京では全く姿を消してしまっている。そして歌い出しの句も、南方型の「月光々」に対し、北方型は「亮月一出亮湯々」や、「月亮爺　亮堂々」がほとんどである。この点からすれば、わが国の「お月さまいくつ」は、明らかに南方型であり、さらにそのことは、油や犬や灰などが、共に歌詞中に登場することによって補強され得よう。

「月光々」ではないが、六章の最初に引いた「蛘蜢公」などに、

灰何去、灰壅菜、菜何去、菜結子、

と歌われているのは、京都の、

お月さんいくつ　十三七つ

……

その灰どうした　麦にまいて候

その麦どうした　鳩が食べて候

や、兵庫の、

お月さん何ぼ　十三七つ

……
その灰どうした、瓜にかけて候
その瓜どうした　鳥がちぎって候

などに、いかにもよく似ている。他にも愛媛や広島に、同型の歌がある。もし両者に何らかのつながりがあるとすれば、南中国から長崎あたりに伝わり、それが次第に日本全国に拡まったものと考えて、差し支えないであろう。

朱介凡の『中国歌謡論』(注26)に、「月光々」の一章があり、その中で、婁子匡の少年時代、「月光々」を集録し、「中国月歌全集」を編纂する計画をもっていた。七年の採集を経て、初めて発表したのが、「月光々歌謡専集」で、民国二十二年（一九三三）出版の「民間月刊」二巻四号に載せられ、浙江各地の「月光々」一二七首を載せている。彼は、浙江全省にあるものすべてを集めておらず、杭県・紹興・金華等の大県はそれぞれ五首を得たが、あるいは一県に三、四首のものもある。その後、銭小柏が編集した「江蘇月光々歌謡専輯」があり、また李希三の「広東児歌月光々の演変特質とその反応」があり、民国二十五年十一月の「粤風」二巻三・四合期に載せている。

と、「月光々」に関する専著を多く紹介しているが、残念なことに、私はそれらをほとんど見ていない。

そしてこの「月光々」と「お月さまいくつ」の関連ばかりではなく、他の童謡や民歌の中にも、わが国への中国の影響が認められはしないか、ということが、私の推測であり、中国側の資料を駆使して、それらの関係を証明する研究者が現われ、日中の文化交渉史に、新たな展望を開いてくれることを期待して、この蕪雑な論考の筆をおくことにする。

注

(1) 高野辰之編『日本歌謡集成』 東京堂 昭18
(2) 北原白秋編『日本伝承童謡集成』改訂版 三省堂 昭49
(3) 藤田徳太郎校注『松の落葉』 岩波文庫 昭6
(4) 小寺玉晁編『尾張童遊集』
(5) 吾郷寅之進・真鍋昌弘『わらべうた』 桜楓社 昭51 二五一―一六〇頁
(6) 阿僧祇『済生堂五部雑録』所収
(7) 山田孝雄「十三七つ」(『俳諧語談』所収)
(8) 相馬大『京のわらべ唄』 白川書院 昭42 一〇八―一一〇頁。
(9) 浅野建二『日本歌謡の研究』 東京堂 昭36(第四篇「近世民謡の発達」三一五頁)
(10) 島袋全発『沖縄童謡集』 平凡社「東洋文庫」 昭47 五―六頁
(11) 桜井満『花の民俗学』 雄山閣 昭49(三「お月さんいくつ」一一七頁)
(12) 柳田国男『全集』一七巻 筑摩書房 昭44(「山歌のことなど」五九頁)
(13) 喜多村筠庭『嬉遊笑覧』巻六下児戯
(14) 南方熊楠『全集』二巻 平凡社 昭46
(15) 注9に同じ 三一五―六頁。
(16) 注13に同じ 巻九言語
(17) 山川菊栄『おんな二代の記』 平凡社「東洋文庫」 昭47(「お月さまいくつ」八五頁)

(18) 李献璋『台湾民間文学集』 台湾新文学社 昭11 一七九頁
(19) 注18に同じ 一七八頁
(20) 林耕『客歌と山歌』 揚子江出版 昭19（四「客家の童謡」二二七―八頁）
(21) 劉万章編『広州児歌甲集』 中山大学民俗学叢書 東方文化供応社復刊
(22) 謝雲声編『閩歌甲集』巻上 同右刊
(23) 董詔年編『孩子們的歌声』 同右刊
(24) 葉徳均編『淮南歌謡集』 同右刊
(25) 陳子実『北平童謡選釈』 大中国図書公司 民国57 一一二頁
(26) 朱介凡『中国歌謡論』（第五章児歌「月光々」）

射人

エバーハルト
金関丈夫訳注

まえがき

この翻訳はドイツの民俗学者 Wolfram Eberhard (1909～) の Die Lokalkulturen des Südens und Ostens (1943 Peking, pp. 584) の第五章「猺文化」の第四四条「射人」(Bogenschütze) (六〇～六七頁) の部分をとりあげたものである。この書物は北京輔仁大学の機関誌 Monumenta Serica の第三冊であり、著者が完成しようとする Lokalkulturen im alten China の第二部に当るものである。ただしその第一部 Die Lokalkulturen des Nordens und Westens は、その後出版されたと聞いたが未見である。またこの二部は、さらに著者が先年著わした Kultur und Siedlung der Randvölker Chinas (T'oung Pao Bd. 36, Suppl.) と共に、彼の Untersuchungen über den Aufbau der chinesischen Kultur を形成するものであるという。訳者は本書の第一部、及びこの『辺境民族誌』を見る機会を得なかったので、この小訳に当っては少なからぬ困難を感じた。例えば第一部に掲げられるべき文献は、第二部には重複を避けるため省略されている。しかも本文中に引用されているというので、その文献をつきとめることができない。未刊第一部の記事への言及についても、その趣旨を想像するより他はなかった。

著書の行文は、背後に豊富な資料を蔵しながら、きわめて簡潔に表現されているので、訳出に当っては、読者の便宜を図って、不完全(あるいは蛇足)ながらも訳者の注を附した。本書から特にこの条を訳出したのは、訳者がたまたま羿の十日を射る話に興味をもっていたからであり、それはこの説話の文化圏内に、台湾の高山族のあることを知っていたからである。

なお本書に関して特に一言したいのは、著者の細部の行論や、その到達したそれぞれの結論がどうあれ、本書のメリットは中国全土の多数の種族にわたり、古来の文献から、口碑伝説・風俗習慣をよく蒐集整理して、これを九文化圏と、八二の文化要素に分類し得たことである。これは、中国民俗学の一エポックを画する仕事であり、これによって、今後の斯学の発展は、よほど促進されるに違いない。この拙訳が有志による全訳への動機ともなり得るならば、と念じている。

1 羿《げい》

羿に関する神話(1)についてのあらゆる論考のうち、よく知られているのは、羿が一個の合成人物であるということである。(2)そしてこの考えは絶対に正しい。羿神話の一部は、われわれも本書の第九条で取り(3)扱ったことがある。しかしこれはいわゆる悪い羿(4)であり、彼の活動の主な舞台は、北方文化圏の東南部(5)

であった。そこでは、この文化がより南方の文化と既に混交していたのである。この悪い羿は、夏王朝の初期の人だといわれている。詳しくいえば、彼は射人であったが、しかしあまり上手な方ではなかった。というのは、一平方矢長の盤上の径一寸の的を、彼は射当てることができなかったからである（『太平御覧』巻七四五に『符子』(6)を引く）。彼は夏王の太康を簒《うば》ったが（『書経』孔安国注(7)・『後漢書』巻一一五、李賢注(8)）、数かずの悪虐のために、自分も後に殺されたのである。(9)

羿は善悪両者ともに夷羿(10)（東方蛮人の羿）と呼ばれている。われわれは（『中国辺境民族誌(11)』の中で）この東夷を原始《プロト》越族、即ち猺族にまだ近く、後者が越族に移行したばかりのものと解しておいた。これらの羿は、悪い方の羿が活躍した地方での、北方種族の隣人であり、彼に関する説話の一部も、これらの両種（北方人と原始越族と）の間の争闘より生れたものらしい。ところが、善い方の羿も、やはり猺族の神話中の人物らしく思われる。だからグラネ(12)もかつて暗示したように、事実において両方の羿は近親者なのであり、後代の仮構によって、初めて結びつけられ同一視されたのではないのである。

善い方の羿もまた射人である。しかし彼の弓は北方人の複合弓ではなく、桃の木で作った弓であり（本書第七九条参照(13)）、そこに桃の木の駆邪力が働いていたものと思われる。その技術が特別すぐれていたわけではなかったのであろう。善い羿の神話には、耕作に関することは何もない。彼の事業は、一つとして人民の農耕を助けるものはなく、猛獣や自然の暴威から、人民を解放するのみである。ところで、羿が狩猟や猛獣狩りに没頭して、農耕のことを念頭に置かなかったということは、しばしばいわれているが（『離騒』(14)及び『左伝』襄公四年(15)）、そうだとすると、これは一体、両者のうちのどちらの羿かと疑う人もあろう。しかしこれは、どちらにもあてはまるのである。羿が南方の伝説中においても、一役買っていることを指摘すれば、われわれの知り得る限りでは農耕者であったタイ族の文化に、彼が属しているはずのないことが明らかになる。これに反して、猺族は火田法のかたわら、広範囲の狩猟をまだしていたのである。猺族以外には、南方では獠族もまた狩猟者であった。しかしわれわれは夷羿の名によって、既に羿と猺族とを関連させているのである。だから以下では、彼の業績について専ら述べることにしよう。

羿は弓の発明者であるとしばしばいわれる(『墨子』[16]巻三九、『呂氏春秋』[17]勿躬、ハロウンの「レコンスツルクチオン」[18]二五七ページ)。獣は彼を恐れた(『荘子』[19]巻二三、六丁)。彼は帝嚳の時(『説文』[20])あるいは帝俊の時(『山海経』海内経[21])の人だといわれ、帝俊は彼に赤い弓を与えたといわれている。帝俊は日神であり、そのことは「巴文化」との関連において、既に考察した(本書第三四条[22])通りである。帝俊は舜とも、また帝嚳とも混同されている。[23]悪い方の羿はもっと後の人である。善い羿は世界の害物を除き、死後、神(宗布、この神名の意味はよく分らない。『淮南子』氾論訓[24])に祀られたのである。

訳者注

(1) 羿に関する現在流行の説話、少なくとも『楚辞』(本節注14参照)や、『左伝』昭公二八年の記事(第三節注参照)以来の混合型を指すものであろう。ただし玄珠(『中国神話研究ABC』第七章、一九二八年)は『楚辞』の注者王逸や、補注者洪興祖や、『山海経』の注者郭璞などが、これを混合説話とすることに反対して、独自の意見を述べている。

(2) Granét, Marcel; Dances et Légendes de la Chine anciennes, Paris 1926. T. I, p. 370.
「射手羿という名には、二人の人物が代表される。両者ともに歴史的人物である。」また蔣超伯の『南漘楛語』巻一、「羿禹並称」は、『淮南子』本経訓の羿が民の害を除いた故事を列挙し、これを「由是観之、則羿功与禹相等、此堯時之羿、非有窮后羿也」と述べ、羿の功は民の水害を除いた禹のそれに匹敵すると称し、堯の時の羿と有窮后羿とは、別人であると論じている。

(3) 本書の第一冊、Kultur des Nordens und Westens（訳者未見）中の一条。

(4) 夏の時の有窮后羿を指す。

(5) 主として河南省を中心とする黄河流域地方。『晋地道記』によれば、羿が有窮に国をおいたのは、河南の窮谷であるという。『漢書』地理志に、窮谷は北海平寿県にありという。『左伝』襄公四年に、后羿鉏より窮石に遷るとあり『淮南子』地形訓の高誘注に、窮石は甘粛張掖なりというのは、恐らく誤りであろう。『尚書正義』に引く『汲冢古文』に「太康居斟尋、羿亦居之」とある斟尋については、『括地志』に斟鄩の故城は青州寿光県の東五十四里にあり、また斟鄩は洛州鞏県の西南五十八里にあり、という。『竹書箋注』に、桀の居斟鄩は鞏洛にあり、伊洛最も近しという。『括地志』に、古えの商丘はまた羿所封の地なりとあり、商丘に関しては、皇甫謐は現在の上洛の商に当るといい、杜預は現在の梁国睢陽の宋都がそれである、といっている。

(6) 『太平御覧』巻七四五に『符子』を引く、「夏王使羿射於方矢之皮、径寸之的……乃援弓而射、不中、更射之、又不中」

(7) 『尚書』五子之歌、夏書の「有窮后羿、因民弗忍、距于河」に対する孔注は、「羿諸侯名、距太康於河、不得入国、遂廃之」という。

(8) 『後漢書』東夷列伝第七五に、「夏后氏太康失徳、東夷始畔」とあり、注に「太康啓之子也、槃于游田、十旬不反、不恤人事、為羿所逐也」という。

なお有窮后羿の事績については、『左伝』襄公四年に「夏訓有之、四有窮后羿」以下の記事に詳しい。

(9) 羿を殺すものは、一に浞の家衆といい(前注『左伝』襄公四年の記事に見える)、また一に蓬蒙という。(『孟子』離婁章句に「蓬蒙学射於羿、尽羿之道、思天下惟羿為愈己、於是殺羿」とある)。即ち動機も異っているし、本節注6の『符子』の話とも違っている。浞の家衆と蓬蒙とが同一人でない限り、ここにも二つ以上の羿の複合の痕があるといえよう。ただし『楚辞』の王逸注には、寒浞が蓬蒙に羿を殺させたと説いているが、これは単に一つの解釈と見るべきであろう。

(10) 「夷羿」を「東夷の羿」と解する例は、本注8の『後漢書』の本文に、羿の行業を指して「東夷始畔」とある。楊寛「夷羿与商契」(「中国上古史導論」第一五篇、『古史弁』第七冊上編所収)参照。

(11) Eberhard, Wolfram; Kultur und Siedlung der Randvöilker Chinas (T'uong Pao. Vol. 36. Suppl. or 1942 Leiden).

(12) 例えば Granet, M.; Danses et Légendes (前出) 巻二、五四六ページ脚注二に、「善い射手の羿は悪い射手羿の二重人物である」という。

(13) 本書第七章「越文化」第七九条第九節「太陽樹(四五五ページ)」の項で、著者は羿が桃弓を用いたということについての確証はない、といっている。しかし『左伝』昭公四年の「桃弧棘矢、以除其災」や、同一二年の「桃弧棘矢、以共禦王事」をもって、駆邪的桃弓の存在を証し、『淮南子』説山訓の「羿死桃部、不給射」を引いて、羿自身が桃によって死んだことから、羿の桃弓を類推しているが、これは少し無理であろう。ただしこの羿は有窮后羿、即ち悪い羿であり、「桃部」は地名であると、高誘によって注されている。ただ『淮南子』詮言訓の「羿死於桃培(棓)」の培は、高誘によれば杖だといわれ、文意は羿が桃杖で撃たれて死んだことと解されているが、地名と桃杖いずれにせよ、桃部と桃培とは同一事物を指すのであろう（同一注者が一を地名、他を杖と説くとは解し難いから、両篇の注者は別人であろう）。このことについては、顧炎武も『日知録』巻二七で、「一人注書、而前後不同、若此」といっている。著者は詮言訓を利用していない。

(14) 『楚辞』離騒に「羿淫遊以佚畋兮、又好射夫封狐、固乱流其鮮終兮、浞又貪其厥家」とある。

(15) 『左伝』襄公四年に、「虞羿于田、樹之詐慝、以取其国家、外内咸服、羿猶不悛、将帰自由、家衆殺而享之、以食其子」とある。

(16) 『墨子』非儒下に、「古者羿作弓」とある。

(17) 『呂氏春秋』審分覧勿躬に、「夷羿作弓」とある。

(18) Gustav Haloun; Die Rekonstruktion der chinesischen Urgeschichte durch die Chinesen (Japanisch-Deutsche Zeitschrift für Wissenschaft und Technik, Bd. III, 1925, S. 257).

(19) 『荘子』庚桑楚に、「雀適羿、羿必得之、威也」とある。

(20) 『説文解字』に、「𢏚、帝嚳䠶官、夏少康滅之」とあり、𢏚は羿と同字らしい。即ち同書の「羿」の項に、「羿、羽之羿風、古諸侯也、一曰射師」とある。古来の注者はいずれも、両字ともに後の「羿」字に解している。

(21) 『山海経』海内経に、「帝俊賜羿彤弓素矰、扶下国、羿是始去、恤下地之百難」とある。なお『論語』憲問の、「羿（𢏚）善射」に対する邢昺の疏は、賈逵の「帝嚳賜羿弓矢」を引いている。

(22) 本節注3参照。

(23) 本書の前半を見ていないため、著者のいう日神に当る帝俊が何者であるかを明らかにしない。俊は一に舜の借字とも考えられ（『山海経』郭璞注）、また帝嚳のことであるとも考えられている（王国維）。また同時に両者、即ち三者同一とも考えられている（郭沫若『古代社会研究』二六三ページ）。『山海経』海内経の「帝俊生禺号」を取りあげ、かつ郝懿行のように、この禺号を大荒東経の「禺虢」であるとするならば、帝俊は黄帝にも当るわけである。なお著者が帝俊を日神であるとするのは、『山海経』大荒南経に、「羲和者帝俊之妻、生十日」とあり、その妻が太陽の女神と見られているところから来たのであろうか。

善い方の羿の時代については、しかし『淮南子』本経訓にいう「逮堯之時」という考えが最も一般的であると思われる。各時代にさまざまの「羿」が存在したことについては趙翼の『陔余叢考』巻四「羿界非夏時人」の項に詳しい。

(24)『淮南子』氾論訓に、「羿除天下之害、死而為宗布」とあり、その高誘注に、「羿古之諸侯、河伯溺殺人、羿射其左目、風伯壊人屋室、羿射中其膝、又誅九嬰窫窳之属、有功於天下、故死託祀於宗布、祭星為布、宗布謂此也、一曰、今人室中所祀之宗布是也、或曰、司命傍布也、此堯時羿、非布窮后羿也」という。しかし孫詒讓の『札迻』はこれを疑って、「高釈宗布之義、並臆説難信」とし『周礼』の「党正之祭、族師之禜酺」の、「禜酺」は、鄭玄の注によれば、「禳除災害之祭」であり、羿もまたよく除害の神人である。しかも禜酺と宗布は音もよく通ずるから、恐らく宗布もこれであろう、という。因みに高誘が、「祭星為布」というのは、『爾雅』釈天の「祭星日布」にもとづいている。

2 鑿歯

羿は兇悪なる鑿歯を殺した（『淮南子』本経訓）(1)。鑿歯というのは、鑿《のみ》のような歯という意味であり、そのためにかつて長い鋭い歯をもった怪獣だと解された(2)。しかしそれは鑢《やすり》をかけられた歯という意味でもある。すると鑿歯は獣ではなくて、南方のある種族である（『淮南子』地形訓(3)）。この鑿歯は楯の発明者だといわれている（『山海経』海外南経(4)）。ところが楯、なかんずく木製の楯は、巴《パー》族のあるもの（板楯蛮(5)の名がある）にもある（『中国辺境民族誌』(6)）。また、巴族の文化圏内では、他族の間にも使用されている（本書第三五条(7)）。歯に鑢をかける風習は、南方民族には今もある。雲南省のものはよく知られており（「中国辺境民族誌』四・六・二六ページ）、彼らは歯を削って、金属か石をはめる(8)。これらの種族は、われわれの考えではタイ族に属していた。羿はだから、これらタイ族の敵であった。羿は鑿歯を殺したのだから。

訳者注

（1）『淮南子』本経訓に、「堯乃使羿誅鑿歯於疇華之野」とあり、また『山海経』海外南経に、「羿与鑿歯、戦于寿華之野、羿射殺之」とあり、同じく大荒南経に、「有人曰鑿歯、羿殺之」と見える。
（2）前注の本経訓の本文に対する高誘の注は、「鑿歯獣名、歯長三尺、其状如鑿」と説く。
（3）『淮南子』地形訓に、「自西南方、至東南方、有……鑿歯民」とあり、また『山海経』海外南経の鑿歯に対する郭璞の注に、「鑿歯亦人也」という。同じく大荒南経の本文に、注1に引用した句があるのも参照のこと。
（4）『山海経』海外南経に、「在昆侖虚東、羿持弓、鑿歯持盾」とある。
（5）Pan-shun Man 蜀の巴郡の夷人。詳細は『後漢書』南蛮伝。また『華陽国志』巻一巴郡の章に見える。板楯蛮は戦国の秦と盟誓し、また後には漢を援けた。
（6）前節の注11参照。
（7）前節の注3参照。

（8） 中国西南民族の鑿歯の風習については、志田不動磨の「東亜に於ける歯牙変工の風俗に就いて」（「立正史学」第三巻第一一号）参照。江上波夫の「南方シナ民族の欠歯の風習について」（「人類学雑誌」第五五巻一号）参照。

鑿歯という語が、著者のいうように、「鑿の如き歯」および「鑢をかけた歯」を意味する他に、台湾の高山族や貴州の獠の一部（打牙犵狫）等の間に行なわれた「抜歯」の風をも意味することは、『新唐書』巻二二二南蛮伝に、四川渝州の獠俗を記して、「獠地多瘴毒、中者不能飲薬、故自鑿歯」とあることによって知れる。瘴毒《マラリア》に中《あた》った者が、咬筋の異常な堅縮のため、口を開け得ないので、飲薬が不能であるから、歯列中に狗竇を穿って、薬液の注入に便ならしめるという説明である。鑢をかけた歯では、この狗竇はできない。狗竇は前歯の欠けたこと。

3 大風

羿の第二の犠牲者は、本書第四一条[1]で説いた封猪[2]、即ち大豚である。彼は玄妻[3]の子であった。既述の如く、羿の伝説のこの部分は巴文化と密接に関連している。羿はこの豚、即ち猺族の敵を射殺したのである。『離騒』は封猪あるいは封豨の代りに、封狐[4]のことをいっている。封狐はその名から察すると、狐の一種であったに違いない。『離騒』は羿の伝説のうちの、主として北方の部分を記している。それが恐らくかの「雄狐」即ち牡狐（本書第九条参照）[5]を封猪に換えたのであろう。

封猪が殺された場所は、既述のように桑林である（『淮南子』本経訓）[6]。桑林が北部湖北省の地名として出たり（『王氏見聞』『太平広記』(7)巻二三八に引く）、あるいは恐らく鄭国の時の河南の桑山（『左伝』(8)昭公一六年に見える。陳夢家は『呂氏春秋』(9)の注を根拠にして、「燕京学報」(10)第一九期一二〇ページで、桑林・桑山を同一であるとしている）と同一所であろうということや、また桑林は時に神名として登場した（腕や手を生じたと『淮南子』説林訓(11)にある）ことなどは別として、ここで興味があるのは、主として桑林の名である。桑は巴文化、またタイ族の文化においては、特殊な役割を果しているからである。

羿の第三の犠牲者は大風(12)である。大風は大鵬、即ち中国のロック鳥(13)という説（郭沫若『甲骨文字研究』(14)釈支干、七丁）は正しいであろう。風はしばしば鳥として表わされている。(15)われわれは他の箇所（本書第七九条(16)）で、鳳凰――の一種であるが(17)、――が雛から出たらしく思われることを指摘している。そしてこの雛こそは、駆邪力ある桃の木の枝にいる太陽雛(18)である。羿が鵬を射殺したのは、あたかも彼が後に、日中の雛を射殺した(19)のと同様である。しかしここでは、いま一度改めて実際の大風のみを考える必要があろう。これは実に南中国にのみ見られる颱風として吹き荒んだのである。

訳者注

（1）本書第五章「獠文化」第四一条「猿と山怪」第七節「封猪」（三四ページ）参照。

（2）『淮南子』本経訓に、「堯乃使羿……擒封豨於桑林」とあり、高誘注に「封豨大豕、……桑林桑山之林、湯禱雨処」と説く。また揚雄『方言』巻八に、「豬……南楚謂之豨」という。

また『楚辞』天問にも、「馮珧利決、封豨是䠶」とあり、朱注は「羿猟射封豨、以其肉膏、祭天帝」という。

（3）『左伝』昭公二八年、「昔有仍氏生女、黰黒而甚美、光可以鑑、名曰玄妻、楽正后夔取之、生伯封、実有豕心、貪惏無饜、忿類無期、謂之封豕、有窮后羿滅之」とある。

（4）第一節の注14参照。

（5）第一節の注3参照。

（6）本節の注2参照。

（7）『太平広記』巻二三八詭詐「文処子」に『王氏見聞』を引く。即ち「有処子姓文、不記其名、居漢中、……文遂夜遁、欲向西取桑林路、東趨斜谷、以脱其身、……遂北入王子山谿之中」とあり、漢中から斜谷への途上に桑林があることになるから、本文に「北部湖北省」というのは誤りで、陝西南部が正しい。また『墨子』明鬼下に、「燕之有祖、若之有杜、宋之有桑林、楚之有雲夢也」と見え、『左伝』昭公二一年にも、「宋城旧鄘、及桑林之門、而守之」とあるから、桑林は殷の後である宋の地に、まず比定しなければならないであろう。

（8）『左伝』昭公一六年に、「鄭大旱、使屠撃祝、款竪柎。有事於桑山、斬其木、不雨」とある。

（9）『呂氏春秋』慎大覧に、「武王勝殷……立成湯之後于宋、以奉桑林」とあり、また同書順民に、「湯乃以身禱於桑林」と見え、さらに『淮南子』修務訓に、「湯苦旱、以身禱於桑林之際」と述べ、高誘の注は、「桑山之林」と説く。

（10）陳夢家の『古文字中之商周祭社』（「燕京学報」第一九期一二〇ページ）は、前注慎大覧の高誘注等を引いて「故桑林者、桑木之社也」といったまでで、著者の引用するような趣旨は見えない。

（11）『淮南子』説林訓に、「上駢生耳目、桑林生臂手」とあり、高誘は「上駢・桑林、皆神名」と注する。

（12）『淮南子』本経訓に、「尭乃使羿……繳大風於青丘之沢」とあり、高誘は「大風鷙鳥也、能壊人屋」と注する。グラネは『舞踊と伝説』（前出）巻一、三七八ページで、高誘の注に従うと称して、大風を「風伯」と見ている。恐らく第二節の注に引く、氾論訓の本文に対する注に拠るのであろう（本経訓と氾論訓の注者は、恐らく別人であろう）。「大風」を「風伯」なりとするものに『文選』の注がある。同巻四六、王元長「三月三日曲水詩序」の注に「堯時大風為害、堯使羿繳之於青丘之沢、大風風伯」という。また神話中の風に関しては、貝塚茂樹「風の神の発見」（『神々の誕生』第三章、昭和三八年、筑摩書房）参照。

(13) Rokh アラビアの民話にしばしば現れる巨鳥。象を攫《つか》んで空を翔るといわれている。中部高ドイツの 地方譚詩の中にも見える。Rock, Rok, Ruk 等とも書かれる。

(14) 郭沫若『甲骨文字研究』（民国二〇年、上海刊、下冊「釈支干」七丁、「案、大風即大鳳、（鵬）卜辞、風字均作鳳、殆古代神話以大鳳為風神、荘子逍遥遊之大鵬伝説、即其孑遺、大風即大鳳、故下云繳也、又案、古有風姓之国、春秋之有、有任宿句顓臾、皆風姓、古云、伏犠氏之胤、案、其実乃以鳳為図騰《トーテム》之古民族也」。なお森安太郎氏にも、「鳳と風」の詳論がある（『黄帝伝説』昭和四五年）。

(15) 本節注12の高誘注参照。

(16) 本書第七章「越文化」第七九条「雞」第一一節「鳳凰」（四五九ページ）の項。鳳凰は梧桐の木のみに棲み、竹の実のみを食する。『荘子』秋水に、鸞鳳の属である鵷鶵は「非梧桐不止、非練（竹）実不食、非醴泉不飲」というが、『山海経』南山経では、「東五百里、曰丹穴之山、其上多金玉、丹水出焉、而南流注于渤海、有鳥焉、其状如雞、五采而文、名曰鳳凰」とあり、これが雞のようにいわれている。なお、著者は、ここに現れている梧桐や竹や丹は、南方の物産であるというので、この鳳凰を南方説話要素に結ぼうとしている。

(17) 『海内十洲記』に、「鸞鳳必為大鵬之宗」とあり、また明の謝肇淛の『五雑俎』巻九に、「鵬即古鳳也、宋玉対楚王、鳥有鳳、而魚有鯤、其言鳳皇上擊九千里、負青天而上、正祖述荘子言也」という。

(18) 第六節の注8参照。

(19) 第六節参照。

4 脩蛇

羿の第四の犠牲者は脩蛇、即ち斑《まだら》蛇である（『淮南子』本経訓[1]）。彼は洞庭湖で殺されたのである。『説文』（「脩」の項）に脩蛇のことを言っている[2]。呉国は封猪と結びつけられたのと同様、脩蛇にも同時に結びつけられている（「左伝」定公四年。ここでは長蛇[3]といわれている）。このことは、もちろん天宮の獣帯とは無関係である。何故ならば、第一に、その頃はまだ天宮の獣帯が成立していた証拠がないし[4]、第二に、これら二つの獣座は互いに対立的な位置にあって、古来の習慣通りに考えれば分るはずだが、決して併立していないからである[5]。そこでこの両者の一致は、恐らくその居処に帰すべきものと考えられている。グラネ（『舞踊』[6]巻二、三八〇ページ）は犠牲者が『淮南子』にあげられているように、天地四方の方位に配されていることを明らかにしたが、これは全く正しい。私の考えでは、羿の犠牲者のうちの残りの二例[7]も、元来はここに所属しないものであって、方位的均斉の必要から、後に附会されたものであろう。

ところで、脩蛇はまた巴蛇ともいわれている（『太平寰宇記』[8]）。巴蛇の名はたびたび古書に出てくる。これを食う者は心臓と胃の病を免れる（『山海経』海外北経[9]）といい、彼は象を呑み、三年にして初めてその骨を排泄する（『山海経』海内北経[10]）ともいう。この蛇は蚺蛇と同一か、少なくとも近親者であるらしい。

蚺蛇も巨大であって象を呑む（本書第七二条参照）[11]。これが脩蛇であると蚺蛇であるとを問わず、これらの大蛇はすでにそれ自身、南方の特型である。そしてここにもまた蛇崇拝はタン文化（『中国辺境民族誌』[12]）及び越文化にはある風習であるが、ここでは単に蛇の撲滅があるだけである。脩蛇を天上の神獣とする星辰崇拝的新解釈は、本来のものではない。

訳者注

（1）『淮南子』本経訓に、「堯乃使羿……断脩蛇於洞庭」

（2）許慎の『説文解字』に、「脩脯也、从肉攸声、息流切」とあって、脩蛇のことは見えない。著者の指すのは、恐らく朱駿声の『説文通訓定声』の「淮南脩務、呉為封豨脩蛇注、大也」であろう。なおここに引かれた高誘の注は「封脩皆大也」である。また著者が脩をまだら、即ち斑紋、飾紋あるの意に解しているのは、高注と異なる。しかし、その他に、脩は修の異体字で、長の意でもある。『淮南子』脩務訓に、「羿左臂脩、而善射」の脩はこのように解されている。次注の長蛇はこれをうけるものである。

（3）『左伝』定公四年に、「呉為封豕長蛇、以荐食上国」とあり、また『山海経』北山経に、「有蛇、名曰長蛇、其尾如彘豪、（郭璞注、左伝云、呉為封豕長蛇、即是也）」という。

（4）二十八宿のいくつかずつを、十二支のそれぞれに当て、天宮を十二区分することは、古代の文献には見えていない。漢代に起ったとの説はあるが、確実ではない。この十二支に従うと、巳（蛇）は翼・軫の両座、亥（豕）は営室・東壁の両座に当る。翼と軫とは南宮の、室と壁とは北宮の星座であって、天球上では互いに対立している。

（5）前注参照。

（6） Granet; Dances et Légendes 巻一・三八〇ページ（原本の引用にⅡとあるのはⅠの誤り）。グラネに拠れば、羿の犠牲者を日（天）・窫窳《あつゆ》（地）・鑿歯（南）・九嬰（北）・大風（東）と充てはめ、十二支では亥は北、巳は南であるが、また一面、亥は西方の星座でもあるという理由で、封豨（西）と作りあげている。

（7） 九嬰と窫窳。次節参照。

（8） 宋の楽史の『太平寰宇記』巻一六五、党州の条に「蚺蛇長十尺、以婦人衣投之、即蟠、牙六七寸、辟不祥」とある。しかしこれは唐の段成式の『酉陽雑俎』巻一七、虫篇の「蚺蛇長十丈、常呑鹿、鹿消尽、乃繞樹出骨、養創時、肪腴甚美、或以婦人衣投之、則蟠、而不起、其胆上旬近頭、中旬在心、下旬近尾」に拠ったものであろう。

なお『寰宇記』には、福州・泉州・桂州・賀州・高州・邕州・交州・峯州等の土産中に、「蚺蛇胆」の名が見えているが、「巴蛇」の名は見えない。本書名をここに引いたのは、著者の誤りであろうか。巴蛇については、本節の注10参照。

（9） 『山海経』海外北経とあるのは、海内南経（次注）の誤りであろう。

（10） 『山海経』海内南経に、「巴蛇食象、三歳而出其骨、君子服之、無心腹之疾」とあり、また『文選』巻五、左太沖「呉都賦」に、「屠巴蛇、出象骼」という。なお本節注1の本経訓に対する高誘の注は、「脩蛇大蛇、呑象、三年而出其骨之類」と説く。呑象の蛇については、『楚辞』天問に、「霊蛇呑象、厥大何如」とある。

（11） 本書第七章「越文化」第七四条「蛇の崇拝」第三節「蛇形の神」（四〇六ページ）に、「宰相を呑んだ蛇は、私の指摘したように、呑象の蛇の変形である。この形は越文化では大した役割を果していない。これは猺文化の章で取り扱った巨蛇、殊に蚺蛇に関連あるものである」と述べている。蚺蛇については、『淮南子』精神訓に「越人得髯（高誘注、同蚺）蛇、以為上肴、中国得而棄之弗用」とある。本節注8の記事も参照。蚺蛇はまた、唐の段公路の『北戸録』、唐の劉恂の『嶺表録異』等にも見えている。

(12) 第一節注11参照。

5 羿のその他の犠牲者

羿の太陽征伐の話に入る前に、彼に殺されたその他の犠牲者を一瞥することにしたい。これらはわれわれの見解ではこの説話にもとから附随していたものではない。第一は九嬰という怪物である(『淮南子』本経訓)(1)。彼は北方に棲んでいたらしい(グラネ『舞踊』巻二、二七八ページ脚注)(2)。このものについては、これ以上のことは分らない。それでどこへも結びつけることができない(3)。第二は窫窳(4)(種々の書き方があり、猰貐(5)などとも書かれる)である。羿はこれを殺したのである(『淮南子』本経訓)(6)。これは元来、弐負と危神とについて語られた神話が、羿に移されたのであると思われる。その話の中にも、窫窳は現われるのである(7)。弐負は人面蛇身、あるいは人面単眼の神である(『山海経』海内北経)(8)。危神は彼の臣である。両人が窫窳を殺したのである(9)。危神はそのために罰せられて、ある山に追放され、右足と両手と頭髪とを木に縛られた(海内西経)(10)。これら両人はしかし後代の文献にも係わりあってくる。漢の宣帝の時、上郡即ち北中国で、石室の中で一人の髪を乱した裸の男が繋がれているのが見出された。下問をうけて劉向が説明し(11)、これはかつて窫窳帝を殺した弐負である。そのためにこうして繋がれているのだと答えた(『外国異事』)(12)。『玉芝堂談薈』巻六に引用する。同じ話は同書に引く『独異志』(13)にもあり、また同様の話は『山海経』の注(14)——『太平広記』巻一九七に拠る——にもある)。この話が表わす主な意味は、窫窳が北方種に属しているということである。彼は元来弐負に殺されたのであって、羿に殺されたのではない。それが羿の話に移入されたのは後のことであり、羿の事業を四つの方向に完全に割当てる目的でなされたのである。私はここでいま一歩進めたい。第一は、窫窳は皇帝[15]だといわれている。だから彼は人である。私は主張したいのであるが、この名には一つの種族名を感ずる。[16]その名は北部山西や北部陝西では、同様の形で存した形跡があり、玁狁[17]という種族の名の前駆をなすものである。だからこの説話には、歴史的内容が根底にあると思われる。第二に弐負と羿との関連を、上述の推定以上に進めることは不可能であるらしい。しかしここでは羿は弐負の役をするが、二、三百年後になると、太陽征伐の神話の中で、羿の代りに二郎という者が出てくる。二郎の由来は不明であるが、彼は四川の洪水神話（本書第三七条参照）[18]の一部に出る李氷[19]の代表するものである。

訳者注

（1）『淮南子』本経訓に、「堯乃使羿……殺九嬰於凶水之上」とあり、高誘は「九嬰水火之怪、有人害、北狄之地、有凶水」と注する。

（2）Granet; Dances et Légendes（前出）巻一（巻二は著者の誤り）、三七八ページ脚注。グラネは前注の本経訓の高誘の注や、同地形訓の高誘注を引いて、九嬰を北方に配している。なお『淮南子』地形訓の「句嬰民」に対する高誘の注は、「句嬰読為九嬰、北方之国也」である（『山海経』海外北経の「拘纓之国」も恐らくこれか）。

（3）著者は九嬰を北方の住者と考える以上は、何者にも結びつけ得ないという。しかしもし、ここに挿入することを許されるならば、訳者には一つの私見がある。前注の地形訓の本文「句嬰民」、またこれに対する高誘の注「北方之国」の表現は、九嬰がいわゆる「水火之怪」でなくて、北方の一種族の名であることを暗示する（『淮南子』の高誘注なるものには、ここにも不統一が暴露している。一方では「水火之怪」といい、他方では「民」あるいは「国」とするのである）。しかるに『山海経』北山経に「有獣焉、其状如牛、而赤尾、其頸腎、其状如句瞿、其名曰領胡」とあり、牛のような獣の頸のある形状を「句瞿」のようであるといい、その名を「領胡」といっている。しかしこの「句瞿」に対しては確定した考えがない（高誘の注はこれを「斗也」と説くのは、根拠がないといわれている）。いまもし、この「瞿」を「嬰」の誤りと見るならば、句瞿、即ち句嬰は、牛頸のある形状を形容することになる。しかしその形状の名称である「領胡」は、『説文』にいうように、「牛顧垂也」即ち牛領の垂肉であるから、句嬰は結局、牛領の垂肉を形容することになる。一方、長城地帯から熱河に及ぶ地方の住民には、ほとんどその一〇〇パーセントに甲状腺腫（Struma）があり、この地方の住民を「胡」と呼んだのは、その頸腫の下垂の状が、あたかも牛の「胡」に類するところから来たものと考えられる。『山海経』その他の文献では、この甲状腺腫に対して「癭」という病名を与えているが、癭は即ち嬰疾であり、嬰は女人の頸前に、双貝を飾りとしてつける形を示すものであるが、この頸疾の症状が、ちょうどこれに似るところから起こった名称が、癭なのであろう。そうしてみると、句瞿もまた人頸の病状の形容でありうる。確実な歴史的根拠はないが、九嬰が北方の「胡族」の先祖につけられた名称ではあるまいか、と疑われる。

（4）『山海経』海内南経に、「窫窳竜首、居弱水中、在狌狌知人名之西、其状如竜首、食人」と述べ、また北山経に、「有獣焉、其状如牛、而赤身人面馬足、是曰窫窳」といい、さらに海内経に、「有窫窳竜首、是食人」という。

（5）『爾雅』釈獣に、「貗貐類貙、虎爪食人迅走」とある。『述異記』にも、「貗貐獣中最大者、竜頭馬尾虎爪、長四百尺、善走、以人為食、遇有道君即隠蔵、無道君即出食人」という。また次注参照。

(6)『淮南子』本経訓に、「堯乃使羿……下殺猰貐」とあり、高誘は「猰貐獣名也、状若竜首、或曰似貙、善走而食人、在西方也」と注する。

(7)『山海経』海内西経に、「弐負之臣、曰危危、与弐負、殺窫窳」とあり、また「窫窳者、蛇身人頭、弐負臣所殺也」という。

(8)『山海経』海内北経に、「鬼国在弐負之尸北、為物人面而一目、一曰、弐負神在其東、為物人面蛇身」とある。

(9)前注7参照。ただし『山海経』には弐負の臣は「危神」ではなくて「危危」である。前注の「鬼国」の「鬼」は、恐らく「危」の同称別字であろう。

(10)『山海経』海内西経に、「乃梏之疏属之山、桎其右足、反縛両手与髪、繋之山上木」とある。

(11)劉向、字は子政、前漢の鴻儒。宣帝の臣。『洪範五行伝』『列女伝』『説苑』『新序』等の著作者と伝えられている。

(12)徐応秋『王芝堂談薈』巻六「楊通幽考召」の項に引く『外国異事』(撰者不明)に、「漢宣帝時、繫磻石于上郡、陥石室、中得一人、裸而被髪、反縛械手足、以問群臣、莫能対、劉向独曰、此弐負之臣也、昔弐負殺窫窳帝、乃梏于疏属之山、帝問所出、曰見山海経」という。

(13)『独異志』の記載はもっと面白い。「宣帝時、有人於疏属山石葢下、得二人、倶被桎梏、将至長安、乃変為石、宣帝集群臣問之、無一知者、劉向対曰、此是黄帝時窫窳国弐負之臣、犯罪大逆、不忍誅、流之疏属山、若有明君当時、出外、帝謂其妖言、収向繫獄、其子歆、自出応募、須七歳女子、以乳之、即復変為人、便能言語応対、如劉向之言、較之外国異事、更是奇聞」とある。

(14)『山海経』海内西経(本節注10)の記事に対する郭璞の注は、「漢宣帝使人上郡発盤石、石室中得一人、跣

裸被髪、反縛械一足、以問群臣、莫能知、劉子政按此言、対之、宣帝大驚」という。

(15) 本節注12の『外国異事』の記載中、「窫窳帝」とある。また『山海経図讃』(伝郭璞撰)に、「窫窳無罪、見害弐負、帝命群巫、操薬夾守、遂淪溺淵、変為竜首」とある。

(16) 本節注13の『独異志』の記事には、「窫窳国」とある。

(17) Hsien Yü「玁狁」『詩経』小雅采薇に、「靡家靡室、玁狁之故、不遑啓居、玁狁之故」とある。玁狁は匈奴の古名。他に葷粥(堯の時)、獯粥(殷)、熏育(桀の時)、倹狁(周)等の字を充てる。王国維の『観堂集林』巻一三「鬼方昆夷玁狁考」参照。また白川静「玁狁について」(『金文の世界』第一〇章「中興の挫折と崩壊」所収、平凡社東洋文庫、昭四六)参照。

(18) 「二郎」の名は本書第一部第三七条(ここでは二郎は四川地方の神であり、射手であるらしい)に出るほかに、本書第六章第五二条の一二節(一五三ページ)にも見える。ウィルヘルム(Richard Wilhelm)の『中国民話集』(三五ページ)には、二郎が十の太陽を射た昔話が、記されている。またドレの『中国迷信の研究』(Doré; Recherches sur les superstitions en Chine) 九巻五九三ページによれば、二郎は天の狗を従えているという。

(19) 本書第六章「タイ文化」第五七条第四節(二〇八ページ)にも、治水者としての李氷の名が見える。

6 太陽を射る話

羿の事業としてはいま一つ、太陽を射落した話が残っている。[1] これに関しては多くの、特にエルケス[2]やグラネ[3]の研究があるから、ここではこの資料を全部開陳する必要はない。ただ多数の太陽があったという伝説は、この地方以外にも拡がっている。[4] この地はいわば、全体の分布のうちの一地方区であるに過ぎない。これは実に北アメリカにまで拡がっているのである。この話の中に、日中の樹と日中の鳥とが登場するものには、少なくとも二つの文化圏があることを、本書の第七七条[5]で私は指摘している。一つはその鳥が雞[6]か鳳凰[7]であり、その樹が桃[8]であるもの、他はその鳥が烏[9]であり、樹が桑[10]である場合である。このうちでは、後者の型がより西方的であり、巴文化、従ってタイ文化に近いものかと思われる。第一の型は越文化のものであり、この文化はやはり猺文化に属すべきものと考えられる。とはいえ、私は今まで抱いているこの推定を、これ以上に表明することができない。

しかしここで私が言いたいことはほかにある。十の太陽は一人の女、即ち太陽の女神である羲和[11]に属している。彼女に関しても多くの、なかでもマスペロ[12]の研究がある。だから新しい資料を追加することは不可能である。羲和の説話には非常に多くの事柄が融けあっている。例えば日神の車（本書第一〇条参照）[13]の考えは明らかに北方的である。これに反して、太陽が女性神であるという一事は、われわれがここに学び得た限りでは、結局この考えが北方文化から起ったとは言わせないのである。太陽を女神とすることは、女性が特殊な役割をもつところの文化のみが為し得る。これを為し得るのは、猺とタイの両南方文化、あるいはチベット文化である。郭沫若（『古代社会』二六三ページ）[14]は羲和を女媧と同一視しようと試みた。そしてこれをチベット文化にこじつけた。グラネ（『舞踊』巻一、二五七ページ）[15][16]はこれと重黎[17]の神話との関係を明らかにした（Mém. hist.-3, 325 に拠る）[18]。これは獠の文化を暗示する（本書第八〇条参照）[19]。これに関する資料は複雑かつ断片的であり、その確実性を獲得するのは困難である。しかし羲和には一つの類話が成立している。このことは重要である。巴族の君主であり、祖先である廩君は、塩の女神を裸身にして射る。後者は太陽を暗くして世界を闇にする。廩君はそこで太陽を蔽う悪魔を射て、この女神を殺す、という話である。ここにも女神と太陽とに関係ある射手の神話を見出す。異点はあり、かつ重要な異点ではあるが、なおかつこの伝説にはある程度の繋りで類似がある。巴文化型の太陽説話は、猺文化型あるいは他の型の文化とは対立するものかも知れないが、しかもこの太陽説話については、次の一事を注意する必要がある。

それは、この説話における沐浴(20)ということの役割である。太陽の居処は海辺であり、太陽は沐浴する。この考えは沐浴を好む文化のみから起こり得る。そして猺文化こそはこれである。タイ族も沐浴を好むが、これは意味が少し異なっている。

終りになお注意しておきたいのは、九つの太陽を射落した後に、再び十日が現れたことである(『太平御覧』巻四に引く『汲冢周書(21)』)。すると今日不伝の説話が、他にもあったことになる。

十の太陽の説話が天の業火《ジンブラント》の説話(22)と関連のあることを、何となく感じさせる。残念なことには、業火に関する報告は非常に不足であって、これを分類することはできない(本書第五七条第一節の諸型(23)を参照のこと)。

訳者注

(1)『淮南子』本経訓に、「逮至堯之時、十日並出、焦禾稼殺草木、而民無所食……堯乃使羿上射十日」とあり、高誘注に「十日並出、羿射去九」という。また『楚辞』天問に「羿焉彃日、烏焉解羽」とあり、王逸は「淮南言、堯時十日並出、草木焦枯、堯令羿仰射十日、中其九日、日中九烏皆死、堕其羽」と注する。郭璞は『帰蔵易』鄭母経の「昔者羿善射、畢十日、果畢之汲郡」を引き、さらに『山海経』海外西経に「女丑之尸生、而十日炙殺之……十日居上、女丑居山之上」とあり、郝懿行は「案、十日並出、炙殺女丑、於是、堯乃命羿、射殺九日也」と注する。この時、十日の出た話は、『呂氏春秋』求人篇に「堯朝許由於沛沢之中曰、十日出、而焦火不息」とある。『荘子』逍遥遊の「堯譲天下於許由曰、日月出矣而爝火不息」もこれであろう。また同じく斉物論に、「昔者十日並出、万物皆照」とある。なお宋玉の作といわれる『楚辞』招魂には、「十日代出、流金鑠石」とあり、並出ではなく、代出になっているが、恐らく同源の説話であろう。また袁珂「后羿射日、嫦娥奔月」(『中国古代神話』第六章所収、商務印書館、一九五一年)参照。森三樹三郎「羿」(『支那古代神話』第一章「神々の列伝」所収、大雅堂、昭和一九年)参照。

(2) Erkes, Eduard; Das Weltbild des Huai-nan-tze (淮南子) Ostasiatische Zeitschrift, V, 1916—1917, S. 53—54.

(3) Granet, M.; Dances et Légendes (前出) 巻一・三七七ページ、巻二・五四一ページ・五九七ページ参照。

(4) 本書第七章第七九条第九節(四五五ページ)によると、類話は苗族にもある (Savina, F.M.; Histoire des Miao, Hong-Kong 1924, p. 243—244)。九日が射落され、残る一日が隠れて、世界が七年間闇となる。これを雉が呼び出して、世界を再び明るくした、というこの苗族の話の後半は、日本にもその類話があり、徐松石の『粤江流域人民史』及び凌純声・芮逸夫の『湘西苗族調査報告』(一九四七)にも、これと同趣の話が採録されている。

　北米の類話については、文献があげられていないが、エルケスは本類話の集成 (Erkes, Eduard; Chinesische-Amerikanische Mythenparallen, T'oung Pao, Bd. XXIV, S. 32—53, 1925—1926) の中に、南北アメリ

カ土人間の類話を引いている。これによると、カリフォルニアのシャスティカ (Shastik) 族には、天に十日並出し、コヨーテがそのうちの九日を殺して、一日をとどめる話がある (Powers; Tribes of California, Contribution to North Amer, Ethimology, vol. III, y, 255, 1877)。

南米ペルーのリマ (Lima) の東のサウサ (Xauxa) 族にも類話がある。これは十日ではなく五日である。(The Travel of Pedro de Cieza de Leon, Part, I, 1553. 原本スペイン語、Bastian; Die Kulturländer des alten Amerikas. Bd. II, S. 151 にも引用する) 北米西部のビルチュラ (Bilchula, Bella Coola) 族にも、日の子が火燭を一時にたくさん灯して、地上の人民を苦しめる話がある。

エルケスは以上の米土人の話以外に、東南及び西北アジア諸民族間の類話をも集めている。

東南アジアではまず、スマトラのバタ (Battak) 族にこれがある。ここでは太陽の数は八である。(Warneck; Die Religion der Battak, 1909, S. 43—44) マレー半島のセマングにもある。太陽の数は三である (Schebesta; Ueber die Semang auf Malakka, Anthropos, Vol. 18—19, 1923—24)。

東北アジアではゴルド (Golden) 族に二日を射落す話があり (Laufer; Petroglyphs on the Amoor, American Anthropologist, N.S.I., 1899, p. 749—50)、チュクチュには二ないし八の太陽伝説がある (Bogoras; The Chukchee, p. 330)。以上のエルケスの蒐集の他に、訳者は台湾大学の陳紹馨教授の教示により、マレーシア・ボルネオのドゥズン (Dusun) 族に、同様の類話があることを知った。これは八日中の七日を射落す説話である (Evans, J.H.N.; Studies in Religion, Folk-lore and Customs in British North Borneo and the Malay Peninsula, 1923, p. 88—89)。

またラングによると、メキシコ土人にも烈日を射てその熱射を避ける説話がある (Lang; Myth Ritual and Religion, Vol. I, p. 126)。

台湾高山族の間における類話は甚だ豊富であり、殆んどあらゆる種族に存在している (『臨時台湾旧慣調査会』第一部、及び台湾総督府蕃族調査会発行『蕃族調査報告書』大正二―一〇年。『台湾蕃族志』第一巻、大正六年。『蕃族慣習調査報告』第一巻―五巻、大正四―九年。台北帝国大学言語学研究室発行、『原語による台湾高砂族伝説集』昭和一〇年)。また漢族の間にも類話が行なわれている(片岡巌『台湾風俗誌』大正一〇年〈七五八ページ〉)。後者は九日中の八日を、雷神が撃殺する話である。しかし高山族の説話の多くは、勇士が二日の一を射落す話であるが、烈日を射て両半に分かち、一半を月としたという話も少なくない。天が低くて日射の強さに苦しみ、天をつきあげる話もあるが、これは太陽征伐と女媧伝説との混合型であろう。また太陽を射落した後、十日間暗黒になやんだという話は、前記苗族のそれに似ている。

右のようにカリフォルニア土人の説話は、明らかに十日に関するものであるから、玄珠(『中国神話研究ABC』一九二九年)が、十日の話は他の民族にはないものである、といっているのは、明らかに誤りである。また出石誠彦「旱魃の説話」(『支那神話伝説の研究』中「上代支那の旱魃と請雨」第二章所収、中央公論社、昭和一八年)参照。

(5) 本書第七章第七九条「雞」第九節「太陽の樹」(四五六ページ)で、著者は烏を不吉とする文化圏では、これが雞に置き代えられ、桑(扶桑)が桃に置き代えられたのだという(次注参照)。例えば『述異記』に「日本国者、有金桃」という。

(6) 『甘石星経』に、日中には二脚の烏と共に、三脚の雞がいるという。なお次注8参照。

(7) 第三節の注16参照。著者は鳳凰と雞とが共通するという。

(8) 『金楼子』巻五に、「東南有桃都山、山有大桃樹、上有天雞、日初出照此桃、天雞即鳴、天下之雞感之鳴、樹下有両鬼、対樹持葦索、取不祥之鬼食之、今人正旦、作両桃人以索、中置雄雞、法于此也」といい、また『玄中記』にも、「東南有桃郁山、山上有大樹、名曰蟠桃、枝相去三十里、上有天雞、日初出、照此木、天雞即鳴、天下之雞、皆随之」とある。ただし『神異経』の東荒経には、「大荒之東極、至鬼府山、臂沃椒山、脚巨洋海中、昇載海日、蓋扶桑山、有玉雞、玉雞鳴則金雞鳴、金雞鳴則石雞鳴、石雞鳴則天下之雞悉鳴、潮水応之矣」とあって、前の二文献に似たところがあるが、山を扶桑山といって桃には縁がない。著者のいう両型の中間的移行型と見るべきであろうか。『拾遺記』の「扶桑山有玉雞」もこの類であろう。

(9) 『淮南子』精神訓に、「日内有踆烏」とあり、高誘は「踆猶蹲也、謂三足烏也」と注する。同じく説林訓に、「烏力勝日」とあり、高誘は「烏在日中而見、故曰勝日」と説く。また『山海経』大荒東経に、「湯谷上有扶木、一日方至、一日方出、皆載于烏」といい、『北堂書鈔』巻一四九にも、「若木若華、玄烏踆烏」と見える。なお本節の注1の『楚辞』、及び注6参照。さらに『黄帝占書』(『太平御覧』巻四に引く)に「日中三足烏」。『史記』亀策伝に「日為徳而君於天、辱於三足之烏」。『五経通義』(『芸文類聚』に引く)に「日中有三足烏、月中有兎与蟾蜍」。『論衡』に「儒言、日中有三足烏」等の例がある。また漢代画像石中には、月兎と共に三脚の烏が日中にいる像を刻んだものがある。

(10) 『説文』に「榑桑神木、日所出也」といい、『山海経』海外東経に「湯谷上有扶桑、十日所浴」といい、『淮南子』地形訓に、「扶木在陽州、日之所曊」とあり、高誘は「扶木扶桑也、陽州東方也」と注する。また前注大荒東経「扶木」参照。

なお太陽樹については、『山海経』海外東経に「在黒歯北、居水中有大木、九日居下枝、一日居上枝」とあり、即ち大木の枝に十日がいるのである。『淮南子』地形訓に、「若木在建木西、未有十日、其華照下地」とあり、『楚辞』天問にも、「羲和之未揚、若華何光」(次注参照)と述べる。また前注『北堂書鈔』の「若木若華」参照。なお『文字通詮』の著者は、東・杲・杳のように、木に対する太陽の位置よりきた字における木を「榑桑」と考えている。

(11) 『山海経』大荒南経に、「有羲和之国、有女子、名曰羲和、方日浴于甘淵、羲和者帝俊之妻、生十日」とあり、前出『北堂書鈔』の「甘水之間、羲和生日」もこれであろう。羲和が天文暦象を司ったことに関しては、

『尚書』堯典に詳しい。

なお、十日の思想については、『淮南子』俶真訓に「馳於外方、休乎内字、燭十日」の句がある。また「旭」は『説文』以来、「九」声となすことに諸学者が疑いを抱いているが、未だ解決を見ない。これをマスペロ（『書経の神話的伝説について』本節注12参照）のように、九日下におり、一日上におるという意味の会意と見れば、そのことは明らかになる。即ち「旭」字もまた、古代中国の十日思想の産物である。
(12) Maspero, Henri; Légendes mythologique dans le Chou-king（書経）Journal asiatique, 1924.
(13) 第一節注参照。なお『淮南子』天文訓に「至于悲泉、爰上羲和、爰息六螭、是謂縣車」とあり、高誘は「日乗車、駕以六竜、羲和御之」と注する。羲和が日神の御者であるとの考えも、しばしば文献に見える。
日神の車の考えは、ギリシアのヘリオス（日神 Helios）の車はもとより、バビロニア(Frazer; The Worship of the Nature, p. 531）にも、インドの Rig-Veda にもある。Rig-Veda には Surya の車が、一頭乃至七頭の馬で引かれることが見える。故に著者のいうように、日神の車が「北方的」であるとするならば、著者の「北方的」は同時に「西方的」でもある。また白川静「太陽神とその御者」（『中国の神話』第五章所収、中央公論社、昭和五〇年）参照。
(14) 郭沫若の『古代社会研究』（一九三二年、第五版二六三ページ）に、「帝俊之為帝舜者、則帝俊妻娥皇、及羲和与常羲、娥皇羲和常羲、因一語之変、然此実一事化二事、一人化二人、其為一人之娥皇者、則女媧伝説、其為羲和常羲二女者、則二女伝説」とある。
(15) 『列子』黄帝第二に、「庖羲氏女媧氏神農氏夏后氏、蛇身人面牛首虎鼻」とある。『楚辞』天問にも、「女媧有体、孰制匠」とあり、王逸は「女媧人頭蛇身、一日七十化其体」と注する。さらに『山海経』大荒西経に「有神十人、曰女媧之腸（腹）」。『淮南子』説林訓に「桑林生臂手、此女媧所以下七十化也」とある。なお女媧については、本書第二十四条に詳しい。

(16) Granet; Dances et Légendes（前出）巻一、二五七ページ。重黎の後の羲氏和氏が、天象星辰暦法のことを司ったのは、革新ではなくて復古であるという解釈。

(17)『尚書』堯典に、「重黎之後、羲氏和氏、世掌天地四時之官」とある。なお孔穎達の正義のこの箇所の注は甚だ詳しい。

(18) 未見。

(19) 本書第八章獠文化第八〇条第八節「重黎」の項（四七三ページ）に説かれている。著者によれば、重黎は常に火と関連があり、南方と結びつけられる。また森三樹三郎「祝融（重黎）」（『支那古代神話』第一章「神々の列伝」所収、大雅堂、昭和一九年）参照。

(20)『山海経』海外東経に、「湯谷上有扶桑、十日所浴」とある。

(21)『太平御覧』巻四に『汲冢書』を引き、「允甲居於河西、天有妖孽、十日並出」とある。また『竹書紀年』に、「帝廑、一名胤甲、八年、天有妖孽、十日並出」とある。なお武王伐紂の時にも十日が出た。『淮南子』兵略訓に、「武王伐紂、東面而迎歳……当戦之時、十日乱於上、風雨撃於中」とある。十日ではないが、『竹書紀年』にはこの他に、三日あるいは二日の並出した記事がある。即ち「帝癸二十九年、三日並出」及び「帝辛四十八年、二日並出」とある。また宋の羅泌の『路史余論』巻七にも、十日と題して史上の事実を列挙する。

十日

「古今通占鏡云、衆日並出、天下分裂、百官名設、政令不行、三日並出諸侯争、洪水出、晉建興二年、正月辛未、三日出西方、而東行、後江東改元、劉聰李雄作亂四年、三日復出、其年帝蒙塵平陽、五年、正月庚子、三日又見、占曰、三四五日見天下兵王者如其數、建武元年、亦嘗三日並矣、見晉陽秋、而太興三年、五日且出後、前秦後趙、乗時並起、貞観之初、突厥亦記五日並見、乾符六年、十一月朔、両日出闢三日乃没夫天有十日、居于陽谷、在黒齒之北、一日居上枝、九日居下枝、次以甲乙迭運中土、君有失道、則両日並闢、三日出争、以至十日並出、大亂之道、山海経云、日浴温原谷上扶桑一日方至一日方出皆戴於烏、夏桀之亂、両日並出、商紂之世、両日又見、其一将没、一方出、故考霊曜云、黒帝之亡、二日並照、雖然、興亡必並、有徳則興、無徳則喪、此不易之道也、〇顕徳七年、正月癸卯、両日固嘗見矣、是時苗従訓従　太祖出師見日上復有一日久相摩盪曰天命也、及夕、六軍推戴、繇此観之、胤甲之事、蓋有之矣、歴代之書志、更有多月者、梁太清二年正月、両月相承、見西方、唐志、貞観初、突厥言有三月連明攷之、乃是當時推為突厥頡利之應、雖云分域、然日月正為中國之占顧得云頡利哉」

(22) 業火の神話は、八重山諸島波照間《はてるま》にあり、人民の不義をこらしめるため、天より火の雨が降り、二人の兄妹だけが残って現存民の始祖となったという。

(23) 第四七条は第四二条の誤りであろう。本書第六章「猺文化」第四二条「火神」(四五―五〇ページ)に、火神回禄の同伴者としての必方のことなどがある。彼は樹に棲み、この枝に火の鳥をとまらせている。彼の命令によって、鳥は火を運び、こうして天の業火は人類に災害をもたらす。即ち著者は、火神と樹と樹上の火が、人類に災害を及ぼすというところに、本説話との関連を予想するのであろう。彼はこれをも猺文化型の説話だという。

〔附記〕

小川琢治博士は、羿の行蹟とギリシア神話のヘラクレスのそれを結び、その十日を射た話は、後者がヘリオス(太陽神)を射た話と類似することを指摘している(「天地開闢及洪水伝説」『支那歴史地理研究』一七三ページ、昭和三年)。また『中国神話研究ABC』の著者玄珠も、同様の類似を挙げている。しかしこの二人は、ギリシアと中国の両説話の類似を指摘するだけで、その連関については、何ら考察する所がない。東西に甚だ隔たるこの両地方の間に、アッシリア・インド・インドシナ・インドネシアと、ほぼ完全な連絡の跡があり、インドシナの説話についてはセマングの例を、インドネシアの例については、北部ボルネオのドゥズン族や、スマトラのバタ族の説話を、訳者は既に挙げておいた（第六節注4参照）。

インドにおける連鎖の第一は、三足烏の存在である。藤田豊八博士の「支那に伝わる二三の Myth につきて」（『白鳥博士還暦記念東洋史論叢』、大正一五年）に引用した（Putt; Mahâbhârata adi parva, p.53）によると、インドの Garuda は日車の旗竿上の蹲鳥であるという。しかし Rig-Veda に Trivikrama を Vishnu 即ち日神の一名とする。Trivikrama は 3 steps 即ち三歩の意であり、日出・日中・日没の三時に充てられる。Vishnu の三歩は即ち Garuda の三足を以て象徴されているのである。

連鎖の第二は、同博士の引く Albirūni の Indica という書に、バラモンの説話では、十二個の日が月を異にして互いに出て大地を焦がし、世界を滅亡させる。

仏教徒にも同様の説話がある。Meru の山側に四世界あり、これに七日がかわるがわる出て、四世界を栄えさせたり、枯死させたりする。即ちインドの七日は西方の七曜思想に関連し、中国に到って、一旬の思想に類縁ある十日の説話となったのであろう。中国でも併出でなく、もとはかわるがわる出るとなっていたという痕跡は、『山海経』海外東経の前掲の文（第六節注10参照）にも見える。インドでは、暴威を振う多日に対して挑む英雄譚は発生しなかったが、以上の二事は、明らかに中国古代の思想に影響している。

インドとギリシアとを連鎖するアッシリアの思想は、石橋智博士の「アッシリアの陰陽道と朝鮮の陰陽道」（東京帝国大学宗学講座創設廿五年紀念会『宗教編集』二〇五ページ、昭和五年）に紹介されている。即ち Morris Jastrow; Die Religion Babyloniens und Assyriens, S. 203—969, 1905 に独訳された Omiva-texte の中に、一個乃至は六個の、更に多くの副日 Nebensonne（原語 Schambchatu）の並出を挙げている。石橋氏によれば、この思想はほとんどそのまま朝鮮に見出される（『管窺輯要』順治年間、黄玉耳等編纂）。同書巻九に、「両日並出、天下分争、若三日並出、不過三旬、諸侯争、衆日並出、天下分」の文がある。

日本では数日が並出する、或いはかわるがわる出るという思想は、後世に中国の事例に倣って生れた説話にすぎないが、それまでには完全に消滅した。しかし日神に挑む英雄神の説話は残存している。前掲の「天岩戸」の神話と、苗族のそれとの類似の著しいことから、その前半の数日並出の要素の脱落したことが想像される。『記紀』に見える須佐男命は、ヘラクレスであり羿である。これらの英雄が善悪両面を有したように、須佐男命も暴悪と救民の二要素をもっている。中国とギリシアの両英雄が日を射たように、彼は日神に対して不敬をはたらく。ヘラクレスが九頭のヒュードラを退治し、羿が脩蛇を殺したように、彼はヤマタノオロチを殺す。これによって宝剣を得た話さえ、南中国にはその痕跡を残している。宋の龔明之の『中呉紀聞』には、呉において、蛇が剣に化した伝説のあることを記しているのがそれである。

即ち西はギリシアより東は日本に到るまで同型の英雄神話があり、これは偶然の一致とは到底考えられない。前記セマング・バタ・ドゥズン・苗・台湾高山族間における射日の英雄、更にシベリアよりアメリカ大陸に拡布している同様の説話も、またその分布圏を示すものであろう。そして本説話の原始型態は、却って南方あるいは中南米の原始民間に伝えられているものと考えられる。思うに、日月の存在とその区別に対する原始民族の驚異より生じた説明説話に、それらは始まったものであろう。即ち両日並出し、一日を射てその烈熱を冷却させ、これによって月を生じたとする、月の発生の説話が、その原型であろう。中国や日本におけるような複雑な英雄神話は、その潤飾の結果であるが、あるいは別個の英雄説話中への吸収を示すものであろう。

結　語

羿の伝説をめぐって、われわれは一つの新しい分野にわけ入った。この分野では、材料が恐ろしく断片的であるため、はっきりしたことを摑むことが、ほとんどできなかった。この説話には、農耕をほのめかすものは何もなく、生活形態としての狩猟を想像させるのみである。このことから、この説話は猺あるいは獠と関連あるものだという結論ができる。羿、即ちある種族の英雄である「善い」羿の敵として、タイ族の人物や、その他の種族の間で重んぜられている者どもが登場する。本来的に羿の事業に付属する限りでは、彼の事業は巴族の文化の隣人文化としておくのが、一番いいようだ。ここからまた一定の近親関係を説明することができる。羿が種族の英雄だという推定は、羿がいま一度、北方文化圏の東南部の地方圏内で、一役を演じているという事情をさらに判りやすくさせる。この時は彼は「悪い」羿として活躍する。ここでは北方人の立場から見られているからである。そして猺族あるいはその近親種族（夷族）は、北方族の隣接人かつ敵人であったからである。しかしこの条下では、なお多くの疑点が残されている。

終りに、エバーハルトの略歴と著作を、不完全ではあるが、次に列記しておく。

一九三〇—三四　ベルリン民族博物館
一九三五　北京大学教授
一九三六　ライプチヒ博物館アジア部主任
一九三七—四八　アンカラ大学シナ学教授
一九四八—　カリフォルニア大学社会学部教授

"Early Chinese Cultures and their Development; a new Working Hypothesis." *Annual Report of the Smithsonian Institution*, 1937.

Chinese fairy tales and folk tales, 1937.

Typen chinesischer Volksmärchen. Folklore Fellows Communications, no. 120, Helsinki 1937.

"Eine neue Arbeitshypothese über den Aufbau der frühchinesischen Kulturen," *Tagungsberichte der Gesellschaft für Völkerkunde*, Leipzig 1937.

Volksmärchen aus Südost-China. Folklore Fellows Communications no. 128, Helsinki 1941.

"Pekinger Sprichwörter, gesammelt von Ho Feng-ju," *Baessler-Archiv* 24 (1941).

Volksmärchen aus Südostchina, 1941.

Kultur und Siedlung der Randvölker Chinas, Leiden 1942. (Supplement to *T'oung Pao* 36).

Lokalkulturen im alten China. (vol. 1=Supplement to *T'uong Pao* 37, Leiden 1943; vol. 2=*Monumenta Serica* 3, Peking 1943.

Chinas Geschichte, 1948.

Die chinesische Novelle des 17—19. Jahrhunderts, eine soziologische Untersuchung, Ascona 1948.

Das Toba-Reich Nordchinas, Leiden 1949.

and Pertev N. Boratav. *Typen türkischer Volksmärchen*. Wiesbaden 1953.

Social Mobility in Traditional China, Leiden 1962.

Folktales of China, Chicago 1965.

Erzählungsgut aus Südost-China, Berlin 1966.

Guilt and Sin in Traditional China, Berkeley 1967.

"Topics and Moral Values in Chinese Temple Decorations," *Journal of the American Oriental Society*, 87 (1967):22—23.

Settlement and Social Change in Asia, Hong Kong 1967.

and Alide Eberhard, "Family Planning in a Taiwanese Town," in *Settlement and Social Change in Asia*, Hong Kong 1967.

Local Cultures of South and East China, Leiden 1968.

Studies in Chines Folklore and Related Essays, 1970.

"Cantonese Ballads," (1972).

"Chinese Festivals," (1972).

太陽を征服する伝説

台湾の高山族の間には、多くの太陽征伐に関する民話があり、ほとんど各部族ごとに、類似の伝説がある。これらの民話の多くは、部族中の勇士が、人民の受ける酷熱の苦しみを除こうとして、二つの太陽の一つを射、傷ついた太陽は月になった、と述べられている。諸伝説のうちには、一つの太陽が射られて、二つに裂け、その半分が月になった、というのもあり、また、昔は天が低くて、太陽の熱がはなはだしいため、天を衝いて遠ざけ、太陽が空高く懸ることになって、人民が蒙った酷暑の苦しみを免れた、という伝説などがあるが、このような民話は、すべて前話の変形にすぎないと思われる。

台湾に住んでいる漢族にも、同様の民話がある。片岡巌氏の『台湾風俗誌』に、雷神が九つの太陽のうち八つを打ち殺して、人民のために害を除いたという話を載せる。

台湾に住んでいる両種族の間に、類似の民話があるということは、それが他種族の民話を拾ったのではなかろうか、と思われるかも知れぬが、そうではない。大陸の漢族にも南方の諸族にも、それぞれに同工異曲の説話が存在するからである。

まずインドネシア族の間に存在する実例を検討しよう。

われわれの知る限りでは、英領北ボルネオのドゥズン族（Evans による）と、スマトラのバタ族（Warneck による）にも、共に似た伝説があり、いずれも八つの太陽のうち、その七つを、勇士が射落した、という。

東南アジアで、インドネシアを除けば、マレー半島山地のセマング族（Schebesta による）と、中国西南部の苗族にも、また同様の伝説がある。前者の太陽の数は三つであるが、後者は十で、その九つを射落すと、残りの一つは避けてかくれて、天地がまる七年間、まっくらになったが、雞がそれを呼び出して、世界はやっとまた明るくなった、という。

さらに、漢族の間に伝わる類似の民話を、われわれは古代の文献に求めることができる。『淮南子』本経訓に、

　堯の時に至り、十日並び出ず、禾稼を焦し草木を殺して、民は食する所無し、堯すなわち羿をして、

　上　十日を射使む、

とあり、高誘の注には、

　十日並び出づるに、羿は射て九を去る、

という。『楚辞』天問にも、

　羿は焉《いず》んぞ日を彃《い》、烏は焉んぞ羽を解く

とあり、王逸の注は、『淮南子』を引用しつつ、

　堯の時、十日並び出で、草木焦枯す、堯は羿をして仰いで十日を射使め、其の九に中《あ》つ、日中の九

烏皆な死し、其の羽を堕《おと》す、
という。また郭璞の引く『帰蔵易』鄭母経にも、
昔者《むかし》、羿は善く射る、十日を畢《い》る……
という。以上挙げた例は、羿の事蹟を記したものであるが、中国の古典の中に、十日が暴威をふるう話があり、『山海経』海外西経・『呂氏春秋』求人・『荘子』斉物論・『楚辞』招魂等に、ひとしく見える。その他、天に十の太陽があり、そのいくつかが一度に出た、と記す文献に、『汲蒙周書』(『太平御覧』引)の「允甲の時」、『竹書紀年』には「胤甲の時」、『淮南子』兵略訓には「武王紂を伐つの時」(以上、十日の例)がある。

また『竹書紀年』の「帝癸の二十九年、三日並び出ず」、同書の「帝辛の四十八年、則ち二日並びに出ずる有り」等の記事が見える。数日が一度に出たり、余分の太陽を征伐したりする民話が、中国に古代からすでにあったことが、これで分り、そして今日に至っても、中国各地の民間伝説に、羿の事蹟をいまだに伝承しているのである。

それ故、台湾の漢族の伝える、九つの太陽が一度に出た、という説話も、実は漢族の間の広汎な伝承圏内の一例と見なすべきであって、太陽の数を九つと伝えるのは、十というのと全く同じではないが、しかしこの点だけでは、われわれがこのように推論したのを否定するに足りない。

最近、ドイツ人 Eberhard は、羿に関する民話が、確かに古代越族の間にのこされてきた伝説であり、

夏族が越族を併合し、その文化を圏内に包容したが、その時に越人の伝承を継承したのである、と考える。現在の学界は、この説を頗る認めており、私もこの説が、最も信用できるが、批判がないわけではない。若干の例証をあげて、さらにこの説が、その地位を確立する助けとしたいと思う。

この説によれば、台湾の高山族と漢族の間の太陽征伐に関する民話は、その伝わった経路は異なるが、その起源を究めると、同じであることがわかる。そうすれば、太陽征伐の民話は東南アジアだけに存在するのであろうか、決してそうではなく、これは東西に一様に見られる民話であり、東南アジアは、その分布圏の一隅にしかすぎない。

E. Erkes の『中・米両国間の共通神話』によれば、南北両アメリカにも、また同様の伝説が存在するのを知る。カリフォルニアのシャスティカ族の間に、十の太陽が一度に出た時、コヨーテがその九つを打ち殺して、ただ一つをのこした、といい、ペルーのリマ市の東のサウサ族には、五つの太陽のうち、その四つを射落した伝説がある。

北米西部のペルチュラ族に、太陽の子が多くの火を燃やしたため、地上の人民が非常な苦痛を受けたという話があり、Lang はメキシコの土人にも、烈しい太陽を避けた民話がある、という。

東北アジアにも同様の伝説がある。Laufer の報告では、アムール川のゴルドン族に、二つの太陽を射落したといい、Bogoras はチュクケー族に、二つから八つの太陽が、一度に出た、という伝説がある。

日本には複数の太陽の思想がないが、英雄が太陽神に挑む話として、いわゆる天の岩戸の神話がある。日の神が岩穴の中に身を隠すと、世界は暗闇となり、民は苦しんだが、ここでも雞鳴が日の神を誘い出したのである。

この伝説は、前述の苗族の伝説と部分的に同じであるが、前半の太陽征伐の部分が脱落している。この日の神が身を隠す原因となった須佐男命は、別の方面では、民の害を除く英雄でもある。羿が洞庭で長蛇を斬り殺したのと同様、彼は出雲の湖辺でヤマタノオロチを殺す。

越族にとって、民を救う英雄と見なされた羿も、後には夏族によって、悪逆の夷羿と称されたように、出雲の須佐男命も、天孫族のために、荒ぶる神とされてしまった。須佐男命は日本の羿と言うことができる。あの十の太陽を射た英雄二郎の神話は、羿と須佐男命の両神話を結ぶ鎖と見なすことができる。

このように、われわれは太陽征伐の伝説が、太平洋沿岸のアジア・アフリカ両大陸の各民族間に、広汎に分布しているのを見る。

羿の故事が、ギリシア神話の太陽神ヘリオスを射た、英雄ヘラクレスをわれわれに連想させ、堯が羿に命じて、民を救う六つの仕事をさせたのは、ヘラクレスがゼウスの命を受けて、民を救う九つの仕事をしたのに対応する。羿は長蛇を斬り、須佐男命は八つの頭をもつ大蛇を斬り、ヘラクレスは九つの頭をもつヒドラを斬った。羿と須佐男命は共に善悪両面をもち、ヘラクレスも同様に善悪の両面をもつ。

しかし中国とギリシアの距離はあまりにも遠く、このような類似が存在するというだけでは、それらが同源であるとは証明できない。この両者には、その空白を塡める地域があるかも知れない。

この東と西に遙か隔った空間に、アッシリア・インド・インドシナ・インドネシアがあり、われわれは、これらの地域から、連鎖の例証を捜しだすことができる。インドネシアについては、すでに前に述べた。インドの連鎖の例証として、太陽神の旗竿の上に、三足の烏（Garuda）がいる伝説がある。インドは古代の太陽神に、三歩（Trivicrama）の別名があり、その意味は、日出・日中・日没の三つの時刻を表わしている。三足の烏は三歩神――太陽神を象徴している。古代の中国の日中三足烏の考えも、これと関連がある。『淮南子』精神訓に、「日内に踆烏有り」と見え、高誘の注には、「踆は猶お蹲のごとき也、三足の烏也」とある。故に屈原も、「羿は焉んぞ日を彃《い》、烏は焉んぞ羽を解く」という。

その連鎖の第二証は、インドにも複日の思想があることである。Albirumi によれば、バラモンの伝説に、十二の太陽を送って大地を焦し、世界を滅ぼした、というのがあるという。仏教徒もまた同じような説話を伝承している。即ち Meru 山のそばに四つの世界があったが、七つの太陽を送って、それを破壊した、というのがそれで、この七日は西洋の七曜思想と或いは関連しよう。

中国では一旬の観念があって、そのため十日といい、その起源でも十の太陽が一度に出るというではないか。十の太陽が送りだされるという記事は、『山海経』に見える。その「海外東経」に、「湯谷の上に扶桑有り、十日の浴する所なり、黒歯の北に在りて、水中に居り、大木有り、九日下枝に居り、一日上枝に居る」とあり、旭という字の起源は、これによる。つまり一日上にあり、九日下にある、という意味である。だから、インドの三足の烏と複日の二説は、中国に関連しているのである。

インドとギリシアの関連をなすアッシリアの古代思想は、ヤストロウ（Jastrow）の紹介する星占書（Omiva）の中に見られる。その記載によれば、古代アッシリアにも一つ乃至は六つ（或いはさらに多く）の副日（Schambchatu）が、太陽を伴って現れたという。この六つの副日は、インドの七日と関連性があるのは明らかである。

このように、インドとアッシリアには、余分な太陽を除き去るという伝説はないが、複数の太陽が送り出されるという考えは存在して、インドでは、これらの太陽が世界を焼き焦そうとし、アッシリアでは、これを乱世の兆候としている。

ギリシアと中国との間隙は、このように塡められた。西欧諸国中にも、七つの甦った太陽が龍に呑みつくされる、という伝説があり、複日伝説の範囲が大西洋に至っている。この伝説は世界各地に共通するものである。

私はこのような世界共通の伝説が、どこから起ったのか分らない。しかしその原型は、台湾の高山族の間で伝承されてきた、二つの太陽の一つが、威力を奪われて月になったという故事ではなかろうか。この故事の構造は比較的簡単であるためである。台湾のある種族は、太陽が射られた時、多くの破片が飛びだして、星となったという説話をもつが、天体の存在とその関係を、原始民族はつねに、このように民話的に解釈している。ヘラクレスや羿や須佐男命の物語は、このような簡単な伝説の潤飾、またはもとからあった英雄伝説に、これらの成分を吸収したものであろう。羿と須佐男命の物語には、なお月に関する部分がのこっているが、インドに至っては、その世界観と宗教観の関係から、尚武と粗暴の英雄の物語は、すでにその痕跡を見ることはできない。その残余の優婉脆弱な部分は、反って宗教的思弁の中に浸されてしまっている。

つけ加えると、須佐男命が大蛇を斬った時、その中から宝剣を得たという民話は、呉にも類似の伝説があり、宋の龔明之の『中呉紀聞』中、蛇が剣と化した、という記載がある。

〔附記〕

その後、以下列挙する諸論文が発表され、この説話が全世界に広がっていることが、ますます明らかになった。いまこれらに言及し、拙論を補う暇がないので、旧稿のままにとどめる。読者の宥恕を乞う。

森鹿三「日月の出入する山々」（「東西学術研究論叢」、第四五号、一九六〇年三月）

Holmberg, Uno; Fino-Ugric, Siberian—The Mythology of All Races, 1964. (13, The Stars, the Sun and the Moon).

Harvo, Uno; Die Religiösen Vorstaellungen der Altaischen Völker, 1938. (Japanese edition 1971, by Katsuhiko Tanaka)

管東貴「中国古代十日神話之研究」（『従比較神話到文学』東大図書公司滄海叢刊、一九七七）

倭人のおこり

「倭人」が何であったかの問題に手をつけようとするならば、まず「倭」の名称のおこりから調べておく必要がある。

今日われわれが『詩経』として読むものは、前漢の時代に、毛亨《もうこう》によって遺された、いわゆる『毛詩』であるが、その小雅（鹿鳴《ろくめい》）の章に、「周道倭遅」の一句がある。もしこの文字が春秋末期の孔子時代のテキストのままであるならば、この「倭」がいま知られている限りでは、最も古い倭字である。しかし、この「倭遅」の意義は「おとなしく（順）、ゆっくり（遅々）と歩ませる山道の形だ」と言われ、あるいはまた、「道がくねっていて険阻なため、速く歩けない姿だ」とも言われている。いずれにしても今ここで問題とする種族の名称に関するものではない。のみならず、同じ『詩経』の片句を遺した『韓詩外伝』（韓嬰、前一五七〜一四〇年前後）では、この「倭遅」を「倭夷」とするほかにまた「威夷」とする。また、『漢書《かんじょ》』地理志では、これを「郁夷」ともする。ところが、顔師古（唐）の注では、この倭、威、郁の三字も、遅、夷の二字も、それぞれ同音ではあるが同義の文字ではないという。『詩経』に多い、眼でなく耳に記せば済んだ民謡には当然のことであり、同音であれば文字は何であってもよかったのである。『毛詩』の箋注者鄭玄《じょうげん》（後漢、一二七〜二〇〇年）は、この「倭遅」については「遅」を遺し、「倭」はもと「委」であったという。委の意は女のごとく柔順（『説文』では「委は委随なり」という）であり、これが周地の山道の曲がりくねった様を指すことにもなったのだと言う。『説文』の多くの注釈者が、これを委曲、または委然の義なりと言うように、身をかがめることであり、元来は禾（稲穂）の下に女のある形の文字であった。『毛詩』の「倭遅」は、もともと「委遅」であったと考えているようである。少なくともこれに「倭」を用いなければならなかったという証明は見あたらない。

この問題の文字「倭」はまた、『左伝』に、魯《ろ》の宣公（前六〇九〜五九二年）の名としても現われる。しかし、『春秋左伝正義』の注者、孔穎達《くようだつ》（唐）は、その名を「倭、或作㆑接」と言い、『左伝附注』の作者、陸粲《りくさん》（明）はこれを「倭、一名接、又作㆑倭」と言っている。「倭」が正しければ、孔子の時代すでにこの字があったことになり、ついては先の『詩経』の「倭」も同時代にあり得たことになる。しかし、『詩経』も『左伝』もともに、それに用いられた文字「倭」は、「もとは委であった」（『詩経』）、また「委とも書かれた」（『左伝』）と注せられている。これらの解説者には、それぞれにその説を同じくした理由があったのであろう。

ところが、たんなる「倭」字の問題ではなくて、「倭人」の種族名が、紀元前一〇〇〇年以前の話に顔を出す。後漢の王充《おうじゅう》（後二七〜九六年）の『論衡』儒増篇に「周時天下太平、越裳《えつしょう》献㆓白雉㆒、倭人貢㆓鬯《ちょう》草《そう》㆒」、また同じ書の恢国篇には、「成王之時、越裳献㆑雉、倭人貢㆓暢幽㆒」とある。前者と後者が同一事に関するものか否かは別として、周の成王は前一〇二〇年ごろの帝王であり、この時代に後世いわゆる

「倭人」の名がすでにあったとは、だれしも考え得ないであろう。『論衡』の著者は、後漢のころにはすでに生まれていた「倭人」の、これが祖先であっただろうと推定して、ここにこの文字を投入したと思われる。『説文』の「倭」字に対する各時代の注解書一二種に、この周時代の「倭人」の名を問題にしたものは一つもない。紀元前一〇〇〇年の「倭人」を信じるものがなかったからだと思われる。なお、時代ははっきりしないが、いま遺っている『孝経』にも、周公の時、越裳より献雉のあった記録はあるが、貢草の「倭人」の名は見えない。

以上の事実は、前漢以前の経書などに「倭」の字がたしかにあったと言わせるものがなかったことを示すものであろう。このことを分明《はっきり》と言ってくれた先輩もなかった。言うまでもないことであったかもしれないが、ここで一応の筆を広めたことにしておく。

さて、そうなるとその次の問題は、「倭」の文字、すなわちここで言う最初の「倭」字が出現した『山海経《せんがいきょう》』海内北経篇の一行、「蓋国在ニ鉅燕南倭北一、倭属レ燕」である。まず『山海経』はいつの書であるか。ここでいま一度の駄弁をゆるしてもらいたい。

まず、『史記』(前一〇四~九一年)の中に『山海経』の名を見る(大宛列伝に「山海経などに出てくる怪物のことは自分は言わないことにする」とある)から、少なくともその一部が、司馬遷《しばせん》以前の作であることは、だれしも疑わないが、その以前がどこまでに遡り得るかは、いまだに問題である。一般の考証では、古くから「周、秦《しん》以来の古書」などとあるが、それが明らかに示されたのは、手近なものでは「其(『山海経』)中には漢初の『淮《え》南子《なんじ》』地形訓に、本書(『山海経』)を引いたものすら認められ」たと言う小川琢治《たくじ》氏の書（『支那歴史地理研究』弘文堂、一九四〇年）がある。――ただし、私が『淮南子』の地形訓と『山海経』とを合わせて見たところでは、両者に文字の重なる同一文章のある例はさがし出し得なかった。しかし、両者の文体は非常によく似ており、無関係とは思われないことがわかった。――『淮南子』の著者劉安《りゅうあん》は、前漢武帝の元狩元（前一二二）年に自殺している。『山海経』（少なくともその一部）は、これより古い歴史を記録していることがわかる。のみならず、この武帝の名でいま一つ思いつくことがある。淮南《わいなん》王の没年より一一年後に、武帝は衛氏朝鮮を滅ぼして「楽浪《らくろう》郡」を置いた。この楽浪は『山海経』海内北経篇では燕《えん》に属して「列陽」「（朝鮮在二列陽東一、海北、山南、列陽属レ燕」）と書かれた土地であるが、その後にこれに代わった「楽浪」の名は、『山海経』にはついぞ出てこない。その筆者の世界には、「楽浪」はまだ存在しなかったのである。また、これには、朝鮮は「列陽の東」とある。古朝鮮が遼河《りょうが》の地を秦《しん》に逐《お》われて、北は鴨緑江《おうりょっこう》を界《さかい》とし、朝鮮半島の東部の国になった、秦以後のこれは記録である。『山海経』は、すると、これより以前に書かれたものとすることはできない。秦と前漢武帝との中間の産物だと言ってもいいことになる。

なお、ついでに、『淮南子』修務訓に「倭」の文字があると言った学者のいたことを言っておく。『説文』の注書『通訓定聲』（清、朱駿聲）には、「倭」の注に「淮南書、嫫母倭傀、醜面也、与二仳倠《ひき》一同」とあり、『淮南子』に「倭傀」の文字があったとする。おそらく後世の『文選』の王褒（「四子講徳論」）の文中に、毛嬙《もうしょう》、西施《せいし》に対する醜女として「嫫姆、倭傀」の名をあげているものを誤って引用したのであろう。『文選』の多くの注釈者は、「倭」は「仳」であり、「倭醜」と「仳倠」とは同義だと言っているが、もし朱氏の注が正しければ、醜を意味する倭の字が、前漢の前半には用いられたことになる。しかし、これはまず信じがたいと言っておく。

『山海経』と「倭」字については、いま一つ言ってみたいことがある。この本の第十八海内経篇に、「東海之内、北海之隅、有レ国、名曰二朝鮮天毒一、其人水居、偎人愛人」の一節がある。この「天毒」がよくわからない。今日見られる『山海経』のこの部分を追加した郭璞《かくはく》の注では、これを「天竺《てんじく》国」なりとして、その国のことを説明している。しかし前漢前半以前の『山海経』に、天竺の話があるはずはない。『山海経』第十四篇以後の五篇は、この書を古書の十八篇の形に戻そうとの考えで、その時代（晋）までに散佚《さんいつ》したものを、郭氏が集めて加えたものであり、中には口承による残片をも取り入れた恐れがある。この「天毒」が朝鮮の東北海辺――この東北海は中国側から言う東海である――の地名の何ものかであったとしても、今になってはわからない。この問題を略して、考えを「偎人愛人」に移すことにする。これまでの考証では、その住人は「水居」、すなわち海辺、あるいは海島に住む漁撈者であった――これには異議はない――。そして「偎人愛人」は、これを「水から出たり隠《かく》れたりする者」だとする。その解釈は、先秦の道家列子の遺した『列子』（黄帝）に「不偎不愛」の文字があり、「或いは隠れ、或いは見ゆ」と注されていることから来たものである。しかし、宋の司馬光などの『集韻』には「偎、北海之隅、有レ国、曰レ偎」とあって、「偎」は北海の隅の国名となっている。また、隋《ずい》の陸法言などの『広韻』にも、「偎、国名也」とあるのを見ると、『山海経』にこれに類した文章があったとすれば、その『偎人愛人』の「愛人」はもとなかった。そして、その「偎人」は「倭人」であったのではなかったか、とも思われる。藤堂明保氏によれば古代の「倭」の音は uar（カールグレンは ʼuâ）、「偎」は uai であって、両語の音は近い。つまり、郭璞の集めた『山海経』の一部には「北海の隅に水居」する「倭人」、あるいはその後に言われた「倭国」があった、ということになる。劉秀の集めたさきの『山海経』海内北経篇には、「倭」は蓋国の南（の国）だと言うことで終わっており、それにはいろいろの説もあるが、これを今の朝鮮の一部でありとするならば、彼らは東海の北隅の水居の部族であったと言える。後世ではあるが、北方の「倭」が水居の族であったことは、『後漢書』烏桓鮮卑列伝に、鮮卑族が光和元（一七五）年、遼西に寇《こう》したとき、兵糧に困る。倭人が「善網捕」（漁撈に巧み）なるを知って、これを千余家捕虜とし、西方の秦水のほとりに連れて行って、捕魚させたとある。同じく後世ながら『魏志』弁辰伝の倭人の条にもあり、ことに、その「今倭水人、好沈没、捕二魚蛤一」とある。その文意はさきの「水居、偎人愛人」の『山海経』の一節と、離すことはできないだろうと思われる。

なお「偎」の意であるが、これと似た言に「隈」（または「渨」）の字がある。『淮南子』覧冥訓には「漁者不レ争レ隈」とあり、注に「隈」は「曲深で魚の聚《あつま》るところ」だといっている。

さて、水居の漁人が水中に身を隠すを「偎」と言い、これをもってその漁人の名としたのは、それが「倭」に近い音であったからだとしても、その字の選びかたには、それだけの理由があったか、とも言えるであろう。

以上、「ついでに」を並べて紙数を費やしたが、まだ最初の目的の、「倭」字はなぜ「倭」字であるかの問題は終わっていない。水居の族の「偎人」と同音だけでは、「偎人」は水居、「倭人」もまた水居だとは言えるが、晋《しん》の時代のおそらくは口承で同音の「倮人」が、『山海経』に現われたと言うだけでは、「倭」字の出生を説明することはできない。秦漢の間『山海経』の筆者が北海の水居者に「倭」人の名を与えた。しかしその名は水人ではなくて、農人であり、その「委」は殷《いん》の甲骨文字にすでに見られる、禾（稲）の穂の下に屈《かが》む女性の姿である。しかし、この「委」が国名になったのは、後漢光武帝の「委奴国」の金印の文字のほかにはなく、これは彫印のための略字であって、例外であり、この国名は後世、聖徳太子の『法華義疏《ほっけぎしょ》』に、「大倭国」を「大委国」としたほかにはない。その祖先と思われる、東海の西岸を北上した、男性は漁撈、女性は農耕の種族には、水居からも禾耕からも、格別の族名はなかった。その文字を作った殷は、これを滅ぼした周からは東夷と言われ、自身が漁撈農耕の民であった。特にこれに依《よ》って自称を作る必要はなかった。「委」の字は、自族の女性の称であったであろうが、これが自族の称にはならなかったのである。その種族の一部が、北海、あるいは朝鮮半島に渡る。その言語も変わる。ここではじめて異名が必要になる。それは、その地方との政治的関係が繁多になった秦、漢の時代であると考えられる。この「倭人」の祖がその地に渡ったのは、もちろん、それよりは古いとしなければならない。

しかし、これでもなお、なに故にその異名が「倭」になったかがわかったとは言えない。強いて言えば、さきにも言ったように、音《おん》によって水居、意によって農耕者を示すか、と言うようなこじつけも出来ないことはない。つまり、秦・漢の膨脹の時、東海の北隅での種族に接する。彼らの生活は男の漁撈と、女の農耕――陸稲《おかぼ》、麦、稗《ひえ》、黍《きび》のような乾畑の禾の作――であったには別状ないが、その言語が、おそらくは、ツングース語に糸を曳《ひ》く非漢語に変わっていた。秦・漢にとっては、異族の名称がこれに対しては必要になる。すなわち、「倭」はこうした必要から作られた名称であり、その字は新しく作られた字であった、と思ってもいいのではないか。

さて、つぎの問題は、『山海経』海内北経篇の「蓋国在㆓鉅燕南、倭北㆒、倭属㆑燕」の「倭」が、はたして右に言うように、朝鮮北方の東海の水人、あるいは郭璞の注に言うような「倭国在㆓帯方東海内㆒」の海人であった、と言っていいかどうかである。これについては、永く忘却されていた問題として、最近に井上秀雄氏の研究があり、私には益するところが大きかった。それで、私もその驥尾《きび》に付して思ったことを書くことにした。

まずその一つは、「鉅燕」の意味である。この「鉅」は「大」であることは大日本の「大」のごときものだとも言える。なるほど「鉅」は「大」の意をもってもいるが、しかしまた「詎」(『玉篇』梁、顧野王)、あるいは「距」(『正字通』明、張自烈)と同字でもあり、前者はこれを「止」(とまる)なり、「至」(いたり)なり、「格」(はて)なりと言われている。後者の「距」もこれに等しい。「鉅燕」の鉅は、ここでは燕の東北の「はて」の地と考えることもできる。『山海経』海内東経以南者(第十三)には、その一行に「鉅燕在㆓東北陬㆒」とある。陬は隅《すみ》である。「大燕」が「東北の隅」にあるはずはない。「蓋」がその南であると言うならば、今の吉林に近い東北のはてなる燕地の南であったと思われる。その地から、今日の遼河をさし挟《はさ》んで渤海に開いた平地が「蓋(国)」であっただろうと思う。秦、漢時代には今の遼東半島の北部に「蓋州衛」が置かれて郡が衛《まも》られた。今の「蓋県」がそれだと言われている。『山海経』

には、その南に「倭」があり、そして、それが「燕」の地であると言っているのである。それを「倭は燕に属す」といっているので、そのころなお燕の行政の下にあった、というように聞こえるが、事実は漢の楽浪時代でも、この地方は「燕地」（『漢書』地理志）のうちに入っている。「燕」は国ではなくて、地名と見て差しつかえないのである。

すなわち、「倭」の居所としては、『山海経』編集のころには、まず北海（今の渤海）から、列陽（のちの楽浪）の南が考えられる。その南は、さきの『漢書』地理志（二十八下）では「楽浪海中有二倭人一、分為二百余国一」とあって、これが毎年きまった時に貢ぎものを漢に献じたといっている。これは、楽浪以後の事態であるが、それが前漢のいつであるかはわからない。ただし「倭人……百余国」とあれば相当南方にわたっていたと思われる。次は『後漢書』であるが、巻八五の東夷伝に建武元（二五）年に遼東の太守が威をふるって、海表万里の「倭」に朝貢を強いている。次いで同じ光武帝の崩年の中元二（五七）年には、「東夷倭奴国王遣レ使奉献」があり、これはよく知られており、その「倭奴国」が日本の北九州に渡っていた倭人の国であったことはだれにも疑われていない。強いて言えば、おそらく『漢書』の「楽浪海中有二倭人一、分為二百余国一」の時には、その一部は日本にも渡っていたのであろうと思われる。しかし、彼らは日本に渡る前に、「倭」の名を与えられていたのであり、日本人の性質によって、あるいは私が以前に言った、日本人の「ワ（私）」からそれを得たのではなかった。『山海経』に「倭」の名称の現われたころには、「倭」は日本人ではなく、北海の漁撈者であり、その名の必要は、その地方の新しい政治に必要のために、新しく作られたものと考えられる。

その政治的処置としてわれわれに知られるのは、『漢書』地理志に、楽浪海中に倭人が有り、百余国に分かれていて、これが「以㆓歳時㆒来献見云」とある。『後漢書』光武帝本紀、安帝本紀にも倭奴国または倭国の「遣㆑使奉献」の文字が見え、この奉献は後世まで続くことはだれしも知っている。『後漢書』東夷伝に、建武の初（二五）年遼東の太守の祭肜《さいとう》が北方の領民に威勢を示し、ために、その声が外にも広がり、「濊貊、倭、韓」の国々に万里をいとわず朝貢をせしめた、とある。これは後漢の初めのことであるが、前漢にすでにこれが始まらなかったとは言えないであろう。おそらく秦・漢のはじめに、倭人の南漸がおこり、のちにはこれが倭人の名となり、その国が倭国となる基になったのはこれであろう。

しかし、こうなると、この焼畑、水居の族の朝貢はなにであったかが問題になる。『漢書』地理志以来、『後漢書』安帝本紀までは、たんに「奉献」のような文字で終わっているが、『後漢書』東夷伝倭の条には、建武中元二（五七）年の「倭奴国奉貢朝賀」のほかに、安帝の永初元（一〇七）年に倭国王が「生口《せいこう》百六十人」を献じたとあり、人数は少なくなるが、これが倭人国では卑弥呼《ひみこ》の宗女壱与《いよ》の時まで行なわれる。さきに引いた光和元年の鮮卑が千余の捕魚者を捕虜としたのは、これを生口とは言わなかったが、武力によって捕虜としたのは、元来の生口の真意であり、この武力によっての捕虜と、大国の権力を恐れての奉献とには、その間に一枚の薄紙もないであろう。「魏志の生口が善捕魚者、特に恐らく潜水捕魚鰒者を意味するものなることは、殆んど疑うべからざるところであろう」（「魏志倭人伝の生口に就いて」『考古学雑誌』第一九巻第一号、一九二九年）と早くも喝破《かっぱ》された橋本増吉氏の説を読んでいただきたい。

しかし、私がここに「生口」を問題としたのは、前漢前期に「倭」の名を与えられた北海の善捕魚者が、なにゆえに南に移り、倭、いわば日本人、倭国すなわち日本だということになったかを言ってみたいからである。そして、それを言えば、読者は「なんだ、それだけか」と言うに違いない。一口にこれを言えば、秦・漢の政治が東海東岸に及ぶ。その地の水居、捕魚の族には、これに奉献するに何があろう。あるのは後に呼ばれた生口ではないか。生口奉献こそは、彼らを南に押し、日本を倭国とした、根《も》本《と》ではないか。

種子島の方言（向井長助採集）

昭和三十三年の夏、種子島広田遺跡の発掘の際、われわれの借りた近くの農家に「向井長助」なる人の採集した、その地方の方言と、同じくその地方で集めた民謡の記録を、明治の時代を思わせる筆つきで、和紙の一冊に残してあるのを知った。これを写したものが、その後二十年私の日記帳に眠っている。その後に調査して見たのではないが、これが印刷されて世間に出たとも見えない。

このたび広田遺跡に関するものを書けとのことだったが、この二十年の懶けがこれで終ることにして許してもらいたい。千年、二千年を仕事としていると、二十年は爪のさきくらいだったろうとね。

さて、この向井長助翁の和本は、方言と民謡からなっているが、民謡はあとにして、このたびには紙数がないとのことだから、まず方言をあげ、民謡は次の号とする。その時代とか地方については、民謡のおりに考えることにする。

向井翁の本は、その思いついた言葉をそのまま連ねている。読みにくいので、ここでは、多少の手を入れて整頓しておく。一、二のしるしは原本にはないのである。語の下に（　）に入れた文字は、向井翁の筆、語の右に小字でつけたものは金関のよけいな句である。

一

父　チェッチェー
母　アッパー
夫《おっと》　オジー
妻　バキ
大人《おとな》　オセ
末子　シッタレ
我　オレ
われわれ　ドモ
きみ（おまえ）　ワゴー
人達《ひとたち》　トード
誰《たれ》　ドレ
若者、下男　ニサー（二才）
金持《かねもち》　ブゲンシャ
神主（祝人）　ホイドン
漁師　フナトウ
乞食《こじき》　モライモーリー
私生児　コバー子
醜婦　イヤシカ女
横着者　ダーブ、ダボー
臆病者　タングヮリモン
化物《ばけもの》　メンコー

二

頭垢《ふけ》　イロコ
唇　スバ
頬　ホータブラ
唾《つば》　ツズ
踵《きびす》　チャジョカ
肛門　シリノス
男根　チョッキー
女陰　モチ、チビ

三

一昨夜　キノーノバン
当日　ジョーニチ
朝のうちに　アサイキニ
終日　ヒッテー
終夜　ヨシテー
満一年　ムローツキ

四

極凪　アブラナキ
五月の西南風　アヤス
夕立雨　サラチアメ
早立雨　サラアメ
干潮　ヒヅマリ
岬　ハナサキ
珊瑚礁　ハエ

五

牝馬　ゾウヤク（造役）
鴨　マトリ
梟《ふくろう》　ケシコ
まむし　マヘビ
蛙　ヒッコ、ヒョッコ、ヒョッキー
雨蛙　アマガリ
かたつむり　ツンナメ
田螺《たにし》　タンニー
とんぼ　アーケ
かまきり　ハッカムシ
油虫　クロショー
河童《かっぱ》　ガロー

六

真《ま》竹《たけ》（呉竹）　カッタケ
金竹（不明）　ケンチク
甘蔗　オーギ
野ぶどう　カラ
麻　オ
陸種（―の稲）　ノイネ
とうささげ
（唐紅、いんげん豆）　フロー
蕃椒《とうがらし》　ドゥゴンソー
さと芋　ハスイモ
高菜《からしな》　ゴサー
どくだみ　バンドゥ
蓬《よもぎ》　フツ
女郎花《おみなえし》　キーバナ
鳳仙花　エングワ
天草（不明）　ブト

七

屑米　アラモト
粥《かゆ》　ドンドー
おかず　ソイモン
鮮魚　ブエン
もみがら　スクボ

八

自分の村　ジケ
新耕地　アサキ
地面　ジダ
入口（家の―）　キドグチ
庭　ホカ
（外、そとの意か）
台所　アザーダナ
階段　キザ

頂山　トッペン
大黒柱　テースハシラ
下水　セセナギ
茶がま　クワンス（鑵子か）
いろり　ジロ
叺《かます》　カマゲ（古くはカマケ）
桶　タンゴ
膳　オシキ
たわし（束子）　ソーラ
魚の餌を入れる籠　シタミ
銅壷　ヘクロ
はかり（秤）　チキリ
手拭い　ユーテ
茶椀　ゴキ（御器よりか）
ゴム　ギッタ
ゴムマリ　ギッタマリ
ふだん着　ジョーショーギ
ジンベエ（衣の甚兵衛）　ハットク
金竹（巾着？）　ケンケク
馬喰（真杙、まくい、か）　コンビョー

九

さかさま　カーシンナー
互いに　カターリー
ついでに　ターリー
たくさん　ターデー
かたわら（傍）　ネキ
べったり　ベックヮリ
後にも先《さき》にも　テーモハレーモ
不潔な　ボトクナ
美しい　ミゴトイ
かわいい（かわいらしい）　ムジョカ
可哀そう　ゴゥラシカ
あつかましい　シワックサイ

やつかましい　セゼクロシー
すばやい　ハバシイ
実の入らぬ　シーラ
(粃《シイラ》、実のない籾《モミ》よりか)
粗常　ソーサラン
ぐずついてきまらない　ヌッペーラシュー
手荒く　ムクロ
我がまま　ヤカラ
いいように　ヨカシコニ
非常に　ジョージョーニ
曲りくねる　ヨンゴーヒンギ
冗談　ワヤク
無法　ホッポウ
甚《はなは》だ　ワザワイ
(鹿児島ではワッゼー)
全く　ムクロ
だめ　ヤリセン

一〇

もてあます　アクバル
ふざける　アパケル
しゃれる　シタス
捨てる　ウッセル
落す　アヤス
落ちる　アエル
凍える　コシゲル
水中にもぐる　スム
もがく　タガク
負う　カルウ
いじくる　セセク
なめる　スバブル
なぐる　ドヤス
叱る　ネギル
狙う　タメル

なつく	カツク
嗅ぐ	カズム
頭にのせる	カンメル
掻《ひった》くる	カカジル
さわぐ（騒ぐ）	ドゥメク
裾をからげる	ツブル
連れ立つ	テナム
押しつける	マゲツケル
からかう	ヒョークル
いじめる	オコナフ
奪い合う	ベカウ
かわいがる	ムジョーガル
削る	ヘズル
塗りつける	マメス
参加（参加する）	カタル
それる	イヤル
選ぶ	ホイケル
歩く	サクル
修繕する	コソクル
忙しく働く	セシコウ
旅から帰って人を迎える宴	サカムカー
客に物を出す	オサエル
供宴する	ショーヨー
ままごと	マーゴショー
穴あける	アナホガス
小さい穴	メンドウ（メド）
休む	ヨコウ
飢る	カナジョカ
痛む	スブク
腹が立つ	ハラガキリワク
たおれる（卒倒する）	マグレル
待ちどうい	マチナンカ
向うみずに	メッソーイキ

始《はじ》まる　ハダツ
励《はげ》む　ハマル
腐る　ネマル
帰ってこい　ハッセコイ
何の役にもたたない　イッスンノナワニクソ
（一寸の縄に糞）
手がまわらぬ　オオマラノセンズリ
まっ暗《くら》やみ　マックラスンボー
浮気　ホケ
都合《つごう》　グツ（例、あの人にはグツがわるい）
だめ　ヤリセン
負債　オイカ
風邪ひき　ガーケ
かくらん（霍乱）　ハクラン
一食　ヒトカタケ
正座　キンキージョー
大うそ　オオスサゴト
助平　ヘラハリ

二

若水くみ　ミズムカエ
正月七日の行事　オニオドシ
——晩に生樫《がし》を焚いて、パチパチと鳴らす、鬼おどしの音なり——
平山の花たれ焼酎　（……）
——とくに米でつくり、女房の腕の見せどころ、一人で三百人の女房の盃（を）みなうけるもの、五、六人あり、明治はじめやむ
正月二十五日の勝負（遊び）
田植終の祝　サノボリ
七月旅　ナナツキタビ
——カゴシマの種子島やしきへ奉公に出ること——

ふんどし祝　　　　　（……）

間引《まびき》

——男女十五歳、親戚、知人よりおくる——

——子は母（コボウ）がもむ麦臼で圧殺する、

臼にはフキ（蕗）を入れる——

浜田にある神　　　　カラコン神

南種子島の民謡（向井長助採集）

「えとのす」一〇号に「種子島の方言」の名で、向井長助のノートの前半を挙げた。この度は同じノートの後半、種子島の民謡をここに移す。歌ごとに番号をつけたのと、小字を右、または下につけた他には、私の手は加わっていない。また前後の位置も、今度は変えていない。

さて、これが種子島の方言、民謡であるとは、さきの「方言」の「七月旅」に「カゴシマの種子島やしきへ奉公に出る」とあることでわかる。「鹿児島に種子島のやしきがある」のは、寛永十二年以後のことであり、これは江戸時代に大名が邸を江戸においたのと似たものであった。薩摩に居残る殿様のために、ある種子島のお国者が、年ごとにカゴシマ奉公に出たのである。

しかし、これが種子島の民謡であることをそれよりも明らかに示すのは、⑮の無題の一つであり、種子島の地名が多く出てくる。そして、そのうちでは種子島南部の地名が多い。これらのことで、これが種子島、ことに南種子島のものであったと考えても、差しつかえないと思う。

時代としては、「方言」の〔一一〕の「明治のはじめやむ」の一句によって、これが明治の中期以後のものであったことがわかる。

以上のことから、これを前稿に似させて「南種子島の民謡」としたのである。

一　草切節とナーナー節（平山のうた）

①いこやさ、いこうや、草切りいこや、紋八畑《もんぱちばたけ》の右左

②草を切るときゃ、へこすだまぜて、くゎくゎら引分《ひきわけ》その中を

③馬の肥《こ》ゆるは、ま茅の芽、立馬のやせるは荒すすき

④過ぎし昔と、爪《つまづ》ける石は、にくはあれども、後《あと》を見る

⑤池に鯉鮒、蓮華の花よ、水に絵をかく、おしの鳥

⑥恋でなくかよ、子ゆえになくか、地にも居られん、あげ雲雀《ひばり》

⑦鳥になりたい、雀のとりに、様が軒端に巣をかけおいて、様が出入を見とうござる

⑧私や蠟燭、しんから燃える、お前ゃたい松、うわの空

⑨わしが思うこた、戸板に大豆、川にふる雲、せんがない

二　大踊（秋の豊年の男踊り）

⑩此の寺

此の寺の、西と東の山見れば、木の葉の上に黄金《こがね》花さく、黄金花さく、朝日さす、夕日かがやく戸のもとに、黄金の花か、さしゃこがれる、さしゃこがれる

クヅシ（調子をかえて浮きたつようにする）

東長者《ちょうじゃ》、西長者、中なる長者の茶じょけにゃ、黄金が九つ降ったとて、二つはしょていにまゐらしょ、七つで長者になるなれば、やら〳〵見事、やら見事、引出物のようきには、夜明方《よけあけがた》の横雲

⑪寺踊り

目出度や、お寺に参りて見れば、唐絵の屏風に御リンをすえて、御経あそばす、有りがたや、有りがたや、目出度や、お寺の泉水見れば、水かと思えばミズカネジョロよ、黄金の御祝儀がわいて出る、わいて出る

七間馬やに七匹立てて、黄金のくつわが七結《なな》び、七結び

クヅシ

これの屋敷はだ（誰）が屋敷、ぶんご（豊後）がつのかみ、いつほどに、柱は何本立てたらば、六十六本みな黄金、たる木ぐちたば見てやれば、金《かね》をのませて、つつませて、上は冬花ノーセ、ふきノーセ、ふきにはふきに、やら〳〵見事、やら見事、引出物のようきには、夜明方の横雲

⑫東山

東山小松かきわけ出る月、いつか
わが手にかけてとるべし

望月は東へいでて表に入る、いらば
いらこそ、今の花人

花人とは世につきにくい、はづかしや、
いにしえ人（古人）こそいつも恋しい

⑬月日かけて

月日にかけて変らじと、契りし仲なれど、去年《こぞ》のこよみで見すてられたは、お（う）つろいやす

き君をうらみな、身をうらみさよ

それ（袖）のふり合せ多少の縁と聞く、言ずに枕をならべて、うち解きおいて、思いし事を今語らじと、又もあ（会）をよとふよれさよ

クヅシ

豊後が勢をひるがえる（す）、日向の佐渡原とどこうる、それがサツマにもれ聞え、サツマの殿のおあげやる、十万余騎ほどお上げやる

臼杵八丁召落す、松原陣の御勢《おきおい》に、耳川までも打たれける、なぶき川までつかれける、豊後の殿の御家には、髪をからりとお下げやる、其時豊後が腹を召す、なればたてたる軍旗もひこう、よう、さら〳〵見事、やら見事、引出物のようきには、夜明方の横雲

⑭佐渡と越後

佐渡と越後は辻（すぢ？）向ひ、橋をかけもの、船橋を

橋の下には鵜の鳥が、鮎をくわへて、ふりしゃんと

佐渡の岬《みさき》の御所桜、枝は越後に、根は御所に

我は池水、出は出たが、岩にせかれて落ち合はぬ

クヅシ

肥後とサツマのあいにこそ、あさも嶽とてたけがある、其たけの御元に、天より駒が降り下る、

天より降り来る駒なれば、鞍には何鞍しかしょうよ、金覆輪の鞍をしく、あぶみにゃ何を咲かし

ょうよ、白金あぶみを咲かしょうよ、其の御馬に召す殿は、サツマの殿の御召ある、やら〳〵見

事、やら見事、引出物のようきには、夜明方の横雲

⑮堺北の町

堺北の町に札が立つとなれば、人の嫁御は取るな、取らせん、恋のをどりは一おどり

堺すぐれば住吉の、松によそいて小松、小石、恋のをどりはひと踊

しのぶこしよ路に、ささ植ゑて、くる夜こぬ夜は笹が知る、恋のをどりはひとをどり

クヅシ

をらが弟の千代若は、まだもおさなき十三で、富士野の戦にさそわれて、三枝かむと(兜)にじ

ゃばう巻、黒しゃく銅の打刀、前八文字にささしょうよ、やら〳〵見事、やら見事、引出物のようきには、夜明方の横雲

⑯しむれば鳴る

しむればなる、しめねばならぬ小鼓の、心しらべに手をやればなる
恋をして、なぎさを行けば、なもなき千鳥、恋のやみしそ（闇路ぞ？）

クヅシ

せきよりこなたは弓取りに、手には真皮《まかわ》の皮をまき、足には蓮華の沓《くつ》をはき、虎尾の犬を腰につけ、しのだの山を狩ほどに、十三つれたる女鹿を、一つも残さず射ちとめしょ、やら〳〵見事、やら見事、引出物のようきには、夜明方の横雲

⑰小箙

小えびらに、征矢《そや》さしそえて、ちろにかかるは松千代様よ、かなびらに巴《ともい(え)》をつけて召すは、しぶやの三五郎様よ、松様をこはやにのせて、歌でやらうもの、音戸が瀬戸よ

クヅシ

豊後が勢、やら〳〵見事、やら見事、引出物のようきには、夜明方の横雲

⑱思ひ立

思ひ立たよ、今日は富士野の狩とふれがある、鹿は心はそまずして、われはかたきの祐経を、思ふままにぞ討ちにとる

クヅシ

おらが弟が千代若は、やら〳〵見事、やら見事、引出物のようきには、夜明方の横雲

三　源太郎踊り（豊年祭の踊り、男女とも踊る）

⑲長者殿

長者殿の親方様の御前にやる、やり（槍）なぎなたの御供の衆は、また五百人、草葉もなびける御立ある、草葉もなびける、御立やる

⑳源太郎

あれからこれの山口下りの、源太郎よう、山口下りの源太郎よう、源太郎殿こそ若衆ぶり、若衆の中で若衆ぶり、上の御寺にかね（鐘）がなる、あるちょろ〳〵とかねがなる、あるちょろちょろとかねがなる、出ては会いたし、ひまはなし、あまり遅きとなせおじゃる

㉑近江の国

近江の国の堂覚殿は御陣立、あれを見よ、声をきけ、真色の名馬に黒鞍しかけて、小桜おどしのよろい着て、甲は八重のいそのふし

五年此（の）かた水堀、空《から》堀、七筋掘りて、七重の御門に七人住まひの御番所あれば、しのびも入られぬ御所でさよ、御所でさよ

㉒音にきく

音にきく駿河の国の、千代童様は恋を召《め》す、駿野松嬢は十四なり、千代童様は十五なり、十四と十五の仲なれば、言葉に花を咲かせたや、咲かせたや、松嬢様のおしゃるには、から（唐）の鏡と親両人は、捨るともよもや捨てじは、千代童様よ、千代童様のおしゃるには、二つ刀と親両人は、捨つともよもや捨てじは、松嬢様よ、松嬢様よ

㉓越前様

越前様の御所でさよ、八重菊様とて美人ある、名もなき御か所に清新様とて若衆ある、あたご参りにめとめの面談召されける、恋の玉章おくられる、七軒馬屋《みまや》に七匹御馬をお立やる、あし毛と栗毛の美りょうの駒、どれも劣らぬ名馬かな、名馬かな

㉔めでし

めでし新五が狩出《いで》た、見やれ、猪や又とられ泣いてもどる、泣いてもどる
めでししのびの言葉のかげよ、たらこひがねの野辺の草、野辺の草
上は山々、上は山、下は清水《いずみ》で冷されて、開《ひら》きかねたよ桜花、かよやら〳〵見事やら、見事やら
〳〵、見事やら見事

四　盆踊り

㉕灘《なだ》にこそ
灘にこそ〳〵、はりま（播磨）灘、はりまなだにこそ瀬がござる、つしま（対馬）どの助九が瀬戸で、いかう下げても汐だたみ、こいと云うたとて行かれるものか、灘は四十五里浪の上

㉖奉る
たてまつるよふ文は、よど（淀）の東堀、聞いて鬼門は角屋敷瓦屋橋、油屋の一人娘のおそめとて、二八が春の花盛り、内の子飼《がい》の久松に、嫁にとるとのでんかめた

㉗大坂の城
さても見事の大坂の城よ、白や白かべ八むね造り、朱塗り玄関金作り、門は切り石、桐の御門前の堀川、舟つなぐ

㉘さらば
さらば是からくどいて見ましょ、国を申さば下野の国、源氏平家の御戦に、平家の方の沖ある船よ、的《まと》におうぎをさしさしければ、敵よ味方も見物なされ、那須の与市は御前のつとめ

㉙今年《ことし》はよい年
今年（し）やよい年、ほ（穂）にほが咲いて、早稲にゃ八石、中手にゃ九石、まして奥手に十二石、枡《ます》も斗《ます》かきもふりすてて、俵引き寄せみて計《はか》れ

㉚二九の十八
二九の十八よばれきた、四六二十四で子が出来た、五六三十で家去れた、是非に出《い》でなら出でもしょが、もとの十八にして戻《もど》しゃ

㉛小豆島《ショロシマ》
我は小豆島の万太夫の娘、米のなる木はまだしらん、米のなる木をしらんなら、教よう、八丈畳の裏を見れ、思うちゃたまらん只《ただ》おきゃならん、いっも（そ？）あの子が死ねばよか

㉜あら、いたわし

あら、いたわしの梅若を、思いきれとはきょく（曲）がない、からてんじく（唐・天竺）には得もゆかぬ、東はえぞ（蝦夷）へ松前の、西は九州サツマ潟、南は紀の路、須磨の浦、北は秋田や佐渡が島、とらをの野辺の奥迄《まで》尋ねめぐらうよあわりょうか、あわれ恋路の梅若は、こよ梅若とよびこがれ、ともないからす（烏）も飛（び）連れて、まよひ行（く）身のウトウトと、えんな切髪女とは、知らん旅路のさよ（小夜）千鳥

㉝きのふ、けふ

きのふ、けふ迄一昔（ひとむかし）、浮物語りと奈良の里、此世を早くさるわさ（沢）に、後にのこりし親の身は、さかさまなれどたみき（たむけ）山、しげが山迄まよいずる、返れとなけれ返うのは、かたきは鹿の巻筆に、せめてえこう（回向）は浮世がし

（クヅシ、前出⑪寺踊りのものと同じ）

㉞御門の立

御門の立ちよ、やら見事、御木戸の脇のゆるしがき（垣）、黄金《こがね》のつた（鶴）が舞かかる、御庭の景を見て、見れば四方の角に松植て、森のかかりは、やら見事、当侍を見てやれば、そやとえびらや千矢こそ、かけなせること、やら見事、御台所を見てやれば、すずめやつばめがす（巣）をくんで、十二のかいこ（卵）を生み揃へ、末繁盛こそ宝なり

㉟父をはなれる
父をはなれてかか様を、尋ね出て見よ和泉まで、しのだ（信太）の森のくず（葛）の葉を、ひるはしのだに住うとも、夜は来てそえ（添）子のそばに、あわれ保名はむねのうち、思えばゆめの浮世かな

㊱西や東や
西や東や二人の仲を、蔵を立てたよ泉酒、酒の泉のわく見れば、如何なる御上の娘でも、わしに増したる人はない、よふもなるろし（？）たのもしや

㊲あのり港
あのり港の小松やう、小松さんかよ小宝なり、松を植へたよ島々に、ようも植（え）たよ姫小松、枝もさかゆる葉もしげる、末に鶴亀五葉《ごよ》の松

五　ササラ

㊳え、ゴゼとニワトリゃ死ぬまで歌う、ガッテコイジャヨ、死んで歌うは、こら、竹のふえ（笛）
ゼッテコイ、ジャヨ、一生ナグレ、シャントセ、ジャヨ

㊴沖のかつを（鰹）つりゃ難儀なものよ、つるもつらぬも、おしおせと

六　周ケサ嬢節

㊵野間じゃ藤六カメジョー、増田じゃケサジョーない、納官小村の十三カメジョーない、アチャよう云うたない

㊶増田周ケサ嬢はコキンカン（布織りのこと）にやすかぬない、歌とショータン、三味は得たをなごない、アチョー

㊷増田周ケサ嬢がひったくそ（糞）見やれ、ない（せよと同じ）廻りや六尺、七まがり、ない（だいと同じ）

㊸それを引く牛や、増田にゃ居うめない、野間の八ケ町に、うけに出すない

㊹野間の八ケ町も受合かねてない、日日《ひにち》毎日村ギシミない

㊺増田周ケサ嬢を琉球さな流せな（い）、あれが居ればこそ村たおしない

㊻それもそうじゃない、その歌返せない、あれが居ればこそ客たてるない
（周ケサという美人、サツマ役人を籠絡するのに利用された、若衆らそれを妬むなり）

七　アッチャメー節

㊼アッチャメー（はやり病）はどこからはやり来たよう、下田嘉太郎がカゴシマ土産よう、アッチャメーのイケンソージャイ

㊽下田嘉太郎は鍬のえ（柄）にゃすかぬよ、鑿《のみ》と手斧《ちょうな》と、ベンジョーカネよ

㊾アッチャメがはやり来たからで立たぬ、名立つはらの立よう

㊿中田三吉は糸平の坂で、ランコロバシャけころばし、つえ（杖）かかけよ

51坂井本村の金兵衛殿はよ、真の友達、コンビョー（馬喰）同志よう

八　田植歌　(一)

52助けて給《たも》らん事なれば、秋になって穂拾うどう

⑬坪の神よ、坪の神、助けて給れ

⑭一丁田水口で、ウッチョーなーてのもうよ、よ、坪の神

⑮どうせ田主と寝るからは、若い田主とねて行ふ

九　田植歌 (二)

⑯若い子よ〳〵、髪なづる若い子

⑰若い子の娘の田植た道理よ

⑱早う植(え)て、田植えて、田主殿と寝て行ふ

⑲どうせ田主と寝るからは、若い田主と寝て行ふ

⑳よい調子、よい調子、今の調子よい調子

㉑夕日さがれば、峯に徳利なんどが見えたよう

㉒三斗、三斗、二度三斗、九斗の酒を飲もうよ

㉓九斗の酒をのむからは、さかな（肴）なしにゃ飲めんどう

㉔さかなよと問うたらば、鯛の白干、きす（鱚）の魚

㉕腰のいたさに腰のばせば、田主殿の目、（見）よう、よう

㉖上れとおっしゃれ、水田主殿、一度に人はこらすまい

㉗苗かぎりという時は、ふみ込〳〵植ゑ行ふ

㉘田かぎりという時は、フンバリ〳〵植ゑ行ふ

㉙峯に立たるよんぼうに、田植えて見しょうよ

⑩籾を五分すったれば、米五升五合よ

⑪荒本摺をした種に、一石八斗にすんなした（なーと）

一〇　からいも（唐芋）の数え歌

⑫よき衆に出しても、からいもは、茶菓子まがひで、上品じゃいな

一一　弥吉シホ女

⑬弥吉シホ女はいもうちゃすかぬない、カラ（ツリの事）をはらえば、イヤコーセ汁がつく、シンゴイゴイ、ポチンカポイ

一二　善五クロキ（坂井心中）

⑭（早口、口上いろいろあり）

一三

⑮東西〳〵、此度はところ名所を申上ます、赤尾木の舟、国上のかつを、井関のながらめ（トコブシ）、安能（納）の里いも（芋）、現和のゴボー、安城の手打ち、古田の材木、住吉のゴザ、納官ハ

マグリ、増田のヒロミリ、野間のタケノコ、油久の山イモ、熊野の引魚、坂井の車エビ、平山の
タコ、上里の酢の木、経永のカモ、下中のホロカケ、西之のアミ牛、上中の公事（ギロン、議論）、
島間のカマス等でございます
東西〳〵赤坂源兵ヱといわるる人は、……（弓の名人）

(76)おがをふりかたげて、やすりを手に持ちて、行やさいころや、おがやまに

Ⅳ　青い遠山

計測数値のような連続的数字の頻度（フレケンツ）を得ようとするときに、これをいくつかの非連続の階級に分けて処理することは、われわれが生物統計をやるときの常套手段である。

例えば数百例の計測の結果、最小九・〇ミリから、最大三一・〇ミリまでの計数を得たとする。この九・〇から三一・〇までの数字は連続数である。しかし、われわれは九・〇ミリ一例、九・三ミリ二例、九・六ミリ四例という風に、各実数の頻度を一々挙げてゆく繁雑さを厭う。その代りに、例えば五・一ミリ乃至一〇・〇ミリ七例、一〇・一ミリ乃至一五・〇ミリ何例……という風に、五ミリずつの階級に全数を区分して、その各階級について頻度を求めてゆくのである。

即ち、この例だと、九・〇ミリから三一・〇ミリまでの連続数は、五・一乃至一〇・〇、一〇・一乃至一五・〇、一五・一乃至二〇・〇、二〇・一乃至二五・〇、二五・一乃至三〇・〇、三〇・一乃至三五・〇という非連続の六階級に分けられる。また計算の便宜の上から、この各階級の代表者として、しばしばその中数を選ぶから、右の六階級の頻度は、直ちに七・五、一二・五、一七・五、二二・五、二七・五、三二・五の頻度として表わされる。

だから、実際の計測値は九・〇ミリが最小であり、しかも一例しか出現しないのに拘らず、統計上の数字としては、右の例に従うと、七・五ミリが七例も出現したことになる。もちろん、最大値の側でもこれと同様のことが起り得る。即ち現実の数と統計上の処理数とは、しばしばこういう風にくい違ってくるのである。

さて、自然を実際数だとすると、絵画はその処理数だといえよう。両者の間には常に或る程度のくい違いがあるのはいうまでもない。画家は自然を絵画的に表現しようとして、生物統計学者が自然を統計学的に表現する際に冒すと同様のくい違いを冒すのである。

たとえば、自然における形態の外表は、連続した面から成りたっている。しかしセザンヌはこれを非連続の面に区切って処理している。彼の伝記を書いたクランソンによると、セザンヌは一八七三年の頃から、この処理法を会得して、ようやく絵画に自信を得たという。後の立体派の、これが一つの根元であることはいうまでもない。

自然における色度（ヴァリュー）も、空気が連続している限りは連続している。その連続を現実のままに見事に表わした最初の画家の一人はファンアイクであろう。オランダに近代の風景画の基礎が早くもおかれたのも、こうした先輩のすぐれた業績があったからであろう。しかしセザンヌは一八八〇年代に及んで、その色度の非連続的処理法を発明した。この時代から、彼は統計学者が数字を処理すると同じような確実な規則によって色度を処理しており、セザンヌの風景画がはじめて自由と明快を、そして限りない魅力を獲得して来る。この時代以後の彼の風景画には、しばしば青い遠山が現われる。その青の淡さは、先の例えの、実際数の九・〇ミリに対する処理数の七・五ミリに相当するものであり、必ずしもプロヴァンスの空気の清澄さからのみ来たのではないと、ぼくは信じている。

もっとも青い遠山は、セザンヌに始まるものではない。イタリアのルネッサンスの諸家の肖像画の背景には、これがしばしば現われている。しかし、このさいには肖像と背後の擬風景とは、それぞれ独立した世界に属しており、両者のあいだには空気の連続はない。「空気が連続している限りは」とさきに断ったのは、これを予想しているのである。

さて、面にせよ色度にせよ、連続を非連続に切りかえるときには、そこに必ず一つの欠落がおこる。見るものはこれを自分の心で補わなければならない。その心の動きが画面に投射されて、画面をビビッドなものにするのである。セザンヌの絵の魅力の多くは、計画的に意図されたこの欠落から来る。現代の画家は、意識的・無意識的に、みなこの方法に従っている。セザンヌはこの非連続法によってもまた近代画の大本山たり得たのだといえるであろう。

ところが、考えてみると、自然における連続的色度を非連続的な数段階に切りかえて、画面における空気の遠近を処理する方法は、セザンヌを宗とする西洋近代画のみに独特なのではない。東洋の山水画はこの方法をもっと古くから知っており、またもっと徹底的に行なっている。

北宗画にも南宗画にも共通であるが、東洋の山水画は、簡単に画面を近景中景遠景の三階級に分けて色度を処理し、おおむねこの根本原則を厳守したのである。明快なことはこの上もない。

しかし、連続的な色度を三個の非連続をもって遮断するときには、その非連続があまりにもきわ立つ恐れがあるであろう。これは、このままでは全体を害うにちがいない。彼ら東洋の山水画家は、何によってこの陥欠を塡充しようとしただろうか。

北宗でも南宗でも、その方法は一つである。彼らは水をもってこれを塡めたのである。近景を中景から、中景を遠景から隔てる水は、同時にこれをつなぐ水である。水はまず空間の間隙を塡めなければならない。水を欠いては東洋の山水画は成り立たない。東洋の山水画が一般の風景画でなくて、常に「山水」であるゆえんがここにある。南宗の山水では水の他に水気が湧きのぼってくる。

水と水気とは、しかし単に空間のギャップを埋めるだけではない。水と水気とはそれ自身色度を帯しないで、色度の極端な非連続からくる欠落を埋める。色度そのものは連続する。空気の欠落は補われて画面は充足し、しかもなお一の欠落がのこる。この、いわば暗示法によって、東洋山水画の漂渺たる気韻が生起するのである。

遠景をさらに二つの亜階級に分ける場合には、東洋の山水にもしばしばセザンヌに見るような「青い遠山」が出現する。セザンヌの青い山が、この手法に関連することは、ここからも察せられるであろう。

数年前「画説」という美術雑誌の、或る座談会の記事の中で、脇本十九郎氏が、雪舟の山水画の特徴の一つである「送りこみ」のことをいっている。送りこみというのは、近景から中景へ、中景から遠景へ連絡をつけて、画面の非連続をカバーする方法である。雪舟の独特な皴法なども、ぼくはこの送りこみの手法から発生しているように思うのであるが、それは別問題として、その折に脇本氏は、この事に関連して、しかし卒然として、「雪舟はセザンヌに似ているな」ということをいっている。脇本氏のこの発言の真意は、これだけではよく判らないが、雪舟がセザンヌに似ているという言葉は、大変突飛のようにも聞える。

しかしよく考えてみると、これは似ていていいわけである。但し、セザンヌは連続から出発して非連続に進んだのであり、雪舟は非連続を埋めて、連続に近づこうとしたのである。その結果において、似たところまで歩みよったのであって、方向はまるで逆なのである。思想を連続した言葉で言い表わした散文と、非連続の言葉で表わした詩との二つの文体を考えて、これをたとえると、セザンヌは散文から詩に進み、雪舟は詩から散文に近づこうとしたのである。雪舟の画が東洋人の画として比較的詩情に乏しい感じを与えるわけは、これである。

さて、われわれが生物統計を行なうときに、連続的の自然数値を、非連続的に処理するということは、その非連続性そのものを必要とするのではない。自然に対してこうした処理を加えることによって、放肆な、ばらばらな自然相の中から、数量的の一種の骨組みを見出すのが目的であり、いわば自然を再構成するためのものである。詩は言葉の非連続をその一特徴とするのであるが、それだけでは詩にならない。

セザンヌの絵が、面や色度の非連続のみから成り立っているのならば、これは単なる手法の問題に過ぎない。大切なものはその骨組みである。形や色度は自然の外象に過ぎない。セザンヌの非連続手法は自然の外象を解き放ってばらばらにしたが、元来骨組みをもたないばらばらの自然を、セザンヌは却って組み立てることに成功している。従来の単なる「構図」を純絵画的の「構成」にまで高めたのはセザンヌである。外象をふりすてて、自然の骨格のみを追求しようとした過去の立体派から、最近の抽象派に至るいわば純粋絵画派の淵源もここにある。セザンヌが西洋近代絵画の大本山である真の意味もこれでなければならない。

ところが、セザンヌ以前には西洋絵画の到達し得なかった、純絵画的の「構成」にも、東洋の画人は、早くから到達していた。セザンヌの「構成」を最もよく示す数多くの「水浴図」のあるものには、はなはだしく東洋の南画の気分がある。水浴図の人体や樹木は説明的であることを既に廃して、純絵画的構成の一部としてのみの人体や樹木である。こうしたものが南宗画人の作品には、既に元の時代から意識的に追求されており、セザンヌの水浴図の樹が倒れかかり人物がゆがんだりのびたりしているように、南画の樹木もまがり人物もゆがんでいる。セザンヌの構成を最もよく示す今一つの例はその静物画であるが、龍光院の牧渓の水墨の柿の図には、これに劣らぬりっぱな構成が示されている。これは元の四大家などよりはさらに古い宋代の画である。われわれ東洋人は、古くからこうした純粋絵画になれているのである。

西洋の最近の芸術が、その奇異な衣裳でわれわれの理解をさまたげ、多くの美術愛好家に絶望的なショックを与えようとするときに、その源をなすセザンヌの芸術の意味をこのように考えることは、無意味ではないだろうと思う。多くの西洋人よりも、われわれ東洋人の方に、近代の絵画はよりよく理解されてしかるべきものではないだろうか。

ロセッティの芸術

緒　論

本論文はダンテ・ガブリエル・ロセッティ（一八二八―一八八二）の詩と、その絵画的作品とを、両者の関連において、芸術史的に研究することを目的とする。

今、本研究に入るに先だち、本研究の意味及びその方法について、若干の考察を費すのも無駄ではないと信ずる。

あらゆる世界の文化史上において、同一時代に属するすべての文化現象（ここでは文化現象のみを目的とする）を通じて、多少たりとも、いかなる意味においてか、同一色彩の薫染することは、例えばわが平安朝の遊惰な貴族生活が、かの優柔、繊細、華美な文学、美術を生み、鎌倉武士の尚武的気質が、かの勇勁、豪壮なる彫刻、画風に影響を及ぼせる如き、或いはまた一九世紀初頭におけるロマンチシズムの勃興期に当っては、イギリスにおけるシェークスピア劇の発見は、大陸においてはゲーテの詩を培い、ドラクロアの色彩を織り、ベルリオーズの音楽を醸せるが如き、挙例証明するの繁に堪えぬほどである。

このように、個々の時代に、一定の個性を仮想し、或いはこれを一の大なる個人――文化的個人と想像することができるならば、この一大巨人――或いは仮りに次のような新造語を許すとして、――この一大個人は、例えば芸術のあらゆる分野にその業蹟をのこし、その各部に鮮かな個性を印したということができるであろう。

しかし今、ミケランジェロ、ウィリアム・ブレイク、或いはわがダンテ・ガブリエル・ロセッティの如く、真の意味における一個人であって、同時に美術や詩のように数種の芸術分野に労作し、その各分野において優秀な作品を遺したものには、その間に自ら個性の共通な表明があって、これら異種の諸芸術を統一すること、あたかもかの一文化時代と同一の関係にあるものではあるまいか。否、真の一個人においては、その労作に対する関係は、一社会のような集合体にあるのと異なり、その個性はより強く、その統一はより明らかに現わるべきではあるまいか。

史学或いはこれに類する文化科学の方法原理によれば、このような一文化時代の現象を、この個性の統一について研究するものが、即ち世界の文化史的研究の要素であり、これを一個人の芸術的作品について研究すれば、即ち各個芸術の、芸術史的研究の要素となる。故に、今ここに一個人であって、同時に諸種の芸術的分野に属する労作を遺した場合において、その間に一の統一を求めて、これを芸術史的に論じようとすれば、必ずやその個性的統一を求めなければならない。

何となれば、このような諸芸術を統一するものは、一個人の場合においては、少なくとも或る一定の場合においては、単に個性的要素のみではないからである。例えば、東洋人士であって南宗の画風を云云するものは、しばしば「詩画一致」の境という言を発する。これ盛唐第一流の詩人で溢世の山水画家である摩詰王維などが、その玄妙なる画風をもって、南宗の祖と仰がれるゆえんである。彼においては詩は一幅の画であるように、山水もまた一篇の詩に他ならない。彼の詩句と画面とは、その深邃な詩境によって統一せられて、もはや区別を見ないのである。

しかしながら、およそ詩——より厳密に表わせば、言語の諸芸術と、造形的諸芸術との間には、既にレッシングの名著『ラオコーン』において、明快に説破せられたように、明らかに相異なる原理の存することを認めなければならない。たとい、東西の造形芸術の原理には、多少の特殊相を呈するものがあるとはいえ、詩画における原理の差異については、また同一の関係にあらねばならない。されば摩詰の神品と雖も、画は飽くまで画であって詩ではなく、詩もまた詩であって画ではないのはもちろんのことである。故にいわゆる詩画一致の境は、その原理を異にするこれらの諸芸術間の、形式的差別を無視することではなく、その創作の心境の表われたものを指すのである。例えば、詩句に王維の署名があり、画巻に輞川の落款あって、等しく同一大家の手に成るのを知らしめるが如く、そのいずれにおいても一見作家の高風を偲ばせるものがあるようなものを指すのである。かくの如きは、またその心境を尊ぶ所の南宗の諸大家をして、たとい一方に詩風を以て一家を成さずとも、等しく詩魂に徹するという讃辞を受けしめるのゆえんである。すなわち輞川の詩画を統一するものは、彼が区々たる個性のみではなく、飽くまでもその心境であらねばならない。大雅堂が個性瓢逸不羈なるを、その画風、書法を通じて等しく認むるものは未だ無名の門に参ずるを得ない。その画境の書魂と共に俗塵を断って、遙かに仙境に遊ぶものに随って遊び、これと共に酔うことを得て、初めてその堂に入ることを許される。

故にこのような境地を捉えて、何らかの芸術を論じようとするのは、ことごとくその心境に遊ぶを得て、始めてできる業であって、これを単なる研究によって成就せんとするのは、その方法を得ないものである。これは作者と相共に生き、相共に働いて初めて達せられる。既に一種の生活であり、明らかに芸術生活である。即ちわれわれの目的とする所の芸術史的研究の範囲には属することのないものである。

こうして本研究においては必然的に個性を問題とする。即ちロセッティの絵画的作品に現われた個性、及びその詩的作品に滲透した個性を研究し、両者を比較して、その間に推定し得るような統一的関係が果して存在するや否やを知り、もしそのような場合には、この統一的個性を形成する特質は、いかなる要素より成立するかを確かめようとするものである。

第一章　ロセッティの生活と芸術

"I loved thee ere I loved a woman, love."——Rosetti.

恋を恋する彼であった。畢竟夢みる彼であった。一八四八年、ローヤル・アカデミーの一生徒、弱冠未だ二〇歳の彼ロセッティが、その友人W・H・ハントや、J・E・ミレスと共に、いわゆるラファエル前派（Preraphaelite Brotherhood）の運動を起した時に、彼らがうわごとのように語りあったプリンシ

プルは "Take your inspiration from nature!" ではなかったか。同一点を出発した彼らではあったが、今にして彼らの生涯の作品を比較すると、その間に驚くべき差異を見るのである。ロセッティは自然を見た。ただ他の二人とは違う目で見たのである。彼の自然は夢見るものの自然であった。すべての俗塵を超えた清浄の世界であった。これは彼が当初に目ざした意味での、果して自然であろうか。ロセッティとしばしば同一モデルによって描いたJ・B・バーンズが、水辺に嬉戯するニンフの群のこの世ならぬ姿にさえ、ロセッティが一つの肖像にまつわる程の神秘は漂っていないのである。

ラファエル前期の人々、わけてもフラ・アンジェリコのあの天上の美を慕った彼であった。その画面に漂う現実ならぬ世の光は、また彼が住んだ世界の光でなければならなかった。

彼の父G・ロセッティは、一八二二年、その愛する故国ナポリを、それを愛するの故をもって追われ、ロンドンに逃れたイタリアの亡命客であった。彼の母 Frances Lavinia Polidori の父もまた、その故郷を中央イタリアにもった。故にその母をイギリス人に持つ彼女には、二分の一の中央イタリア人の血が流れ、こうして一八二八年、彼女とG・ロセッティとの間に生れたわがダンテ・ガブリエルには、四分の三のイタリア人の血が伝えられたのであった。

彼はロンドンに生まれた。その家はしかし父の亡命の家、そのうちに流れる血は、南なるふるさとの国、イタリアの空を憧れ慕わなかったであろうか。生まれながらに憧れを知る彼。夢みる彼。こうして既に現実に安らわぬ運命の下に生まれた彼であった。

しかしながら、生涯イタリアの地を踏まなかった彼には、故郷ナポリの明るい空、その緑なす木々の間に黄金色して赫くオレンジの色は魅力がない。彼が後年耽読したゲーテのミニヨンの、あのナイーブな憧れは、ついに彼ロセッティの憧れではなかった。

彼の父は愛国の熱情と共に、古典に対する深い愛好と素養とを持っていた。その名をとってわがガブリエルに与えたダンテの研究家としては、彼は夙に有名であった。加うるにロセッティの母方の祖父は、ミルトンの翻訳家として故国に知られている。このような文学者の血は、彼が父よりうけた愛国の熱血に混っていた。こうして、彼の憧れがその生涯離れなかったロンドンの空のように、霧深い中世に、わけても幼時より馴染深いダンテに向ったのは当然のことであった。

彼はイタリアを憧れた。然り、中世の詩を通じて。一九世紀の霧深いロンドンにあって彼が生きたのは、遠い中世の生活、ダンテの世界、アンジェリコの夢の国であった。中世を離れて詩の世界はないと、彼は考えた。そして彼が生きんと欲したのは、詩の世界のみであった。

その妻 Elizabeth Eleanor との長い婚約の年月、これに比べて余りにも短い結婚の生活は、薄幸でしかも熱烈であった。彼らの恋愛の月は、即ちダンテとベアトリーチェとの恋の生活であった。エリアノールは死んだ。彼は死のベアトリーチェを描き、Vita nova を繙いた。彼の画中の「ベアトリーチェの面影の天使を描くダンテ」は、その亡き妻エリアノールを、否エリアノールのうちにあるベアトリーチェの面影を描いていたのであった。

このような芸術家にあっては、彼の芸術は彼の全生活であり、彼の真生活はとりもなおさず芸術の生活であったのは、怪しむにたらない。彼が一八五三年、父に詩の筆を放擲して、専らその本職とする所の絵画に生きようと誓約したように、彼がその絵画的作品と詩的作品との間に、幾分主客の区別を有したらしい事情はあったにしても、その妻の死の如き激情の時に際して、その悲歎が古典的な信念を通じて美しくも表わされた、ソネットの表現をとったことを見れば、彼の生活は絵画であり、かつまた詩であったことは確かである。即ちこのような芸術家において、その詩と絵画との間に深い共通の存することとは、決して想像に難くない。この事実は、既に多くの文学史家、美術史家の、等しく認める所である。私は本論文において、この共通がいかなる点に、いかに、またいかなる程度に現われているか、即ち先人の等しく認めている点をさらに深く追求し、さらに詳細に研究せんと欲するのである。

第二章　ロセッティの絵画における詩的要素

本章においては、彼の絵画的作品を論じて、そこに現われた詩的要素を研究することを目的とする。これに先だって、詩的要素の何たるかを知る必要があるであろう。

およそ詩は、芸術的意味を有する、一つの言葉による表現である。即ち言葉は根本的要素であって、これによって総ての他の芸術、たとえば絵画、音楽等と区別される。

しかしながら、この言葉の有する、或いは言葉の組合せによって生ずる諸要素、また一定の言葉の選択において働く諸動機等においては、なお他の諸芸術との間に多くの共通点を見出し得るのである。

まず言葉そのものに伴う詩的要素は、各語の表わす意味及びその連想によって生ずる一定の気分である。即ち言葉そのものは絵画の要素たるを得ないが、（原理的には）その示す所の意味及びこれに伴う気分はいずれも絵画的要素をもって表わし得られるものである。即ちこれらの要素は詩が絵画的芸術と共通し得るものである。

次に、言葉と言葉の結合によって生ずる一定の思想、及び同じく連想によってこれに伴う一定の気分は、また絵画の共有し得る所である。このような思想を表わす詩句が、一定の表現を求める時に、そこに必ず一の詩的形式を形作る。即ち詩の表現は詩句とその詩的形式の間より生まれる。このような形式、このような表現は、絵画的芸術においても一の要素をなし得るものである。

またその言葉及び思想の選択は、即ちその詩の材料を決定するものであって、その動機においては、絵画的作品の材料の選択の動機と分つことはできない。その材料の取扱い方においてもまたしかりである。

最後に、これら諸要素の集り形作る詩を、一の芸術的作品たらしめる意味は、即ちあらゆる芸術を芸術たらしめる意味であって、絵画においても全然同一といわなければならない。

以上によって、詩が絵画と共通し得る要素は、その芸術の意味の他に、動機、材料、思想、気分及び形式とその全表現とにある。

しかるに、今、以上の諸点において、何人かの絵画が詩的であると呼ばれ得るであろうか。詩的という言葉の意味が、以上の諸要素の存在を意味するとすれば、これはまた絵画的ともいい得るではないか。何故ならば、絵画は既述の如く、これらの諸点を詩と共有するからである。

即ち二、三の批評家が、ロセッティの詩を評する時、漫然「絵画的」であるとし、彼の絵画を評するものが漠然としてこれを「詩的」とする。即ちこれをもって、彼の詩画を併せ論ずるの際においては、ついに無意味な循環論法を繰り返すに終るのである。このような誤謬は、多くの人々が妄想するような「詩的なるもの」或いは「絵画的なるもの」の存在を仮定する結果生ずるものである。例を近代にとって見るに、マラルメの詩とホイットマンの詩との間に、どこにいわゆる「詩的」共通が見出されるであろうか。

こうして、いわゆる「詩的」なるものは存在しない。故に一の絵画をもって詩的と呼ぶのは、ただこれを漫然こう呼ぶのみでは意味を成さない。そのいかなる要素において、いかなる詩との間に共通する所があるかを論じて、初めて意味を生ずるのである。

このように、今ロセッティの絵画における詩的要素を論ずるに際して、これらの点が、いかなる詩との間に共通点を有するか、或いは彼自身の詩が、いかなる点において、いかなる程度に、彼の絵画中の諸要素に表われているかを究めなければならない。この意味において、次に彼の詩画を比較することにしよう。

一、動機、材料及びその取扱い方

もとより、絵画においても詩においても、制作の芸術的動機は即ち表出を求める心的欲求であって、あらゆる芸術の動機と共に何らの区別はあり得ない。これは作品の結果における芸術的意味の完成と共に、芸術生活を形作る二大要素である。芸術的素質を有するものは、すべて等しく同一の芸術的動機に因って制作に向うのである。ここには強弱及び純不純の別があるのみである。

しかしながらここで意味する動機とは、その作品の材料、或いは素材の選択に働く意味におけるのみの動機であって、これは各人その芸術的素質の他に、あらゆる趣味、教養、環境の支配を蒙り、千差万別たり得るものである。

ロセッティにおいては、既に現実は彼にとって真の世界ではない。彼の世界は遠い過去の国、まだ見ぬイタリアの、詩に満ちた澄明の世界であった。これには既述のように、彼の血統また彼の教養、絶えず追放者の心を持って故郷を憧れ慕ったその一家の運命が関係する。またさらには、間接に前代よりのロマンチシズムが、その反現実性の点の限りにおいて、影響することを拒み得ない。彼が耽読したものはダンテの他にシェークスピア、スコット、ゲーテ、コールリッジ、ブラウニング、ポー、キーツなどがある。

彼の材料が、ただ僅かの例外を除いては、多く現実をはなれた過去の国、ロマンスの世界に限られたのは当然のことであった。そしてこの世界は、彼が現実を材料とした時にすら、現われずには止まなかった。例えば「習作」と題する最も簡素な画面の、一人の少女の胸像は、既に現実のものではなく、彼の夢を通じて新しく作られたロマンスの国の少女、神秘界の人であった。これをさきのミレスの "Little speedwells darling blue" 或いはレイトンの "The bath of Psyche" に比して何という相違を見ることであろう。

彼は妹 Christina が評したように、「それらの人々をあるがままではなく、彼がそれらの人々を夢みたように描いた」のである。ここにおいて彼は現実を避けなかった、彼は現実を見なかったから、ともいえよう。彼はその世界に生きんがためにその材料を選んだ。決して歴史的、或いはその他の興味による、現実味によってそれを描いたのではない。彼が描くことは、彼が生きることであったからである。

即ちこの意味において、彼の選んだ材料はダンテに関する物語が最も多く、その他中世の伝説、騎士道に関するものが多い。

その妻の中にベアトリーチェを見た彼であるが故に、パウロとフランチェスカの愛を描き、またカーライルの塔の中に相擁する男女の姿を描いた。

彼が選んだその他の材料と雖も、多くは恋、あわれみ、献身、愛国、希望、死、の如きものであった。これらはおよそミレス、ハント等の絵画に関係ないものである。彼としばしば同一モデルを使用し、また多くロマンチックな材料を選んだバーン・ジョーンズの絵さえも、その材料の世界に生きることは遙かに少なかった。彼の絵は一つの物語であり得たが、彼の全生活ではあり得なかった（たとえば「Kophetua王と乞食少女の話」、「廃墟の恋」、「愛の歌」などを見よ）。その材料の独自な点、その材料に生きることの完全なる点において、ロセッティの絵画に比すべきものは他に多くはない。初めに "Take Your inspiration from nature!" を叫んで起った彼であったにも拘らず、ミレスのような自然描写、風景画が彼にほとんど絶無なことは、もっともなこととしなければならない。自然そのものは彼の世界ではなかったからである。

ここに、彼の詩の材料と多くの共通点を見出すのである。彼の詩においてもまた、自然を歌うものをほとんど見出すことができない。The Card dealer や Jenny のような二、三の詩を除いては、彼の詩の大部分が遠い一三、四世紀の物語の中にその材料を取っていること、ことに彼の絵画の力作が、ほとんどダンテの生活を材料とするものに限られているように、その詩の長篇もまたことごとく中世時代を舞台とする(例えば Blessed Damozel, The staff and scrip, Sister, Helen, Rose, Mary 等を見よ)。また The House of the life 中の多くのソネットの如きは、その取り扱う材料において、愛を歌うものが最も多く、しかもその取扱いにおいて、例えば True woman を歌うが如き、Love's lover また Love's testament のように、ことごとく理想化され夢みられた愛であり、その熱情は中世的信念を通じて表わされている。

即ち彼の詩の世界は絵画の場合と同じく、過去の世界、夢の世界、彼にとっての唯一の世界であった。われわれはこうして、その材料、その動機、その取扱いにおいて、彼の詩画に深い一致を見出す。そしてこの一致は、他の多くの芸術家に見るように、外部の事情によって決定された、多くの偶然を有するものではなくて、その生活の深い欲求によって、固く結ばれ、統一された一致であるといわなければならない。ベアトリーチェを訪うダンテは彼自身であり、その妻を歌う彼は、またベアトリーチェを歌うダンテに他ならなかった。この一致の完全さにおいて、およそ彼に匹敵し得るものは他に類を見ない。このようにして彼の絵画と詩は、まずその材料における真の一致を見出す。これはその完全さにおいて、単なる共通以上のものであるということができるであろう。

二、言葉の表わす意味とその気分

詩における言葉は、絵画的作品において或いはより完全に表わされ、或いは不完全に表わされる。例えば「花」という言葉は単なる記号に過ぎないが、しかし絵画にあらわされる一茎の花は、その色と光り、その優しい形をもって、その香りさえも表わすことができる。しかるに愛、死、悲しみなどの言葉は、絵画によって表わされる時には、多く不完全な、直接ではない、或いは一定の伝統的な象徴をもってされる他はないのである。

しかも詩における言葉が、リズム等による一定の拘束を受けるように、絵画においても、例えば一本の草花といえども、濫りにその画面の統一を破ることは許されないのである。

絵画における言語的要素を比較する上においては、故にこれらの点に注意を払うことを要する。即ち一定の言葉の有する意味は、これをそのまま絵画をもって表わし得ない場合が多い。

今ロセッティの詩句中の言葉を検すると、彼の好んで使用するものは愛、望み、死、哀れみ、美、生、時のような抽象の言葉でなければ、多く日、月、星、花、或いは春、夏、秋、冬、光、影、薔薇、百合、白、黄金、涙、接吻、祈り、天国、犠牲、夢、また三、七の数のような象徴的な言葉である。

即ちこれらのものが絵画中に表わされるとすれば、そのあるもの、例えば花、特に薔薇、百合の如き、或いは影、光、黄金、白の如きは、すべてに共通な画面上の拘束を受ける他は、ほとんど自由に表わすことができるが、その他の多くはそのままで表わすことはほとんど不可能であり、或いははなはだ困難である。ロセッティの絵画を通じて、前者の如きははなはだしばしば見る所であるが、後者の場合もまたしばしばこれを見るのである。しかしながら、これを表わすためには、彼もまた多く象徴的手段を用いざるを得ない。例えば死のベアトリーチェの絵における草花を啣えて円光を頂く鳥や、薄明の中に影を垂れる日時計、眼を閉じた青白い顔などは、このような象徴の例である。また時には、彼もまた寓意的な手法を用いる。"Dantes Amor"、それには神、日、月、星、時などは、その寓意的表現をかりて直截に表わされ、一二九〇年の字、その他イタリア語の二、三の章句が、その思想を述べている。このような作品は、彼の全作品中或いは一の例外品と見るべきものであるかも知れぬが、また彼がその詩歌中に最も好んで用いた言葉の、絵画的表現への要求の一つの表われと見ることができるであろう。

このように、彼の絵画においては、彼の詩の言葉と深い共通の要素、或いはその共通的表現の欲求が存しているのみならず、彼の詩における言葉は、彼の絵画において初めてその本来の意味を示した点も、少なくはないと思われる。例えば、The girlhood of virgin Mary において六つの主要な徳を表わす六冊の書籍の上に挿された一本の百合の花の如き、ベアトリーチェの死における草花を啣えた小鳥の如き、さらに Rosa triplex の表わす三つの象徴の如き、またさらにムーターがその絵画史にいうように、「その色の不思議に蒼ざめた手」、「黄金なす髪の不思議な香り」、「その細き首」、「その謎の如き厚き唇」、「その画面を支配する永遠を語るが如き静けさ」は彼の絵画においてのみ、初めて完全に表わされる所の意味に他ならない。

これは人が逆境に立って初めてその真価を発揮することが出来るように、一定の言葉の意味もまた、その絵画的拘束が加えられることによって、初めてその象徴する真の意味を発揮させたという事情も、伏在するのであろう。

この点においても、われわれは彼が真の美術家をもって任じ、その文学的表現を第二次的に考えた理由がわかる。およそ芸術的感動の最初の現われは、絵画彫刻のような静的、造形形式を取るよりは、まず動的、時間的の文学的形式を取るのを普通とする。しかるにロセッティのごとき、その詩句においても毫も奔放を許さず、強いコンデンセーションを要したものにとっては、これを造形的形式をもってするも、決して妨げる所がなかったに相違ない。彼は詩人であるよりも画家であった。しかしはなはだしく詩人的なる画家であった。ダンテス・アモールの一枚が語るように、彼がこのようなアレゴリーを択ぶに至るまでにも強く、彼は文学的内容の絵画的表出を欲したのである。即ち彼においては詩における言葉の真の象徴を、絵画において発揮することができた。そしてその象徴は、いずれの場合においても常に現実ならぬ、理想的、ロマンチックの、過去の世界に属する薄暮の思想の、深い統一を持っていたのである。

三、思　想

以上、材料及び言葉の章に述べた所によって、彼の絵画に表われた思想は、ほとんど明らかである。言葉はそれ自身思想を含み、かつそのフラグメントである。そして彼においては、このフラグメントは全思想と何ら変らない重みを置かれることが多い。コンデンスされた象徴の方法は、必然このような結果を招く。彼の画面は思想に満ちた画面である。近代のすべての画家がことごとく絵画における思想的要素をふり棄てたのと正反対に、彼の絵画のいかなる小品、彼のタッチのいかなる一抹も、何らかの思想を語らぬものはない。

彼の描く少女は単なる肉塊、単なる表面ではなくして、一つの激情を表わし、また神秘を物語る所の一つの思想塊である。彼がいかに思想を語る欲求に迫られたかは、さきのダンテス・アモールの存在が最も雄弁にこれを証明する。

彼の好んで表わす思想は、先にも述べたが、多く中世の物語、わけてもダンテの愛の生活であった。彼の思想を通じてこれを統一するものは、実にこの愛であり、現実を離れた天上の愛、夢見られた愛であった。これが彼の詩的作品と深い共通を示すことは、例を挙げて証するまでもない。

彼にあっては描くこと、歌うことが等しく生きることであり、中世の愛を詩画の中に体験することが、彼にとっての唯一の、真の生活であった。描くこと、歌うことは共にヴィタ・ノヴァを繙くとひとしく、彼にとっての救いであった。

四、形式と表現

詩と絵画における形式と表現を、直接比較することは困難である。彼が油絵を択び、線描を択び或いは水彩を択ぶこと、または大画面を要し、或いは連続の形式を択ぶことは、彼がバラッドを択び、ソネットを択び、リリックを択び、或いはまた故人の翻訳を択ぶと、必ずしも同一の理由によるものではない。ここではその間の比較は、単に比喩的意味を有するに過ぎない。

しかしながら、いずれの場合においても、その形式は、その材料に最も深い関係を有する。その材料が複雑錯綜した時には、絵画にあっては、連続の形式をとるのでなければ壁面等の大画面を要する。詩においては即ちエピック或いはバラッドの形をとる。

これに反して単純に表わし得る思想、情緒を材料とする場合には、絵画においては通常小画面の油彩、或いは水彩、または簡単な素描を用い、詩歌においては単純なリリック、或いはソネットの形式をとる。即ち形式の関係は制作素材の関係であり、即ち画家自らの生活に深く関連し得る。例えば複雑錯綜した思想感情を材料とする際に、油絵の大画面を択ぶか、連続の線画を択ぶかについては、その感興の即興的なるか沈思的なるかによって決定する。前者はゴヤ、ホガースの画帖となり、後者は必然、ロセッティの場合のような形式を取るに至る。彼の世界は多彩で華やかな変転の世界でなくして、常に同一の神秘界であり、その詩句のように常に沈思された世界であるから。従ってその画面は深くコンデンスされた、厳格な統一調和を保つ所の、厳粛な表現を取らざるを得ない。

即ち彼の大作は事実すべてこの形式を取り、その単純な材料に対しては、少数の線画の他に、多く胸像を描いた小品油絵の形をとった。前者に向っては、ごく稀れの例外として、ステンド・グラスの形式をとったものがある。そしてこれらのすべての形式を通じて、その画面を支配するものは、常に同一の静寂、厳粛であった。

彼が初期に描いた人物以来、ほとんどすべての人物は、常に深く何ものかを見つめている。或いは喪失したように昼もなお夢を見ている。彼らが口を開くことがあれば、それは稀れなる嘆息か、ほほ笑みのためである。ここにはゴヤの狂燥と哄笑はない。話すこと、笑うことすらない。相抱いて接吻する二人はそのまま凝凍したようである。「砂に字をかく人」の中の風に吹かれるガウン、磯に砕ける波さえ、そのままに止っているように見える。彼にはそのいかなる部分にも、画面を興奮させ、軽佻にさせる物がない。強烈な色彩や光は、彼の画面に絶えて現われない。ドラクロアの激動は彼の画面に対して正反対に立つ。そこは常に薄暮の世界であり、まぼろしの国である。

およそこのような表現は、彼が自己の世界を深く凝視し、その中に深く沈潜し、その表出を強くコンデンスする所の性向より生まれる。即興的のもの、投げやりのものを見出すことはできない。例えば「頭部習作」のデッサンの一枚などは、その一部が簡単な輪廓のままに遺された未成品であるにもかかわらず、他の一部分においては驚くべき完全さを有している。また例えば Goblin market と題する Frontispiece の一枚などは、例外的材料として即興的世界を取扱っていながら、その画面は等しく重々しい完成度を有している。

彼の画面は常にコンデンスされ、完成されていた。その筆触はきわめて細かく、毫も粗放さが見えない。従って描かれた形は極めて厳格であり、その色彩は著しくリファインされ、いささかも奇矯の点を見ない。その色彩の対立は温和であり、個々の色彩は常に固く強い。例えば "Ecce ancilla Domina" の処女及び天使ガブリエルには、何ら常套的、絢爛たる色彩の華美は認められない。そこには白衣の少女と、白衣の青年があって、側の一茎の百合が天来の訪れを語っているのみである。画面の色彩はこのように貧弱、かつ冷淡である。彼は色彩、光、激動のような、材料の重厚華美をもって、その思想、感情を語らせることを避け、彼が好む所の事物の、やや固定的な象徴の方法を用いてこれに代えた。ここにも初めにラファエル前派の色彩を慕った彼が、ミレスなどと異なった途に到達し、その独自性を表わしたのである。

以上、彼の絵画的表現の諸特性、わけても、その特性を代表する一種の象徴方法は、彼の詩にも果して見えるであろうか。

ここに一言すべきは、たとえ彼の詩にいかなる意味においてか、この象徴の方法を見るとしても、それは彼のロマンチシズムを害うものではないのである。その象徴はヴェルレーヌ、メーテルリンクの如き、そこに何らの思想を必要とせず、象徴そのものを生命としたものではない。そのロマンチックな思想が、絵画におけるように厳然と存在する上に、使用された、方法としての象徴でなければならない。今、試みに、彼の"Blessed Damozel"の一篇を繙いて見れば、正にこの意味における象徴の手法は、意外にも多いのである。

例えば、手に三茎の百合を持ち、その頭に輝く七つの星を戴いた乙女、天使にふさわしい身につけた一つの白薔薇、曲げた腕に添ってうち眠る白百合、空虚の中に翻える三日月、生命の樹影の霊鳩、五人の小間使及びその名の快いシンフォニー、額に繞らす花環、黄金の糸に織り交われる白く細い麻布。およそ以上のような表現は、このバラッドに、天上の華やかな色彩音楽を、多くの語を費して描く代りに、それらのすべてを犠牲として、清く汚れない表現を与えている。これ即ち彼が詩中に用いた象徴の手法と、その結果である。この種の天国は静かで冷たく、寂寞たる微光の世界、恰も彼の絵画の世界と一致するものである。

彼の短詩における手法もまたこのようなものがある。これは恰も彼の絵画の小品におけるが如く、あらゆる冗漫、あらゆる華美を廃し、その大多数の、愛を語り、恋を歌う小曲においてすら、なお冷たく清い、この世ならぬ光が漂っているのである。

こうしてわれわれは彼の詩画を通じて、その材料のロマンチシズムを害なわず、その範囲においてのみ豊富に使用された多くの象徴を見る。その象徴は理智的であり、クラシカルであり、冷たくて、幾分固定的である。即ちここに彼の独自の表現が生まれる。彼の絵画と詩における形式と表現は、この点において、深い共通点を見出し、固い統一の中に支持されているのである。

以上により、彼の絵画的芸術の意味は、その比較されたあらゆる点、即ちその材料、その思想、その形式と表現において、とりも直さず彼の詩的芸術の意味であるということができる。その絵画と同じく、彼の詩作は彼の生活であり、中世への限りない思慕のあらわれである。ここに彼が歌うほの暗い中世の愛の物語は、即ち彼自身の愛の物語であり、未だ女性を知らずして、既に恋を恋う所の、夢みるものの記録である。

そこには何らの激情は表われない。彼の接吻の歌さえ、これと同時代のハイネの接吻を歌うものに比べては、ほとんど全く厳粛であった。そこにハイネのロマンチシズムと、わがロセッティのそれとの間の相違がある。ハイネにおいてはその夢みる所が常に現実の快楽であった。その表わす所の花、月はことごとくこの世の光を持っていた。これに反してロセッティの夢は、常にこの世ならぬ過去の世界に向けられ、その現実さえも、過去への媒介をなすに過ぎなかった。彼の花、月はこの世のものではなく、冷たい象徴の道具にすぎなかった。彼の恋愛すらが、彼がその中に生きたダンテの恋愛への一の象徴であったのである。これはハイネの現実的であるのに対して、遙かにクラシカルの領域を守るものということができよう。

こうして彼の詩画は、これを区別する理論的差異によって分たれる他は、完全に同一意味を有することとなった。これを統一するものは、実に彼の独自の生活にあったのである。ここに独自な、現実を超えた生命の流れは、ロマンチシズムの時代的流れを貫いて、鮮かな足跡を美術史上に印せしめた。ああ、現実の中に住んで、しかも生涯夢の世界に生き、現実の愛に天上の甘味をなめた彼。その芸術のユニークな点において、あらゆる時代に生きのこるべき彼。彼ロセッティを懐う時に、われわれもまた二〇世紀の今日において、汚れない一の甘美な夢の世界に入ることができるのである。

絵画解説

「粧いするエステル」(テオドール・シャッセリオー作)

シャッセリオー(Théodor Chasseriau)は一八一九年サンドミンゴ島のサマナで生まれ、一八五九年パリで死んだフランスの画家である。一〇歳の時既に古典派の大家アングルの私淑者であった。後その門下に入り、一六歳にして処女作を発表するという早熟の天才である。長ずるに及び、古典派の作風に慊《あきた》らずしてドラクロアの色彩を採り入れる。ベルギー、オランダ及びアフリカに旅行したが、殊に最後の旅行より得られた近東の色彩と情熱とは、彼を駆ってますますロマン派の運動に没入せしめ、恩師アングルの怒りを買って終に破門される。

だから、様式からいえば、彼は古典派とロマン派との橋渡しをするものである。また後の、新古典派ともいうべきギュスターブ・モローやピュヴィス・ド・シャヴァンヌの画風は、実に彼の影響によって生まれたのである。即ち近代絵画様式史上、彼の名を等閑視することの出来ないゆえんがここにある。

その力量においても、シャッセリオーは第一流の大家である。夭折したため、遺作は比較的少ないが、それでもサンメリ、サンロッシュ、ルールのサンフィリップ寺やパリの会計院の階段壁の壁画の如き大作がある。ただし会計院の壁画の大部分は、一八七一年のパリ暴動の時に破壊されて、今はその一部がルーブルに遺っているに過ぎない。シャヴァンヌへの影響はこの壁画を見ると明らかである。

ルーブルにはなお、この他に有名な羅馬浴場《テピダリウム》、シュザンヌ、ヴィーナス海より生る、アラビアの酋長、マクベスと妖女達、カイド陣営を訪う、ラコルデールの肖像、娘の肖像、二姉妹の肖像その他が蔵せられている。「二姉妹」はデッサン、色彩ともに殊に美しい。

口絵に選んだ「粧いするエステル」——詳しくいえば「アッシュエル王の召に応じて粧いするエステル」——は画面に記入の年号により一八四一年、即ち画家の二二歳の作であることが判る。画題のエステルは旧約聖書エステル書のヒロインで、異教徒王アハズエル（アッシュエル）の妃となり、その地位と叡智とをもって、イスラエル民族の難を救った伝説的な女性である。

画面には半裸身で金髪を櫛るエステルの他に、宝石筥を捧げる黒人女と、服飾品の壺を抱くドラクロア好みの近東風の婦人が表わされており、背景に古典風の風景がちょっとのぞいている。このエステルの美しいポーズは、シャッセリオーの好んで用いたものである。アングルの下で叩き上げたデッサンの見事さは、この複製品を見てもはっきり判るであろう。ドラクロアの最大傑作と雖も、この点では到底この一枚に及ぶことが出来ない。端麗な顔に情熱をたたえ、デッサンの正確さと色彩の絢爛さとを融和させたこの古今独歩の天才の作風は、この画面が遺憾なく表わすのである。

原作の寸法は四五センチ×三七センチ。永くシャッセリオー男爵家に襲蔵されていて、一八四二年のサロンでの最初の陳列以来、僅か数回しか公衆に展観されていないから、これを観たものは比較的少数であろう。ただし一九三四年、男爵家よりルーブルに遺贈されたというから、今後は見る人も多いに違いない。一九三六年の正月、私がパリを去るまでは、しかし未だルーブルには陳列されていなかった。私は幸いにして、一九三五年のブラッセルの万国博覧会のおりにこれを一見して、多年の渇望をいやすことが出来た。私はこれを生涯を通じての最大幸福の一つだと思っている。

因みにシャッセリオーに関する文献には、次の如きものがある。

Valbert Chevillard; Un peintre romantique, 1893.

Henry Marcel; Chasseriau, 1911.

L. Bénédite; Chasseriau.

Th. Gauthier; L' artiste, 1857.

青年の像（バルトロメウスの祭壇の画家）

アルブレヒト・デューラーを生んだ南ドイツのルネッサンスを知るためには、少なくともマルティン・ショーンガウアー（Martin Schongauer, 1450—1491）まで溯って、その正体をつきとめなければならない。しかしショーンガウアーは元来版画家であって、彼の絵画というものは非常に少ない。のみならず今日、中欧各地の美術館や寺院で見られる彼の絵画は、まず宗教画に限られているといって差支えない。ところがカル・シェッフラーの解説になる一九二五年の Bildnisse aus Dreijahrhunderten の第一図に、珍らしくもこの画家の肖像画として「ハンス・ライクマンの像」なるものが載っている。珠数を持つ若い男の半身像であるが、絵の調子が非常にいい。またこれには一四六二年と一四九?年の記数があり、最後の一字が不明であるが、いずれにしても一四九一年に死んだショーンガウアーの作とすれば、その最も晩年のものであることに間違いはない。一九三五年の冬、同行のS君の日程を一日犠牲にして、私がアウグスブルグに立ち寄ったのは、実はこの絵を一見しようという秘かな目的があったためである。ところがめざすアウグスブルグの画廊には、この絵が見出されない。管理人の半ば無責任な話によると、近年の修復の際、真の作者が判って、今はミュンヘンのアルテピナコテーク(古画館)に行っているという。

翌日、私はミュンヘンの古画館で、この肖像の前に立ったのであるが、これにはもはやライクマンともなければ、ショーンガウアーともない。単に「青年の像」とあって、作者は「バルトロメウスの祭壇の画家 Meister des Bartholomäusaltars」と改められている。

画面は洗われたと見えて、シェッフラーの図よりも細部が鮮かになっており、ことに一四九の次の不明の一字がはっきりと2と読める。即ち一四九二年の作品であってみれば、もちろんショーンガウアーのものではあり得ない。

ショーンガウアーの肖像画を見ようという私の意図はこうして崩れたが、しかしこの画家はこの画家

ハンス・ライクマンの像

で、また一の偉大な存在であった。

一たいケルンを中心とした一五世紀から一六世紀初葉の画家には、本名が不明で、その代表作によってかりに呼ばれるものが少なくない。「聖母御一代記の画家」だとか、「ベロニカの画家」だとかいうのがその例である。バルトロメウスの祭壇の画家もまたその一人であって、その代表作なる元ケルンの聖コルムバ寺の祭壇の画（今はミュンヘンの古画館）からかりにこのように名づけられたのである。

遺品によって跡づけられる彼の製作年代は、一四九〇年から一五一〇年の約二〇年間であり、右の代表作の他に聖母の死（ベルリン、カイザー・フリードリヒ美術館）、聖トマスの祭壇及び十字架の祭壇（ケルン、ワルラーフ・リヒャルツ美術館）、聖体を十字架より卸す（パリ、ルーブル）、聖コルムバと聖アンドレア（マインツ美術館）などが有名である。

その画風に最も多く影響したものは、ファン・デル・ワイデンとショーンガウアーとである。ムーターによれば、他にベニス派の影響をも認め得るという。色彩の豊富さと表面の艶やかさ、及び姿態の律動とがその主な特徴であり、殊に女性の顔貌に細かい特異性を有している。

一四九二年の作品であるこの肖像画は、右の製作年代より推せば、彼の初期作品に属するものであり、ショーンガウアーの影響の最も多いものと認められる。色彩は他の作品とは異なってむしろ渋く、白と灰色の基調に、黒と胸に現われた下衣の朱色とが、見事な諧調を作っている。しかしこの絵のよさは独りここにとどまらない。同時代前後のライン沿岸の画家の肖像画に共通である、ひたむきな写実の精神がこの絵では、そのやや素朴な手法によって却って深い感じを作っている。デリカシーを好むフランスの批評家は、この一派の作品を「苦しげな緊張」、「滑稽な大気取り」、「賤しさ」まる出しの「田舎者」の芸術であると酷評をするが、しかし彼らも、その「純朴な熱情」には動かされずにはいられない。「力限りに正直な仕事をする」これらの画家を、やはり讃美せずにはいられないのである。

本図の大きさは約四〇×二八センチ。画布、油彩。顔面及び手の部分に、最近の加筆の痕が見えるのは遺憾であるが、私にとっては忘れ難い絵の一つである。

本作者に関する文献としては、H. Reiners; Die Kölner Malerschule (1925) が最も適当であろう。

少年の像（伝アルヴィーゼ・ヴィワリニ作）

この絵はロンドンの国立美術館の所蔵品である。大きさはインチで七三・四×八三・四だから、小さい絵である。この、肖像画の大きい小さいということを一つの問題として取り上げよう。次にこの絵は伝ヴィワリニとなっている。おそらく間違いのないものであろうが、しかしこれを伝メッシーナとしても、伝ベルリニとしても一応は通用する。肖像画における画家の個性というものを、関連した問題として取り上げることにしよう。

その前にこれをアルヴィーゼ・ヴィワリニの作品として、その生い立ちの環境をざっと説明しておく。十字軍の遠征以来、東洋の富がヴェニスを集散地としてヨーロッパの各地に販路を拡める。北欧への進出には、ライン河がその幹線となる。その下流に位置し併せて海運の利を有するフランドルが、第二のヴェニスとなって、北欧の富を吸収する。不思議なことには財宝と共に齎された東洋の色彩は、直接ヴェニスを刺戟しないで、一まず北方に移植され、再びラインを逆流してヴェニスにはいって来るのである。その最初の訪れが、ヴェニスの西北郊の一小村ムラノ Murano で仕事をしていた宗教画家に影響を与える。一五世紀中葉以来のことである。そしてこのムラノ派こそは、後にチチアンやチントゥレットを生んだ、かの偉大なヴェニス派の最古の源流となるのである。

ムラノ派はヴィワリニ Vivarini 一族の画家がその中核であり主体である。しかしその継続は長くはなかった。アルヴィーゼ Alvise (Luigi) の父アントニオ Antonio が、ケルンの画家ドイツ人のヨハンネスと共同製作を始めた一四四〇年が、明らかな記年の始まりである。アントニオは一四七〇年に死んだと信じられている。その弟のバルトロメオ Bartolommeo の製作年代がその後約三〇年。ついでアルヴィーゼが一四六〇年からその歿年の一五〇三年まで仕事をしている。アントニオに学んだクリヴェリやアルヴィーゼに就いたロットーの後を問題にしないならば、ムラノの画統はアルヴィーゼで絶える。即ちこれはほぼ一五世紀後半の間に起り、そして亡んだ一の家族的画系であった。

この画派に影響を与えた主なものは、まずさきに述べたケルン派の祭壇画家であった。次にパドア派、殊にマンテニヤであった。最後にアントネルロ・ダ・メッシーナであった。フランドル仕込みのメッシーナの色彩と、写実的技法とは、殊にアルヴィーゼの後年に影響する。彼はメッシーナ直接の、或いはジョヴァンニ・ベルリニを経ての間接の影響をうけて、美しい肖像画を描くのである。口絵の少年像はこの環境の下に生れたものと思われる。

ここで最初に約束した肖像画の問題に還る。まず第一に肖像画とは何か。肖像画は実用品である。少なくとも他種の絵に比べて実用性の多い絵である。実用とは目的をもって使用されるということである。故に使用者の目的が肖像画の規格と性質とを決定する。大きい肖像画を必要とする社会は、大サロンを有し、比較的大観衆を予想する社会、王侯貴族の社会或いは公共の団体である。描かれる人物は何らかの意味において、社会的に記念さるべき資格を有するのである。故に画面の人物には、威容が与えられ理想化が行なわれる。胸像よりも立像がいい。チチアンやチントゥレットの注文されたものは、こんなものであった。このような肖像画では、彼らはまた画家の個性を少なからず発揮することが出来たのであった。

しかし家族の、愛人の、故人の単なるスーヴェニールとして必要とされる肖像画は、このようなものではあり得ない。そこに要求されるものはまず似ることであり、そしてそれ以上のものではない。その要求のハムブルであるように、これを要求する社会もハムブルな社会である。描かれる人物は無名の平凡人である。写実と、親しみある最小限度の胸像。そこに画家の個性を発揮する余地は殆どなく、個性にますます目覚めた近代の画家が、このような肖像に興味を失ったのはまた当然のことである。写真術の発明がこれに最後の止めを刺す。

現代日本の公共的室内に氾濫する肖像画の醜態は、この目的を忘れ実用性を放棄した根本的な誤謬に因を発する。彼らはセザンヌやゴッホが、静物を描くと同じ気構えで描いたその肖像技法で、まぬけ面の偉人を描くのである。非情的木石法をもって人情を描こうというのである。第二類の肖像画の現代日本における絶無に近い貧困さについては、ここにいうまでもない。

しかし私はあの一五〇〇年代前後の、署名のない工人の遺した、ラインから上部イタリアの数々の美しい小肖像画を懐う。愛するもののスーヴェニールを何故、現代人なるがために一片のブロマイドによって保存しなければならないのであるか。文明とは必ずこうした不幸なものであるのだろうか。

アルヴィーゼ・ヴィヴァリニの肖像画はロンドンの国立美術館には他にも二枚ある。ヴェニスのアカデミーその他にある聖人像も、また一種の肖像画と見られよう。彼に関する文献としては次のものが挙げられる。

Sinigaglia, De V.; Pittoria da Murano. (1905)

ルーカス・クラナッハ

ミケランジェロの作品からは、偉大というものを感じる。ラファエロの作品からは、優雅というようなものを感じる。ダヴィンチの作品からは悠久とか神秘とかいうようなものを感じる。いずれも、人間界には見られぬ程度の、偉大さであり、優雅さであり、神秘さである。即ち彼らの傑作はみな、超人的な理想の表現を意図した作品なのに違いない。またその異常な成功に対しては、誰しも彼らの作品の前で頭を下げなければならない。

しかし、――彼らの作品についてさえ、しかし、である――、例えばロンドンの国立美術館にある、ミケランジェロの聖母とキリスト及びヨハネの幼児のいる未完成作品の前に立つものは、あの幼児が、――幼児までが――腰をつき出し、顋を引き、その下に二本の指をひろげて気どっている、この作者得意のポーズを見て、何か滑稽な感じに捉えられないだろうか。例えばダヴィンチの洗礼者ヨハネの、あの誘い込むような眼や、一指を挙げて何物かを示そうとする、思わせぶりな格好を見て、もう沢山だと、引き下りたい気になりはしないだろうか。ラファエロのあの優美な自画像を見ると、ついむらむらと、失礼千万にも、「そしてその中味はどうかね?」というような質問を発したくはならないだろうか。

偉大な人間が、その偉大さを保つためには、随分と醜い苦心が要るだろう。優雅な婦人がその優雅を保つためには、随分と女中を叱り飛ばす必要もあろう。神秘に包まれた高僧が、常にその神秘を漂わせるためには、随分と奇怪なトリックも使うに違いない。邪推深い近代人にかかると、ものごとはまずこういう風に考えられる。

偉大、優雅、神秘等々、近代人にとってはもはや必ずしも常に魅力ではない。時としては却って反撥を与え、滑稽感を与える。もちろん、反撥を与える滑稽は、「ユーモラス」という方ではなくて「リディキュラス」の方である。見せてやるぞ、という態度が、もう既にリディキュラスなのかも知れない。

偉大、優雅、神秘等々の、あらゆる壮厳な属性の衣の奥に、実はなお何物かがあって、ミケランジェロやラファエロや、ダヴィンチをいつの世にも生命あらしめ、その前にいつの世の近代人の頭をも下げさせるのであろう。その「何物か」とは、一たい何物か?

これを説明させるために、ミケランジェロやラファエロと同じ時代の、南ドイツの田舎絵師、ルーカス・クラナッハのおやじさんをひっぱり出そう。

彼の絵には偉大もなければ、優雅も、神秘もない。卑小、粗野、現実まる出し、おまけに不足だらけで、汚ない。頻る悪口をいわれたものである。それにも拘らず、もしその作品がわれわれに頭を下げさせるとすれば、彼の絵にこそ、この「何物か」が最も判り易く現われているに違いない。

まず彼の絵についていわれた悪口を少し集めてみよう。

「クラナッハの素描は木で拵えたような感じだ。」

「色彩は千遍一律でうまみがない。」

「色彩の硬さ、その無効果な配色。彼の全作品の調和を破る、あの調子の高い煉瓦色。」

「クラナッハは画面の配置において、小児のようにでたらめだ。」

「多人数を描くときの、信ずべからざる混乱。偶然そのものの如き無計画さ。」

「空間的感覚の欠如。人物は切り抜き絵を貼りつけたように平たい。」

「肖像には偉大さがない。彼のルーテルは気楽坊主のようだ。メランヒトンは腹の減った村夫子だ。チチアンがあんなにも気高く描いたヨハン・フリードリッヒ大胆王は、クラナッハの手にかかると、まるで酒で膨れたお旦那だ。」

「彼の使徒は真物の労働者や漁夫であり、ペトルスは本当の門番に過ぎない。」

「ミケランジェロの神は天地の創造主だが、クラナッハのは人の好いおじいさんだ。」

「彼の聖母は世帯窶れした主婦で、元来そんなにじっと坐っている暇なんかないのだ。」

「クラナッハの裸体ほどおかしいものはない。」

「彼は女の裸体を殆んど見ていない。イタリアのお手本さえ見ていないのだ。男と違う部分を、いくらか知っていたというだけのことだ。」

「そして彼がモデルによって描いたと思われる、唯一の女の、あの萎んだ細い胸。突き出した腹。瘦せて筋ばった脚。腫れた膝と静脈瘤。靴下留で痛められた貧弱な腓脛。そして本当とは思えないほどいやらしい凍傷の足。これが何と、水辺に憩うニンフの像なのだ。」

「田舎娘の、しなを作っているのが、彼の聖カタリーナであり、バルバーラであり、久遠の女性なのだ。」

等々、悪口は際限がない。自分でつけ加えようと思えば、まだいくらでも加えられる。

しかし、讃められている点もないのではない。

「写実的な肖像画はドイツ派の傑作の中に入れることが出来る。」ただしデューラーやホルバインには及ばないが、という条件つきで。

「ドイツの人物を描き、ドイツの森と樹と城のある丘とを描いた彼は、ドイツ画家中のドイツ画家である。」しかし、これはドイツ人以外には通用しない賞め方だろう。

して見ると、差引勘定するまでもなく、クラナッハは欠点だらけの画家ではないか。それらの特徴ある欠点の集積の故に、ドイツやオーストリアの画廊の至る所で、壁間の多くの画の中から、クラナッハは直ちに、遠方からでも見分けられる。そしてわれわれはその前を避けて通るだろうか？　否。親しさと心安さを覚えながら、その前にひきつけられるのである。サロンで見る高貴な婦人は避けたくなるが、田舎道で出遭った百姓娘には、こちらから話しかけてみたくなる、ちょうどそれと同じ心理なのだ。何故だろう？

手取り早くいえば、彼の画の中には間違いなく誠実さのあることを知っているからだ。それが約束されているからこそ、われわれは安心を感じ、そしてついには、その無数の欠陥にも拘らず、その作品の前に讃仰尊敬の思いを抱くのだ。その無数の欠陥に拘らず、古来の美術史家が、彼を黙殺し得なかったのは、常にその史論中の数ページを費やさざるを得なかったのは、実にこの点において、彼が第一流中の一流画家にも劣らぬものがあったからなのだ。

のみならず、この安心の上に立ってその作品を見ると、彼の欠点は却って愛嬌になる。反撥を誘わないで滑稽味を感じさせる。リディキュラスではなくして、ユーモラスなものとなる。サロンの貴婦人のとりすまし方は、嘲笑に値いするが、田舎娘のしなを作る滑稽さは、何ら反感を呼ばないのである。——田舎娘のすれっからし、これはもう取柄がない。

即ち先の場合には、その非常な長所が時にリディキュラスな感じを与え、反感を喚るのに対して、この場合は、その非常な短所が、却ってユーモラスな感じを与え、愛嬌となるのである。

また、考えてみると、作品への趣味好尚というものも、実にあてにならないものではないか。例えば現代を風靡する印象画法のあらゆる属性、その無説明、無理想などというものが、次の時代の好尚に果して適するか否かを、誰が断言出来るであろうか。いかなる時代にも変ることなく支持され得るもの、それはただ一つ、画家の誠実さがあるのみであろう。

口絵に掲げたものは、クラナッハ（Lucas Cranach D. AE. 1472-1553）の一五〇三年、即ち三一歳の作品であり、彼の最大傑作の一つなる磔刑の図の、部分である。原図はミュンヘンの古代画廊にある。板面に描かれた油彩で、寸法は一三八×九九センチ。本口絵は全画面の約一五分の一位の面積に当り、上方の中央部から採ったのである。彼の誠実さが、いかに細密部までも行きわたっているかを見るに、最も適当な例であると思う。念のためつけ加えておくが、この絵に見て欲しい誠実さというのは、写実という意味ではもちろんない。写実ということのない書に現われるあの誠実さである。細かさという意味とも違う。大まかな草書にも同じ誠実さは要求される。巧さの点では第一流の画家であるルーベンスに、常に慊らぬ気がする理由も、これではっきりするに違いない。

パドワの回想

ジョットーと同時代の詩人ボッカチヨは、『デカメロン』の中のある人物に、こういうことをいわせている。

「ほんものに似ているというだけでなく、描かれたものがほんものだと思われるように、彼が描き得なかったものは一つもない。ジョットーはそういう天才だった。」

一九三五年の秋の或る朝、ホテル・ストリオーネの玄関を出て、ときどき時雨の落ちるパドワの街なかを、マドンナデラレーナ寺に足を向ける時の私の頭の中には、この言葉があった。

コルソー・デ・ポポロの大通りから、エレミターニの寺内に足を踏み入れると、写真で見覚えのあるスクロエーニの礼拝堂は眼の前にあった。雲間を洩れる朝の日に、濡れた芝生の緑が光り、私の心は躍った。この礼拝堂のフレスコこそは、ジョットーの遺作中で最も保存のいいものだと聞いていた。それを見る目的で、この面白くもないパドワの町に、貴重な行程の一日を割いた私であった。

一三〇三年——詳しくいえばその年の三月二五日に——最初の礎石が置かれたというこの礼拝堂は、見るところ、平凡な、バジリカ風の建物であった。しかし一九世紀の版画によると、この建物の北壁に接して、スクロエーニ家の広大な御殿があり、礼拝堂はこの大住宅に附属して、恰もその左翼の一端をなしている観があった。この堂自身のファッサードにも、その頃までは四脚の円柱が露台を支えて、美しいポーチを作っていた。今はそのいずれもなく、近い代の修理を受けたと思われるこの御堂は、廃墟を語る緑の中に孤立していた。

番人に二リラの拝観料を支払って、私は堂の中に入った。細長くて天井の高い、バジリカ風ではあるが露柱のない、床と、壁と、そして蒲鉾形の天井から出来た、単純な内景であった。両側の壁に五対の細長い窓が併立し、ジョットーの描いたキリストと聖母の御一代記は、その壁面の三八個の区切の中にあった。

他に、正面の、内陣への通路の入口の上には、栄光の天主と、その下に、両側の二面に分れて受胎告知の図があり、そしてこれと相対している、堂の入口の扉の上部には、最後の審判の大きな壁面があった。ジョットーの画は、都合四二面になるのであった。いや注意して見れば、まだこの他にも、飾り窓の中央の花形の枠の中には、紛れもないこの巨匠の手で、天地の創造から、楽園喪失に至る一連の物語が、美しく描かれているのであった。

ラ・カペルラ・デーリ・スクロエーニ！　年月久しい憧れの御堂の中に私は立って、しばらくは眼もくらむ思いであった。

パドワからボローニアへの、その日の午後の汽車の中で、私はとぎれとぎれの単語と、沢山の感歎符号から成る、ジョットーの印象記を書いた。普通の文章に直して見ると、次のような言葉も、その中にはあった。

「ジョットーは偉大な説明画家だ。しかし、彼は物語の状景を説明しようとするのではない。死者ラザロに生命を吹き込むキリストの精神力を如実に描こうと企てる。この仕事に真正面から取組む。キリストの精神を表現する以外に、彼の一代記を描く理由があろうとは、ジョットーには信じられなかった。」

ボローニアからフローレンスへの、物寂しい夜汽車の中で書きつがれた日記の中でも、自分はジョットーに想を凝らしている。ボローニアのアカデミアのあのラファエロの聖女セチリア――ワザリーの暗示によると、その出来栄えへの羨望のため、ペルジーノは悶死した――さえも問題にならなかった。

「四福音書に書かれたキリスト以外のキリストは考えられない。四福音書の筆者に神の啓示があったとすれば、美術家にもその啓示の現われ得ない理由はないであろう。画家もまたキリストを描き得るのだ。」

「ジョットーはこの啓示という言葉をルネッサンス語で解したに過ぎない。われわれもまたこれを近代語に訳して考えるまでのことだ。」

「ビザンチン風を未だ脱却し得ないあの佶屈な様式と、あの不完全な材料は、彼の意図した表現を少しも妨げなかった。ジョットーは粗悪の楽器で、至純の音楽を奏でることが出来たのだ。」

「キリストの精神を描くことの出来ない画家は、一個の林檎の精神をも描くことが出来ないであろう。」

大きな感動の直後に、こうした大袈裟な物言いをしたくなるのは人情である。私はこれを愧じるのではない。ただこれを嗤う人々に、私はこの口絵を示すことで答えよう。

これは、最後の審判の一部分である。中央の楕円の中に審判主は坐し、その膝下に、天国と地獄が展開する。天国の部の空ざまに、使徒たちの群を率いて処女マリアは踏みあがる。多くを見る必要はない。このマリアを後より支える天使ガブリエル——何の理由もなく、自分の日記にはこれをガブリエルと書いてある——の左の手を見ていただきたい。

アングルのベルタン氏やド・スノーネ夫人の手は、ある人物のある瞬間の手の表情を残りなく捕えている。これは手そのものではなくて、手プラス何ものかであり、その「何物か」の完璧さの故に、世人の賞讃を博したのである。

しかし、ジョットーの天使の手は、このプラス何物かを完全に遮断した、手そのものの美しさを語る。

「ジョットーは、手の精神を表わそうとしたのだ。」

と、自分の日記にはある。また、こうもある。

「ジョットーがキリストをよく描き得た筈だということは、この天使の手だけを見ても解るに違いない。」

人々はいうであろう。ジョットーは、材料と技巧の不完全の故に、この方向に余儀なく向ったに過ぎないのだと。あるいはそうもいえるであろう。

しかし、今の世にも、水墨に精魂を打込んで、それ以外の材料にはふり向こうとしない画家もいるのである。またはなはだ唐突な比較ではあるが、児童に童話の内容を解き示そうとする近頃の挿画家は、なぜあの、人物を平板のように見せる太い輪廓線を一方に置くのであろうか。もちろん、彼等はその挿画を瞬間化し、場景化する、かの「プラス何物か」の混入が、説明の純真さを害うことを恐れるのである。こうしたアレゴリカルな説明には、これを恐れる理由のあることを、彼等は知っているのである。ただ説明画家ジョットーやアンジェリコは、そういう奇手を知らなかった。知らなかったが、しかしジョットーも、そうした場景化の拒絶を行なっている。家が、その中に住む人よりも小さいのだと、彼は信じていたのではないだろう。

「ジョットーは現実を拒否することによって、真実を説明しようとした。彼は、処女マリアから、女性をさえ拒否した。」

これも日記の一節である。

スクロエーニの礼拝堂を出た時は、夜来の雨は名残りなく晴れて、太陽は中空にあった。半ば乾いた道芝を踏んで、マンテニャの壁画のあるというエレミターニに、自分は足を向けた、パドワはまた、マンテニャの街でもあった。

鷹図（ベノッツォー・ゴッゾリ作）

鷹が兎を爪にかけて、獲物のはらわたがはみ出している。この複製を軽々に一見すると、何か元・明あたりの水墨画のように思えるかも知れない。しかしこれはイタリア文芸復興期の巨匠ゴッゾリ（Benozzo Gozzoli 本名は B. di Lese）の壁画「マギの礼拝」の一部である。

ゴッゾリは一四二〇年フローレンスで生まれ、一四九七年ピストヤで死んだ。すなわちいわゆる一四《カットロ》〇〇《チェントー》年代のフローレンス派に属する画家である。若くしてフラ・アンジェリコに師事したと信じられている。

メディチ家興隆の祖コジモが、建築家ミケロッツォの設計に従って、一四四四年から起工したその邸宅（Palazzo Medici 今の P. Riccardi）が竣工すると、その子ピエロは新邸の首礼拝堂の壁画の揮毫を、彼ゴッゾリに依頼した。壁画が完成したのは一四六〇年の頃（或いは一四六三年）である。

ゴッゾリはその後（一四六三―一四六七年）ジミニアノの聖アゴスチノ寺の壁画（聖アウガスチンの一生）を描き、ピサのカムポ・サントの旧約物語（一四六九―一四八五年）を描いている。これらはいずれも大

（上）鷹図（ゴッゾリ作）
（左）ケンタウルを馴致するパラス（ボッティチェルリ作）

作であるが、そのうちメディチ家のが傑作であるといわれている。壁画以外の作品は非常に少ない。

ゴッゾリの「マギの礼拝」は普通の画題とは少し違って東方の三博士のベツレヘムに向う道中を描いたものである。彼は当時のフローレンスの貴族の行列をそっくりそのまま描いた。例えば最年少の博士は、ピエロの子のロレンゾーをそのままモデルにしたのである。

番人が照明燈のスイッチを入れた瞬間に、あの薄暗い礼拝堂の壁面から、この豪奢な大行列が浮び出たときの感動を、私は今も忘れることが出来ない。ピサのカムポ・サントもその後見たが、あの明るい中庭に面した壁面は妙に荒んで見えて、この時ほどの印象は得られなかった。

これらの壁画をみると、その師のアンジェリコや、彼の後に出たボッティチェルリに見られる、あの人物の可愛らしさは、彼の画面にも共通である。しかしそこにはアンジェリコの神秘さ、清純さはもはや消え去り、ボッティチェルリの詩精神は未だ燃え上っていない。彼の画面にはしかしながら、あらゆるものを描き尽そうという写実精神の逞ましさがある。スケールの大きさと、あらゆる細部の生動との点で、彼は最初の画人らしい画人であった。しかも一四〇〇《カットロチエントー》年代を通じて、この点で彼に比肩し得るものは、他に誰があるであろう。

ここに紹介する鷹図は、彼の絵の特徴である細部の生動の一標本である。これは最年長の博士のいる壁面の下端の中央部から取ったのである。重要ではない細部であるがための省筆と、写生の妙とが相俟って、これに東洋画の風格を与えたものと思われる。シナ画との直接の関連は、この際もちろん問題にはならない。

ゴッゾリに関するまとまった文献は余り多くない。

M. Wingenrot; Die Jugendwerke des Benozzo Gozzoli, 1897.

H. Stokes; Benozzo Gozzoli, 1905.

その他細かい考察になると、いろいろ文献もあるが、ここでは一切省略する。

パラスの頭部（サンドロ・ボッティチェルリ作）

ツォイスの頭から生まれた女神アテナは、生まれた時から武装して投槍《エイギス》をもっていた。それでアテナのことを一名パラスというのである。パラスは槍を投げる女という意味である。

この口絵は、ボッティチェルリが一四八〇年、その大旦那メディチ家のロレンゾーの依頼によって描いた布画、「ケンタウルを馴致するパラス」の部分である。その先年（一四七八年）のパッチ一派の反逆事件がようやく片づき、メディチ家に再び平和が還って来た折の、これは際物的な寓意画である。即ち武勇を併せ有する智神アテナはメディチを現わし、愚俗兇悪の代表者ケンタウルはパッチの一味を現わすのである。パラスは今は兜の代りに勝利の月桂冠を載き、馴撫の右手を半獣神の頭上に加えている。

ロレンゾーのために描かれたこの絵が、その後永く闇に葬られ、今世紀の初めになって始めてピッティ宮の小暗い片隅から発見されたエピソードなどは、別に紹介する必要はないかも知れない。今でもこの絵はピッティの画廊にある。

また、物質と権力とをめぐる醜い争闘が、常に善悪正邪の争いとして表現されるものだという、一つの例証をこの絵に認め、お目出度い御用画家のボッティチェルリを憫れむことも、観者の自由に委せよう。

またもし観者がさらに想像の翼を拡げて、これこそかの中世の愚劣頑迷を克服した、清朗なる近代人文主義の勝利を現わす、二重寓意の作に他ならぬと認めるとしても、私は別に反対しようとは思わない。ボッティチェルリについて痛ましい思いをすることがある。彼はようやく老いてサボナローラの思想的影響を受け、神に事えざる画業を、自から異端と認めるに至るのである。人々は或いはその心の弱さを嗤うことも出来るであろう。

画家ボッティチェルリにとっての、最も重大な意味は、しかし、いかに彼が御用を勤め、いかに彼が革新し、或いはいかに思想を変えたかにあるのではなくして、いかに美しく、彼がそれらのことをなし遂げたかにある。いい換えると、それらの事情を通じて、いかに彼が美しい作品を遺したかにある。

芸術は時勢に即応すべきものであるか、或いはそれに先行すべきであるか、私はいまさらにこの問題を議そうとは思わない。しかしもし議論すべきものがありとせば、私はそれを美しい芸術に限りたい。そして美しい芸術は、それ以外のあらゆる問題を超越するのである。パラス、それがメディチの勝利であったか、人文主義の発揚であったか、或いはまた唾棄すべき異端主義の偶像であったかは、われわれの問う所ではない。ボッティチェルリ以外の何者が、一個の女像をかほど清く美しく描き得たか、これをわれわれは問題にしたいのである。

サンドロ・ボッティチェルリ Sandro Botticelli の生涯や画績についての、くだくだしい紹介は無用であろうと思われる。ただ彼の本名が Alessandro Filipepi であったこと、一四四四年（或いは四五年）フローレンスに生まれ、一五一〇年にその生涯を終えるまでの、殆ど全部をその市で過ごした、いわば生粋のフローレンス人であったこと、少時フィリッポ・リッピに師事して画を学び、のちポレヨーロ、ベロッキヨ等の影響を受けたこと、メディチのロレンゾーの庇護を受けて多くの傑作を遺し、またダンテに私淑して、『神曲』の挿画などを描いたこと、一九世紀の後葉に、いわゆるラファエロ前派の画家が理想としたのは、実に彼ボッティチェルリの画風であったこと、などを挙げるに止めておこう。

彼に関する文献としては、J・カートライトのものがポピュラーであり、近くは矢代幸雄氏の懇切な研究がある他に、次のようなものがある。

Steinmann; Botticelli (1897)
Supino; Sandro Botticelli (1900)
E. Schaeffer; Botticelli (2 Aufl. 1903)
Bode; Botticelli (1922)

パオロ・ヴェロネーゼ

パオロ・ヴェロネーゼ (Paolo Veronese) のほんとの姓はカリアリ (Caliari または Cagliari) である。ベローナで生まれたから、「ベロネーゼ」即ちベローナ人という綽名がついた。生まれたのは一五二八年、ヴェネチアで死んだのが一五八八年だから、彼は純然たる一五〇〇年代《チンクエチエンティスト》の画家である。

二〇歳代の初めの数年を、マントゥワの町で壁画の下塗りなどをして修業し、一五五五年の頃ヴェネチアに現われた。かりにこれを五五年とすると、その年にはロットーが死に、モレットーが死んでいる。ティツィアンは七八歳の老頭であったが、なお矍鑠としてヴェネチアの画壇に君臨し、五八歳のモロニーは依然として美しい肖像画を描き、そしてティントレットーは三六歳の働き盛りで、この市《まち》に旋風を巻き起していた。ヴェロネーゼはティツィアンの門を敲く。ティツィアンは華美を捨てて、当時すでに銀色の時代にはいっていた。

ヴェロネーゼはティツィアンより多くを学び、ティントレットーから多くを享けた。数年の後には、押しも押されもせぬヴェネチアの大家であった。一五六〇年の、スクオーラ・ディ・サンロッコーの壁画の競技《コンクール》に選ばれた、ヴェネチアの代表的五大家の一人であった。――ティントレットーの機略によって、この競技があっけない結末をとげたことは、余りにも有名である。ヴェロネーゼは、しかし、ティツィアンでもティントレットーでもなかった。当時のヴェネチアは世界の財宝を蒐めて、富貴の絶頂を極めていた。贅沢豪奢の唯中に、ヴェロネーゼは名声を築いていった。彼の描いた世界は、実にこの富の世界であった。

「ヴェロネーゼは実に幸福な男だった。」と、ムーターはいう。

「彼の至るところ、光彩と歓喜があった。その至るところに美女は微笑み、珍味と佳肴があった。貧困は彼の知らざる所、知るものは富貴であり、陋屋は彼の身を置く場所ではなくして、宮殿の門がその前に開かれた。不足窮乏の代りに享楽放肆があった。一六世紀のオリンピア式陽気さは、思惟の蒼白によって曇らされることなく、彼の作品の中に、残るところなく語られたのであった。」

ティツィアンの銀は、ただこの巨匠が晩年の渋味を求めた結論であった。ティントレットーの銀には果して何の必然さがあったであろうか。しかし、ヴェロネーゼの銀は、彼の世界には不可欠の基調を創るのであった。その豪奢と柔媚、その微妙さと調和性。一六世紀後半の銀の世界は、正にヴェロネーゼの世界であったといえるであろう。

彼はティツィアンの構図を受けた。しかしその説明性は返上した。ティントレットーの群衆は物にした。しかしその激情には眼をくれなかった。彼の描いた「カナの婚宴」には、カナもなければ、キリストもない。そこにはヴェネチアの壮麗な大建築と、ヴェネチアの富人の宴席があった。大群衆はあったが、一人の野人もそこにはいない。かくして彼は世界最初の大装飾画家と成り得たのであった。――豪奢な、そして調和に充ちた、銀の装飾画家――芸術史上の最初の完全な都会人。

ミケランジェロからティントレットー、さらにティントレットーからバロックへの橋を認めるならば、ヴェロネーゼにはむしろロココの源流を探ることが出来るであろう。ワットーの柔媚と、ブーシェの銀と、そしてフラゴナールの放縦の、すべてはすでにそこにあった。しかし、これらの一八世紀のフランス人に比べて、ヴェロネーゼはなんと逞ましいことか。ヴェロネーゼが宮殿の装飾家だとすれば、彼らは後宮のそれに過ぎないといえるであろう。

ヴェネチアの総督宮《パラッツォ・ドゥツカーレ》を訪ねたものは、階上の中央に近いアンティコルレヂヨの一室の、あの豪華な印象を忘れることが出来ないであろう。両側壁に描かれた「ヴァルカン」、「ヘルメスと三女神」、「アリアードネ」、「バッカス」、「ミネルヴァとマルス」。この五面はティントレットーの作品である。窓に対した壁面には、バッサーノの「ヤコブの帰郷」と、そしてわがヴェロネーゼの「エウローパの誘拐」とがある。ティントレットーの五面も、いずれ劣らず美しいが、今はしばらくヴェロネーゼの前に立って見よう。

この絵は元来カサ・コンタリニの客間のために描かれたのである。ナポレオンが一時戦捷のトロフィーとしてパリに運んだが、のちヴェネチアに還されてこの宮殿に納まった。画面の近景には、定評ある好色家のゼウスが、今度は牡牛に姿を変えて、エウローパの傍に膝を折り、数人の侍女は一六世紀のヴェネチア風に仕立てられたこのフェニチアの王女を扶けて、牡牛の背に載せようと骨を折る。三箇のキューピッドはその頭上に舞い、背景をなす美しい森の彼方には、この物語の発展の未来が、同時的に描かれている。ゼウスは海を渡って彼女をクレタの島に誘拐し、ミノス以下の三児の母にしようとするのである。この、エウローパの夢見る如き顔——白痴美——こそは、ヴェロネーゼ以前の何人もよく描き得なかったものではないか。これを見てワットーを思い、フラゴナールを連想する人は、すでにヴェロネーゼを解し得たのではあるまいか。——たとえ、この絵からワットーに想到することが出来なくとも、逆にワットーの、例えば「シテール島への船出」を見て、あの近景の巨木と、中景に拡がる陸地と、遠い海の藍青と、そして空に舞う小天使の群を見れば、誰しもこの絵を想起せずにはいられないはずである。

ヴェロネーゼの美女の最も美しいものは、ペザーロの離宮の「エウローパ」であるという。私は不幸にしてそれを見ることが出来なかったが、このアンティコルレジョの「エウローパ」は、今も自分の脳裡を訪れる甘美な幻影の一つである。

傷つける浴女（ルノアール作）

近代絵画の発達史は、画面から陰影を追放した歴史であるとも考えられる。しかし陰影のない画面からは、同時に立体感も薄らぐはずである。近代の画家がこの点をいかに解決したかを考えるのは、一つの興味である。

始めから全く立体を犠牲にして、例えば線の味に生きようと試みた画家もある。大和絵から浮世絵を経て、古来そうした味に親しんでいた日本人が、今日マチスの絵に最も身近いものを感じるのはこのためであろう。浮世絵の平面、そこには元来痴呆的な明るさがあった。一方マチスの線にして見れば、決して安い代価を払って得られたものではなかったのである。

他方、立体感を揚棄し得なかった画家の中には、近頃の映画で初めてポピュラライズされた、地平線を画面の外に放逐する方法で、それを表わそうとしたドガのような画家もいる。顔を照らす脚光を描き、鼻の上に影を載せた方法などでも、彼は近代的手法の先駆者であった。

しかしそんな奇兵を用いない正統的な攻法で、堂々と立体と取組んだ画家もある。例えばここに紹介するルノアールがその一人である。感心するとしないは別として、彼の絵がどこまでも西洋人の絵であり、われわれには急に親しまれないのも、実はこの点にあるのだと思われる。変な土人を描いたゴーガンの絵は、それが平面的であるという点だけで、まだしもルノアールの美人よりはとっつき易いのである。

陰影のない画で、立体感を出そうとすれば、その方法はそう多くはないはずである。例えば水墨で写生的な絵を描いた東洋の画家は、すでにその方法を心得ていた。古いところでは狩野正信あたりの瓜の図だとか、応挙の牛などを見るとよく判る。彼らは物体の下面を黒く描いたのでもなければ、眼に近い点を濃く塗ったわけでもない。黒の濃淡《ヴァリュール》は、陰影法や遠近法とは別に、一種独特の秘密によって、物の立体感を表わすのである。

東洋画では簡潔なタッチを喜んだから、これで写生しようとすると、一筆のうちに色度《ヴァリュール》の変化を表わそうという要求も起るわけである。応挙あたりから盛んに用いられた側筆の方法は、これを解決するものであった。これに比べると、ルノアールのタッチはおよそ対蹠的である。彼は柔軟繊細羽毛のような無数のタッチを重ねてゆく。

東洋の画家が風景を立体化しようとするときに用いる、最も単純にしてコンベンショナルな濃淡法は、後ろに一朶の靄を横たえて前景を浮き上らせる方法である。裸体に靄をかけるわけにはゆかないが、ルノアールの独特のタッチの中には、しかし無数の靄があるのだとも考えられる。どんな微細部をも見事に盛り上らせるルノアールのニュアンスというものは、結局これに他ならない。ここに彼の技法の秘密がある。

一九三五年、ブリュッセルのパレ・デ・ボーザールで開かれていた印象派の展覧会場で、この La grande baigneuse blessée (1909) を見たとき、七〇歳の老翁がこの若々しい絵を描いたことにも、私は感心したが、第一にはやはりその不思議な成形感に眼を見はった。またその後、私はウィーンの近代画廊の庭園にある、ルノアールのヴィーナスやイヴの立像を見て、彼が彫刻の天分にも勝れていたことを知り、その絵画における立体把握が、決して偶然でないことを感じたのであった。

ルノアールについては、わざわざ紹介する必要もないと思うが、念のため簡単に記しておく。Pierre Auguste Renoir, フランスの画家。一八四一年、パリに生まれ、一九一九年、ニース附近カーニュで死す。最初は陶画の職人であったが、その後、グレールの門に入る。その画系はクールベの影響から出発して、後には印象派の画家と見られるようになる。後年、特に人体描写に興味を持ち、パリジャン好みの感覚を表わしたから、その世評は圧倒的であった。晩年不幸にして指を失ったが、長寿であったために、その遺作は非常に多い。人物を主とし、少数の風景、花卉の図を遺している。浴女の図は、パリのド・ラ・ムルト嬢の所蔵品である。

ルノアールに関する参考書としては次のようなものがある。

Th. Duret; Die Impressionisten (5. Aufl. 1923)

A. Vollard; Auguste Renoir (1923)

J. Meier-Graefe; Renoir (1928)

動きと構成

動きを感ずるという心の働きは、どんなものだろうか。

動きというものは、静止という立場がなくては感じられないであろう。静止点からの遊離が、動きであり、その開離の程度が、動きの大小を意味するのであろう。

動きを感ずるということは、この開離の大ささきを感ずることであり、原点からの距離を、心をもって追うことによって、それが感知されるのであろう。この感動が、即ち対象の動きとして感得されるのであろう。

だから、たとえ静止した対象であっても、観る者の心に、右のような感動を与えるものは、当然、動くものとして感じられなければならない。絵画の如き静止的形像に、動きを感ずるというのは、そうしたことが起り得るということの、一つの例なのであろう。

だが、絵画においては、どうしてそうした感動が起り得るのであろうか。

われわれの経験では、絵画における写実の完成度の高いほど、形像の静止性は強くなり、その完成度の低いほど形像の動きは大きくなる。不完全な形をもって表現された形像は、その不完全な表現像を通じて、背後の完全な原形にまで、心の動きを誘う。言い換えれば、画面に欠けている部分は、観る者の空想によって補われる。その空想がヴィヴィッドに働くほど、形像はよりよく生動する。

観者の空想のヴィヴィッドに働くことの条件としては、しかし、童画に見る如き、単なる形像の不完全さだけがあるのではない。不完全なる形態が、同時に写生である時に、そしてその写生の度が深ければ深いほど、この空想がヴィヴィッドになる。いいかえると、到達点から静止点への回顧が、容易であるに従って、その開離の大きさを感知する速度が大きくなる。形像の生動ということは、こうして起るのであろう。

線画を絵画の下画として、或いは名画の複製としてのみ考えていた時代にあって、東洋画や、ゴヤなどの例を引き線画には独特の原理があり、それが絵画の到達し得ない、独自の領域を有するものであることを明かにしたのは、マックス・クリンガー (Max Klinger, Malerei und Zeichnung. 1891.) であった。すでに色彩を揚棄し、またあらゆる細部、或いは全背景をも省略し得る線画の形像は、絵画の要求から見れば、はなはだしく不完全であり、しかも、それでいてなおかつ、一箇の完成的芸術品たることを妨げられない。不完全なる形像による写生、これが、生動を生み、この生動が、線画をして、絵画の所有し得ない別箇の領域を保有せしめる。クリンガーの所論を要約すれば、まずそういうことであったかと思う。

さて、動かない形像の例は、近代における写実家の第一人者クールベの絵に見ることが出来るであろう。また例えば、セザンヌの賭博者を見よ。その画面の、壁にかけられた数本のパイプだけをとって見てもいい。セザンヌはクールベ以後における最大の写実家であった。

クールベの写実は、時に滑稽な結果をさえ生む。ドレスデンの近代画廊にある、あの石工、ルーヴルの、海岸に砕ける怒濤の図、これらの動きつつある対象さえも彼の画面では静止する。石工は、そのふりあげたハンマーを永久にうち下さないであろう。盛り上った海岸の怒濤は、そのまま凝固したのではあるまいか。

私はかつてトロカデーロの土俗博物館の立体鏡で、黒人部落の生活図を見たときの、奇妙な感じを忘れることが出来ない。平面写真よりも、より写実感の強い立体写真では、ゆらゆらと立ち昇る焚火の煙の、空中で凝固している像が、私の感情にある種の違和をさえ感じさせたのである。クールベはあの写実で、動く対象を描いてはいけなかったのではないか。こうした徹底的な写実は、静止的対象に加えられた方がよかったのではなかろうか。空想を遮断する写実的彫刻をもって、ラオコーンの激情を表現することの不可を唱った、レッシングの考えを、何故絵画にまで延長してはいけないのであろうか。

動く対象には、その動きの大きさに応じて、写実を放棄しなければならない。ドラクロア、そしてその究極が、ゴヤの線画となるのであろう。そして、クールベの場合とは反対の、静止的対象の非写実的描写の例は、ある種のモダニストに見られよう。これはデカダンであり、あれだけの写生力を有したゴッホにさえ、この頽廃の萌芽は認められるであろう。

しかし、以上は、いわば個々の形像に関する理論である。絵画そのものには、また自ら別個の問題がある。

クールベを宗とすると、自らも称した、あの偉大な写実家のセザンヌには、一見はなはだ非写実的な作品がある。例えば、彼が終生肝胆を砕いた、かの裸体の群像。その、個々の形像は果して写実であろうか。否である。個々の裸体は動いている。が、絵には異常な静けさがある。この不思議は、さきの理論だけでは説明されないであろう。

ドラクロアの動きは、それが風に嘶くアラビア馬であるが故に、また、戦場を馳駆するトルコ兵であるが故に動く。ゴヤの動きは、それが傷つける闘牛であるが故に動く。この動きが、直接、観る者に激情を与えスリルを感じさせる。

しかし、セザンヌは、その先輩があらゆる説明を画面からかなぐり棄てた後の画家である。セザンヌの裸体の動きは、何の動きをも説明しない。何の激情をも伝えない。だが、それは、果して無意味な動きであっただろうか。

しかし、考えてみると、これは平凡なことであったかも知れない。東洋の南画家は、何故真っ直ぐな柱の代りに曲った柱を描き、何故樹幹や土坡の間に、非説明的な点を落さなければならなかったか。もちろんこれは画面にリズムを加え、調子を与えるための、純絵画的手法であっただろう。リズムといい調子というのは、形像以外の要素であり、絵画の構成には、形像と共に不可欠の要素であったに違いない。

セザンヌの裸体の各個の動きは、直接観る者に激情を与える前世紀の絵画の動きではなくして、実は画面の他の裸体に呼びかける動きであった。画面から垂直の方向にではなくて、画面のうちに終始する、いわば真の絵画的動きであった。ここに裸体は個々の形像でなくして、初めて一個の裸体群となる。構成ということの真の意味はここにあるのであろう。セザンヌの裸体群、それは説明を絶した純粋な構成、いわば一つの音楽に比すべきものといえるであろう。もしこの態度を極端に進めると、こうした音楽的要素はますますはっきりと出てくるであろう。——カンディンスキー。

もっとも、裸体群像の如きものが、セザンヌの構成のすべてでは、もちろんない。あの非現実的な面の切り出し、呼びかける面と面との呼応による見事な構成は、彼の絵の至るところに見られるであろう。これが、セザンヌの絵の最大特徴であり、追随者への影響も、やはりこの点が最も大きかったのであろう。そして、この態度を極端に押し進めたものが、かの立体派にまで展開したのであろう。カンディンスキーといい、立体派といい、そこに純粋の構成のあることには疑いがない。構成があって何かが——写生が、そこに欠けている。彼らの絵には、絵画的構成があって、絵画がない、ともいえるであろう。

対照として、クールベを、たとえば彼の画室の絵を、もう一度想い起して見よう。各個の形像の驚くべき完成、しかしそこには構図があって構成は見えない。調和、諧調の如き消極的統一はあろうが、全画面を統一する積極的リズムは見えない。説明があって象徴がない。

セザンヌはクールベより出発した。そして、クールベの知らない、別の処に到達しようとした。彼の到達しようとした究極はどこであろう。

大徳寺の龍光院にある牧谿の柿の図は、写生を伴う構成の極致であろう。私はこの絵をセザンヌに見せたかった。

「水浴の人々」は、昭和一五年に出版された、高見沢版の「セザンヌ全集」第八二七図から採った。寸法は二〇八×二四九センチ。製作年代は一八九八年より一九〇五年とあるから、セザンヌの最晩年の作品の一つである。

ダブルヴィジョン

近頃アメリカの美術雑誌を見ると、ダブルヴィジョンという術語がときに出てくる。シュールレアリスムの視法（こんな言葉はないかも知れぬが）に関するものらしい。以前に雑誌「思想」で誰れかがベニス派の復興期《ルネサンス》画家ジョルジョーネの風景中に、突如として裸婦の出現している独特の画面を指して、ダブルヴィジョンとはいわなかったが、同様に画家の一種の幻視をもって解していたのを読んだことがある。ジョルジョーネはシュールの元祖かも知れない。しかし白鷹居収蔵品中「雪信《セッシン》」と落款ある一幅には、真山水の中に一羽の鳩が大きさの比較を絶して花鳥画風に描かれている。私はこれを得たとき直ちにジョルジョーネを想い出したのであるが、室町の宋元風画家中にもダブルヴィジョンの持主のいたことがこれで知れた。日本のシュールの元祖は雪信であろう。

岸田劉生

ファン・アイクやデューラーの如き方法は、風景画の発生以前に跡を断った。岸田劉生はそれを風景画に用いた。岸田劉生の風景画は世界絵画史上ユニークなものであり、独特の美をもつものである。岸田劉生はファン・アイクやデューラー時代の人々がそうであったように説明的傾向の強い人であった。彼《か》の時代の人々が時にアレゴリーをさえ使用した位のものでなくて、劉生は画面に文章を加えたことさえあった。しかし、岸田劉生は風景画をすすめていくうちに、遠方の緑はただの緑であって何物をも、松をも橋をも説明しないことを知った。これは人物や静物とは少々勝手の違う所があった。風景に取組んで写実を進めていくとクールベからセザンヌへ進まなければならない。かつて彼の罵倒した印象派以後の画風に彼の作品は近づいて来た。彼は油絵に興味を失って、日本画の筆をとった。

シュールレアリスムのアナクロニズムとその将来

画面に説明的要素が必然のものであった時代に、その説明を（或いはその説明の幾分を）拒否した画家もあった。前に挙げたジョルジョーネなどにそれがある。説明の世界での有説明と無説明の対比である。これは人情界における有情と無情の対比に等しい。印象派以後、人々は説明の世界を脱して非説明の世界に入った。これは、漱石の『草枕』にいう非人情の世界に等しい。一つの弁証法的発展が遂げられたのである。シュールレアリスムは印象派への反動だという。が、非説明の世界からまた説明の世界へ逆戻りした。そして説明を拒むのである。非説明から無説明、これは非人情から不人情へ戻ったに同じい。シュールはこの点で印象派に対しては何の弁証法的アンチテーゼもなさない。一のアナクロニズムである。しかし近代のシュールがジョルジョーネと異なるところは、それが印象派以後のデフォルマシオンの手法に拠る点にある。今のシュールは岸田劉生の風景のごとくアナクロながら独特である（美しさの点は別として）。しかし発展すれば、説明界を出て純粋にデフォルムの世界に出ていかなければならないだろう。今さらそれがいやだとあれば、岸田劉生のごとく筆を捨てるより他はない。

羊の絵

日本にある羊の絵で一ばん古いのは、正倉院のロウケツ染の屏風にあるものであろう。しかし、これはシナ製のものであるから、日本画とはいわれない。

その次に古いのは、法隆寺にある星曼陀羅である。これは藤原初期のものとされているが、日月星辰を図案化した、美しい曼陀羅である。その中に黄道十二宮の星座を、その名に応じた絵で描いており、白羊宮、すなわち、西洋人のいう「アリエス」には、羊が描かれている。星曼陀羅は法隆寺以外にもあり、讃岐の道隆寺、山城の久保田寺のものなどが有名である。長門の見島の讃岐坊にも江戸時代のものが一幅あった。

法隆寺の星曼陀羅についで古いのは、大和の達摩寺や高野山の涅槃像の羊である。オシャカさまの死を嘆く諸動物の中に羊がいるのは当然であろう。涅槃図はその後も各時代に作られている。

平安朝末期のころのものと思われる、山城高山寺の鳥獣戯画巻には、羊のりっぱな素描がある。

桃山時代になると、羊を単独に描いた名画が現われる。有名なのは京都の東福寺の杉戸にかかれた狩野山楽のものであろう。

しかし、『列仙伝』の黄初平の故事を描いたものは、足利中期のころからある。黄初平は晋代の丹谿の人だとある。羊飼いの子供だったが、一五のとき道士に逢い、四〇年間修業して仙人になった。兄がたずねてきて、山中で相見る。あたりに羊がいないので、兄、ふしぎに思い、「羊をかっているということだったが、羊はどこにいる」ときく。初平「羊は山の東側にいる」。山東へゆくと、羊はいないで、石がごろごろしている。初平、杖を挙げて叱咤すると石みな起きて羊になる、という話である。私はかつて小倉の平尾台のカルスト地帯を見たとき、この話を思い出した。中国にもそんなところがあり、そこからこうした物語も生まれたのであろうと思う。

それはさておき、この黄初平が、杖で石を打って、石が羊頭を得て半ば化生している図は、日本画家にも好んで描かれた。有名なのは河瀬家所蔵の雪舟筆。柳沢伯爵家にも雪舟筆の屏風があった。京都妙覚寺には狩野元信筆の三幅対があり、郷男爵家には啓書記筆のものがあった。円山応挙の作は、松本双軒庵の収蔵品中にあったが、今は誰れの有に帰したであろうか。東京博物館には渡辺始興、前田侯爵家には狩野尚信の作品があるはずである。新しいところでは、第一回院展の出品に小杉未醒のものがあったのは、今なお記憶する人もあるであろう。

しかし、以上の日本画に見える羊はたいてい山羊の形であり、綿羊らしいものは見えない。普通にはヤギを、日本人はヒツジといっていたのである。綿羊が日本に入ったのは、江戸中期のころである。

V

心にかかる峯の白雲

心にかかる峯の白雲——佐川田昌俊伝

一

「鳥の翅、兎の脚、をよび（拇指）を弾《はじく》よりも速なり。六十年は粟炊間《あはたくあひた》にミてり。我身に老のいたるをはしらて、あなはかな、人の上のみかなしみて物忌《いま》れしけるこそ、いとも〳〵はつかしけれ。

鏡のうちにつもれる雪におとろき、かほによせくる波の立居にも、忘るましきハ死ぬてふ道なり。皆人の知りかほにしてしらぬかなといさめられしもまことなりける。末の露もとの雫《しづく》、みなおもふにたかへり。松花堂上人我にさきたてり。抑《そもく》、迷悟二ならす。是より見れは、さとるへき事もなく、迷ふへき道もなし。たゞ理趣分明なる、是を悟といひ、こと（わ）りしらぬ、是をまよへるといへり。理趣明らかにして是をみれハ、無常も常恒も二つならす。たれも眼をつけてみよ。無我の大我なれハ十方世界我なり。我なきときは天地も破れ失《うしなはれ》ぬ。しかれハ我と天地と二つあらす。あたし野の露むすひもあへす。鳥部山の煙間《ひま》なくたてり。是なん常恒なる。何か無事といはん。爰《ここ》に至尽四大、ふくろやふれて空《くう》にかへらむとす。化城は大聖の遺教なり。それに心を得て、しばし憩《いこひ》なんとおもへハ、此《この》山のふところに入《いり》て、方丈なる草廬を結ひ、不二山黙々寺と号す。言ニ《いふは》黙不二ニ《と》所以あれはなり。心外無別法といへり。他に求《もとむ》へき仏な(く)、自《おのれ》に行すへき道なし。一なれハたれり。善正邪悪二ならす。生死不二。喜怒煩芥も二ならす。世間出世も二ならす。風雪穢浄一如なるを不二山とす。然《しかる》に此《この》問ハすかたり。浄名の杜口(ママ)にあらすといはれん。此《この》松花堂上人は我をしる人なり。をのれをしるものの為に誹謗を忘るるも道也。かの一世に希有の事多し。あたらことをなき跡にをしけ(消)たんもいと口惜《くちをし》。卞和か玉もみかゝぬほとハ石なり。理趣分明ならて誹謗あらす。言黙不二と□□されハ、あながちにしるしとめて、此草廬に残しおくと云爾。」

長くて大変煩わしいが、右は佐川田昌俊の『松花堂上人行状記』の序文に当る冒頭の部分である。この文章の意味は、既に「黙々」と号しつつも、かかる行状記を書き残さんとする矛盾に対して、善悪、生死、喜怒煩芥、世間も出世間も一にして不二なりとの立場から、その必ずしも矛盾にあらぬ弁を為したものと解せられる。しかし、単にそれだけにとどまらず、彼が名声の絶頂において、世を逃れて隠棲したその心境が、仏教的無常観に由来する諦観に在ったことを、この一文は明白に語っている。昌俊自らかく明白に心境を述べているのであるから、この間の消息に関しては疑いを挿む余地はない。林熊生の仮作中の一説の如きは勿論、採るに足りないが、同文の中に引かれた『耳袋』の疑いの如きも、もし編者が本行状記を見て居れば起らなかったわけであろう。ただし昌俊隠棲の原因に関しては、他にも一つの説がある。ところで、自分は近頃白髪がとみに増えたのを苦にしていたが、中身も大ぶ耄碌したと見えて、最近に見たその文献を見出すことが出来ない。しかしその内容はほぼ次のようであったと記憶している。昌俊の有名な「吉野山花まつ頃の朝な朝な心にかかる峯の白雲」という歌――後述するように、昌俊はこの歌で近世の三十六歌仙の一人とまで謳われるに至った――に類歌があるといってこれをおとしめたものがある。その古歌というのは多分『拾玉集』の「吉野山花まつ春の曙の心のいろをかすみにぞ見る」であったかと思うが、これは記憶違いかも知れない。とにかく昌俊はこのことを苦に病んで隠遁したというのである。もちろんこれもいい加減なこじつけであるに違いない。

昌俊の『松花堂上人行状記』はその文中に「ことし寛永十六年」云々の句があるから、松花堂の没年に書かれたものであって、松花堂の伝記としては最も貴重な典拠になっている（原本は昭和十一年重要美術品の指定を受けた）。この行状記で松花堂が牧谿を画法の宗としたこともわかるし、「膠水をひかず正紙に書した」画法のディテールから、その書道の源流も明らかにせられている。病歴なども初めて明白になったのである。

松花堂没年の寛永十六年には、昌俊は薪から三度八幡に出ている。三月には松花堂から昌俊を招いてその命のいくばくもないことを知らせ、自ら写した真言八祖の尊像を示して、結縁の深いことを語った。七月には昌俊の方から松花堂を訪れて、始めてその病気を知った。最後はその死後である。松花堂は九月十八日申の日の午后四時頃示寂し、二十二日に八幡山下の今の泰勝寺の墓地に葬られた。昌俊は「たれもたれも参る考妣の喪に異らすかなしみあへり」という言葉でこの行状記の筆を結んでいる（松花堂五十六歳、昌俊六十一歳であった)。

林熊生の小説に、昌俊が一度しか薪を離れなかったと書いたのは、だから、あれは嘘である。

二

寛永二十年八月三日、佐川田昌俊が死んだ時には、心友石川丈山もまた病床に在ったので往弔することが出来なかった。そこでその月の十五日に、丈山は挽詞及び小引を作ってその哀傷を表わした。いま便宜上、丈山の文集の中から書き下《くだ》し文に改めてこれを引く。

「佐河田氏、懸壺居士、諱は昌俊、小字は喜六、野州佐野の人也。勇悍激烈、殆んど智策有り。孫呉を師友とし、良平を腹心とす。守るに素倹を以ってし、接するに恭敬を以ってす。之を儴て当時の士大夫と、布衣の交を為すこと多からずとせず。初め石田氏の乱に大津城を攻むるや、先登して剣を被りて死に濱し、前哨の両隊、面のあたり諦視す。放牛の後、永井右親衛に事へ、駿の公府に在り。右親衛一日吾儕二三子を招き、従容として余に謂って曰く、彼、歌に豪にして、学に志あり、幸ひにして子の好逑たりと。輙ち居士をして接伴せしむ。是より後、書剣の間に談倧し、禅律の場に招揺す。往来親串、離合転斡、凡そ三紀を過ぐ。右親衛已に卒す。相継ぎて門子信州の牧に事へ、居を淀城に移す。巳卯の歳、疾を称して致仕し、城南薪里に逋竄す。宅を捨てゝ寺と為し、名づけて黙々寺と扁す。曼衍放曠、襟情の適く所に従ふ。或は定家の清雅を挹み、或は宗祇の余潤に漱ぐ。而て歳月を消磨し、淵静を山林に抱く、豈に夫の夸毘子と日を併せて語る可けんや。積痾瘳ゆるを得ず、今玆に癸未八月哉生明を以って家に終る。翌日訃を承け愕然嘆駭し、慨然として揩涕す。余亦た蓐に臥す、往きて襄事を矙《うかご》うこと能はず、家吏をして代って之れを弔せしむ。烏嘑、生きては丹鶏の旧盟を修するに乏しく、死しては白馬の臨哭を闕くを惆む。哀愴の余、聊か其の素蘊を記して、以って挽詞の小引と為す。

六十五年過一生　白鶏入夢暗銘旌
為人守約崇曽子　与友締交慕晏嬰
軍旅功勲留戦跡　和歌唫弄惹佳名
秋風洒涙思前事　坐対似聞談笑声

寛永二十年仲秋望日

三陽逸士　石凹題書」

昌俊の伝の一部とその為人、また丈山との締交の事情が、これで判明する。昌俊について書かれたものではこれが最古の文献であろう。その没後僅かに十二日を経て作られたものである。寛文十二年九十歳で没した丈山はこの年六十一歳、昌俊よりは四歳の年下《としした》であった。

その翌年、これも昌俊と親交のあった林道春が、彼のために碑文を撰した。この碑は酬恩寺畔の昌俊の墓の傍りに今も建っている。亀趺状の墓石の上に丈《たけ》一丈、幅二尺ばかりの堂々たるものである。その撰文は羅山林先生文集の巻四十二に次のように載っている。少し長いが、例によって書き下《くだ》し文に改めて引いて見よう。

「佐河田壺斎碑名

佐河田喜六昌俊、姓は高階、高市《たけち》皇子六世之孫峯緒より出づ。承和年中、初めて高階の姓を賜ふ。其後省いて高と曰ふ。其の先は邑を下野国足利荘足次《あなみ》郷早河田村に食む。早或は佐に作る。故に佐河田を以って氏と為す。家伝に所謂、正平七年二月、大将軍尊氏、足利荘の大窪、生河、戸森、小口の四郷を高尾張守師業《もろなり》に賜ふ。是れ執事師直、師泰の族なり。貞治四年八月、義詮、高掃部助師義をして信州の賊を撃たしむ。時に高尾張守五郎を以って援兵と為す。基氏の鎌倉に屯営するに逮んで手書を賜ふ。采地故の如し。子孫昆弟采地を相分ち、其の家を立て、累世以って鎌倉に仕へて武名有り、鎌倉式微の時、去って潦倒し、州の佐野昌綱が許に赴き、佐河田村に居る。六七世を歴て昌俊に至る。

昌俊幼にして越後に往き、長尾家の士木（水）戸玄斎に荘内に依り、夙夜懈らず、之を養って子と為す。未だ弱冠ならざるに、昌俊をして三郡の訟を聴かしむ。議弁固《まこと》に当れり。玄斎倭歌の学を好む。昌俊側に在りて与り聞く。玄斎没して其跡絶ゆ。是に依って昌俊洛陽に赴く。慶長五年庚子の秋、大津攻城の時、昌俊先登し、槍を壁上に合せて奮撃し、左股を傷つく。其後永井右近大夫直勝、昌俊が名を聞て之を招き、屢々眷遇す。故に之れに従って駿府に居ること年有り。

十九年甲寅の冬、大坂の役、蜂須賀阿波守至鎮《しげさね》、直勝が営に来りて、穢多ヶ瀬を攻めんと欲す。議して曰く、九鬼長門守兵を城の側に進む。其の城を去ること幾許、且つ此より城に至る途程の数、沼川の深浅、誰をして往きて之を見しめん乎と。昌俊進んで曰く、我れ請ふ、往きて之を見んと。直勝之れを叱す。昌俊頻りに請ふ。直勝之を許す。昌俊乃ち葦原沼川を渡り、迫って城畔に到り、九鬼が兵と互に其の言を通じて帰る。詳かに其の程数と、深浅とを述べ、且つ言って曰く、九鬼が兵彼に相持すこと明日に至るを得ざるなりと。直勝又た之を叱す。少《しばら》くありて九鬼曳き去る。且つ水陸の算、皆な昌俊が言の如し。至鎮酒を挙げて、甚だ之を感労す。

元和二年丙辰、直勝家を江戸に移す。昌俊従ひ行く。直勝禄せず。令嗣信濃守尚政、昌俊を遇することと益々渥し。人多く之れを敬す。

寛永十年癸酉の春、尚政台命を奉して下野国古河城に改め、封を城州淀城に増す。昌俊亦た江戸より相従ひて到る。

十五年恙に嬰《かか》りて致仕し、家事を子俊甫に委ねて、一第を薪里一休蘭若の側に結ぶ。扁して不二と曰ひ、榜して黙々と曰ふ。常に山水を愛し、晨昏茶を煎じて雲林に優游し、以って病軀を養ふ。二十年癸未八月三日、病みて没す。享年六十五。即外懸壺と号す。

初め飛鳥井亜相雅庸、駿府に来りて、昌俊の詠ずる所の倭歌を見て、以為へらく、其中に秀逸ありと。帰り奏して後陽成院の乙覧に備ふ。旨あり曰まはく、此の如きの歌、武夫の口に出づ、奇なる哉と。或とき法橋昌琢に問ひて曰まはく、当時連歌を能くするもの誰そや、と。幾《いくば》くありて答へて曰く、鎮西に某甲あり、坂東に昌俊ありと。是に由って之れを視れば、啻《ただ》に玄斎に聞き、昌琢に談ずるのみにあらざるなり。平生勤むる所の然らしむるか。且つ又た、人の本朝近世の兵覧を問ふ毎に、即ち善く対へ流弁猶今見るが如し。其の余の行業、以って殫述し難きなり。

余と久要あり。晤語する毎に日暮れ夜深きを覚えず。昌俊淀に向ひ、余東武に留る。雁去り燕至り、書信絶ゆるなし。一旦訃を聞く、哀涙泉の如し。終天の別、之を奈何《いか》ともするなし。秋冬の交、官事ありて、余洛に入る。俊甫恵来し、寒温已て告げて曰く、昌俊を山中に葬る、請ふ之が為めに碑銘を為《つく》らんことを。友人丈山翁頻りに之れを勧む。俊甫亦た屢〻求めて已まず。余心に之れを許すも未だ果さずして、仲冬江戸に帰る。益〻請ふて措かず。至哀文なしと曰ふと雖も、然れども義黙する克《あた》はず。遂に之れが辞を為し、之れに系るに銘を以ってす。銘に曰く、

高氏派を分って、佐河田と曰ふ。乃祖武を励まし、名を東辺に顕はす。黙々に至って、城を攻め、先を争ひ、左股に夷《やりふ》れて、猶能く周旋す。駿府に江府に、日夕勉旃し、主に淀に従ふ、恩着懸々。漸く痼疾に嬰《かか》り、致仕するや、決然、薪の里の畔、水石の前、草茅一宇、歌詠幾篇。秋菘茹《くら》ふ可く、春茶自ら煎ず。造化戯れを為し、其の天年を終ふ。孝子血に泣き、交友酷《はなは》だ憐む。爰《ここ》に行業を述べて、後世に久しく伝へむ。

寛永二十一年申　月　日」

これを、前の石川丈山の小引に比べると、昌俊の伝としてはやや詳しいが、昌俊の為人を描く点では、却って丈山に一籌を輸するもののようである。同一事を記して重要な点で両者筆を異にする箇所が二つある。丈山は昌俊致仕の年を「巳卯の歳」としている。巳卯は寛永十六年である。しかるに道春はこれを寛永「十五年」としている。『松花堂上人行状記』の記事などから察して、明確なことはいえないま

でも、どうも十五年致仕説の方が自然に感ぜられる。後の昌俊伝記者も皆それに従っている。次に丈山はその致仕の理由を「疾を称して」となし、道春は「恙に嬰りて」或は「痼疾に嬰りて」といっている。道春は官学者として、表面の理由をそのままに取扱う必要があり、野に優游した丈山にはその必要のないままに、真相を記したのであろう。「称」と「嬰」とは一字の差ながら、在官、在野の学者の態度の差をはっきりさせている。

両者の筆の一致していて、やや疑わしいのは「佐河田」の「河」字である。漢文を綴る者は往々にして「川」を「河」と改めるような変な癖がある。明確な記憶は失われたが、昌俊自筆の署名には「佐川田」とあったようにおぼえている。太田亮の『姓氏家系大辞典』にも「川」になっている。日本の地名としては「早河田」は無理であろう。この姓は上野国邑楽郡の早川田(一に佐川ノ田)の地名から出たのである。

しかし昌俊の姓に関しては、後世の耳学問の随筆家は随分といろいろな字をあてている。まず伊藤梅宇の『見聞談叢』を始めとして、根岸守信の『耳袋』、土肥経平の『風のしからみ』などには「坂和田」に書いている。神沢貞幹の『翁草』では一所では「佐川田」、一所では「坂和田」、また一所では「佐賀和田」と記し、滝沢馬琴も『燕石雑志』では「佐川田」としていながら、『羇旅漫録』ではやはり「坂和田」とやっている。ひどいのは、文献を忘失したが、「酒匂田」としたのもあった。しかし、統計をとってみると「佐川田」が一番多く、そして「佐河田」は丈山と羅山との二人位のもので、古いものには、同じく儒者であった山本北山の『孝経楼漫筆』以外には見えない。

三

佐川田昌俊の伝としては、右にいう通り石川丈山と林羅山の二文がその大宗であり、両人ともに昌俊と交友あり、かつその没後、一は僅か旬余日の後、他は一年のうちに綴られたものであるから、これらの二文が最も尊重すべきものであることは疑いのないところである。昌俊に関する後世の伝記も率ねこれを出るものがない。新井白石の『白石先生伸書』巻四、伴蒿蹊の『続近世畸人伝』巻一、その他現代の人名辞典の類、皆しかりである。『大日本人名辞書』佐川田昌俊の項には、他に『近世人名録』、『思ひよる日』、『茶人茶伝全集』を参考文献として挙げているが、これらの書物を見る機会を自分は未だもたずにいる。しかし、これらの書物に拠った『人名辞書』の記事は、今もいう通り、羅山の碑文以上の資料をなんら含んでいない。ただ本誌別処の拙稿（落穂集）中に挙げられた『見聞談叢』巻五に初見する昌俊の逸話が加えられている位のものである。そして、これは既に蒿蹊の『続近世畸人伝』の文中にも織り込まれている。本稿を完備させるために、重複を厭わず、『談叢』の記事の全文を左に引くことにしよう。これは元文三年の交に執筆されたものとせられているから、昌俊没後約一世紀の記録である。

「永井信濃守尚政侯の家臣坂和田喜六は、里村昌琢法眼に従ふて連歌をならひ、その道に長ぜり。道春子へもしたがふて文学を能し、尤も七書などもよく暗誦し、射御の芸をもつとめて、日をむなしくおくらず。永井家にて政をもあづかりきゝしが、侯の江戸留守に、家中の士逼迫して、喜六によりて金銀をからん事をねがふ。喜六侯へも告げずして、年来たくわへおける金銀をとり出して、千貫目かして、家中の士をすくへり。侯江戸より帰りて、喜六の右のしなをつぐ。侯いかりて、かすとも何ぞわれにつげずして、なんぢわが儘にかしつるぞと責められければ、唯今臣をせめさせらるゝ御志にて候ゆへ、申しあげばとてかせとはあるまじと兼て存じ候。申し上げて御免なきをかし候へば、御意にもとるのおそれあり。又御意をまもりてかし候はずば、諸士いよいよひっぱく仕らん。京銀をかりて過分の利足を出し、商人に利をとらせて、益なき事に候。御蔵に金銀をつみおかれ候は、軍用公用のために候。諸士のひっぱくをすくひ、人馬をもへらさず、知行役の格をめで候こと、軍用のもとゐに候。これ公方の御為に忠義の御つとめの専一なれば、公用これにすぎたるはなく候。且つ御蔵の金をとり出し候ひても、一分一厘もへり候ことにあらず。十年の間には、もとの如く返しおさめ候。是、上に小損なくして、下に大益あり。下に大益ありて、諸士忝《かたじけな》しと存するは、畢竟上の大益に候。これを以って、たとひ身のとがをかふむるもと存じ、かく申たるに候。外の御用人はさらに不レ存候。臣一人の所為に候為、いかなる罪にも仰せ付られ候へと云へば、侯も理におれて、いかりをふくみながら、さてやみぬ。」

「唯今臣をせめさせらるゝ御志にて候ゆへ、申しあげばとてかせとはあるまじ」予て存じていたから、私に裁量したのだ、という昌俊の返事は、随分と思いきった言葉である。昌俊よりは八歳の年少であった尚政は、「怒《いか》りを含みながら、さてやみぬ。」ということになったのであるが、これはかねがね昌俊を非常に尊重し、重用していたからであろう。

さて、この『見聞談叢』の一文を手写している間に、卒然と読み下している間には気づかれなかったことに思い到った。それは、これは一たいいつ頃の出来事であろうか、ということである。尚政に仕えた後のことであるには違いないが、昌俊が尚政の扶持を受けるようになったのは、尚政の父直勝の没した寛永二年十二月以後のことである。そして、寛永十年、尚政が淀に移封される迄は、昌俊は恐らく江戸の藩邸に在ったものと思われる（当時の尚政の居城は下総の古河であった）。しかし、右の逸話の如き振舞いの可能であるのは、彼が城代の如き地位にある必要がある。これは恐らく淀に移封された後の出来事であったであろう。そのことを証拠立てる文字も、右の『談叢』の記事の中に見えている。「京銀を借りて、過分の利足を出し」と昌俊がいった、とある。京洛の商人と交渉することを得た地理的状況の下に在ったことがこれでわかる。

昌俊は寛永十年淀城に移り、十五年薪の里に隠退している。彼が淀に在った期間はそんなに永いものではなかった。のみならず、自分は次の如き文献のかつてあったことを、太田南畝の『一話一言』によって知った。その巻の四に、「佐川田喜六和文」という見出しで、

「友人十千亭の主人、佐川田喜六がかけるものをうつせるとて、もて来り見す。〔喜六は永井信濃守尚政の臣なり。号懸壺居士、薪里黙々寺に居れり〕

壺斎韵人者、予耐久也。以故、寓止有レ年二于茲一矣。今春余寒花較遅之節、帰二東関一。卒賦二一拙一、掲以送二厥行色一

笑擲

引レ人易又遇レ人難　欲レ送欲レ留心両般　洛下縦然背レ春去　士峰残雪作レ花看

世にたづさはる身は心にまかせぬものにて、都の春に四か二の年住なれし家をもすてゝ、関のひがしへ旅立なんとする日、けふあすのほどにて花のなごり人のわかれ、心あはたゞしきおりしも、江月禅師われになごりあるみこゝろをあらはし給へるこがねのおほんことば、玉をつらぬるからうた（唐詩）、みて（御手）をくだしてをくりたまへるおほんいつくしみ、山ならんか、海ならんか、むくはんよすがなさに、いたづらにやみなんもほいなければ、むばらからたちにことならぬやまとうたたてまつりぬ。たうとき韻をおはりにをきぬ。そのおそれすくなきにあらず。とまれかうまれ、うちにうごく心の、ほかにあらはれたるとのみ、おぼしやり、つみゆるし給はゞ、はやく丙丁わらはにとらせたまへと、あふぎいふならし。

昌俊再拝

九重の花にのこして　わかるれば　こゝろなき身の　なにをかは看む」

とある。すなわち都に数年間住して、春寒の頃関東に帰らんとする佐川田昌俊に、大徳寺の江月和尚が一首の七言絶句を餞けした。これに対して、昌俊がその慈愛に感激の言葉を述べ、漢詩に対して和歌をもって韻を押して酬いたのである。

右のうち昌俊作の和文の冒頭に「世にたづさはる身は心にまかせぬものにて」とあるのによって、昌俊は京洛を去って帰東することを心に欲しなかったが、勤めの身の致し方なく都の花を見すてるのだという感懐を知ることが出来る。彼は尚政の命により、淀城代の役を解かれて江戸の藩邸に移されたのであろう。次に「都の春に四か二の年住なれし」とあるのは、「四か二」の文字が甚だ解し難い（『日本随筆大成』本)。「四とせ」の誤記とせば彼は寛永十年から十四年(或いは十三年)まで淀にいたことになる。しかし「四とせの年」はどうも拙い。文字通りに「四年か二年」というぼかした言いまわしだと考えても、十五年の隠退の直前まで淀にいたのではないらしい(だからこの点で林熊生の小説は出鱈目である)。即ち彼は一度——恐らく寛永十四年か十五年のころ——淀から江戸に帰った。十五年の隠退は、江戸を去ってかねて心に期していた京地の片ほとりに退ったのであろう。すると、『耳袋』の話も辻褄が合ってくる。その文言は次の通りである。

『耳袋』巻四、「隠逸の気性の事。坂和田喜六は、大猷院様御代迄は世に徘徊せしが、其頃諸家にて文武両道の達人を吟味して、諸家に或は一人、或は二人と調べありしが、其頃公にとも専ら御評議ありて、文武の達人といへる、佐川田喜六なるべしとの上意にて、永井家を召され、その家来坂和田は文武の英才なり。眼をかけ遣ひ候様にとの御意故、永井も大に面目を施し、立帰りて早速喜六を呼出し、今日斯々の上意、誠に其方のかげにて、家の光輝をなしぬ。と、殊の外悦び申されければ、喜六是を聞きて、未練の者をかく御褒揚ある事、有難き事なりと厚く悦びける気色なりしが、そのあくる日、いづ方へ行けん。妻子にも申聞けず、家財家宝を捨て置き、遁世なしけるとなり。如何なる所存有りけるや、一時の英名あれば、又偏執の誘り有りて、却って英名をおとす事もあらんとの心なるや。」

とりとめのない聞書きであるとの理由をもって、この話の真実性を疑うことも出来るであろうが、林熊生の小説中にも仄めかしているように、将軍家光が、昌俊の文才を賞でたであろうことは、次に掲げるような資料からも証明が出来る。この一幅は、昭和九年の藤田男爵家の売立品中に呼び物の一つであ

徳川家光自筆和歌色紙

った、家康、秀忠、家光三代の真蹟の三幅対の一つであり、家光筆のこの色紙の「吉野山」云々の歌は、実に佐川田昌俊の作であった。

故に、『耳袋』の記事のような事実は、充分あり得たのである。また恐らく事実あったのであろう。彼は名声の絶頂に、飄然として世を捨てた。『耳袋』の著者と共に、もう一度「何故だろう」と疑ってみなければならない。

〔補考1〕　前掲の道春の「佐河田壺斎碑銘」を注意して読み返すと、「昌俊淀に向ひ余東武に留る。雁去燕至、書信絶ゆるなし。一旦訃を聞く」とあるから、道春は寛永十年以来、その訃音に接するまで、昌俊と会わなかったようにみえる。このことは昌俊が関東に帰ってから、隠遁するまでの期間の、比較的短かったことを示すのではあるまいか。昌俊が淀を心ならずも去ったのは、或いは寛永十五年の早春であったかも知れない。そして、その年のうちに、また江戸を去ったのであろう。それも詩文の師であり、友であった道春に、久闊を叙す暇もないほどの短い江戸滞在であったかも知れない。江月和尚はこの年の三月六日から、松花堂と同道の大和路の旅に上っている（松花堂自筆本『仮名芳野道之記』）。江月が昌俊の帰東を送ったのは「余寒花較遅之節」であるから、江月は昌俊を送ると、直ちにこの旅程についたのであろう。

そうすると、昌俊は足掛け六年淀にいたことになる。『大猷院殿御実記』巻廿二によると、永井尚政が下総の古河より山城の淀（十万石）に移されたのは、寛永十年三月であった。昌俊も恐らくこの時に淀に移ったのであろう。遅くともそれは七月以後ではなかった。「松花堂茶会記」によると、「寛永十年六月廿九日朝」の茶事に板倉周防、小堀遠州と共に永井信濃及び同姓日向守が招かれており、翌七月の二十九日には、江月和尚竹中筑後守と共に、永井日向と佐川田喜六が招かれている。因みに永井日向守というのは、信濃守尚政の弟直清であり、兄信濃守と同年同月に、山城勝龍寺（二万石）に封ぜられたのであった。

かくして、昌俊は寛永十年は少くとも半年以上淀におり、十五年は早春の頃までいたことになる。満四年と端数二年、即ち足掛け六年である。和文を綴るものはよく「十年あまり二つ」などという表現を用いるが、喜六の「四か二の年」は、或いは「四加二」という算術的表現でもあろうか。しかし他にそういう例を知らないから、直ちにそうもきめるわけにはゆかない。

〔補考2〕　昌俊が寛永十四年の歳暮まで、淀にいたであろうと推定させる文献を見出した。京都平瀬家に「松花堂筆什物目録草稿」と併せ蔵せられる「泉坊へ持チ行道具」なる草稿中に、「一、八丈嶋　一反　丑ノクレ　佐喜六殿」とある。泉の坊へ持ちゆく品物の中から、松花堂は八丈嶋絹一反を、丑年の歳暮として、佐川田喜六に贈っているのである。この丑年は即ち寛永十四年であるから、昌俊が関東へ移ったのは、十五年早春であったことが、これで判った。それが十六年の早春でなかったことは、十六年三月に、松花堂の召をうけて八幡へ出頭している（『行状記』序）ところから、判る。この時の江戸滞在が短期であったとはいえ、「早春」と「三月」との間の江戸往復はちと慌しすぎる上に、江戸に在るものを松花堂が召すことも考えられぬからである。

〔補考3〕　『大猷院殿御実記』巻三十八によると、寛永十五年八月六日、永井尚政は品川の御殿で家光に献茶をしている。もちろんそれまでに、『耳袋』に記すような台命を受ける機会が無かったとはいえないだろうが、昌俊の武名と文名を併せ知っている家光が、その主人なる尚政によって茶を呈せられる場合、話題として昌俊の名の上らないことはないはずである。『耳袋』の記事に幾分の真相ありとせば、将軍が尚政に向って、喜六に眼をかけ遣すべしといったのは、或いはこの時であったかも知れない。その直後に、喜六が遁世したとせば、彼は早春の頃から、仲秋にかけて、最後の江戸生活を味わったことになる。――恐らく非常に味気なく。

〔補考4〕 先に、昌俊が、主人尚政に無断で在庫の金銀を諸士に貸与した逸話に関する記事を、伊藤梅宇の『見聞談叢』に初見するように誌したが、この話はすでに熊沢正興の『武将感状記』巻八に挙げられており、その本文も、殆んど『談叢』の記事と変りのないことを知った。繁瑣ではあるが、その本文は次の通りである。

「坂和田喜六庫を発《ひらき》て窮士を救ふ事。

永井信濃守尚政の家臣、坂和田喜六は、里村昌琢法眼に伴ひて連歌の道にも長じ、林道春法印に親みて仁義の理をも学び、尤も武家なれば孫呉の書を読み、射御の芸に遊びて、日を空しく送らず。其比政を与り聞きしが、信州江戸の留守に、家中の士逼迫して、喜六によって倉銀を借ん事を願ふ。喜六信州に申さずして、年来貯へ置きたる倉銀を取出して、千貫目かして、家中の士を救へり。信州江戸より帰りて、喜六かくと云ふ。信州怒って、かすとも何ぞ我に告げずして、汝恣にかしつるぞと責められければ、唯今臣を責めさせらるゝ御志にて候故、申さばとて、御許容あるまじきと、兼て存じ候。申して御許容なきをかし候へば、御意に戻るの恐れあり、又御意を守りてかし候はずば、諸士弥逼迫仕らん。京銀を借りて、過分の息を与へ、商人に利をとらせては益なき事に候。御倉銀を貯置かれ候は、軍用公用の為に候。諸士の逼迫を救ひ、人馬をも減らさず、知行役の格を立て候事は軍用の基に候。是公方の御為めに忠義を御務候の専一なれば、公用之に過ぎたるはなく候。且つ御倉銀を取出し候ても、分厘も減り候に非ず。十年の間には、本の如く返し納め候。是、上に小損なくして下に大益あり。下に大益ありて諸士忝しと存するは、畢竟上の大益に候。此を以って、たとひ身の科を蒙るとももと存じ、かし申たるに候。外の御用人はさらに存ぜず。臣一人の所為に候間、いかなる罪にも仰付られ候へといへば、信州も此理にをれて、怒をふくみながら、さて已みぬ。」

すなわち『見聞談叢』の記事と殆んど変らない。『武将感状記』は一名『砕玉話』ともいい、正徳丙申の序文がある。元文三年より古きこと二十二年である。梅宇はこの記事を、殆んどそのまま写しとったのである。

四

自分は本随筆の始めに、「黙々寺昌俊述」の署名ある、『松花堂上人行状記』の序文に当る一部を引用して、その、昌俊が隠棲に至る心境をよく語るものであることを述べ、その心境が、仏教的無常観より来る一の諦観に他ならなかったことを指摘し、併せて、『耳袋』の疑いの如きも、「もし編者が本行状記を見ておれば、起らなかったわけであろう。」と筆を走らせた。しかし、この一文の進行する間に、自分は自分の言葉の過ぎたる部分を一応撤回し、もう一度『耳袋』の著者と共に、昌俊の隠遁の原因を疑ってみたくなった。思うに、仏教的諦観の如きは、一の抽象の結果に過ぎない。これに達する前には、整理され抽象さるべき何らかの現実的原因がなかったとは理解し難い。根岸守信が疑いを向けたのも、恐らくこの抽象以前の現実に対してであったであろう。その現実的原因は、何であろうか。

昌俊は淀城の留守居の間に、主人永井尚政に無断で、在庫の金銀を諸士の間に分ち与えて、その貧窮を救った。尚政が、その越権を責めると、左様なお心故、無断で取り計らったのだと、却って主人をきめつけた。尚政は心中憤りを含みながらも、これを不問にした。『武将感状記』に初見する、これが一つの事実である。また『一話一言』に引く江月と昌俊との贈答の詩文によれば、昌俊はその後——恐らく寛永十五年早春余寒の交——主人の命により、淀の城代の職を解かれて、心ならずも関東に帰ることになった。棲み馴れた都に対する恋々の情が、その行間に切々と見えている。

自分はこの二つの事実を必ずしも連関なしとは考えられない。抑も昌俊の才幹を愛してこれを登用したのは、尚政の父の直勝である。尚政は父よりの貴重すべき遺産の一つとして、この老臣を享けついだのである。羅山の云うが如く始めに彼が昌俊を敬重したことは事実であろう。しかしながら敬重と理解とは、また自ら別の場合もあるのである。尚政は昌俊を敬重したに違いはなかろうが、直勝の場合の如き真の理解には達していなかったのではあるまいか。昌俊が前記の如き越権に接しては、いまは漸くこれを憚り忌む心を生じた。彼が昌俊に帰東を命じたのは、恐らくそうした心境下の処置であったのであろう。

山川の美と風雅の師友とを残して、昌俊は江戸に帰った。そこには索漠たる環境と家庭の煩瑣とが、彼を待っていた。加うるに主人尚政との間には、今は水魚の親しみは喪われていた。彼が隠棲を想う心は漸く熟し来った。その述懐の歌にいう如く、彼は心を西に残して、今は魂の脱けたような気持ちで、江戸の日々を過していたに違いない。決然として世を捨てるには、いま一つの、極めて些細な導火線に点火されるだけで事足る状態に在ったのであろう。その導火線は何であろうか。林熊生流の想像をこれに加えるならば、次のような場面を描き出すことも可能である。

仲秋とはいえ、未だ残暑の酷しい八月六日の夕刻、昌俊は尚政の前に召された。尚政はこの日、品川の御殿で将軍家光に茶を献じ、家光より、「其方の家来佐川田喜六は当今ならびのない文武両道の達人なれば、随分眼をかけて遣はせ」との台命を受けたのである。尚政は昌俊にこの上意を伝え、「まことに其方のお蔭で家の光輝をも増した」と非常な悦びであった。「未熟の者をかく御褒めにあつかり有りがたきこと」と、さあらぬ返事をして昌俊は御前を引き下った。しかし昌俊の気持は単純ではなかった。この日頃自分に対して嫌悪の心を抱くかに見えた主人尚政が、将軍家の一言で、今はまた自分をまたなき者のようにいい出した。彼は主人の胸裡に動いた世俗的功利の心に決して鈍感ではあり得なかった。「世にたづさはる身の」浅ましさを、まざまざとそこに見た。「そのあくる日、いづちへゆきけん、妻子にも申聞けず、家財家宝を捨て置き、遁世しけるとなり。」という言葉は、このような経緯を、その前に想像すれば、決して理解されなくはないのである。

右のように想像すると、昌俊は寛永十五年の早春二月の頃から、八月の初旬までは江戸にいたことになる。半歳の期間は、前にいうようなさほどの「短期間」でもない。旧師故友を訪う暇がなかったとは考えられない。彼がその間に羅山をすら訪わなかったというのは、或いは帰東以来、不満を心に抱いて、疾を称して引籠っていたのではなかったであろうか。後に引く羅山子の「寄佐昌俊」なる一文によると、「佐川田昌俊大人、久有無妄之疾」とあるから、或いはこの頃も事実病中であったかも知れないが、これをしも穿って解すれば、引退の以前からとにかく「疾を称し」ていたというだけの事実を表わすものとも、考えられるのである。

『耳袋』の記事に、「妻子へも申聞けず」とあるのを引いて、林熊生は大胆にも「その頃昌俊には妻はなかった」といっているが、これには何の根拠もない。昌俊は淀に在る間は独棲していた。江戸に妻が生存していたか否かは、判っていないのである。子は少くとも二男があった。柏崎永以の『古老茶話』上には、

「佐川田喜六 寛永七、八月三日卒六十五 山三郎正次 後改昌胤此子孫代々永井信濃守方に罷在候」


とあって、「山三郎正次後改昌胤」の名を挙げている。しかし、この記事は昌俊の没年も誤っているし、果して信用に値するか否かは不明である。通常昌俊の男としては、『茶人系譜大全』の喜六昌明と、山三郎昌盛との二人が知られている。いずれも永井信濃守の家臣で、石州流の茶人中川道茂の門下ということになっている。しかるに、林羅山の碑文には、昌俊の男と思われる者の名を、「俊甫」といっている。昌明、昌盛両人のうちいずれかの別名か、或いは両人以外の第三子であろうか。薪酬恩庵寺境の佐川田家墓地には昌俊以外に数代の墓標があり、いずれも俗名を記してあったから、これについて精査すれば真相が判明するであろうが、自分は今はその詳細を記憶していない。ただ記憶に残っているのは、そのうちに「喜六」の名を刻するものがあり、自分はこれによって、佐川田家には昌俊以外にも喜六を称する者のあったことを知り得た一事である。これは恐らく昌明の墓であったであろう。

その子孫は代々永井家に仕えたらしい。尚政の孫直円（『茶人系譜』に昌明、昌盛の同門にて、「和州新庄城主永井直養」とあるのは、恐らく同人の誤りか）が、後に大和新庄（一万石）に封ぜられたのち、その用人に

佐川田氏のあったことが、太田亮の『姓氏家系大辞典』に見えている。

さて、右の解釈に従えば、昌俊は寛永十五年八月のころ、江戸を去って、山城薪の里に退いた。山城薪といえば、なるほど江戸人の知識からいえば、まことに「いづちへ行きけん」であったであろう。しかし、薪は京師に遠からず、八幡に近く、また一歩東に出ればそこは大和街道であった。しかも、神奈備山の懐深く、意外にも深山里の趣きを具している。江月和尚に由縁の大徳寺とは深い因縁ある、酬恩庵もこの傍にあり、昌俊は夙に隠棲の地はこの処と、心に期すところがあったのであろう。そこにはかつて宗長もいた。彼が大永六年七月二十九日の宗祇年忌に「あさかほや夢路の花の一さかり」と詠んだのは酬恩庵門前の心伝庵においてであった。

五

佐川田昌俊といえば文武両道の達人ということになっている。しかし昌俊が武功を顕わしたのは、慶長五年の大津攻めと、大坂冬の陣の穢多ヶ瀬攻めの、前後両度の働きしか、知られていない。しかも、後者は、戦場の地理と敵情とを探って来たというに止まり、別に勇名を謳われる程のことではない。すると、大津攻城の時の働きこそは、彼が武名を決定したものといわなければならない。

この時城方は東軍の京極高次、寄手は西軍の猛将立花宗茂を始めとして、筑紫広門、毛利元康、久留米（毛利）秀包、南條中務等、総勢三万七千と聞えた。高次はこの大軍の猛攻を三昼夜に亘ってよく堪えたのち、寄手の和議を入れ、質を交換して城を開いた。関ヶ原の戦後、家康は開城を恥として固辞する高次を強いて召し、彼が小城に拠って西海の大軍の関ヶ原に到着するを数日の間阻んだ働きこそは、今次の戦争の第一の殊勲なりといって、これを厚く賞した。この三昼夜の攻防戦に、朝鮮陣に勇名をあげて、立花家にその人ありと知られた十時伝右衛門が戦死している。高次が麾下の勇将も殆んど生き残らなかった。そのいかに猛烈であったかは、この事だけでも判るであろう。

佐川田昌俊はこの年二十二歳の若武者であった。木戸玄斎が没後洛に出でたとばかりで、爾余のことは判明しないが、恐らくこの時浪々の身であったであろう。いずれの手に属したかは徴すべき材料もないが、先登して槍を壁下に合したとあるからは、寄手の勢に加わっていたことは確かである。瀕死の重傷を左股に受けながら、なお戦場を周旋した働きを、かほどの激戦中にあって「両軍の前哨、面諦視《あっけにとら》す《れる》」と石川丈山は記している。よほど眼ざましかったに相違ない。

だから、戦後に永井直勝が昌俊の勇名を慕ってこれを眷顧したというのは、かつて敵方に属して、味方を苦しめた士を招いたということになる。戦国の世にあっては、かような例は珍らしからず、とはいえ、直勝が生涯昌俊を客分として扶持するにとどめ、ついに知行を与えなかったのは、かかるところを慮っての、公家に対する遠慮から出たのではあるまいか。昌俊が禄を与えられたのは、直勝の没後、即ち寛永二年以後の事であった。尚政に至っては、もはや遠慮の必要を感じなかったからであろう。

元来永井直勝は、勇将であると共に、智謀の士であり、その性行は謹厳であった。関ヶ原戦後の論功行賞に際し、伊井直政、本多忠勝の両人は、その賜う所を少なしとして、未だ受けず、密かにその所懐を述べた。直勝は両人に向い、卿等は公（家康）の一二の世臣ではないか、禄を貪り、賚を科す人ではなかったはずだ。左様な鄙陋なことをいうものではない、それはいわゆる匹夫の論ずる所であって、将帥たるものの諍う所ではない、と論した。両人その非を悔い、大いに直勝に謝した。直政の如きは家宝の茶器を贈り、卿は実にわが信友なりとて、終生の交誼を求めている（『名臣言行録』）。直勝の謹直はかくの如きものであった。彼が昌俊の名を、生涯公帳に載せることをしなかったのを、公家に対する遠慮からであったであろうと考えるのは、右の如き性行より推定されるのである。

永井直勝はいわゆる三河武士で、徳川譜代の臣である。茲に不思議な暗合は、彼がはじめて武名を揚げたのも、昌俊と同じく二十二歳の時であった。小牧山の役起るや、彼は長久手の一戦に敵将池田勝入が首級を挙げて、勇名を轟ろかせたのである。文禄元年筑前名護屋の陣中、秀吉は家康の行営に到り、その左右に在った直勝を見て、彼は誰ぞと問う。永井直勝なりと答えると、秀吉、かの池田勝入が首を獲るものに非ずや、公の帳下にはかかる驍勇絶倫の士ありて、我をして羨望に堪えざらしむ、といった。秀吉は例の懐柔策を用い、文禄四年奏上して直勝を従五位に叙し、また豊臣の姓を与えた。直勝は迷惑そうな顔をしてそれを受けとると、そのまま棚の隅かどこかへ載せて、生涯使用しようとはしなかった。彼は公家に対して、どこまでも律義だったのである。

永井直勝が若年にして武名を謳われた点は、昌俊の場合とよく似ている。その二十二という年齢さえも、不思議と、よく一致している。しかし、直勝は勇将であるよりはむしろ智将であった。武臣というよりは謀臣であった。関ケ原の役及び後年の大坂陣においては、彼は東軍の軍奉行をつとめている。軍奉行といえば今の参謀総長に軍監を兼ねたようなものであっただろう。またその前後においては、家康の命により、細川玄旨法印に接して足利法典を研究し、これに取捨を加えて、徳川の法を制するに与って力があった。その制法の厳密、規模の宏遠、よく江戸幕府三百年の社会を維持して、近世文化の興隆の基礎をなしたものは、直勝が功に帰すべき点が少くはないのである。昌俊に眷顧を垂れた永井信濃守直勝とはこういう人であった。

直勝に招かれた後の佐川田昌俊の武功としては、大坂冬の陣における穢多ヶ瀬攻めの一件が知られているだけである。翌年の夏の陣における昌俊の働きについては、何事も伝えられていない。五月七日の合戦で、家康の旗下が崩れかかったことがある。『豊内記』によると、これは越前少将忠直の勢の必死の攻撃によって茶臼山を追い落された真田幸村の手のものが、旗下に突き入ったためだということになっている。しかし『東照宮御実記附録巻十五』には、この時の有様を次のように記している。

「さて其後、茶臼山へむかって静に押《おさ》せ給ふ所へ、庚申堂の辺にて、本多上野介正純が家人と、松平右衛門大夫正綱が家人と争論起り、鉄炮打合しを、敵かと心得て、御先手の者立かへり、鎗取らんとひしめくにより、四五百人ばかり御馬前になだれかゝる。君、かゝるときに長道具がいるものか、たゞ太刀打にせよと制し給へども聞入ず。追々後陣に崩れかゝり、永井右近大夫直勝が備へをはじめ、尾駿両宰相の御勢も色めき立ってしずまらず」云々。

これを、いわゆる「そうくずれ」だといっている。真相はいずれにしても、旗下が崩れ立ち、その崩れは当日の軍奉行永井直勝の備えにまで及んだことはたしかである。昌俊はその騒ぎの中で、一度は太刀打を覚悟したかも知れない。しかしまた、夏の陣では、直勝の男尚政が先駆して武功を表わしている。直勝は昌俊を尚政の手につけていたかも知れない。内輪だけの余談であるが、そのいずれにしても、昌俊が騒動の中にはいらなければ、林熊生の小説の発端は書けなかった。そこで彼は、『豊内記』の解釈に従って、昌俊を乱陣の間に置いたのである。

しかし事実としては、前にもいう通り、夏の陣における昌俊の働きは、何ら知られていない。冬の陣における功名すら、これは武功といわんよりは、むしろ、その思慮と機智を示す逸話とすべきであろう。昌俊が武勇は、まず若年の大津攻め以後には、これを表わす機会がなかったのである。それはその主人直勝が智謀の臣として常に家康の旗下におり、昌俊もまたこれに従っていたためであろう。

しかし、直勝は昌俊の武勇とはまた別箇の才幹を愛して、これに眷顧を加えていたのかも知れない。そしてその一つは後にいう如き彼の文事であったに違いない。さきの石川丈山の小引に見えるように、直勝は駿府に在る時、一日丈山等の二三子を招き、昌俊を紹介して、「彼は歌に豪にして学に志あり、幸にして子の好逑たり」といっている。その愛顧の情を見るべきであろう。昌俊がいま一つの才能は何であろうか。羅山の碑銘を見ると、昌俊が荘内に、長尾家の臣木戸玄斎に養われていた時、「未だ弱冠ならざるに、昌俊をして三郡の訟を聴かしむ。議弁固に当れり」といっている。昌俊は年少にして既に事理の判別に能を表わしたのである。丈山の文にも、「勇悍激烈」の一面に「殆ど知策有り」といい、また「孫呉を師友とし、良平（張良、陳平のこと）を腹心とす」という。羅山また「人本朝近世の兵覧を問ふ毎に、即ち善く対え、流弁、猶今見るが如し」と記している。昌俊もまた、知謀の士であり、古今の兵法に通じて、その知見を吐露するや、人をして瞠目せしめるものがあったのである。直勝が家康のためになした各種の劃策に、昌俊のかかる才能が全然利用されなかったとは断言出来ないであろう。地位と年齢を別としては、昌俊もまた一個の直勝であったといえよう。「守るに素倹を以ってし、接するに恭敬を以ってす」と丈山によって記され、「為人、約を守って曽子を崇び、友と締交して晏嬰を慕ふ」と謳われた、その為人も、また直勝の悦ぶところであったに違いない。その死に臨むや、嗣子尚政に命じて、これを渥く遇せしめ、信任重用すべきを命じたであろうことは殆んど疑い得ないのである。

尚政が昌俊を敬重せる状は、羅山子もこれを記している。淀の移封に当っては、これを城代として、帝城守護の枢要の押えを一任したところからもこれが察せられる。家にかかる老巧の臣あるを知って、幕府が始めて尚政にこの重要の任を課し得たのだと、想像されないこともない。淀城代の任命を受けると、彼は妻子を江戸に残して、単身これに赴いた。彼は先主直勝の没後は、その遺孤を托されたとの感想を、胸裡に抱いていたに違いない。果して、「主に淀に従ふや恩着懸々」と羅山子は記している。施政に見るべきもののあったことを表わすものであろう。

淀における昌俊の生活は、丈山のいわゆる「素倹」なものであったらしい。その文献を忘失してはなはだ残念であるが、自分はかつて次のような記事を見たことがある。淀在城中の佐川田（その書物には「酒勾田」とあった）喜六は、身のまわりに妻妾はおろか用人をも持たなかった。彼は一年間の入用をつもり、予め一定の銀子を伏見の町人何某に托して、衣食の用を一切弁じさせた。何某は翌日の献立を作ってこれを差出すと、喜六は已れの望むものにしるしを附してこれを返した。衣服は着古すとこれを何某に下げ与えて、常に新調のものを着けていた。

これを見ると、昌俊の淀の生活は、簡素ではあったが、貧寒ではなかった。その合理的処理、その方式の独創、そして簡素の裡に含まれたその気持ちのゆたかさ。武士の生活と、禅と茶道、そういうものが、渾然として彼の日常に晶化したもののような感じである。彼は生活の名人であったかも知れない。それは彼が歌道の名人であったということよりも、より強く自分の興味を唆るのである。

〔補考1〕 日置賢一の『国史大年表』元和三年二月五日の条に「永井尚政『東照宮遺訓』を作る」とある。『東照宮遺訓』はその跋に「此の書は慶長の末の頃、家康公駿御在城の時、将軍秀忠より、井上主計殿を御使者として被遣候へば、主計殿を数日駿府の殿中へ御留置、節々御前へ被召出、天下の政道御教訓被成候を、委細被承覚、江戸へ帰り、秀忠公へ被申上。其後主計殿、或人にひそかに委敷語り給ひしに、その人気性つよくして、聞ける処を不残しなし置たりし覚書也。」とある。元来筆者不明、時代もやや下るものと考えられていたものであるが、日置氏の典拠を知ることが出来ないから、正確にはいえないが、もし永井尚政の事だとすると、文中、これに符合する個条もなくはない。その本文の第十二段に、「家臣は奥平、水野、酒井、阿部、安藤、井伊、榊原、本多、内藤、鳥井(居)、大久保、戸田、石川、土井、青山、永井」云々とあって、「永井」の名は最後に置かれている。この遺訓が永井家のものによって書かれたということは、或いは事実かも知れない。日置氏の記事に併せてこの跋文をそのまま信ずれば、秀忠の臣井上主計からこれを聞いて書留めたものは、永井尚政だということになる。しかし、ここにまた林熊生流の想像を働かすと、この「気性つよくして」と書かれたものは、或いは永井家の臣佐川田昌俊ではなかったであろうか。尚政は家臣の手記を自己の名を以って発表したのだと考えられないこともない。丈山は昌俊がことを、「当時士大夫と布衣の交りを為すこと多からずとせず」といい、羅山は昌俊が「本朝近世の兵覧に」よく通じていた旨を記している。いずれも積極的材料とはならぬが、その中に想像を誘うものがある。しかしこの想像の妨げをなす資料もある。かの跋文の終りに「然るに旧稿の文理はなはだ鄙俚にして、疎謬多し。君子の観覧にそなへがたくして、永く世に埋れん事を恨む。故、予拙陋をわすれ、僭踰をかへり見ずして、しば〳〵稿を易て是を改正す」とある。今伝わるものはなるほど文理平明であって、元和の頃の偲はなく、後世の改稿のあとが歴然としているが、この「旧稿の文理――鄙俚、――疎謬多し」というのが、昌俊説の妨げになる。しかしそうすると、尚政説も或いは成立しなくなるであろう。尚政もまた文雅の趣きを得た人であったからである。いずれにしても、この遺訓と、永井氏との関係については、将来追考を要すと思われる。

〔補考2〕「小堀遠州茶之湯置合之留」によると、寛永元年九月二日の客に「永井信濃守」、同三日の客に「永井右近」の名が見える。寛永九年の「遠江茶之湯道具置合之留」には、正月四日の客に、江月和尚等と共に「永井信濃守」、正月八日の客に殆んど四日と同じ顔ぶれで「永井信濃守」、二月廿六日の客に、板倉周防守等と共に「永井信濃守」、の名が見える。即ち永井尚政は茶道にも相当の嗜みがあったことがわかる。のみならず、寛永十年八月以後家光将軍にしばしば献茶したことも、『実記』に見えている。「松花堂茶会記」に寛永十年六月、七月、と両度出席していることも前出の通りである。ただし、寛永初年や九年に、尚政が京地にいたとすると、十年六月の「松花堂茶会記」の記事によって、尚政淀移住の時期を知ろうとした、前記の方法は誤りであった。

〔補考3〕 永井尚政の茶事に関しては、織田主計頭貞置の『咄覚集』に次のような記事のあることが、森銑三の『典籍叢話』(昭和一七年、一六頁)に紹介されている。利休の孫に当る大茶人の千宗旦を淀に召したときに、侘のつもりで一汁三菜という質素な料理を出して失敗した話である。尚政はその頃、信斎と称していた。そして「信斎老」とあるからこれは晩年の話であろう。

六

佐川田昌俊の文事を論ずるには、まず歌道から始めるのが順当であろう。

林羅山の碑文によれば、昌俊は年少にして、木戸玄斎に和歌の手ほどきを受けたもののようである。この、木戸玄斎というのは、上野国邑楽郡木戸村に起り、『上野国志』によると、初め金山の配下にあり、後上杉謙信に属したとある。即ち昌俊の佐川田村とは同郡の出であるから、昌俊は郷党としての何らかの縁故によって、玄斎に養われるに至ったのであろう。しかし、玄斎の武名については、伝えられるところなきにあらず、であるが、彼の文事については、自分はまだ聴くところがない。玄斎は入道名であって、伊豆守忠朝という。また伊豆入道ともある。天正三年討死説、天正十三年自殺説などあるが皆疑わしい。天正三年は昌俊生年の天正七年よりも前であるし、天正十三年には昌俊僅か七歳であるから、いかに穎俊なりといえどまだ三郡の訟を裁判することは出来なかったであろう。別に天正十八年小田原陣の際、上杉の先鋒に木戸伊豆入道あって、国峰城を抜いている。恐らくこれが正しく、玄斎はその年以後にも、なお数年生存したに相違ない。天正十八年は、昌俊十二歳である。玄斎がいかほどの歌人であったかは不明であるが、その没後においては、昌俊は自ら大いに工夫するところがあったに違いない。羅山はこの間のことを「啻に玄斎……に聞くのみにあらず、平生勤むるところの然らしむるか」といっている。

昌俊が歌道を以って一時に喧伝されたのは、吉野山の一首によるのである。

吉野山花まつ頃の朝な朝な心にかかる峯の白雲

というのがそれである。

この歌が天聴に達して御感に預り、やがて民間に流布されるに至った事情についても、林羅山はその碑文に誌している。これによると、飛鳥井雅庸が駿府に来って、昌俊の詠ずる所のこの歌を秀逸なりとし、帰京ののち後陽成院の乙覧に供したのである。「此の如きの歌、武夫の口に出づ。奇なるかな」と御感賞あって、昌俊は無上の名誉を得た。のみならずこの歌は、後水尾院御撰の「集外(三十六)歌仙」の中に加えられ、昌俊はこの一首によって、近世の三十六歌仙に列することが出来たのである。上皇は親しく宸筆を下され、また歌仙の画像は狩野蓮長に命じて描かしめ給うた。

昌俊がこの名歌を詠んだのはいつの頃であろうか。飛鳥井雅庸は元和元年に没しているから、それ以前でなければならない。羅山が院号を正確な意味において用いたとすれば、後陽成院の禅譲は慶長十六年三月であるから、院の御感に預ったのはそれ以後のことであろう。慶長十六年から元和元年は、昌俊三十三歳から三十七歳の間である。昌俊は永井直勝に従って、その頃駿府にいたことはたしかである。待花歌の作は、その頃のことであろう。

この歌に関しては、別に興味ある伝説が伝わっている。神沢貞幹の『翁草』巻四に、

「○佐賀和田喜六。同頃、山州淀の城主永井信濃守（尚政後は信斎と号）登城有しに、御持被遊し扇に、御手づから歌を一首書かせ給ひしを、信濃守拝領して退出有り、家来佐賀和田喜六を召され、其方は日頃和歌に心を寄せ、風流を好めば、今日拝領の物を拝見させるなり。是は此頃の秀歌なりとて、都より御到来の由、則御自筆に遊し被下しと、彼の扇を見せ給ふ。喜六畏て押戴き拝見するに、

吉野山花待頃のあさな〳〵心にかゝる峯の白雲

喜六、泪を流して申けるは、扨々冥加に叶ひ、上聞に達し候段、身に余り有り難き仕合、生前の大幸、何事か是に増り候はん。此歌は、則ち愚詠にて候。富春中院大納言通村卿へ詠草を差上げ、御添削を奉願候ひし、此歌も其一巻の中に御座候由申して、則ち其の詠草を差出す。信州大いに愕き、此趣上聞に達せらるれば、尤も御感賞不浅となり。云々」

とある（異本には中院通村云々のことなく、「上方へさしのぼせ候」とある）。

これによると、昌俊は予て「待花歌」を中院通村に差出して添削を乞うていたが、これが近代の秀歌なりとて将軍家光に伝えられ、家光は扇面にその歌を手写して、永井尚政に与えた。家光以下いずれも作者の名を知らなかったのである。尚政がこれを喜六に示すに至って作者が知れ、喜六は家光の御感に

預ったという話になる。作者不詳の随筆『雨宮閑話』（一名『白川夜話』嘉永四年の序あり）巻の上にも、これとほぼ同様の話が載っている。但しこれにも中院通村云々の記事はなく、かつ最後に、家光が昌俊を召して「あつく物賜って、大切にすべき由、信濃守へ上意有りとぞ。」と筆を結んでいる。

これらの逸話は、話としては面白いが、もし羅山の記事が正しとせば、これは恐らく後世の仮作であろう。『雨宮閑話』の末尾は、『耳袋』の話の如きものから、転じてこれらの話の合成された痕跡を示すもののように見える。

古歌に類例ありとて、この歌を難じた者のあった話は、前にも記した通り、文献を忘失したので、詳しく紹介することが出来ない。

さて、川田順の『戦国時代和歌集』には、関ケ原役以後の部に昌俊の歌として、右の一首の他に、

ながめにはあかぬ箱根の二子山誰《た》が越す嶺のみ雪なるらむ

を挙げ、「百家説林によれば柳沢淇園の雲萍雑志に出づとしるす。云々。為念雲萍雑志を披見したるも見当らず。存疑。」とある。しかし疑うまでもなく、この歌は『雲萍雑志』巻之三第三段に引かれている。川田氏はこれを見落したのであろう（ついでながら、『戦国時代和歌集』の昌俊のいま一つの歌は「吉野山花さく頃の……」となっている。これはどうしたことであろう。この歌は古来「待花歌」として人口に膾炙したものである。「待つ」を「咲く」としたのでは、この歌の価値が、非常に狂ってくる。歌人川田氏に似合わぬ過失といわなければならない。『集外歌仙』にも、題は「待花」となっている）。

『雲萍雑志』の記事は、次の通りである。

「東野州佐川田喜六がもとへ、今日の御書翰に雪のことなきは、近頃遺恨に候。とある返事に、眺常ならず候へども、昌俊事は月花のみを格別にめで侍れど、雪はさほどにうかれ申さず候、人も乏しきものは寒がり、雪ふかき国にては吹雪にしまかれなどして死ぬるもの多しとあれば、悦びをどるほどにはなられず候。東路の旅に、由井といへるすくに宿りし夜、はじめて雪の降りければよめる。

ながめにはあかぬ箱根のふたご山誰がこす嶺のみ雪なるらん」

自分は雪にはさほど興味はもたぬが、詠めばこういう歌も出来るのだ、というところを見せたのであろう。よく調子のととのった歌である。初期の作であろう。

昌俊の歌の、今に伝わるものは決して多くはないが、拾えばまだ少しは見つかるであろう。神沢貞幹の『翁草』巻百五十四には、昌俊の歌十首が抄出されている。

浦立春　住吉の松の梢に音そへし波にもしるく春は来にけり　　坂和田喜六昌俊
浦　雁　天津雁こゝをせにとぞ鳴渡るおまへの浜の夕暮の空
浦　花　あまのすむ遠山さくら咲にけりよせてかへらぬ沖つしら波
浦杜鵑　住吉の浦風おもへ杜宇松に音するならひこそあれ
浦納涼　沖津波よせきて近き秋風にあかす長井のうらの松陰
浦早秋　あやまたず西より秋も立波の音こそかはれ磯《いそ》の松風
浦　月　今ぞ見る松の木の間の霧はれて月よりうかぶ淡路島山
浦時雨　染れども松はつれなき色はとて浦より遠に時雨れてぞ行く

浦歳暮　年くれて今一しほの哀そふ老をなすてふ住吉の神
　　むそぢあまり身を浮舟の和歌の浦によるべも知らで朽や果まし

以上の十首のうち浦立春から浦歳暮に至る九首は、浦の四季を詠んだ一連の歌であって同時の作であろう。また最後の一首もやはり浦にかかる述懐であり、同じく同時の作と見ることが出来る。すると、これらの歌は作者の六十余歳の作であり、薪隠棲後の歌なることが知れる。即ち作者の最も晩年の歌風をここに見ることが出来るであろう。またこの推定を証拠立てる資料の、別にあることを知った。高橋箒庵の『東都茶会記』第四輯下に薪里の住人吉川忠信氏所蔵の、昌俊自筆の歌幅に「詠十首和歌　不二山人昌俊」とあって、「浦立春」以下十首の歌の遺っていることが誌されている。即ち「不二山人」とあるからは、薪隠棲後の作なることが明らかである。ただしこの歌幅には、『翁草』の最後の「むそぢあまり」の述懐の歌がなく、浦立春の次に、

浦　霞　住吉の岸のむかひの春の月かすみに落ちて山の端もなし

の一首が加わっている。また、順序は、浦雁が、浦月と浦時雨の間に入り、四季の行序が、これで整頓されている。自筆本と『翁草』（日本随筆大成本）引用のものとの間には、字句の相異が多少あり、『翁草』本第一首の「音そへし」は自筆本「声そへし」、第二首「せにとぞ」は自筆本「せにこそ」、第三首「遠山」は自筆本「磯山」、第五首「長井のうらの」は自筆本「雲井の浦の」、第六首「秋も」は自筆本「秋は」、第八首「松はつれなき」は自筆本「松のくれなき」である。ただし自筆本の解読は高橋箒庵に従ったのである。右の異同のうち第三首の「遠山」は、明らかに「磯山」の誤りと思える。第八首の

「松のくれなき」は意味不明、恐らく「松のつれなき」が正確であろう。

昌俊の、松花堂を喪えるときの歌がいま一首知られている。『松花堂上人行状記』の終りに、小堀遠州より送られた、上人哀悼の歌への返しとして、「涙の内にこたふ」とあって、

ささたつをしらで馴れにし人よりも残るわが身ぞ今はかなしき

この一首は昌俊の歌の中では最も年記のはっきりしたものである(寛永十六年秋冬のころ)。

以上の十四首が、いま自分の左右の資料から蒐め得られた、佐川田昌俊の和歌の全部である。その数は甚だ多しとしないが、「吉野山」を比較的初期、「浦十首」を比較的晩期の歌と見て考えると、その詠風は前後を通じて、一貫して甚だ典雅である。堂上方の嘉賞に入るべき風情はたしかに具えているが、余りにもクラシカルに過ぎて、新味に乏しい憾みがある。これを試みに彼が雅友木下長嘯の「螢とぶなり秋風の上に」(『挙白集』)といったような自由な作風に比較すれば、その特徴は自ら明かであろう。惟うに初作において完成せる一作を発表し名声を博したものは、後年自己のスタイルを破ることは甚だ難事であるに違いない。初めの名声を落すまじとの努力は、自由な行きかたを阻むものがあったのではあるまいか。その名声の高い割合に、今日昌俊の歌の伝わるものの少ないのは、或いはそのためであったかも知れない。彼は寡作ではなかったであろうか。寡作であったとすれば、それは苦吟のせいであったのであろう。彼もまたエドモン・ロスタンの歎きを夙に味わったかも知れないのである。

〔補考1〕佐藤虎雄『松花堂昭乗』の中に、某年九月吉日、松花堂が彦根の岡本半助に宛てた書翰が紹介されている。中に仲秋の月を詠める自作の歌二首を記し、次に

「喜六同夜伏見にて

東にて草の末葉にみし月を

かけきや今夜《こよひ》ふしみのゝ露

長嘯公

月は二夜よしのゝ山のいもせ川

名に流れだるこのかみの空」云々

とある。即ち某年仲秋、昌俊は、松花堂、木下長嘯子等と、伏見において観月の歌会をしている。同じ手紙に「淀佐川田喜六と申す仁、程近く候之故、切々かたり申候」とあるから、松花堂と昌俊との交遊の初めの頃、恐らく寛永十年か、おそくも翌年の仲秋であったであろう。昌俊の歌にも東に引くらべて、京《みやこ》めずらしく想うこころが見えている。同じ夜、同じところで、同じ月を詠めた、昌俊と長嘯の歌とには、やはりさきに述べた、スタイルの対比のはっきりと出ているのが面白い。昌俊の遺詠は、これで十五首を数えることになった。

〔補考2〕『翁草』の、前記の逸話に中院通村の名が出てくる。通村は歌は父通勝に受け、細川忠斎の歌統をついだ著名な歌人である。また世尊寺流の書を能くした。寛永七年九月、明正天皇の即位の件に関し幕府の忌避に触れ、武家伝奏の職を免ぜられて、一時江戸に幽居したが、後宥されて帰西した。松花堂とは修好あり、しばしば八幡を訪問している。松花堂筆、通村賛の作品も世間に間々見ることがあるから（次頁図参照）、昌俊が通村に就いて歌の添削を得たということも無稽のことではないかも知れな

松花堂　宗祇像　通村卿歌

い。ただ、吉野山の歌と通村との関係は、道春子の碑記を信用すれば、否定されなければならない。
（右一幅、蜂須賀侯爵家旧蔵、宗祇は三条西、幽斎、中院の歌道の祖である。松花堂も歌は通村に就いて学んだものと考えられる）

七

落葉して風の色見る山路哉　　宗甫
ひらけば寒き霜の松の戸　　昭乗
有明は時雨し雲にもれ出て　　言当
泊りわかるゝ浪のうら舟　　昌俊

遠さかる春の海辺の天津雁　宗玄
永き日暮るゝするゐの真砂地　宗甫
帰るさの道は霞に隔たりて　昭乗
いづこの里にはこぶ柴人　言当
駒いはふこゑぞことなき山隠　昌俊
待袖をそき関のかたはら　宗玄
月はまた都の空もくらき夜に　宗甫
雲に折り〳〵かよふ稲妻　昭乗
むら雨の名残すゝしき秋の風　言当
露分けこほすすゐのまきはら　昌俊

右は高橋箒庵旧蔵の連句の一幅（『東都茶会記』、前出）である。箒庵によれば筆者は小堀遠州である。昌俊が里村昌琢に従って連歌を学んだということは、林羅山の銘からも察せられるし、『武将感状記』などにも記されている。また昌琢にその手腕を認められ、彼が勅問に答えて、「鎮西に某甲、坂東に昌俊あり」と称揚したことも、羅山子によって伝えられている（「坂東に」とあるからには、既に淀移封前に、名声をあげているものである）。

いま右の連句を見ても、五人のうちでは、やはり昌俊の句が抜群であり本格である。彼の連歌の教養は噂に違《たが》わず、相当なものであったことが証拠立てられているのである。

右の五人のうち宗甫、昭乗はいうまでもなく、小堀政一と松花堂とである。言当はこれも当時有名な淀屋个庵である。宗玄は何人であろうかと、高橋箒庵は疑っているが、これは遠州の茶室留守居の橋屋宗玄通称長兵衛であろう。『茶人系譜』には彼は遠州門下として、昌俊と肩を並べて記帳せられている。確かなことはいえないが、遠州と宗玄が共に連座しているところから見ると、これは伏見における遠州の邸で興行されたものでもあろうか。時は寛永十年の秋以後、十四年の暮以前の間であったろうとしかいえない。

昌俊が名をつらねた連句の幅は、いま一通知られている。朝吹柴庵旧蔵の、やはり松花堂より岡本半助宛の書状に、里村玄的のもとで興行された連句が書きとめられている（佐藤『松花堂昭乗』）。人数は玄的、个庵、昭乗、昌俊の四人である。

見はやすも幾世のけふを菊の秋　　玄的
塵をもすへぬ庭の朝露　　个庵
垣籠るのべのうす霧山かけて　　昌俊
月に男鹿の声幽し　　昭乗

昌俊の連歌の作品としては、今のところ自分は以上の二例を知るのみである。

昌俊の詩文の素養については、多く林道春に学ぶとのみあって、その詳細が知られていない。彼が道春と交渉のあったことは、羅山自身の文がこれを証している。碑銘に「余と久要あり。晤語する毎に、日暮れ、夜深きを覚えず」とあるから、その交りは永く、且つ深いものであった。道春が駿府において、家康の眷顧を得るに至ったのは、慶長十年である。両人の関係は、その頃より既に始まったかも知れない。昌俊が淀に赴いたのちは、その死に至るまで、両人は相見なかった。しかし「書信絶ゆるなし」の交りはつづいていた。寛永十六年の臘月、昌俊は薪の隠廬より一首の和歌を添えて、羅山に博山爐を贈った。羅山のこれに対する謝礼は、文集の巻四に収められている。その一部を書き下《くだ》し文に改めて引くことにしよう。

「佐川田昌俊丈、久しく無妄の疾あり。其の生を衛らん為め、世を避くること日あり。淀城を距《さ》る以南一二里許、巌栖谷飲、以って単豹を欺く。遂に小円屋を結び、号して黙々と曰ひ、自ら称して不二山人と曰ふ。薬する勿しの喜、以って待つべし。丈人常に蓄る所の緑甆香炉、象を削って以って蓋とし、繡を裁って以って裹む。宝玩久し。旧臘、余に寄せ、且つ倭歌を詠じ、之に副へて以って他後の信とす。之を誦するに、則ち相思の深高、士峯の如く、心を薫じて忘れざること、烟の絶えざるに似たり。蓋し情到れば則ち詞自ら到る。故に其意の詞に見《あらは》るもの是の如き耶。意はざりき其の芳烟散じて炉峯の雪となり、吾が簾裡に入らんとす。恵を荷ふこと軽からずして鎰金も啻ならず。厚意衮々、感刻兹に在り。……中略……無価之贈、何を以って之に謝せん。嗚呼五十三駅の之の皇州、七十五亭の之の故郷、地を縮むるに由なく、晤語期し難し。花気百和、雨簾同参、彼此緬《はるかに》懐ふ、以って奈何とかせん。唯冀くば勿薬の喜色、淑気和風と共に欣々然たらんことを。期する所、祝する所、它なきなり。倭歌の尾字を摘て、以って韻となし、一絶を口占して以って之に報ゆ。

遠寄一炉示相恋　心如螺甲沉水錬
篆烟雖結香火緑　猶憶東西隔山見
寛永庚辰孟春上浣」

即ち昌俊が、常に玩賞していた緑瓷の博山炉――漢代の遺器に間々緑釉の博山炉がある。或いは宋青瓷か？――に象牙の蓋を附し、錦繡で包んで、これを羅山に贈った。これに副えた和歌には相思の情の深いものがあり、羅山はこれに感激してこの一文を作り、和歌の尾字に韻を押して、一詩を作《な》したのである。時に寛永十七年正月上旬であった。両人の情誼知るべきであろう（羅山は昌俊に「無妄の疾あり」となし、その「勿薬の喜」を冀っているが、寛永十六年には、昌俊は三月、七月、九月と、三たびも八幡に出ている。九月の松花堂の歿後には、筆を起して、その行状記を書いているくらいであるから、いわゆる病人ではなかった）。

因みに、昌俊はさきに江月の七絶に和歌をもって押韻し、羅山は昌俊の和歌に、詩をもって押韻している。当時このようなことが流行していたのであろうか。

昌俊の没するや、羅山はこれが碑銘を撰した。その全文は既に掲げた通りである。昌俊没年、羅山は六十一歳、即ち昌俊よりは四歳の年少であった。

佐川田昌俊の詩文の友には、いま一人石川丈山があった。丈山もまた羅山と同年、昌俊よりは四歳の年少であった。その昌俊との交遊に関しては、挽詩の小引に自ら誌したものがある（前出）。これによると、その交遊は昌俊駿府に在りし日に既に始まっている。両人を紹介した者が、永井直勝であったことは、再三記述した通りである。「是より後、書剣の間に談悰し、禅律の場に招揺す。往来親串、離合転幹、凡そ三紀を過ぐ。』といっているから、駿府における交りはおよそ三年つづいた。三年にしてこれが終ったのは、大坂冬の陣の後、丈山が家康の旗本を去ったことに因るのであろう。『常山紀談』にはこのことを、次のように記している。「東照宮いまだ御旗を駿河に返されざるに中に、妙心寺に隠れたり。是より学文の志厚く、日夜となく書を読み、経史に通じ、詩を善くせり。丈山三十三の時とかや。」丈山は夏の陣の後、再び駿府には帰らなかったのである。だから、元和元年までの三年の交遊は、およそ慶長十七年の頃に始まったことになる。この頃既に昌俊は「吉野山待花歌」の歌をもって、名を挙げていたかも知れない。直勝は丈山に、昌俊を紹介して、「歌に豪」なりといっている。現代流にいえば「文豪」だといったのであろう。この三年の交遊の間の「離合転幹」とは、冬夏両度の大坂陣を指すものであろうか。

昌俊と丈山との交遊の第二期は、恐らく寛永十三年丈山芸州を去って京師に隠れた時から始まって、昌俊の没年に到るまで続いたのであろう。その間約七年、即ち前後十年の交りであった。丈山がいかに昌俊を敬重していたかは、前記の詩文によって明白に知ることが出来る。

羅山、丈山、かかる当代の名人を師友にもちながら、昌俊の詩文にはいま徴すべきものがない。彼は和歌を以って自己の本領とし、濫りに詩文を用いなかったのであろうか。昌俊の詩として伝えられる――少なくともかつて伝えられた――ものが、いま知られる限りでは一つある。滝沢馬琴の『羇旅漫録』百三十一段に、「坂和田喜六が墨跡」と題して、次のような記事がある。

「松坂の長井元申は、医師にて書をよくす。名は揞、字は申之、一申と号す。とかく申好きの人なり。

この人好古の癖ありて、多く古書画を愛す。所蔵に坂和田喜六が唐紙一枚にしるしたる三行ものあり。

五歳相従伴寂寥　相携無奈路迢迢

月明後夜連回首　又隔銭塘箴信潮

隷字

黙々翁　（嘯月）　野

手迹は大師様の如くみゆ。黙々翁は喜六が表号なり。」

しかるに、馬琴は右の記事に、後に頭註を附して、その後古筆の鑑定によると、この黙々は昌俊でなくして龍安寺の偏易和尚黙々のことだということになった。京の大倉好斎や、江戸の古筆了意の意見も同様である。それで長井氏の珍蔵の疵がついたと追記している。専門の鑑定家がいうのだから間違いはないであろうが、また、実物を見ないでは議論も出来ないが、自分はこの七絶が、初伝の如く昌俊の作ではなかろうかとの疑いをなお保持しておきたい。詩意を察するに、五年間に亘って従事した者との離別の情を月明によせて賦したものである。銭塘の信潮などという句は禅家の常套であるが、もし穿って、これを昌俊の江月和尚に別れて、路の迢々たるものを関東に去らんとする時の述作とすれば、辻褄は合うであろう。黙々翁の署名が隷書であることも、当時の風に合っている。その字体の大師風であるというのも、昌俊が松花堂に似た大師風の書を作ったことに符合する。昌俊に嘯月の号のあったことは聞かぬが、嘯月は却って石川丈山の別号である。丈山よりその号を譲られたと解することは出来ないであろうか。下方の野字の印は昌俊生国の東野州を表わすものかとも思われる。黙々は昌俊隠退後の庵号であるが、松花堂もかつて「松花堂」を営む以前にその号を使用した形跡がある。昌俊も寛永十五年の早春の頃には、既に黙々を称していたかも知れない。以上はすべて推定であって、何ら根拠はないが、単なる疑問として、再検討を望むために、提出しておくことにする。龍安寺の偏易和尚がいかなる人であり、その人に嘯月の号のあったか否かということについては、自分にはいま調査の手だてがない。

八

昌俊が夙《はや》くより禅に心を潜めたことは、丈山の記文に、「禅律の場に招揺す」とあるのを以って知ることが出来る。即ち駿府在城のころには、既に修禅の志をもっていた。その師は何人であったであろうか。『常山紀談』巻二十二の「石川重之功名并隠遁の事」には、前に引用した文章の直前に、「此軍（大坂夏の陣）に御近習の士首《さむらひくび》を得たるは、丈山と間宮権左衛門、豊島主膳の三人ばかりなり。丈山御軍命にそむきける故、賞に及ばず。是より前、丈山駿府に在りし時、清見寺の僧説心に禅理を聞きたりしが、出陣の時、暇乞とて寺に至り、此の軍に、御近習の、士首を得たるもの三人ありと聞かれなば、其一人は必ず我なりと知られよといひたるが、果して然り。」と記している。即ち丈山の駿府に在る時、清見寺の僧説心なる者について禅理を窮めたというのである。清見寺は臨済宗の末寺である。天正年中火災に罹ったが、住持の大輝和尚が、秀吉家康の帰依を受けて、堂舎を再興した。天正十八年三月廿三日、秀吉は小田原征伐の途次、この寺に足をとどめているから、その頃はもう復興していたのであろうか。

蜂須賀侯爵家旧蔵　松花堂筆寒山子
秋月（欠伸子）賛

説心がいかなる僧であるかは判らないが、或いはこの秀吉家康の帰依を受けた大輝和尚の別称であったかも知れない。丈山と禅律の場を斉しうして工夫したとあるから、昌俊もまた、恐らくこの説心について禅理を究めたのであろう。

昌俊が淀に移った後における、彼の禅の導師は、明らかに江月宗玩であった。昌俊が初めて江月に見《まみ》えたのはいつであったかは不明であるが、寛永十年七月廿九日には、両人が同席したことが判っている。元来、松花堂の絵といえばすぐ江月の賛（右図参照）ということが頭に浮ぶほど、江月と松花堂との交渉は深い。昌俊が江月と同席したのも、松花堂の茶席であった。京都平瀬家の、前記『松花堂茶会記』寛永十年の条に、その時の茶会の次第を、

「同七月廿九日　　永日向殿　　佐川田喜六

江月和尚　竹筑州

振舞広間、茶斗《ばかり》すきや」云々

と記している。即ち当日昌俊は、主人尚政の弟永井日向守直清に従い、江月等と共に、松花堂の客となっているのである。昌俊、江月両人の交渉は、この頃から始まったと見るのが至当であろう。寛永六年七月、いわゆる大徳寺の紫衣事件に坐して、沢庵、玉室が奥羽に配流されたとき、江月もまた同罪に伏した（どこに流されたかは不明）。ようやく宥されたのがその前年（寛永九）の八月十五日であった（『大猷院殿御実記』）。同年九月廿四日、八幡の鐘楼坊で催された、松花堂の口切の茶会の客に、小堀遠州等と共に名を連ねているのが、文献上における江月配流後の最初のデビューである。昌俊との交遊は、恐らくそれ以前にはなく、その開始は、或いは松花堂の取持ちによるものであったかも知れない。

寛永十五年（？）の早春、昌俊が主命によって淀を去った時の、両人の間に贈答された詩文（前出）を見ると、淀在住五年の間に、この交わりがいかなる程度に進展していたかが判る。江月は深く昌俊を想い、昌俊はいたく江月を慕っている。師弟の情の濃やかなことは、惻々として人を動かすものがある。いうまでもなく江月は大徳寺の前住（第百五十七世）であった。昌俊が後に隠棲の地を酬恩庵のほとりに選んだのは、その地の好適であったという理由の他に、流派につながる関係もあったのであろう。薪には沢庵宗彭もかつて僑居したことがある。沢庵もまた松花堂とは親交があった。

昌俊の禅学に関する識見と悟入の程度を知る手がかりとしては、僅かに『松花堂行状記』の序の部を利用し得るに過ぎない。但し自分はその道に昧くて、それがいかなる程度のものであるかを判定することが出来ない。

江月は昌俊に後れること二ケ月、寛永二十年十一月一日に入寂した。享年七十（一に七十二）。即ち昌俊よりは五歳（或いは七歳）の年長であった。

九

昌俊は書を松花堂に学ぶといわれ、大師流の手を能くした。しかし昌俊が松花堂に交わったのは、単に書道の師としてのみ交わったのではなかった。『行状記』に「昭乗金剛経講談有《あり》しそのむしろに侍りて聴聞せしに」とあるように、宗門の要諦を質して、仏道の悟入に資したこともあったであろうが、その交遊は主として風雅の交渉であったと思われる。仲秋月をながめては歌の席に連なり、しばし宗祇が宿りを偲んでは連句の工夫をともにしたというような交わりであっただろう。なかんずく、茶道における交渉が深かったのではあるまいか。両人の江月和尚に対する関係も、これに類するものがあったと見える。その交渉は既に寛永十年の七月（前記『松花堂茶会記』参照）から始まっている。松花堂も江月も昌俊も同時に小堀遠州の門下に、名を連ねているのである。

茶道における松花堂については、事新しく説く必要はないであろう。江月は遠州の門下に名を連ねたとはいえ、その父は利久と共に茶を以って太閤に仕えた津田宗久であったから、いわば茶道の中から生まれたような人であった。現在国宝に列する有名な油滴天目茶碗の如きも、実にこの人の愛玩品であった。これらの人々が、当時伏見奉行たりし小堀遠州を導師として、伏見に、八幡に、淀に、紫野に催した数々の茶会こそは、いわゆる中興茶道の本場所をなすものであったといえるであろう。

残念ながら、佐川田昌俊の茶道に関しては、特に伝聞するものが、いまは殆んどない。ただ自分の知る限りでは、高橋箒庵の旧蔵に、銘を「都鳥」と称する昌俊作の茶杓がある。箒庵によれば、その作行頗る遠州の作品に類するものがあるとのことである。「都鳥」は恐らく昌俊が江戸にあって、京洛の故友を偲びつつ削りなした、致仕直前のころの作品であろう。

昌俊が茶杓をよく削ったことはこれで明白となった。林熊生はしかし、元和元年夏の陣中に、昌俊をして茶杓を削らしめている。駿府在住中に、果して昌俊に茶道の嗜みがあったであろうか。これに関する文献は見当らないが、林熊生とてそこにぬかりはない。彼が若年にして既に茶道を嗜む――少くともその機会のあったことは、次の事から想像されるのである。「茶人系譜」を見ると、駿府に在って若年の昌俊を眷顧した永井直勝その人が、自身茶人であった。少くともかつて名匠利休の門に、名を連ねた人であったのである。

利休―┬―永井右近　下総古河城主、名は直勝通称伝八郎寛永三年十二月没六十三

昌俊はこの人によって、恐らく茶道の手ほどき位は、受けたと見る方が自然であろう。またもし、当時の武将の通常として、田舎武士ながら歌道の趣きを解した木戸玄斎が何程かの茶道の嗜みを持ってい

たとすれば、或いは昌俊の手ほどきは、荘内時代に既に終っていたかも知れない。

遠州流より出て、殆んど一家をなし、しばしば「名花」の好評を博した松花堂の華道、或いは直接遠州の華道も、昌俊は吸収せずにはいられなかったであろう。作庭に関してさえ、昌俊の名は引き合いに出されている。薪の里酬恩庵の庭は、寺伝によれば昌俊が隠棲の時、石川丈山と松花堂との三人で合作したものだという。これはいわゆる石庭であって、その石組みに変った点があるが、その所伝の如きはいわゆる「寺伝」に属するものであって、確証は遺っていない。しかもこの庭は、慶安三年に前田常利によって再建された方丈に属するものであるから、時代もやや下っている。重森三珍はかつて、本庭は

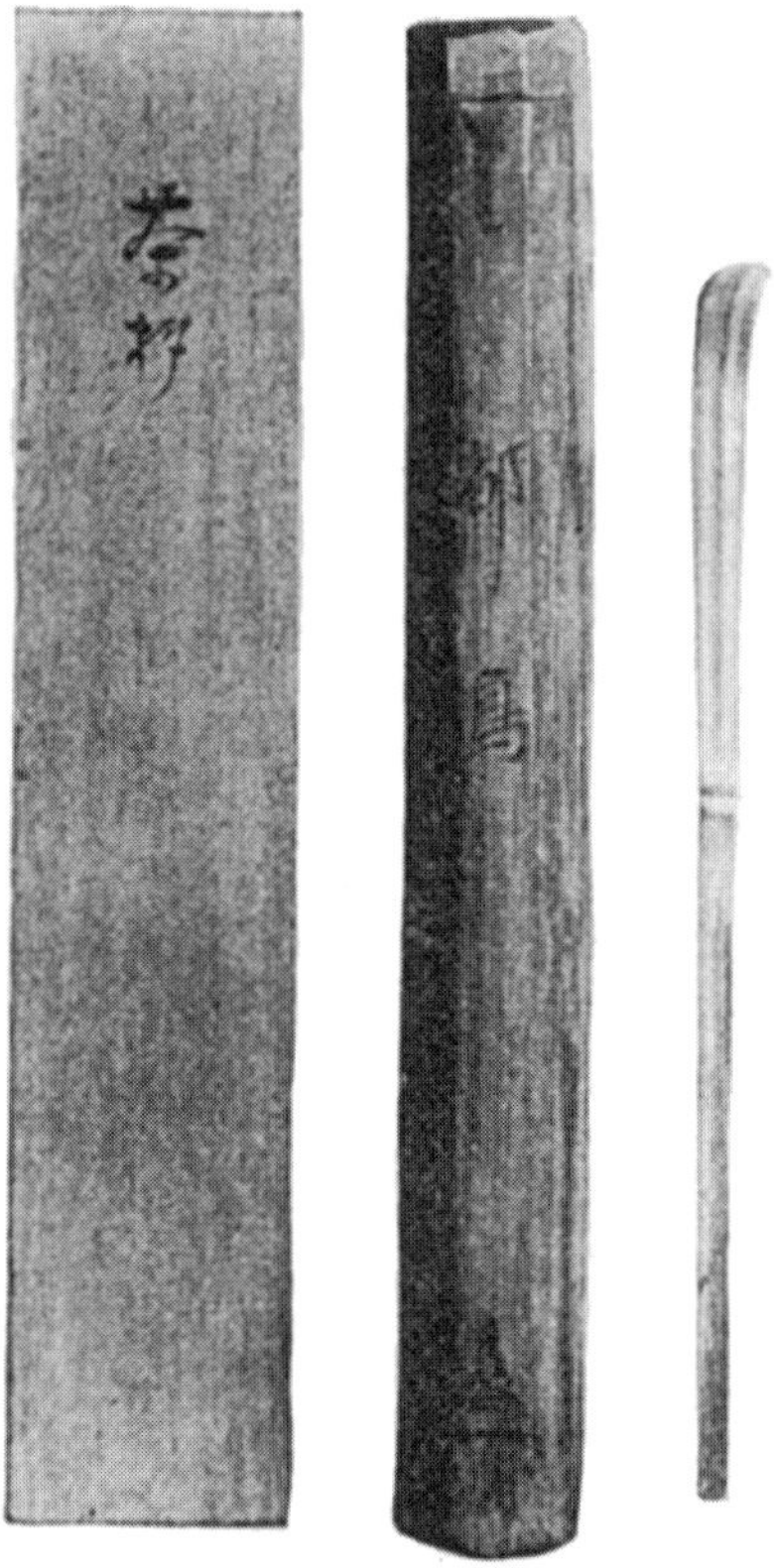

佐川田喜六共筒茶抄　銘都鳥
昭和5年10月27日，東京美術倶楽部で入札売立された一木庵高橋家蔵品目録中より採った。この時の入札最高価は359円であった。筒の表に昌俊の花押がある。銘の「都鳥」も昌俊の自筆であろう。箱書に「茶抄」とある。

大体石川丈山の趣味により曲水を表象し、北山の石組みから東川へ流れ、更に南海に注ぐ形式である。東北の石組みは昌俊の武士趣味を表わし、南庭は松花堂の趣味によるものだと解説したが、これは寺伝を認めているようである。

十

世に落語の始祖――『醒睡笑』の著作によって――といわれている、安楽庵策伝も茶を能くし、また松花堂と親交があった。策伝と松花堂との間に贈答された狂歌については、『都名所図絵』巻三の大仏録の条に見えているが、安楽庵の影響でもあろうか、松花堂は狂歌をも能くした。横井時冬博士旧蔵の幅に、「菊」に関する松花堂の狂歌八首を記したものがある。その一首を例として挙げてみよう。

「天龍寺といふ小菊に

天龍寺の菊にねむれる胡蝶をば夢想国師といふべかりける」

この松花堂の狂歌趣味は、佐川田昌俊に影響を与えなかったであろうか。

山城岡崎の歌僧釈慈延の『隣女晤言』(享和二年)巻二に、次のような記事がある。

「鯉。佐川田喜六が陽明家へ淀鯉を奉る狂歌

折よくば申させ給へ二つもじ牛の角もじたてまつるなり

陽明家御返し

魚の名のそれにはあらで明日のひるちと二つもじ牛の角もじ此御返しはたらかせられたる御事なり。但し喜六が鯉にこいの仮名を用ひたる、誤りなり」云々

また安永二年の土肥経平の『風のしがらみ』巻の下にも同様のことが出ている。これには相手を「近衛殿下 三藐院」としている。またこの贈答歌は伴蒿蹊の『続近世畸人伝』にも取り入れられている。しかし、それには喜六の歌の初句を「ついであらば」としている。この「二つもじ、牛の角もじ」はもちろん『徒然草』にある、延政門院の「ふたつもじ牛の角もじすぐなもじゆがみもじとぞ君はおぼゆる」からきたもので、二つもじは「こ」、牛の角もじは「い」である。昌俊も時々こうした洒落を試みたものかと思っていたが、馬琴の『燕石雑志』巻二を見ると、

「亦近頃印行せし続畸人伝と云ふものに、佐川田喜六あるとき鯉を近衛殿に奉りて、

ついであらばまうさせたまへ二ツもじ牛の角もじたてまつるなり

これも室町殿物語には昌叱が詠とす。いづれが是なるや。予は室町殿物語の説にしたがふべくおぼゆ」といっている。淀の鯉の歌というところから、これを早速昌俊にこじつけた者――林熊生の先祖かもしれない――がいたものと見える。昌俊の狂歌に関しては、いまのところ、このこじつけ話以外にも見当らない。

昌俊は絵もかかなかったようである（松江市三島祥道氏蔵、昌俊自画賛の幅あり）。『翁草』の巻六には手紙の「切り封じ」ということは佐川田昌俊にはじまるといっている。また同書の巻五には、昌俊のことを「この人さばかり文武に名ある人なりしが、生得蝦蟇に恐れ是を見る時は立す

くみになりぬとかや。」と書いている。前者の話は、昌俊が、その日常生活に合理的、独創的工夫を加える才能を有したであろうという、前述の推察を証する一例になるかも知れない。但しこの「切り封じ」というのは、どんなものであろうか、自分にはよく判らない。

以上を通覧すると、佐川田昌俊に関しては、信用するに足る二篇の記伝と、いくつかの断片的記録と、自作の『松花堂和尚行状記』の他には、名歌「吉野山」他十数首の歌と、数句の連句と、一本の茶杓が得られたに過ぎない。薪の住人吉川忠信氏は数幅の昌俊遺墨を蔵していられるそうであるし、世間にも、いくつかの遺作遺品はあるであろうが、いずれにしてもその資料は貧弱であり、その名声の由来を確証するには、何となく不足の感あるを免れ得ない。しかも、資料の最も不足せる茶道の方面において、昌俊の名の重んぜられることが最も多いのは、何故であろうか。内心の葛藤は如何ともあれ、彼が名声の絶頂において、十万石の家老職というような、有利なる社会的地位を弊履の如く棄てて世を遁れた――その侘びの理想が、単なる風流場裡の事にとどまらないで、生活の実践にまで徹底せられた――その点に対する世人の渇仰より、生れたものではないかと、自分は思っている。

「かの長闇堂に於いても、その侘生活は、時代の背景をもつよりも、先人の教説になるものを、身を以って実践せんとしたことにあるのであるが、この点は松花堂に於いても相似たるものがあり、全く個人的な感情に於けるものを生活したのである。然も、それは徳川の社会が示す傾向とは自ら異るものがあり、その反対のものを自らの裡に潜める事であった。その交友に見られる石川丈山、或は佐川田昌俊に於いても、皆徳川の時代には背反するものをもってゐたと見ることが出来るが、この様な人々が互ひに相交り、文事風流のことをなし、又その境涯を詩歌或は書画に於いて示したことは、実際に於いて、世に多くの鑽仰者を出し、その風雅を賞せられたのであるが、これは自由なる個人の生活に於いて、人間の生活の真が見られることゝ考へたことである。」

西堀一三氏（『日本茶道史』）の右の一文は、よく自分の考えに一致する。昌俊に無上の名誉を与えた「吉野山」の歌は、いわば時代の歌である。これを鑽仰するものを、現代に見出すことは困難であろう。しかしその名誉に背き、時代を否定した彼の行動は、あらゆる時代の鑽仰を呼び起すであろう。――ただ、山に入ることだけが、個人生活を完うする所以だというのではない。現代においては、封建時代に比べると、個人に対する社会、精神に対する制度のほだしは遙かに稀薄になっている。と同時に、社会は延長し拡大している。われわれには、必ずしも山に入る必要のないと同時に、入るべき山もないのである。

十一

佐川田昌俊には、壺斎、懸壺居士、俊瓢居士、不二山人、黙々叟等の号があった。「不二山黙々寺」は、酬恩庵寺内の彼の草庵に名づけられたのであった。――林熊生は伏見の町人何某に、これをとって「富士屋」の名を与えた。「惣兵衛」は「淀の与惣衛」の小唄からとったのである。――この草庵は、今は亡い。しかし、その草庵の図面は、京都の某氏が所蔵しているそうである。

酬恩庵の門前を少し戻って、三本杉のあたりから山手に入ると、前記吉川氏の所有地に、一廓のささやかな墓地があり、道春撰文の壺斎碑や、佐久間将監（寸松庵）の五輪の墓石などと共に、佐川田一家の墓がある。昌俊の墓と伝えられるものは、二尺ばかりの黒色の自然石で、その前面に「是什麼」の三字があるのみである。『翁草』の巻四には、永井尚政の再興した、宇治の仏徳山興正（聖）寺に、墓面に「何でもない事〳〵」とあるのを、昌俊の墓だといっている。また伴蒿蹊は「墓は酬恩庵境内にあり。蒿蹊曰く、墓碣に『何でもないこと、何でもないこと』とのみ記すとぞ」云々といっているが、貞幹の話の真偽は知らない。蒿蹊のは明らかに事実を混同した形跡がある。林熊生は墓のまわりに椿の木立があるといっているが、事実は杉であったと思う。

後記

○二・二八事件以来、約二週間にわたる禁足のお蔭で出来た片輪もの。というのは、大学や図書館の書物を利用することが出来ず、専ら左右にある、貧弱な資料のみに拠ったからである。――解剖学教室にあるノートすらも取り寄せることが出来なかった。

○しかし、林熊生のがらくた小説に関する慎しみのない楽屋話を除けば、これでも佐川田昌俊について書かれた一ばん浩瀚（?）な文献である。「今後昌俊伝をしらべる人は、まずこれをお読みになるのがお得」と自薦しておく。

○書くに従い、あとから新しい資料が出てきて、前の記事と矛盾するようなことになり、かなり醜態である。時間と根気があり、原稿用紙が惜しくなければ、何度でも書き直すのだったが、そのままにして前文を否定しておいた。だから、もしこの拙文を引用せられる人があるなら、最後まで読んでいただかないと、間違いを犯すことがあるかも知れない。

○僕は昌俊、松花堂、丈山、道春、遠州、長嘯、竹庵、策伝、江月、昌琢、通村、雅庸、というような人々の画蹟墨痕を蒐めて、一双の寛永屛風を作りたい念願である。

松花堂、長嘯、板倉重宗などのものは既得している。江月、遠州、丈山、道春などは比較的手に入り易い。昌俊はなかなか稀有である。しかしそれだけに、老後の楽しみはあるというものだ。

○京阪の地方にお帰りになる方は、一度薪の一休寺をお訪ねになることをおすすめする。日帰りでも充分であるが、方丈に一泊して、禅房特有の精進料理をいただき、一休や昌俊の遺墨遺品などを拝観する楽しみは、僕も老後のスケジュールの一つにしている。高橋箒庵はかつてこの寺に一泊して、精進料理は稀《めずら》しかったが、都人の口には合わなかったと、生意気なことをいっている。芸者が生れおちるとからお絹《かいこ》ぐるみで育ってきたようなことをいうのと同様、甚だ聞き苦しい。箒庵何者ぞ、水戸の田舎っ平ではなかったか。たまにその環境に入って珍らしい食物を味わえば、その情趣に感じるのが茶人であろう。

○僕が薪を訪れたのは、昭和八年か九年——ノートが手許にないので判らない——の夏だった。大毎の京都支局長の岩井武俊や、三高の藤田元春教授などが一緒であった。佐川田昌俊の名が人々の口にのぼったが、藤田教授は「佐川田昌俊とは何者だ？」といって、口の悪いので有名な岩井武俊に「あんたは何も知らん人やなあ」といって笑われた。京都に暫く住んで風流文雅の会話に耳を傾けていると、昌俊の名を一年のうちに一、二度位は必ず聞く。
○藤田教授は花瀬の峯定寺へいったときにも、「山城」の地名はここから起ったのだといい、薪へいったときにも、「山城」の地名のもとはここだといった。これも武俊先生に指摘されたが、「まあ、そんなもんや」と元春先生は平気だった。地理学でさえ「まあそんなもん」ならば、林熊生の考証など少少間違っていても平気なもんや。

補遺

その後森銑三氏の『江戸時代の人々』（大東名著選四〇、大東出版社、昭和一七年）一二頁から一四頁に亙って、「佐河田昌俊」なる題の下に、筆者の引用し得なかった昌俊関係の沢山の資料を披露しておられるのを見た。

その一つは、かつて筆者の眼にふれたにも拘らず文献を忘失して、詳細に引くことを得なかった、淀（？）における昌俊の生活法に関する逸事である。少し長文であるが、森氏のテキストによって次に紹介する。

「永井信濃守尚政の家臣坂和田喜六は里村昌琢法眼に伴ひて連歌の道に長じ、又林道春法印に親しみて仁義の理にも通じ、孫呉の書を読み、射御の芸を習ひて日を空しく送る事なし。……年老て願を達し、五百石の隠居料を得て京都に閑居す。常に出会の友は石川丈山、松花堂、五山の碩学長老又は公家衆と交り遊ぶ。名黙々翁といふ。五百石の米金を福者の町人に預け、其家には一器もなし。衣服も身に着たるばかりなり。冬は白羽二重の無垢二つ三つ着し、五六日過ると新しきを町人持参す。これを脱ぎ替へて古きを町人に遣す。またその家八畳を上の間とし、中の間を土間に致し、向うに又畳を敷き、家僕二人を召仕ふ。朝夕町人献立を書いて持参す。好物に点をかけて遣す。則ち持ち来り、膳部奇麗に食べてしまふと膳部とも箱に納めて帰る。或は神社に詣づる日、其朝かの町人に告ぐると其儘駕籠を差し越し、これに乗りて心の儘に行く。金銀少しも腰にあらざれども、其自由金銭ある人より楽し。家にある物は茶道具と硯のみなり。さて大晦に年の勘定持ち来る。一見するに五百石なほ余れり。余るところは家子孫に返し遣す。或時近衛関白へ鯉を献じける。歌一首添へて奉る。『新しと思ふばかりに二つ文字牛の角文字奉るなり。』近衛信尋公御返歌、『魚の名の文字にはあらず二つ文字あま《ママ》ちと見へよ牛の角文字』。鯉にあらず、明日参れとの御返しなり。」

これは『落穂雑談』第十九冊にあるという。同書は文化中に成ったものであり、森氏はなおこの話の原拠あるべしと疑っている。

右によると昌俊は五百石の隠居料を貰い京都に閑居した。その時の生活ぶりらしく読まれる。薪を京都というのはまずよしとして、どうもこれは隠居後の生活ぶりらしくは思われない。薪の里にそんなまかないの出来る町人の居ようはずもない。これは淀における在職中の話であろう。「家子孫に返し遣す」というのは、江戸にあった家族に送ったということであろうか。

末尾の鯉の歌については前に述べた。ただ誤写のためか字句がすこし前掲のものと異なっている。

森氏の記文にはその他教えられることが多い。『羅山文集』中の昌俊に関するものは前に利用したが、『羅山詩集』中にも、昌俊を悼む挽詩のあることを知った。集について見るに その三十九巻に 次の如くある。

「佐川田昌俊自号黙々子、是吾多年之莫逆也、今玆仲秋三日、病痾不止、没于淀南之村里、吾聞訃甚嘆久之、於是作絶句両章、以代蒿里、乃慰其負荷山三郎之服次（山三郎諱昌胤）

○八月上弦人有終　空望影彩恨旻穹
　秋霖裹飯嘆無便　武野淀河雲霧中。
○黙々丈人捐世行　多年接遇得交情
　為誰滴尽秋風涙　砌下陰蛩亦飲声

　蜍滴与老涙共聚、不知所措筆。癸未中秋下澣。」

昌俊八月三日死去の報を関東に得て、直ちに涙と共に筆を著けたのであろう。それは八月下旬のことであった。

『羅山詩集』の中には他にも昌俊に関する作がある。森氏はこれを引いていない。即ち巻四十一に、

「答壺斎悼叔勝三首　有倭字本号断腸章載外集

○我家長子乗小精　慈涙沛然如両濺

願惜万士返魂動　五天八地再相見

○父在東関子在洛　千里来省命俄落

一自常娥奔月中　人間不有長生薬

○常恐斯人有沉酒　臥床十日不暫住

二身蟬蛻夏天風　雙袖龍鐘秋夜露」

羅山の長子叔勝の京都で夭死したのに対して、昌俊が江戸に書を送してこれを悼んだ。それに対する父羅山の答詩である。叔勝の没年を知ることを得ないので、この事実に対するデートを定めることが出来ない。ただ昌俊の号の壺斎が薪隠退後の称であるとすると、これは寛永十五年（？）から同二十年の間のことになる。詳細は倭文の『断腸章』を見れば判明するであろう。

羅山の第四子春徳守勝の『読耕詩集』巻七には、昌俊の子俊甫のことが見えるそうである。

石川丈山の『覆醤集』（この書名を前に書き洩した）中の昌俊を悼める挽詩は前に引用したが、同集中には他に昌俊の山居に題する一聯があることを見出した。即ち巻二に

「題黙々寺打睡軒

謝世遯蹟依山築宅　開放泊如黒甜自適」とある。

これによると昌俊には隠居後に「打睡軒」の号もあったらしい。この聯のことは井上通泰博士の「南

天荘墨宝解説」（昭和五年、春陽堂、一八一頁）によって知った。

森氏はなお伊勢貞丈の『韞蔵秘録』、著者未詳の『当時珍説要秘録』等に昌俊と小堀遠州との交遊のことが見え、沢庵和尚の『東海和歌集』（全集第三巻、昭和四年）によって沢庵との交渉が知られるといっている。

また伊藤東涯の日記、元禄九年の冊中に、昌俊の次の和歌が録されているそうである。

「里の名の薪つきなん夕まで、柴のとほそを出でじとぞ思ふ」

これで昌俊の作例が一つ増加したわけであるが、ただこの歌の作者が昌俊であるか否かは疑うことも出来るであろう。前記「南天荘墨宝」中には昌俊自筆の短冊が一つ載っている。歌は前に挙げた浦十首中の一つ「浦の花」である。これには明らかに「いそ山桜」となっている。そして第二句の末は「咲てけり」である。

「浦の花　あまのすむいそ山桜咲てけり
　　　　よせてかへらぬ於きつ志らなみ　昌俊」

昌俊の著作としては前掲の『松花堂行状記』の他に「奈良村孫九郎追悼の文」というものが、『視聴《きき》草』二集の二その他に載っているという。『視聴草』は叢書の「百万落」に収められているそうであるが、自分はまだこれを見ていない。

昌俊の書翰は、松花堂あてのもの、石川丈山あてのものが帝国図書館本の久須美祐高の『在阪漫録』、編者不詳の『御橋雑綴』及び水落露石氏の『聴蛙亭雑筆』に収められているが、その内容を記憶しないと、森氏はこの昌俊資料のメモを結んでいる。これらの随筆も筆者は当分見られそうにない。

とにかく以上の資料及びその所在をとりあえず追補するに止めて、他日の完成を期すことにする。

なお、前記井上通泰博士によると、昌俊の生地は現上野国邑楽郡渡瀬村字早川田であるが、渡瀬川の流れの変化により、時に下野国に編入されることもあったという。羅山の碑銘に「下野国足次郡早河田村」とあるのはその関係からであろう。

補遺の補遺

羅山の長子叔勝の没年は寛永六年なることを、文集巻四十「祭叔勝文」によって知った。即ちその冒頭に次のように言っている。

「維寛永六年歳、癸巳冬十月朔、道春祭叔勝之霊曰、嗟嗟我子叔勝、逝既十旬也。」

即ち十月の朔日はその百日祭であった。これにより昌俊の未だ江戸にいた時のことであることが判り、同年六月の頃にはおそくとも道春と交わりのあったことが判り、またその頃既に壺斎を称していたことが判った。

昌俊がそのために悼文を書いた奈良村孫九郎は恐らく初め浮田氏に仕え、のち家康に召出された玄正楢村監物に関係のあるものであろう。玄正の弟利正孫兵衛、その子之正孫兵衛。之正は十四歳の時より東照宮御近習に召出されたと覚院本楠氏系図にあるそうである。之正の子正房も名は孫八郎といった。名乗に「孫」字のあるものの一族中に多いことによって、かく推察されるのである。

Ⅵ　金関丈夫著作目録／年譜

金関丈夫著作目録

ゴシック――著書
『　』*イタリック*――単行本・雑誌・新聞名
「　」〝　〟――論文名

大正十四年（一九二五）

「解剖学とは何か、及び其の名称に就いて」『第三三回日本解剖学会抄録』

昭和二年（一九二七）

「ピテカントロープス一夕話」『民族』二の四
「ピテカントロープス一夕話」『民族』二の五

昭和三年（一九二八）

「関東州貔子窩遺跡より発掘せる人骨に就きて」　清野謙次・平井隆共著　『貔子窩』東亜考古学叢刊第一冊　東亜考古学会
「日本石器時代の変形頭蓋に就て」　清野謙次・平井隆共著　『人類学雑誌』四三の三
『人類起源論』　清野謙次共著　岡書院
「福岡県筑紫郡山家村の甕棺中より発見したる金石併用時代の人骨に就て」　清野謙次・平井隆共著　『人類学雑誌』四三の一〇
「冠人名解剖学辞彙」『生理学研究』四の三
「稿本冠人名組織学胎生学辞彙」『生理学研究』四の四
「耳前旋毛」『東北医誌』一〇
「李献璋『台湾民間文学集』」『民族学研究』三の三

昭和四年（一九二九）

「楽浪古墳発掘の漢時代の人骨・歯・頭髪」　清野謙次・平井隆共著　『民族』四の二
「一アイヌ婦人の頭部変形に就いて」　田幡丈夫共著　『民族』四の三
「吉胡貝塚人変形頭蓋の追加」　金高勘次共著　『人類学雑誌』四四の五
「沖縄県那覇市外城嶽貝塚より発見せる人類大腿骨に就いて」『人類学雑誌』四四の六
「血液型と人種気質との関係」『生理学研究』六の九
「生蕃人手足皮膚の理紋に就て」『人類学雑誌』四四の一二
「琉球の旅」一　『歴史と地理』二四の六～二九の四
「琉球人の手足皮膚の理紋」『解剖学雑誌』二の二
「人体筋肉作用一覧」『生理学研究』六の一

昭和五年（一九三〇）

「朝鮮人頭蓋骨に於ける著大なる傍乳頭突起（Processus paramastoideus）の一例」（附　日本人頭蓋骨に於ける傍乳頭突起に就て）『解剖学雑誌』三の一
「琉球の旅」二　『歴史と地理』二五の一
「伯耆国西伯郡高麗村大字長田尾無原古墳人骨に就て」金高勘次共著　『史前学雑誌』二の一
「琉球の旅」三　『歴史と地理』二五の三
「伯耆国西伯郡高麗村大字長田尾無原古墳人骨に就て」二　金高勘次共著　『史前学雑誌』二の二
「牧野志略」『加多乃』創刊号
「完全なる紅頭嶼男子全身骨骼の一例に就て」　中野由巳共著　『人類学雑誌』四五の三
「琉球の旅」四　『歴史と地理』二五の四
「琉球の旅」五　『歴史と地理』二五の五
「完全なる紅頭嶼男子全身骨骼の一例に就て」　中野由巳共著　『人類学雑誌』四五の五
「琉球の旅」六　『歴史と地理』二五の六
「完全なる紅頭嶼男子全身骨骼の一例に就て」　中野由巳共著　『人類学雑誌』四五の六
「琉球の旅」七　『歴史と地理』二六の一
「わきくさ漫考」『週刊朝日』8・12
「琉球人の人類学的研究第一部　生体の研究第一報告　琉球人手足皮膚の理紋に就いて」『人類学雑誌』四五の第五附録
「琉球の旅」八　『歴史と地理』二六の四
「琉球の旅」九　『歴史と地理』二六の五
「漢楽浪王盱墓発掘の人骨・歯・頭髪」『楽浪』　東京帝国大学文学部考古学教室報告
「腋臭と文学」『京都帝大新聞』12・21
“Über die Körpergrösse des Tsukumo-Steinzeitmenschen Japans.” 田幡丈夫共著 *Folia Anatomica Japonica* Bd. VIII.

昭和六年（一九三一）

「琉球の旅」一〇　『歴史と地理』二七の二
「わきくさ物語」『生理学研究』八の四
「琉球の旅」一一　『歴史と地理』二七の四
「日本人の人種学」『岩波講座　生物学』　岩波書店
「琉球の旅」一二　『歴史と地理』二八の五
「琉球の旅」一三　『歴史と地理』二八の六
「牧羊城附近古墓発見の人骨」　清野謙次・関政則共著『牧羊城』　東亜考古学叢刊第二冊　東亜考古学会

昭和七年（一九三二）

「琉球の旅」一四　『歴史と地理』二九の三
「琉球の旅」一五　『歴史と地理』二九の四
「琉球人の人類学的研究第一部　生体の研究第二報告　琉球人の血液型に就いて」『人類学雑誌』四七の八

「伊都内親王願文の御手印」『ドルメン』一の八
「産室を覗く少年」『ドルメン』一の五
「文身」『ドルメン』一の五
「考古学的小説」二〇　『ドルメン』一の六

昭和八年（一九三三）
「樺太土人（オロッコ・ギリヤーク・サンダー）の手掌紋に就て」『人類学雑誌』四八の一
「南山裡甎墓発掘人骨の研究」　清野謙次・三宅宗悦共著『南山裡』東亜考古学叢刊第三冊　東亜考古学会
「西鶴の甕棺」『ドルメン』二の一二

昭和九年（一九三四）
「大阪女子医学専門学校生徒の生体計測予報」『解剖学雑誌』七の四
「琉球人の皮膚理紋の研究（続報）」『人類学雑誌』四九の五

昭和一〇年（一九三五）
「アイヌの腋臭」『生理学研究』一一の八
「鷲鳥」『ドルメン』6月
「日本石器時代人種論の変遷」　清野謙次共著『日本民族』東京人類学会編　岩波書店

昭和一一年（一九三六）
「フィリッピン群島ネグリトの人類学的研究　一　手掌理紋」　浅井恵倫・三宅宗悦共著『人類学雑誌』五一の二
「台湾本島人頭蓋に於ける二、三の重要なる計測事項」（予報）『台湾医学会雑誌』三五

昭和一二年（一九三七）
「台湾霧社蕃人頭蓋の人類学的研究」（予報）『解剖学雑誌』一〇の三
「李献璋『台湾民間文学集』書評」『民族学研究』三の三
「台湾本島人洗骨の風俗」『民族学研究』三の四
「穿山甲」『台高』第九号

昭和一三年（一九三八）
「覚え書―トナ社の婦女垂げ飾りある指巻を用ゐる事」『台湾時報』二二〇号
「覚え書―懇丁寮の遺跡より咸豊通宝らしき銅銭の出土せる事」『台湾時報』二二〇号
「覚え書―宮原氏の所謂パイワン族が焼成せりと伝ふる壺に就いて疑ひある事」『台湾時報』二二〇号
「覚え書―東部地方にラン・ロン等の語尾を有する地名の多き事」『台湾時報』二二〇号

「日本人の人種構成」 宮内悦蔵共著 『新修日本文化史大系』一 原始文化 誠文堂新光社

「台湾本島纒足婦人下肢骨標本供覧」 『東京人類学会・日本民族学会連合大会第三回紀事』

「生体学概論」上 忽那将愛共著 『人類学先史学講座』一 雄山閣

「生体学概論」下 忽那将愛共著 『人類学先史学講座』二 雄山閣

「生体研究法」上（生体学概論・下） 忽那将愛共著 『人類学先史学講座』二 雄山閣

「生体研究法」下（生体学概論・下） 忽那将愛共著 『人類学先史学講座』三 雄山閣

「Ride 材料に依る 英領北部ボルネオ土人の手掌理紋に就いて」（附 Ride 法に対する批判及び所謂 Rassend-reieck 表示法への一考察） 『人類学雑誌』五三の八

「南支南洋の人類相」 『台北帝国大学昭和一三年度夏期講演集』

「ピナンの回想―カルレンフェルス教授のことども」 『南方土俗』五の三・四

「パリの映画館」 『東寧』創刊号（台北帝大医学部）

「三角座標上に於ける群の位置図示法に就いての一考察」 『台湾医学会雑誌』三七

「広東系台湾本島人頭蓋の人類学的研究」（予報） 『台湾医学会雑誌』三七

「琉球人の人類学的研究 (1)生体の研究 (3)石垣島民の手足皮膚理紋の研究及び 琉球人手足皮膚理紋 の 地方差」 島義雄共著 『台湾医学会雑誌』三七

昭和一四年（一九三九）

「胡人の匂ひ」 『ドルメン』五の一

「南支の人種相」 『南支那』 大阪毎日新聞社

「タイヤル婦人の頭部変形に就いて」 『台湾総督府博物館創立三十年記念論文集』 台湾博物館協会

「台湾に於ける墳墓骨の死後着色」 『解剖学雑誌』一四の一二

「台湾蕃族の体質調査」一 『東京人類学会・日本民族学会連合大会第四回紀事』

「マドリッドのたそがれ」 『ドルメン』6月

「マカオの一夜」 『ドルメン』五の六・七

「包米」 『科学ペン』四の九

「台湾本島纒足婦人下肢骨」 『東京人類学会・日本民族学会連合大会第三回紀事』

「琉球人の人類学的研究 (1)生体の研究 (5)与那国島民の指紋」 宮内悦蔵・和田格共著 『台湾医学会雑誌』三八

「琉球人の人類学的研究 (1)生体の研究 (4)与那国島民の手掌紋」 宮内悦蔵・和田格共著 『台湾医学会雑誌』三八

「琉球人の人類学的研究　(1)生体の研究　(6)与那国島民の足蹠理紋」　宮内悦蔵・和田格共著　『台湾医学会雑誌』三八

昭和一五年（一九四〇）

「台湾に於ける人骨鑑定上の特殊事例」『台湾警察時報』二九一号

「Dentes Vaginae 説話に就いて」　『台湾医学会雑誌』三九の一一

「軟部人類学」一（概説）『人類学先史学講座』一六　雄山閣

「軟部人類学」二（軟部人類学的観察方法）『人類学先史学講座』一五　雄山閣

「蓮の露」『愛書』一三輯

「香川県仲多度郡榎井村の童謡など」『民族学研究』六の三

「閑話十二題」『東寧』五号

「チロルの郷土劇」『東寧』四号

「胡人の名称」『大阪毎日新聞』12・6

「豚皮」『東寧』閑話十二題　12・20

「纏足の効用」『胡人の匂ひ』所収

「男子の纏足」　同前

「中華民国広東市男女教員団の手掌紋」　和田格・松山恂共著　『台湾医学会雑誌』三九

「珠江蛋民の人類学的調査報告」『台湾医学会雑誌』三九

昭和一六年（一九四一）

「アイヌにも欠歯の風習があったか」『民族文化』二の一

「人類及び人種は多源か」『科学ペン』3月号

「林蘭編・呉守礼訳『雷売りの董仙人』書評」『民俗台湾』一の一

「村山智順『朝鮮の郷土娯楽』書評」『民俗台湾』一の四

「香川県仲多度郡榎井村の童謡など」（追加）『民族学研究』七の三

「海南島の民俗断片―海南島北部漢人の埋葬法」『台湾時報』二三の七

「海南島の民俗断片―三亜港の蛋民」『台湾時報』二三の七

「海南島の民俗断片―三亜街の回教徒」『台湾時報』二三の七

「きしめん考」『台湾時報』二三の一一

「室町時代の南進小歌」『台湾時報』二四の一

「台湾民芸品解説」『民俗台湾』一の一～四の一二

「バーゼルの訪書」『愛書』八号

"In Formosa gefundene gefärbte Knochen" Japanese

Journal of Medical Science, Part I. Anatomy.

昭和一七年（一九四二）

「海南島東南部漢人の後頭扁平に就いて」『人類学雑誌』五七の一

「勾ふ文学」『台湾時報』二四の二

「南錄名称考」『台大文学』七の一

「台南州番子田出土の石丸と関廟庄の扁平後頭」『民俗台湾』二の三

「マラッカ遊記」『台湾時報』二四の三

「海南島住民の人類学的研究調査」（予報）昭和一五年度台北帝国大学第一回海南島学術調査団報告書

「海南島俘族頭蓋の一例」『人類学雑誌』五七の六

「瓊海雑信」『民俗台湾』二の六

「瓊崖訪碑記」『瓊崖潮音』三の七

「生物学上より見た日本人と西洋人」『新建設』一の一

「海口の散歩—饅頭」『民俗台湾』二の一〇

「海口の散歩—相命家」『民俗台湾』二の一〇

「海口の散歩—荔枝」『民俗台湾』二の一〇

「太平洋協会編『フィリッピンの自然と民族』書評」『民俗台湾』二の一〇

「隠岐島民の手掌理紋に就て」　長谷川正共著　『台湾医学会雑誌』四一の一一

「日本人の手と足」『台湾公論』七の一二

「海南島黎族の赤髪」『台湾医学会雑誌』四一

昭和一八年（一九四三）

「臘月遊記」『台湾時報』二六の一

「台湾だより」『ひのもと』3月号

『羊頭窪』　三宅宗悦・水野清一共著　東亜考古学叢刊乙種第三冊　東亜考古学会

「海南島重合盆地の黎族」『南方』五の三

『胡人の匂ひ』　東都書籍

「台湾先史時代に於ける北方文化の影響」『台湾文化論叢』第一巻　清水書店

「人間のかた—〈進歩〉と〈幼若〉への私見」上『毎日新聞』（大阪版）12月

「東洋人は幼若型—〈進歩〉と〈幼若〉への私見」下『毎日新聞』（大阪版）12月

「林家の舞台」『民俗台湾』三の一二

「有肩石斧・有段石斧及び黒陶文化」『台湾文化論叢』第一巻　清水書店

昭和一九年（一九四四）

「G・C・ホイーラー訳　キリコプツの話　ブーゲンビル民話集の一」（翻訳）『民俗台湾』四の一

「G・C・ホイーラー訳　舟を作った男　ブーゲンビル民話集の二」（翻訳）『民俗台湾』四の二

「G・C・ホイーラー訳　ムリラ　㈠　ブーゲンビル民話集の三」（翻訳）『民俗台湾』四の三
「人類の二型とその将来」『文教』一の一
「中国遊記」『台湾時報』10月
「鄭成功遺像（北京歴史博物館所蔵）」上・下『台湾新報』5・12、13
「古代支那の抜歯風習に就いて」『台北帝国大学新聞』6・6
「鼻の挨拶」『台湾新報』7・8
「ビアク島のヘルメス」『民俗台湾』四の八

昭和二〇年（一九四五）
「細川忠興のもっこふんどし」三『旬刊台新』3月中旬号
「国分直一『壺を祀る村』書評」『民俗台湾』五の一
「豆腐の伝来」『台湾公論』一〇の五

昭和二二年（一九四七）
「国立南京博物院所蔵華中中国人頭骨之人類学的研究」蔡滋浬共著『台湾医学会雑誌』四六の二
「『台湾先史時代生活図譜』解説」10月
「海南島東南部漢人の後頭扁平について」『人類学雑誌』五七の一
「モアチイ、モアツウ、モチヒ、モチ」『台湾大学医学院学生自治会自治報』第一号

昭和二三年（一九四八）
「大雅堂より韓天寿に与えた尺牘」2・5
「征服太陽的伝説」『公論報』5・10
「征服太陽的伝説」続『公論報』5・17
「頼山陽父子の書簡」5・29
「紅頭嶼耶美族関於蝎座（Scorpio）的伝説」『公論報』6・21
「周徳筆の達磨図」9・2
「台湾先史時代における大陸文化の影響」12月

昭和二四年（一九四九）
「台湾先史時代靴形石器考」国分直一共著　張梁標訳『人文科学論叢』第一輯
「台中県営埔遺跡調査予報」国分直一共著『台湾文化』五の一
「台湾パイワン族及びブヌン族頭蓋の計測」曽瑞鴿・張灥生共著『国立台湾大学解剖学研究室論文集』第六冊
「紅頭嶼ヤミ族頭蓋・椎骨及び骨盤の計測」蔡滋浬・張灥生共著『国立台湾大学解剖学研究室論文集』第六冊
「蘭嶼住民（ヤミ族）の人類学的研究」蔡滋浬・張灥

生共著　『国立台湾大学解剖学研究室論文集』第六冊
「台中州烏牛欄平埔族手掌理紋の研究」　余錦泉・王清木共著　『国立台湾大学解剖学研究室論文集』第七冊
「海南島黎族（俸族・美孚族）の人類学的研究」　蔡錫圭・呉鴻麟共著　『国立台湾大学解剖学研究室論文集』第七冊

昭和二五年（一九五〇）

「台湾考古学研究簡史」　国分直一共著　『台湾文化』六の一
「福建系台湾纒足婦人骨格の骨学的研究　第二下腿骨」王耀文共著　『国立台湾大学解剖学研究室論文集』第九冊
「中国古代の抜歯風習」　『福岡医学雑誌』四一の一一
「ハーン」　『夕刊山陰』6・27
「ミスキャスト」　『夕刊山陰』7・11
「荷風と直哉」　『夕刊山陰』　7・18
「蠅と殺人犯」　『警察』（京都市警本部人事教養部）
「スポーツと音楽」　『夕刊山陰』8・1
「梅原と安井」　『夕刊山陰』8・8
「色気」　『夕刊山陰』8・9
「恐龍と父と子」　『新児童文化』第六集
「歌舞伎」　『夕刊山陰』9・5
「坂本繁二郎覚書」　『朝日新聞』9・8
「トンボ返り」　『夕刊山陰』9・11
「人間」　『毎日新聞』（夕刊）　9・25
「その後のはなし」　『南溟会報』10・1
「西洋人と東洋人」　『島根新聞』10・26
「仁術」　『朝日新聞』（西部版）11・2
「白うさぎのシグナル」　『朝日新聞』（西部版）11・15
「日本文学」　『朝日新聞』（西部版）　11・26
「馬と人間」　『夕刊山陰』12・16
「蟬」　『朝日新聞』（西部版）12・27
「源氏」　『朝日新聞』（西部版）12・30
「茶杓都鳥」　『茶道雑誌』一四の五

昭和二六年（一九五一）

「中国古代人骨に於ける抜歯例」　『解剖学雑誌』二六の二
「九州先史時代の抜歯人骨及び銅鏃片の穿入せる弥生式人骨の示説」　『第七回日本解剖学会九州地方会抄録』
「台湾居住の民族を中心にした東亜諸民族の人類学」『人類学・民族学連合大会第六回紀事』
「台湾より刊行された最近の人類学関係文献」　『民族学研究』一六の二
「根獅子人骨について」（予報）　『平戸学術調査報告』京都大学平戸学術調査団編
「サロン・ド・メ」　『朝日新聞』（西部版）4・14

「ぼくの姓」『夕刊山陰』5・18
「たねいれぬパン」『九大キリスト教新聞』6・20
「読書の解剖」『夕刊フクニチ』9・24
「ペルソー文庫」『毎日新聞』9・30
＊以下の小文は『山陰新報』に一九五一年一一月～一九五二年五月にわたり「プロムナード」の名称で連載された。( )内の数字は連載の番号を示す。
「文珠」『山陰新報』(20)
「土嚢」『山陰新報』(6)
「棄灰」『山陰新報』(7)
「竹炭」『山陰新報』(33)
「武勇伝」『山陰新報』(18)
「旭」『山陰新報』(9)
「国」『山陰新報』(54)
「密」『山陰新報』(55)
「雉の使」『山陰新報』(28)
「眼の如く」『山陰新報』(11)
「女の長寿」『山陰新報』(19)
「片白髪」『山陰新報』(1)
「猛者伝」『山陰新報』(15)
「博士の家に女子の多き」『山陰新報』(14)
「性の決定」『山陰新報』(23)
「時間と空間」『山陰新報』(12)
「上野下野」『山陰新報』(56)
「馬の名」『山陰新報』(35)
「かすり」『山陰新報』(48)
「雪たたき」『山陰新報』(58)
「唐俑」『山陰新報』(57)
「存在感」『山陰新報』(8)
「隠語の二、三」『山陰新報』(34)
「宝殿」『山陰新報』(36)
「方言歌」『山陰新報』(2)
「タンカ」『山陰新報』(50)
「玉の浦」『山陰新報』(38)
「乃木浜」『山陰新報』(52)
「エンタシス」『山陰新報』(41)
「犬の毛」『山陰新報』(44)

昭和二七年（一九五二）

「台湾居住民族を中心とした東亜諸民族の人類学」『福岡医学雑誌』四三の二
「体臭の文学」『香料』一九号
「美術随想」『九大医報』二二の一
「人間はどうして出来たか」『第六回九州大学医学講座テキスト』
「新撰莬玖波集作者部類の成立過程を示す宗祇の自筆書状」『連歌俳諧研究』第三号
「台湾居住民族を中心とした東亜諸民族の人類学的研

究」『解剖学雑誌』二七　総会号
「諸蕃志の談馬顔国」『人類学・民族学連合大会第七回紀事』
「陶熾博士のことども」『福岡医学雑誌』四二の一二
「妙光女〝龍〟と化す」『島根新聞』1・1
「本と懐中鏡」『朝日新聞』（西部版）5・31
「展覧会の見かた」『朝日新聞』（福岡版）8・19
「ロダンの言葉」　九大医学部『図書室だより』12・17

昭和二八年（一九五三）
「人間の嗅覚」『九大医報』二三の一
「福岡県築上郡住民の生体計測」　南川勝三共著　『解剖学雑誌』二八の一
「佐賀県三養基郡中原村上地甕棺出土人骨」　牛島陽一・伊藤泰照・古谷博紀共著　『解剖学雑誌』二八の一
「杵築とは何か」『山陰新報』5・3
「棟方志功の陶画」『山陰新報』1・6
「読書と現代」『朝日新聞』（西部版）3・7
「言葉のアクセサリー」『西日本新聞』1・19
「坂本繁二郎個展を見る」『朝日新聞』（西部版）4・7
「姪樹譚」『九州文学』7月号
「木馬と石牛」『九州文学』8月号
「ニムロッドの矢」『九州文学』9月号
「美人の生物学」『西日本新聞』9・22
「立小便をする女」『日曜新聞』10・11
「石敢当私考」『ふく笛』第一一号
「百合若大臣物語」『朝日新聞』（西部版）10・1
「ごましお頭の男その他」『九州文学』10月号
「長屋大学」『朝日新聞』（西部版）10・8～12・29
「博多三勇士」『九州文学』
「マニラの学生たち」『朝日新聞』（西部版）12・4
「スカイランドの人びと」同右　12・15
「熊本県下益城郡豊田村御領貝塚発掘人骨」　浅川清隆共著　『福岡医学雑誌』四三の一二
「日本先史時代の運搬法について」　牛島陽一共著　『日本考古学協会第一二回総会研究発表要旨』
「福岡県築上郡住民の生体計測」二　南川勝三共著　『解剖学雑誌』二八の五・六
「長崎県平戸獅子免出土の人骨」　永井昌文・山下茂雄共著　『解剖学雑誌』二八の五・六
「海南島海口市漢人手掌理紋の研究」一　椎原竜夫共著　『鹿児島医学雑誌』二六の一一・一二
「日本人の指紋の研究（掌紋・足紋）」　二井一馬等共著　『学術月報』別冊資料一

昭和二九年（一九五四）
「中国の百合若伝説」『九州文学』1月号
「海南島海口市漢人手掌理紋の研究」二　椎原竜夫共著

『鹿児島医学雑誌』二七の一・二
「神武の子ら」『朝日新聞』(西部版) 2・10
「デイアボロ」『九州文学』3月号
「台湾先史考古学における近年の工作」国分直一共著『民族学研究』一八の一・二
「台湾における体質人類学方面の研究の概説」『民族学研究』一八の一・二
「基隆湾岸における考古学的調査」『水産大学研究報告』人文科学篇第一号
「沖縄波照間島発掘石器」『西日本新聞』4・9
「ぼくの読書前史」『図書速報』第一号(九大医学部中央図書室) 3・1
「アドイカリ」『ふく笛』一二号
「琉球通信」一～七『朝日新聞』(西部版) 3・30～4・17
「九州の顔」『朝日新聞』(西部版) 8・8
「沖縄の旧友」『琉球新報』5・2
「田舎に京あり」『朝日新聞』10・5
「八頭身漫談」『夕刊フクニチ』10・30
「考古学者」『朝日新聞』(西部版) 11・9
「博多」『朝日新聞』(西部版) 11・6
「静粛地帯」『朝日新聞』(西部版) 11・2
「失業式」『朝日新聞』(西部版) 11・14
「志野」『朝日新聞』(西部版) 11・18
「鉄道語」『朝日新聞』(西部版) 11・19
「エチケット」『朝日新聞』(西部版) 11・28
「美術展」『朝日新聞』(西部版) 11・10
「眼のおきかえ」『朝日新聞』(西部版) 11・16
「竹田をみる」『毎日新聞』(西部版、夕刊) 11・30、12・1
「映画の効用」『朝日新聞』(西部版) 11・12
「ガン研究所」『朝日新聞』(西部版) 11・17
「トラコーマ」『朝日新聞』(西部版) 11・7
「医者の顔」『朝日新聞』(西部版) 11・20
「現代絵画」『朝日新聞』(西部版) 11・21
「耳輪」『朝日新聞』11・25
「初孫の記」九大医学部解剖学教室『同窓会年報』第二〇巻
「ルーブルの思い出」『朝日新聞』(西部版) 12・2
「仲人記」『九大医報』二四の三
「歳暮閑談」『西日本新聞』12・28
「熊本県下益城郡豊田村御領貝塚発掘の人骨について」原田忠昭・浅川清隆共著『人類学研究』二の一
「福岡県浮羽郡大野原及び秋成発掘の弥生式時代人骨に就いて」甲斐庸禹共著『人類学研究』二の一
「中国の百合若伝説」続『九州文学』4月号
「黒田如水の死因」『医譚』復刊四号
「山口県豊浦郡神玉村土井ヶ浜発掘人骨の抜歯例」牛

島陽一・永井昌文共著　『解剖学雑誌』二九の二
「海南島那大地方漢人手掌理紋の研究」一　椎原竜夫共著　『鹿児島医学雑誌』二七の五・六
「南島の古代」上・中・下　『毎日新聞』(西部版)　6・8〜6・10
「沖の島調査見学記」　『毎日新聞』(西部版)　8・19
「八重山本『大和歌集』について」　『芸林』一の三・五
「海南島那大地方漢人手掌理紋の研究」二　椎原竜夫共著　『鹿児島医学雑誌』二七の七・八
「八重山本『大和歌集』補遺」一　『芸林』一の四
「八重山本『大和歌集』補遺」二　『芸林』一の五
「山口県土井ヶ浜遺蹟の弥生時代埋葬」　坪井清足共著　『日本考古学協会第一四回総会研究発表要旨』
「琉球波照間島下田原貝塚調査報告」　国分直一共著　『人類学・民族学連合大会第九回紀事』
「のっぺらぼう其の他」　『九州文学』10月号
「Onanie の文学」一　『九州文学』11月号
「諸蕃志之談馬顔国」　王世慶訳　『方志通訊』三の三四
「Onanie の文学」二　『九州文学』12月号
「海南島南部漢人手掌理紋の研究」一　椎原竜夫共著　『鹿児島医学雑誌』二七の一一・一二
「長崎県平戸島獅子村根獅子免出土の人骨に就て」　『人類学研究』一の三・四

昭和三〇年（一九五五）

「日本芸術」　『日本医事新報』(一六〇二号)　1・8
「前進座の寺小屋」　『芸林』二の三
「私と琉球と本」　『日本古書通信』二〇の三
「ふたむかし」　『九大医報』5月
「父の怪談」　『九州文学』第五期一の五
「犬女房と猫女房」　『新九州』6・5
「映画のタイトル」　『西日本新聞』6・19
「負戴運搬」　『毎日新聞』(西部版)　7・26
「名茶ぎらい」　『毎日新聞』(西部版)　7・27
「名所ぎらい」　『毎日新聞』(西部版)　8・4
「名人ぎらい」　『毎日新聞』(西部版)　7・28
「名品ぎらい」　『毎日新聞』(西部版)　8・2
「日本にこなかった映画」　『シネ・ロマン』七号(福岡)
「金の重み」　『新九州』9・30
「場末の映画館」　『新九州』11・10
「『加多乃』の思い出」　『美登里』11・10
「郷土史料収集への提案」　『琉球新報』11・3
「沖縄古文化財の保護についての私見」　『琉球新報』12・24
「Onanie の文学」三　『九州文学』1月号
「あた守る筑紫」　『九州文学』2月号
「山陽・九州地方人の指紋の研究」　『総合研究報告集録

医薬編』二九
「山口県神玉村土井ヶ浜発掘の人骨」（予報）『福岡医学雑誌』四六
「山口県神玉村土井ヶ浜発掘の人骨」　永井昌文・牛島陽一・財津博之共著　『解剖学雑誌』三〇の一
「琉球波照間島々民の体質人類学的研究」　永井昌文共著　『解剖学雑誌』三〇の一
「海南島南部漢人手掌理紋の研究」　二　椎原竜夫共著　『鹿児島医学雑誌』二八の一・二
「Onanie の文学」　四　『九州文学』　3月号
「Onanie の文学」　五　『九州文学』　4月号
「木馬と石牛」　大雅書店
「弥生人種の問題」　『日本考古学講座』　四（弥生文化）　河出書房
「Onanie の文学」　追加　『九州文学』　5月号
「八重山群島の古代文化―宮良博士の批判に答う」『民族学研究』一九の二
「昭和三〇年度土井ヶ浜弥生式墓地の調査」　坪井清足共著　『日本考古学協会第一六回総会研究発表要旨』
「久世家歴代の頭骨について」　小野千吉郎共著　『人類学会・民族学会連合大会第一〇回紀事』
「与論島をめぐって」　『西日本新聞』　8・23
「土井ヶ浜遺跡調査の意義」　『朝日新聞』（西部版）㈠9・30　㈡10・19　『毎日新聞』（西部版）　㈢8・26　㈣8・27

昭和三一年（一九五六）

「琉球の言語と民族の起源―服部教授の論考に答える」　『琉球新報』　1・6、1・18
「奄美群島与論島々民の生体学的研究」　永井昌文・牛島陽一共著　『解剖学雑誌』三一の一
「台湾先史考古学近年之工作」　国分直一共著　宋文薫訳　『台北県文献叢輯』二
「Onanie の文学」　追補　『九州文学』　5月号
「三焦」　『福岡医学雑誌』四七の六
「奄美群島与論島人骨の人類学的研究」（予報）　永井昌文・牛島陽一・財津博之共著　『解剖学雑誌』三一の三・四、附II
「八重山の民家」　『民俗建築』一七・一八号
「奄美群島沖永良部島西原海岸発見の抜歯頭蓋」　永井昌文・牛島陽一共著　『人類学・民族学連合大会第一一回紀事』
「頓医抄と欧希範五臓図」　『医譚』　復刊第一二号
映画に現われた女性
「女囚と共に」　『西日本新聞』　9・25
「上流社会」　『西日本新聞』　3・10
「わたしは夜を憎む」　『西日本新聞』　3・31
「夜の乗合自動車」　『西日本新聞』　12・9

「嵐の前に立つ女」『西日本新聞』3・10
「ノートルダムのせむし男」『西日本新聞』3・31
「沖永良部西原墓地採集の抜歯人骨」『民族学研究』二一の四
「フィリピンをたずねて」『ユース・コンパニオン』2月
「民族学の朝あけ」『毎日新聞』(西部版) 2・12
「円悟自賛画像に関する柳生家文書」『茶道月報』6月
「カーの思い出」『沖縄タイムス』9・15〜16
「種子島長崎鼻遺跡出土人骨に見られた下顎中切歯の水平研歯例」『九州考古学』三の四
「『眈羅紀年』に見える琉球関係記事」『琉球新報』10・17〜18
「日本語漫談」一『九州文学』11月号
「うつす」『九州文学』11月号
「親孝行について」『とびら』第三号(日本キリスト者医科連盟福岡支部会)
「還暦の弁」九大医学部解剖学教室『同窓会年報』第二二巻
"On the human skulls excavated from the prehistoric site Kénting-Liao Hengch'un prefecture, Formosa." *Proceedings of Eighth Pacific Science Congress.*
「女の男を求むるは当今の新例なり」『西日本新聞』11・16

昭和三二年(一九五七)

「太馬麟の想い出」『IZUMI』二一号 熊本大学医学部
「似顔絵問答」『九大医報』二九の六
「奄美群島喜界島々民の生体学的研究」永井昌文・大山秀高共著『解剖学雑誌』三二の一
「小琉球嶼に於ける先史遺跡」国分直一共著『水産講習所報告』人文科学篇第二号
「正直の人宝を得る事」『新中国』三号
「漫談正月風景」『同盟通信』1・1
「思い出の本―チェホフ」『毎日新聞』2・11
「社長さんたちの顔」『九州産業経済新聞』2・5
「『杜子春』系譜」『九州文学』3月号
「南風原朝保博士を懐う」『琉球新報』3・3
「三吉と与三郎―作品とモデルの問題について」『朝日新聞』(西部版) 3・1
「実の綾のつづみ」『西日本新聞』4・3
「老書生の愚痴」『学鐙』五四の五
「新しい恋人」『朝日新聞』6・24
「京都にて」『芸林』7月
「村の英雄その他」『バッカス』三号 9・20(福岡)
「朝のことば」『毎日新聞』(西部版) 6・10〜9・3
「被下候御方はドナタカハ存不中候共」『バッカス』四

号　10・20
「毛抜・蝉丸・逆髪」『芸林』四の三
「沖永良部島西原墓地出土の抜歯頭蓋（供覧）」　永井昌文・牛島陽一共著　『解剖学雑誌』三二の三・四　附II
「髑髏盃」『バッカス』二号
「せんこつ　洗骨」『世界大百科事典』一七　平凡社
「昭和三二年度山口県土井ヶ浜遺跡調査概報」『日本考古学協会第二〇回総会研究発表要旨』
「チャンポン・ポンピン・ポコンポコン」『九大医報』二七の四
「台湾蔦松貝塚発見の一下顎骨について」『人類学輯報』別冊　一八輯
「グーハとハイネゲルデルン」『毎日新聞』10・23
「帙つくり」『朝日新聞』11・6
「庶民の世紀の本」『朝日新聞』11・13
「三宅博士所蔵の真字注庭訓往来」『朝日新聞』（西部版）11・27
「同窓の害」　九大医学部解剖学教室『同窓会年報』第二三巻
「G・S・クーン著『人種』」『日本読書新聞』12・16
「朝日五流能所感」『毎日新聞』12・16
「本を冊ということ」『朝日新聞』12・20
「台湾東海岸卑南遺跡発掘報告」　国分直一共著　『水産講習所報告』人文科学篇第三号
「てんそく　纏足」『世界大百科事典』二〇　平凡社
「沖永良部西原墓地採集の抜歯人骨」『民族学研究』二一の四
「福田半香あての椿椿山の書簡—渡辺崋山に関する新資料」『九州文学』12月号

昭和三三年（一九五八）

「喜界島民の生体計測」『人類科学』X
「日本人の体質」『世界大百科事典』二二　平凡社
「種子島長崎鼻遺跡出土人骨に見られた下顎中切歯の水平研歯例」『九州考古学』三・四
「明衡と宋玉」『展望』九州大学、第三号
「鹿児島県種子島長崎鼻遺跡出土の人骨に見られた下顎中切歯の水平研歯例について」　永井昌文共著　『解剖学雑誌』三三の二
「ポンピン」『世界大百科事典』二七　平凡社
「中国人の形成」『世界考古学大系』六　東アジアII　平凡社
「りゅうご　輪鼓」『世界大百科事典』三〇　平凡社
「山口県土井ヶ浜遺跡出土弥生式時代人の抜歯について」　佐野一共著　『解剖学雑誌』三三の六、附III
「市川少女歌舞伎の『鳴神と沼津』」『毎日新聞』1・24
「舟越」『安川ニュース』（八幡安川電機）2・1
「第十三回日展見物記」『毎日新聞』2・21

「こぼれ噺」『バッカス』八号（福岡）3・20
「沢田教授寸描」『九大医報』二八の一
「羅列の文学」『朝日新聞』5・20
「私の提唱」『北九州民芸』6月
「日本化したアメリカ人」『芸林』7月
「盆と骨」『朝日新聞』（西部版）8・12
「野糞礼讃」『同窓会年報』（九大医学部解剖学教室）二四
「弥生人の渡来の問題」『西日本新聞』3・12
「山口県豊浦郡豊北町神田土井ヶ浜遺跡の発掘調査」『総研報告編』（昭和三三年）

昭和三四年（一九五九）
「花妻とはねかづら」『朝日新聞』（西部版）1・8
「思い出」『日本医事新報』一八一〇号
「ここに幸あり」『九大医報』二一
「美女と般若」『福岡婦人新聞』2・1
「道楽案内」『九州産業経済新聞』2・11
「野国貝塚発見の開元通宝について」『琉球新報』3・29〜30
「でこまわし」『四国』一二七号
「『青銅の顔』を見て」『毎日新聞』4・21
「近くて遠きは男女の仲」『西日本新聞』4・21
「人類学者としての清野先生」京大医学部『芝欄』六五号
「医学博士というもの」『九州大学新聞』5・25
「名馬とヒキガエル」『九大医報』7月
「喪服」『日本医事新報』一八四〇号
「『ジャングル・サガ』を見て」『毎日新聞』10・2
「名物なで斬り」『九州文学』五の一一
「新作狂言拝見」『毎日新聞』11・21
「曽我の対面」『三高同窓会々報』一七
「とんでもない話」『芸林』六の二
「奄美諸島住民の人類学的研究」永井昌文共著『奄美（自然・文化・社会）論文篇』九学会連合奄美大島共同調査委員会
「呉志の亶洲と種子島」『毎日新聞』（西部版）7・29
「槍ぶすまに囲まれた話」『西日本新聞』8・23
「こんにちの人類学から」読売新聞社『日本の歴史』1、日本のはじまり・日本民族の成り立ち
「弥生時代の日本人」『日本の医学の一九五九年』第一五回日本医学会総会。後に平凡社『日本文化の起源』五（一九七三）に再録

昭和三五年（一九六〇）
「日本人の生成」『世界文化史大系』二〇　日本I　月報一九　角川書店
「琉球野国貝塚発見の開元通宝について」『九州考古

学』九

"The custom of teeth extraction in ancient China." *Extrait des Actes du VIe Congrès International des Sciences, Anthropologiques et Éthnologiques.*

「人類の化成と発達」『世界の歴史』I　筑摩書房

「第VI回国際人類学民族学会出席報告」『人類学雑誌』六八の三

「山口県豊浦郡豊北町土井ヶ浜遺跡出土弥生時代人頭骨について」『人類学研究』七の三・四

「九大を去るに当って」『九州大学新聞』2・25

「こころの富」『朝日新聞』4・10

「心のふるさと」　鳥取大学医学部『学生新聞』7・1

「江戸っ子と風流線」『三高同窓会々報』8・15

「パリ通信」『九州文学』六の一〇

「古代中国之抜歯風俗」(英文)　『台湾医学会雑誌』五九の一一・一二

「ガーサと月桃」『琉球新報』12・19

「パリの人類学会」『解剖学雑誌』三五の六

「『秘境ヒマラヤ』を見て」『毎日新聞』4・16~17

「人類学から見た九州人」『朝日新聞』(西部版)2・19

昭和三六年（一九六一）

「アフリカとヨーロッパの古人類」『世界考古学大系』一二　ヨーロッパ・アフリカI　平凡社

「佐賀県三津永田遺跡」　坪井清足・金関恕共著　『日本農耕文化の生成』　東京堂

「佐賀県切通遺跡」　金関恕・原口正三共著『日本農耕文化の生成』　東京堂

「山口県土井ヶ浜遺跡」　坪井清足・金関恕共著　『日本農耕文化の生成』　東京堂

「一九六〇年度国際学会出席報告」第一部関係　日本学術会議事務局

「無田遺跡調査の成果」『毎日新聞』(西部版)1・20

「近況おしらせ」『東寧会報』第六号　4・20

「民芸の美」『島根新聞』6・27~28

「国語問題におもう」『芸林』八の七

「『杜子春』系譜補遺」『九州文学』8月号

「霊交と私」『九大医報』三一の四

「抜歯風習の起源」『日本解剖学会第一六回中国・四国地方会抄録』

「喜界島民の生体計測」　永井昌文・大山秀高共著　『人類科学』一三

「アジアの古人類」『世界考古学大系』八　平凡社

昭和三七年（一九六二）

「大分県丹生丘陵の前期旧石器文化」『毎日新聞』3・24

「着色と変形を伴う弥生前期人の頭蓋」　小片丘彦共著『人類学雑誌』六九の三・四
「大分県丹生遺跡の旧石器」　山内清男・佐藤達夫共著『日本考古学協会第二八回総会研究発表要旨』
「馬芝居」『芸能』四の四
「十六島漫談」一〜二二　『島根新聞』6・3〜6・29
「抜歯風習の起源」『解剖学雑誌』三七の三、附Ⅳ
「十六島漫談補正」『島根新聞』7・20
「すまいを語る」『朝日新聞』（西部版）11・25
「古浦遺跡調査の意義」『島根新聞』9・8〜9
「西はどっちと念のうち」『民間伝承』二五八
「西部日本における前期旧石器遺跡」　国分直一・佐藤暁共著『日本考古学協会昭和三七年度大会研究発表要旨』
「昭和三七年度における発掘調査の概報」『日本解剖学会第一七回中国・四国地方会抄録』
「カチカチ山の話に関する大藤氏の書評のあとに」『伝承文化』第三号
「弥生時代人」『日本の考古学』三　弥生時代　河出書房

昭和三八年（一九六三）

「島根県八束郡鹿島町古浦砂丘遺跡」　藤田等共著『日本考古学協会第二九回総会研究発表要旨』
「すれちがい」『台湾青年』二七号　2・25
「中国曲技の長い歴史」『毎日新聞』（夕刊）3・16
「仏頂記」『島根新聞』6・14
「鈴木文太郎先生」『朝日新聞』7・8
「天皇と柳田先生」『定本柳田国男集』一八巻月報20
「卜骨談義」一〜八　『島根新聞』8・25〜9・1
「発掘から推理する」一〜七　『朝日新聞』（西部版）
㈠頭骨にヤジリ　9・8　㈡土井ヶ浜の英雄　9・15
㈢長い弓と短い弓　9・22　㈣竜馬と河童　9・29
㈤南方戦士の族　10・6　㈥双性の神人　10・13
㈦孤島の玉人　10・27
「海南島の黎族」『世界の秘境』第一八集　9月
「日本語列島はいつできたか　形質と文化との複合性」『日本語の歴史』一　民族のことばの誕生　平凡社
「滝川亀太郎博士を語る」上中下　『島根新聞』10・28〜10・30
「きぬの道」『島根新聞』11・5
「島根県八束郡古浦遺跡発見の卜骨」『人類学・民族学連合大会第一八回紀事』
「本年度における島根県古浦埋葬遺跡の発掘調査概要」　藤田等共著『日本解剖学会第一八回中国・四国地方会抄録』
「島根県八束郡鹿島町古浦砂丘遺跡」　藤田等共著『日本考古学協会昭和三八年度大会研究発表要旨』

"Note on the skeletal material collected during the' RyūKyū survey 1960." *Asian Perspectives, The Bulletin of the Far-Eastern Prehistory Association.* Vol. VI.

「日本人の形質と文化の複合性」『日本語の歴史』一
民族のことばの誕生　平凡社

「トロカデーロの里代」『像』一一号

昭和三九年（一九六四）

「本年度における島根県古浦埋葬遺跡の発掘調査」　藤田等共著　『解剖学雑誌』三九の一　附Ⅷ

「箸・櫛・つるぎ」『伝承』第一二号

「琉球波照間島下田原貝塚の発掘調査」『水産大学研究報告』人文科学篇第九号

「続発掘から推理する」『朝日新聞』（西部版）㈠日本の毒矢　1・12　㈡抜歯のおこり　1・19　㈢男のお産・クバード　1・26　㈣ヤマトタケルの悲劇　2・2　㈤たましいの色(上)　2・9　㈥たましいの色(下)　2・18　㈦南は東　2・23　㈧子供墓　3・1　㈨孔子の一言　3・8　㈩シッポのある天皇　3・15

「雲道人とその芸術」　『毎日新聞』（西部版、夕刊）1・23

「趙子昂筆大宝箴の発見」『華僑生活』三　春季

「シンデレラの靴」『伝承』第一四号

「大和より」　九大医学部解剖学教室　『同窓会年報』第三〇巻

「琵琶骨」『解剖学雑誌』四〇の三

「ブーゲンビル民話集」『現代のエスプリ』二二の一一

昭和四〇年（一九六五）

「むなかた」『九州文学』1月号

「雪さらし」『淡交』二〇の七

昭和四一年（一九六六）

「弥生時代人」『日本の考古学』Ⅲ　弥生時代　河出書房新社

「形質人類学から観た日本人の起源の問題」『民族学研究』特集・日本民族文化の起源　三〇の四

「形質人類学」『日本民族学の回顧と展望』　日本民族学会編

「海幸・山幸の話」『国文学解釈と鑑賞』三一の七

「倭建命」『国文学解釈と鑑賞』三一の九

「雪さらし」『淡交』二〇の七

「種子島広田遺跡の文化」『FUKUOKA UNESCO』第三号

「G・C・ホイラー採集　ブーゲンビル民話集」（翻訳）『現代のエスプリ』第二二号　神話

「出雲美人」『いづも路』三号　4月

「説話学に興味」『民間伝承』三〇の四　12・5

昭和四二年（一九六七）

「日本文化の南方的要素―九州文化の総合研究調査から」『朝日新聞』（西部版）4・3

「基隆湾沿岸における考古学的調査」　国分直一共著『水産大学校研究報告』人文社会学科篇第一一号

「雲道人とその芸術」『白雲幽石片』京都市蓋天蓋地社　7月

「消息」『南溟会報』第三一号　6月

昭和四三年（一九六八）

「ななくさがゆ」『朝日新聞』1・6

「竹原古墳奥室の壁画」　Museum 二一五号

「神を待つ女」『個を見る』一二号

「十字紋の恨み石」『南島研究』八号

昭和四四年（一九六九）

「鳰かぞえ」『帖面』三五号

「関節、腕輪そして勾玉」　学研『日本文化の歴史』第一巻月報

昭和四五年（一九七〇）

「芭蕉自筆笈の小文稿本の断簡」『連歌俳諧研究』三一号

「竹取物語の富士の口合」『帝塚山大学論集』創刊号

「『縦横人類学』を読む」『季刊人類学』二号

「佐藤勝彦君とその作品」『島根新聞』7・31

「児女とせず」『小原流挿花』8月号

昭和四六年（一九七一）

「南方学の系譜」『南方熊楠全集』第一巻月報

「渦まく力」『奈良県文化会館個展案内』7・13

昭和四七年（一九七二）

「青白間道の行纒」『アジア文化』八の四

「日本人種論」　雄山閣『考古学講座』一〇

「鈴木尚著『化石サルから日本人まで』」『自然』一〇三号

「楽しい未成品」　銀座七丁目『東和画廊個展案内』

「人類学上から見た長沙婦人」『読売新聞』（大阪版）8・5

昭和四八年（一九七三）

「成川遺跡の発掘を終えて」『成川遺跡』埋蔵文化財発掘調査報告七、五章一節「人骨概要」（序文三頁追補）

「人類学から見た古代九州人」『九州文化論集』福岡ユ

ネスコ編一　平凡社

昭和四九年（一九七四）

「木馬と石牛・追補」『帝塚山大学論集』八号

「日本民族の系統と起源」　ブリタニカ『国際大百科事典』一五

「古代九州人」『学士鍋』一一　九州大学医学部同窓会

「紅頭嶼ヤミ族の蝎座に関する伝説」『えとのす』一号　11月

昭和五〇年（一九七五）

「モーダン娘経」『山上教室ゼミナール誌』1月

『発掘から推理する』　朝日選書40　朝日新聞社　6月

「お願い」『解剖学雑誌』五〇の四

昭和五一年（一九七六）

『木馬と石牛』　角川選書81　角川書店　1月

「緬鈴」『えとのす』六号　8月

「浜田耕作先生を懐う」　京大『考古学研究報告』配本の栞第二号

『日本民族の起源』　法政大学出版局　12月

昭和五二年（一九七七）

『南方文化誌』　法政大学出版局　12月

「蘭山素止筆ヒポクラテス像」『医譚』六六号　4月

昭和五三年（一九七八）

「与論見聞記」『えとのす』九号　2月

『文芸博物誌』　法政大学出版局　3月

「種子島の方言」『えとのす』一〇号　5月

『琉球民俗誌』　法政大学出版局　6月

『形質人類誌』　法政大学出版局　12月

昭和五四年（一九七九）

「南種子島の民謡」『えとのす』一一号　1月

「小泉鉄」『朝日新聞』5・24

「高林吟二」『朝日新聞』5・25

「森於菟」『朝日新聞』5・28

「雲道人」『朝日新聞』5・29

『孤燈の夢』　法政大学出版局　9月

『台湾考古誌』（国分直一共著）　法政大学出版局　10月

「倭人のおこり」『ゼミナール・日本古代史』上　光文社　11月

昭和五五年（一九八〇）

『長屋大学』　法政大学出版局　2月

『南の風』　法政大学出版局　6月

『お月さまいくつ』　法政大学出版局

金関丈夫年譜

明治三〇年（一八九七年）

二月一八日、香川県仲多度郡榎井《えない》村六九五番地で、父喜三郎、母たみの間の二男一女の長子として生まれる。父家は曽祖父の代まで近郷の郷社の神職だったが、父は当時陸軍、国鉄、専売局などの建築請負を業としていた。両親がメソジスト教会の信徒だったので、幼児洗礼を受けたことになっているが時日ははっきりしない。

明治三六年（一九〇三）

四月、榎井村尋常小学校に入学。

明治三七年（一九〇四）

二月、日露戦争はじまる。

明治三八年（一九〇五）

五月、父は第十一師団経理部の技手に任官する。

明治四〇年（一九〇七）

三月、榎井尋常小学校卒業、琴平町の高等小学校に入る。

明治四一年（一九〇八）

四月、父の任地岡山市に移り、内山下小学校六年級に転入する。同級生に佐藤（のちの岸）信介、山辺寛一（のちの常の花、いまの出羽海）がいる。

明治四二年（一九〇九）

四月、祖父母の許にあずけられ、福岡県若松の修多羅高等小学校に入学する。

明治四三年（一九一〇）

四月、岡山市の両親の許に帰り、県立中学校の入学試験に失敗して、閑谷黌岡山分黌に入学する。県立図書館に通うことをおぼえて読書量が急に増す。岡山組合教会の少年隊というのに入る。

明治四四年（一九一一）

九月、父の転任で松江市に移る。県立松江中学校の二年級に転入する。

大正元年（一九一二）

この頃雑誌『白樺』『文章世界』など購読する。島根県立図書館を利用して読書。江戸文学に興味をもつ。

大正二年（一九一三）

この年、福田豊などと共に同人雑誌『野人』を作る。この年また、両親と共に聖公会松江基督教会に転籍、爾来永野武二郎牧師より強い影響を受ける。教会では模範少年、学校では軟文学の不良少年ということになる。中学校の教師後藤蔵四郎先生の風格に感銘をうける。

大正三年（一九一四）

五月、英人宣教師ヒウ・J・フォス牧師により按手式をうける。またこの秋、松江教会の創立者バークレー・F・バックストン老師の来朝あり、その説教に霊感をうける。この頃、日曜学校の聾唖生徒のクラスを受けもつ。七月、第一次世界大戦始まり、八月、日本参戦。

大正四年（一九一五）

三月、松江中学校卒業。七月、第三高等学校三部の入学試験に失敗、一年間浪人する。

大正五年（一九一六）

九月、第三高等学校（三部）入学。三高YMCA寄宿舎生となる。この頃トルストイにかぶれ、菜食主義者となる（半年で廃止）。同舎生に風早八十二などいる。

大正六年（一九一七）

三月～四月、大和の古社寺巡りをして、初めて日本の古代美術に接する。

大正七年（一九一八）

二月、第一次大戦終る。一二月、その後も数回催された内村鑑三の京都講演に連日出席、爾後『聖書研究』を購読するが個人的に近づこうとはしなかった。

大正八年（一九一九）

二月、上京、前年末結成された新人会の、キリスト教学生青年会組織化のための集会に呼び出される。しかしこの運動に未理解で、トルストイアンの立場から発言する。三月、朝鮮三一事件おこり、同舎生朝鮮出身の兪億兼の憤慨に同感する。七月、三高卒業。九月、京都帝国大学（医学部）に入学。級友に坂田徳男（哲学）がいる。岡崎町の聖公会南御所寮に入る。

大正九年（一九二〇）

四月、京都大学YMCAの寮に入る。同寮に河上肇の門下小林輝次などがいて労農学校などをやっていたが、その運動には積極的には同調しなかった。戦後の景気上昇時代で、学費がかさんでくる。

大正一一年（一九二二）

四月、YMCAの寮を出て銀閣寺付近の農家に下宿する。海外の名演奏家しきりに来朝。クライスラーを京都できいて、また大阪、神戸まで追っかけてゆく。マックス・クリンガーの「絵画と線画」を翻訳する。

大正一二年（一九二三）

七月、京大（医学部）卒業、同学部の解剖学教室に入り助手になる。同室に先輩今村豊がいる。この年郷里で徴兵検査をうけ甲種合格。

大正一三年（一九二四）

一月、足立文太郎教授のすすめで、人類学を勉強することになり、病理学の清野謙次、考古学の浜田耕作両教授に紹介され入門する。三月、新潟県人小野鈴蔵の四女みどりと結婚する。爾来岳父について古美術鑑賞の上で指導をうける。四月、一年志願兵として伏見第三十八聯隊に入営。六月、病気のため現役免除になって除隊、教室に復帰する。

大正一四年（一九二五）

四月、京都大学助教授（医学部勤務）。骨学の講義をはじめる。足立教授の人類学の講義を一年間聴講する。

昭和元年（一九二六）

三月、長男毅生れる。四月、大谷大学教授を嘱託され、足立教授のあとを承けて人類学の講義をする。爾後昭和九年まで隔年講義する。

昭和二年（一九二七）

四月、同じく足立教授のあとを襲って、京大文学部史学科の人類学の講義を担当、爾後隔年講義する。一一月、次男恕生れる。

昭和三年（一九二八）

四月、清野謙次共著『人類起源論』（岡書院）刊行さる。九月、上京、民俗学談話会に出席、はじめて柳田国男先生の謦咳に接する。一二月、京都在留中の日高アイヌ一九名の調査をする。同月末、琉球調査旅行に出発。

昭和四年（一九二九）

一月、琉球人手掌紋の調査、及び琉球各地の人骨を採集して月末帰学。二月、この月より三宅宗悦等と共に毎月人類学談話会を催す。四月、大阪女子医学専門学校講師兼任。七月、岡書院の雑誌『ドルメン』発行の計画に与る。

昭和五年（一九三〇）

九月、「琉球人の人類学的研究」で医学博士（京大）を授与される。一一月、E・リサン師来訪、河套人大腿骨を見る。

昭和六年（一九三一）

五月、人類学談話会の月例遠足会で明石人骨発見地を見る（発見者直良信夫氏の案内、同行中村新太郎、槇山次郎、小牧実繁、有光教一、三宅宗悦等）。

昭和七年（一九三二）

七月、ジャワの考古学者S・カルレンフェルス来訪。

昭和八年（一九三三）

四月、東亜考古学会の関東州羊頭窪発掘調査のため、三宅宗悦と共に出発。五月末発掘終り、満州、朝鮮各地を見学して六月帰学。

昭和九年（一九三四）

九月、台湾総督府医学専門学校教授の資格で、在外研究（解剖学、人類学）を命ぜられる。台湾を経て海路マルセイユに向う。途中の見学は、アモイ、潮州、広東、香港（D・J・フィン師のランマ島の遺物）、シンガポール、マラッカ（カルレンフェルス発掘中のケダ貝塚）、コロンボ、カイロ、ナポリ、ポンペイ等。一〇月二八日マルセイユ、翌月パリ着。一一月一〇日より植物園の近くのリュウ・デザレーンのF家に下宿して、P・リベ教授の「人類学研究所」に通う。一一月末、沢潟久孝氏と共にスペイン、ポルトガルへの旅行にたつ。各地を歴訪して、一二月一六日パリに帰る。マドリッドではH・オーベルマイエル教授を訪ねる。爾後研究所で、人類学博物館所蔵のフィリピン頭蓋の計測をする。この研究所でインドの人類学者B・S・グハ氏と親しくなる。

昭和一〇年（一九三五）

元日はバルビゾンの森の中の宿屋で迎える。三月はじめ計測終り、中旬の数日、サンマルセル通りのM・ブール教授の古人類研究所へ行って骨つぎの手伝いする。下旬はノルマンディ、ブルターニュ地方へ旅行、カルナックの遺跡などを見る。四月二日パリを発ってベルリンに移る。同月五日、ダーレムのJ家に下宿、カイザー・ヴィルヘルム研究所の人類学研究室（主任オイゲン・フイッシャー）に通う。六月、七月中は、ドイツ、スイス、オーストリアの各地を歴訪する。この旅でエーリングスドルフ、マウエル、ネアンデルタール等の遺跡を、ハイデルベルグではマウエル下顎骨、ボンではネアンデルタール人、オーベルカッセル人骨を見る。またこの旅でO・シュラーギンハフフェン、Th・モリゾン等諸教授に会う。八月、神田喜一郎博士と共に北欧の旅に出る。ゲーテボルグでB・カルグレン、ストックホルムでJ・G・アンダーソンの諸教授に会う。オスローより単独で、ベルゲンを経てイギリスに渡る。エディンバラで旧友佐原六郎に会い、共にアイルランドに向う。下旬ロンドンに着く。九月、各博物館、王立外科学校等の古人骨を見る。下旬、佐原氏と共にベルギー、オランダの各地を見てベルリンに帰る。一〇月スヴェン・ヘディンの中央アジア探検の講演をきく。一〇月、佐原氏同道、プラハ、ウィーン、ブタペスト等を経てイタリアに入る。帰路スイスを廻ってベルリンに帰る。二月、ハンブルグ、パリを経てロンドン。

昭和一一年（一九三六）

一月一五日サザンプトンよりアメリカに向う。ニューヨークでは自然科学博物館のシャピロ、ネルソンの諸氏、ワシントンではスミソニアン研究所のA・ヘリチカ教授に会う。二月二〇日郵船の太洋丸でサンフランシスコ出帆、二六日ホノルルに入港して二・二六事件を報ずる号外を見る。三月八日横浜着、七日付で台北帝大教授に任ぜられる。三月下旬台湾赴任、台北市に住む。同僚、森於菟教授と共に新教室の整備につとめる。七月、霧社の発掘、タイヤル族人骨一〇〇体余りを採集。一二月、三男悳生れる。この年漢民族の廃墓等より多数の人骨を集める。

昭和一二年（一九三七）

七月、日中事変おこる。

昭和一三年（一九三八）

一月、京大浜田耕作総長を案内して島内を一周する。三月、浅井恵倫、宮本延人と共に台中州埔里太馬麟の石棺埋葬遺跡を発掘する。八月、花蓮港庁チャカン、タッキリのタイヤル族の生体調査。一〇月、京都大学文学部の人類学講義再開始、爾後隔年出張。同月、台中州霧社及び内横屛のタイヤル族の生体調査。

昭和一四年（一九三九）

七月、阿里山ツォー族の生体調査。一一月、新竹州ガラワン社等のサイセット族、高雄州ライ社のパイワン族の生体調査。

昭和一五年（一九四〇）

一二月、台北大学調査団員として海南島に出張する。

昭和一六年（一九四一）

一月、海南島各地住民の手掌紋を採集し、香港を経て下旬帰学。七月、月刊『民俗台湾』を発刊する。八月、母病死（六一歳）。同月、壱岐島民の手掌紋を採集する。一二月、高雄州郡大社のブヌン族の生体調査。同月、日米開戦。

昭和一七年（一九四二）

一月、移川子之蔵教授、宮本延人、国分直一氏等と共に台南州大湖遺跡を発掘調査する。四月～五月、浅井恵倫教授と共に海南島調査に出発。主として重合盆地の侾族を調査。この調査中、東京最初の被爆の報をきく。八月、台南州西螺の平埔族埋葬地を発掘、人骨を得る。一二月、花蓮港庁吉野庄のアミ族の生体調査。

昭和一八年（一九四三）

三月、水野清一、三宅宗悦両氏の努力で、東亜考古学会の羊頭窪の調査報告書成る。同月柳宗悦氏来島、案内して島内を一巡する。同月、台東庁新港、都鑾、馬蘭のアミ族の生体調査。六月『胡人の匂ひ』出版（東都書籍）。八月三日父病死（八三歳）。同月、国分直一氏と共に台中州営埔遺跡発掘。九月、同じく基隆社寮島石棺埋葬遺跡発掘。同月、新竹州鶯歌の陶窯を調査。一一月、国分直一氏と淡水の江頭貝塚を発掘。一二月、同じく台北市内万華有明町の貝塚を発掘、同月、台東庁卑南のプユマ族の生体調査。

昭和一九年（一九四四）

三月、研究のため中国に出張。南京博物館の安陽、城子崖等の人骨を調査する。四月、杭州の西湖博物館の、中旬、天津の黄河白河博物館の、下旬、北京の歴史博物館、北京大学等の、いずれも先史遺物を主として調査する。五月上旬帰学。六月、円山貝塚発掘。

昭和二〇年（一九四五）
一月、国分直一氏とアメリカ艦載機の空襲下で、台東庁卑南の遺跡を発掘する。四月、台北市の空襲はげしくなり、新竹州大渓に疎開する。八月一五日の敗戦の報を大渓の街上できく。九月、台北に帰る。

昭和二一年（一九四六）
二月、国分直一氏と共に新竹州竹山の石棺遺跡を発掘する。三月、長男、次男第一次送還船で帰国する。

昭和二二年（一九四七）
二月、中華民国国立台湾大学教授に聘せられる。同月台南州大内の平埔族の生体調査、これを終って台南に着くと、二・二八事件突発の報道に接する。五月、台湾大学蘭嶼科学考察団に参加して紅頭嶼にわたり、ヤミ族の生体調査をする。

昭和二三年（一九四八）
五月、小琉球嶼の漁民の生体調査及び国分直一氏と共に同島の考古学的調査をする。

昭和二四年（一九四九）
八月帰国、八月一四日佐世保港着、京都に寄寓。

昭和二五年（一九五〇）
一月、九州大学教授発令、三月赴任、医学部解剖学教室第二講座勤務。八月、山門郡両開村、大和村生体計測。この年六月、朝鮮戦争はじまる。一二月、熊本県御領貝塚の発掘調査。

昭和二六年（一九五一）
七月、東亜考古学会の壱岐原の辻遺跡調査に参加。同月、宗像郡大島、糟屋郡志賀島の生体調査。九月、島根県日御碕、同八束郡野波村の生体調査。

昭和二七年（一九五二）
四月、第五七回日本解剖学会総会（徳島）で特別講演をする。題は「台湾居住民族を中心とした東亜諸民族の人類学」。七月、築上郡角田生体調査。同月壱岐原の辻遺跡調査参加。八月、山口県野島、向島生体調査、九月、朝倉郡小石原及び山口県角島生体調査。

昭和二八年（一九五三）
八月、壱岐原の辻遺跡調査に参加。同月、大分県姫島の生体調査。同月、山口県見島生体調査。一〇月、同土井ヶ浜埋葬遺跡発掘調査。同月以降、佐賀三津の甕棺埋葬遺跡調査。一一～一二月、太平洋学術会議出席のためマニラに出張、台湾墾丁寮発掘人骨について報告。イゴロット、イフガオの村落を見学する。

昭和二九年（一九五四）
三月～四月、国分直一、永井昌文、酒井卯作氏らと共に琉球波照間島を調査、住民の生体計測、下田原貝塚の発掘他、八重山諸島のサーベイをする。帰途沖縄本島羽地の山原人の生体計測をする。七月、周防大島島民の生体調査、七～八月、壱岐カラカミ貝塚の調査に参加。八月、京都郡簑島の生体調査。同月、志賀島弘部落の生体調査、同月、山口県青海島の生体計測。九月、土井ヶ浜の発掘。

昭和三〇年（一九五五）

四月、『木馬と石牛』（大雅書店）出版される。七月、山口県土井ヶ浜の生体調査。同月、浮羽郡吉井の生体調査。七〜八月、九学会奄美調査団員として、与論島に出張、生体計測、人骨調査、考古学的調査をする。八月、佐賀県東背振の生体調査。九月、土井ヶ浜発掘、一一月、若松市岩屋の発掘調査。

昭和三一年（一九五六）

六月、島根県川本町の生体計測。六〜七月、山口県王喜地区の生体計測。七月、島根県川本町の生体調査。八月、福岡県芥屋、及び対馬曲の海女、壱岐八幡浦海女の生体計測。同月九学会奄美調査団員として、喜界島の生体計測、沖永良部島の人骨採集。九月、鐘崎海女の生体調査。同月、土井ヶ浜発掘。

昭和三二年（一九五七）

一月、東亜考古学会の唐津市宇木汲田遺跡の発掘に参加。七月、佐賀県大入島の生体調査。七〜八月、土井ヶ浜発掘。一〇月、第一二回日本人類学会・日本民族学協会連合大会を主宰する。

昭和三三年（一九五八）

七月、鹿児島県成川遺跡の発掘調査に参加。八〜九月、国分直一氏その他と共に同県種子島広田遺跡の発掘。

昭和三四年（一九五九）

七〜八月、種子島広田遺跡発掘。

昭和三五年（一九六〇）

三月三一日、九州大学停年退職。四月、鳥取大学教授に任ぜられ、医学部解剖学教室に勤務。松江市に移転。七〜九月、第六回国際人類学・民族学会議出席のためパリに出張、「古代中国における抜歯風習」を講演、オランダ、イギリスを見て帰る。一二月〜翌年一月、山口県中ノ浜の発掘。

昭和三六年（一九六一）

九月、大分県日出の発掘。一二月〜翌年一月、島根県古浦遺跡の発掘。

昭和三七年（一九六二）

三月、大分県丹生台地の旧石器調査。同月、鳥取大学停年退職。四月、山口県立医科大学教授に任ぜられる。七月、山口県吉母遺跡発掘。八月、古浦遺跡発掘。

昭和三八年（一九六三）

三〜四月、大分県尾津留遺跡調査、七〜八月、古浦遺跡発掘。一一月、尾津留遺跡調査。

昭和三九年（一九六四）

二月、大分県早水台遺跡調査に参加。三月、山口医大停年退職。四月、帝塚山大学教授に聘せらる。七〜八月、古浦遺跡発掘。一二月、松江市より天理市に移転。

昭和四〇年（一九六五）
七〜八月、山口県郷台地遺跡発掘。一二月、同上。
昭和四一年（一九六六）
七〜八月、郷台地発掘。
昭和四二年（一九六七）
二月一八日、第七〇回誕生日を迎える。七〜八月、郷台地発掘。二月、古稀記念論集『日本民族と南方文化』が、編集委員、池田敏雄・大林太良・岡崎敬・国分直一・坪井清足・永井昌文・中村哲の諸氏により、平凡社より刊行される。八月、山口県郷台地遺跡発掘調査。一〜一二月、奈良県天理市岩室の民俗調査指導。
昭和四三年（一九六八）
八月、第八回国際人類学会開催、副会頭に選出される。一〜一二月、和歌山県日高郡由良町小引浦および兵庫県飾磨郡家島町坊勢島の民俗調査指導。
昭和四五年（一九七〇）
四月、和歌山県磯間遺跡発掘調査に参加。
昭和四六年（一九七一）
三月、山口県中ノ浜遺跡発掘調査に参加。
昭和四七年（一九七二）
一〇月、朝鮮学会第二三回大会「百済武寧王陵をめぐって」シンポジウムに参加。

昭和五〇年（一九七五）
五月、日本民族学会第一四回大会の世話役となり、同大会において「神々の世界」について特別発表（パネルディスカッション）を行なう。九月・一〇月、奄美大島における人類学調査のため、福本雅一氏と同行。
昭和五四年（一九七九）
一月、「南島の人類学的研究の開拓と弥生時代人研究の業績」により、昭和五三年度朝日賞受賞。三月、帝塚山大学を停年退職。以後、天理市岩室町の自宅において著作集を編纂。
昭和五八年（一九八三）
二月二七日、逝去。

解説

井本英一

特殊の背後に普遍をみる。きびしく、するどく、やさしく人間をみつめてきた金関先生の著作集も十冊目に達した。これで『木馬と石牛』（角川書店、一九七六年）、『発掘から推理する』（朝日新聞社、一九七五年）に収められた論考とあわせて謙虚な先生のあらかたの業績がまとまった形で世に出たことになる。一言でいえば、一人の偉大な頭脳の観察と思索の集大成といえよう。

各巻の解説で、親しい方々が先生の人と学問を語っておられる。先生の人と学問に対して私も際限のない関心をもちつづけてきた。先生はなにものにも拘束されない自由の精神の持ち主で、世にいういずれの人脈や学閥からも超然としてこられた。先生の教えを乞うものに対しては無私の心で接して指導された。先生に接した人や先生の読者は、先生が他人の研究を研究するタイプの学者ではないことに気付いていると思う。この純粋な姿勢が人の心に強くうったえるのであろう。読者も編集者も数十年にわたって先生を求めつづけたのである。

先生の学問は南方熊楠のそれに比せられている。柳田国男、折口信夫とちがう点は、前二者が自然科学を研究しつづけるいっぽう、人文科学の分野でもなんぴとも凌駕しえない境地を拓いていった点である。さらに、両者は自家薬籠中の和漢洋の知識を自在に駆使して人々を楽しませ、知的な渇きをいやしてくれる。人間が生と死と再生のサイクルを自覚しはじめた段階を理解するには、生物学、解剖学的な知識が必要であることをさいきん私は感じるようになった。初期の人間はなんとか生命を維持していくために、身体の各部をいろいろと象徴化して用いているからである。両者の民族・民俗学は、和漢洋の知識に立脚しているので、普遍と伝播に対する確実な認識をもっている。柳田、折口の学問は、一見、特殊な現象を対象としているかのように思えるが、実はそうではない。この両者も確実な普遍の認識をもっていた。フレイザーの解釈よりはるかに優れた解釈の積み重なった巨大な構造体といえよう。四者とも欧州の学問におもねる気配はなんら感じられない。デモクラシーの見本ともいってよいのではなかろうか。

先生の学問は解剖学、人類・人種学、考古学、歴史学、民族・民俗学、言語・文献学、文学、芸術などの分野にわたっている。このような近代的学問のジャンルわけをするのがそもそも無理なのかもしれない。学際的研究ですかと問えば、ちかごろ迷惑なといわれかねない。あるテーマについて論じるとき、先生の考証は湧き出る泉のようにどんどんと拡がっていく。かりに同一のテーマで数人の学者がコンクールをしたばあい、先生の作品はその広い学問的背景と考証のため際立った存在になろう。学問のジャンル間の垣根はとりはらわれているのだが、何もかもがいっしょくたに出てくるというのではない。先生は「遊びですよ」と人にいわれる。硬直化した理づめの、いわゆる論文のスタイルをとらないで、人間の琴線に触れるエッセーのスタイルで発表された先生の多くの論考は、たんなる知的刺戟いがいに何かを人にあたえるのである。

先生は「南島の人類学的研究の開拓と弥生時代人研究」の業績で昭和五十三年度の朝日賞を受けられた。受賞の対象となったテーマのバックグラウンドにある先生の該博な知識は、このたびの著作集の刊行で万人に知れるようになった。

私は先生の文章を読んでいると、少し前かがみになり、ずっしりと大地を踏んで歩かれる先生の歩調を連想せずにはおれない。力強い歩調ではない。しかし無駄のないあの歩調で台湾と日本の各地を跋渉し調査してこられたのだ。文章には簡潔さと優雅さがある。あれだけの博捜、あれほどの周密な文章でも読む者にへんな圧力をあたえない。エレガントである。先生は一九二三年に来朝したクライスラーを京都、大阪、神戸できかれたという。全盛期の技術をまだ保持していたと考えられるクライスラーの音色——二十人のバイオリニストが束になって作り出すような、といわれた——やポルタメントをともなった独自のルバート奏法に共鳴するものがあったようである。あの官能の一歩手前まで人をいざなうが、優雅な情緒をただよわせるクライスラーのスタイルと金関先生のスタイルは同じではないが、あかぬけした典雅さを共通してもっている。クライスラーはデビューしたあとバイオリンをすてて医学を勉強したり、パリやローマで画家の修業をした。再デビューしたあと第一次大戦に志願して負傷した。来朝したときは再々デビュー後なん年かたった時であった。私は一九二〇年代のクライスラーの録音をきくたびに金関先生を思い起すのである。

谷川健一氏が金関先生を評した文章がある（『朝日新聞』一九七八年八月一四日「金関丈夫のこと」）。氏は

「南方熊楠の学統をつぐに価する人物を求めるとすれば、金関丈夫をおいてほかにない」「南方も金関も和漢洋にわたる象のように重い知識と、それに拮抗し得る鳥のように軽い精神をもちあわせている」「短いエッセーの一編一編が、優に一つの論文となり得るほどの力量をそなえている」「日本では学問の領域でも、文学の世界でもエッセーの価値は不当に軽視されている。……陰影と滋味にみちた金関の文章を文学と呼ぶことは差し支えないと私は思っている」などと評しておられる。

金関先生の最後の職場であった奈良市の帝塚山大学の研究室で、先生はいつ行っても読書しておられた。ワインを欠かされたことがなかった。私の印象に強く残っているのは、壁に恩師足立文太郎博士や柳田国男先生の写真が掛けてあることだった。また、『台湾考古誌』の共著者でもある国分直一教授の行状をユーモラスに描いた先生筆の国分夫人への絵便り（前掲書の口絵と同書所収の国分教授の「国分先生行状絵巻時代回顧」をご覧いただきたい）を拝見して、私は先生のあたたかい師弟愛を感じた。国分教授は台湾の調査行（『南方文化誌』）いらい先生に接してこられたが、「天皇と柳田先生」（『文芸博物誌』所収）の中のお二人の姿はいつまでも忘れることができない。

本巻は一九三一年から一九七九年にわたって先生が執筆された論考の拾遺である。ここにも「金関学」の神髄がみられる。以下、先生の驥尾に付して論考を解説してみよう。谷川氏もいわれるように、先生のどんな短いエッセーの集成でも一大ヒント集なのだ。長編の論考はいわずもがなである。

「緬鈴」　橘南谿の『東西遊記』や天野信景の『塩尻』に淫具としてあげられているもので、大きさは竜眼肉ほどで人の肌の温気で自然に動き出す。金属性のものがあり、中に鳴り響くものがあり、掌に握って少し動かすと掌をふるわす。先生がむかし「ドルメン」誌に訳出連載された『人種秘誌』には、銀あるいは象牙製で、中に水銀が入れてある鶏卵大の自慰球があげてある。女性はこれを膣に挿入して揺椅子に腰を掛けてゆすると、中の水銀が動いて一種の自慰が生まれる。揺椅子は十九世紀のはじめにできたものらしく、それ以前はブランコであったと先生は見抜かれた。ブランコは収穫祈願の祭事に神を迎える択ばれた少女が乗ったもので、この時、一般の男女は林間で野合する。ブランコの少女は体内を游動する何かの像を必要としたのではなかったかと先生は考えられる。江戸時代の自慰球には大小二球があったり、西洋の錬金術の壺が卵といわれ、中に双性神ヘルムアフロディトが入れられ、その交接と死とともにその子が生まれるという事実をあげられた。

『荊楚歳時記』に、正月立春の日、鞦韆の戯をなすとある。ブランコは女子が乗ったもので、シャーマニズムの飛翔と降下を再現したものらしい。朝鮮の習俗ではムーダンが板とびやブランコでトランス状態になるが、新年における死と再生の儀礼のうちの冥界歴訪を再現したものであろう。イラン神話では、始祖ジャムシード王が新年にダマーヴァンド山頂からバビロンに（振子のように）飛翔したとある（アル・ビールーニー『古代諸民族の暦法』）。ブランコは復活祭、夏至祭、収穫祭、播種祭、葬式、病気治療などにも用いられることが民俗誌にみられる。このような死と再生の節目に飛翔と降下の模擬儀礼が行なわれたのである。ブランコで飛翔するのは大てい女性である。メソポタミアの「イシュタルの冥界下り」では女神イシュタルがわが子を冥界から蘇生させて地上に連れ戻る。当麻寺では中将姫が娑婆堂に下降して再生した子観音を曼陀羅堂に連れ戻る。この二つの例ではブランコは用いないが行列がある。

宇宙卵のモチーフは世界的にみられる。『荊楚歳時記』では正月一日を鶏の日として門に鶏を画くとする。イランでは原牛と鶏と鶏卵の三つが新年の創世にあらわれる。『グリム童話集』では牡牛の体内に火の鳥の卵がある。殷の始祖契の母は玄鳥の卵を呑んで契を生んでいる。朝鮮の始祖神話には卵生神話が多い。アメノヒボコの話は牛と赤玉と誕生の話が出てくる。イランの新年、キリスト教復活祭の七色の卵、『三国遺事』駕洛国記の六つの金卵などのほかに、二つの卵があった。これは有精卵と無精卵で、生・死、秩序・混沌を表象するものだった。伝承の力はおそろしいもので、淫具に化してのちも用いられていたとはほほえましい話である。

「鼻とペニスの関連について」 むかしから人は鼻とペニスの相関に興味をもってきた。K（金関）博士はこれに着目して研究してきたが、実証的にこれを確かめていない。しかし金関先生は、理論上からいってやはり相関が成り立つとされる。ところがこれに反する実例もあり、ナポリ、日本、朝鮮の話があげてある。とはいっても、われわれは人と対話するとき、人さまのペニスを想像しながら顔をみつめなければならない。

人間の右半分と左半分は生まれつき発達が違っている。男根が左にまがっているのは右半分が左半分より発達しているからである。このこともむかしの人は知っていたのではなかろうか。左を不吉、右を吉としたり、時代や地域によって尚右や尚左があったりする。古代オリエントでは、人体の右半分は生、左半分は死をあらわしていた。バランスのとれている間はよいが左半分が強くなることは死を意味した。人は動物をまっ二つにさいて、その間を通ってバランスをとった（『創世記』）。あるいは入口にある陰陽

（阿吽）の人像（エジプトでも日本でも半足のわらじをもつ）の間を通って神に接して再生した。仮面には左右まったく違った表情のものがある。これをつけることは、生と死のバランスをとることであり、生と死の境界に立つことでもあった。人はむかしから右と左をとりちがえることを気にしていた。諾冉二神は国生みで左右をとりちがえてひる子を生んだ。男子の欲しいイラン人は右足から歩き始めるよう注意する。ジョンソン博士は人の家へ入るときは、そこの住人に不幸をもたらさないよう右足からまず入った（ボズウェル『サミュエル・ジョンソン伝』）。

「わきくさ物語」「アイヌの腋臭」「人間の嗅覚」 わきくさは人種によって強弱がある。日本人にはほとんどないが、白人種はそれが強い。日本人で腋臭の強い者は官立学校の入学を許可されないことがあったようだ。妙齢の婦人はこれがあるために永久に結婚難をかこつ。中国では六朝時代から「胡臭」という語があらわれるが、これは漢代から東方に流れてきた白人種の臭いである。中国人はあまりにおわないのである。白人種に近いアイヌはよくにおう。それも不潔臭ではなく、湯上りが最もよくにおう。

私はアレクサンダー大王の母のことを思い出した。アレクサンダーは生時からすでに神の子とみなされていた。そこで誕生に人間の父がかかわっては都合が悪くなった。『プルターク英雄伝』にある「アレクサンダー伝」では、アレクサンダーの母オリンピアスはエジプトのアンモン神の化身である蛇と寝て、夫を近づけなかった。タバリーの『年代記』が伝える話によると、ペルシアのアレクサンダー・ロマンでは、母はその悪臭のために夫にきらわれて里に帰され、その間にアレクサンダーを生んだことになっている。夫は妻をサンダル（栴檀）樹の煎汁で洗ったが効果がなかったとある。ペルシア語のロマンではアレクサンダーという語はニンニクやネギの意味に結びつけられている。面白いのは、体臭のきついペルシア人が、西のマケドニア人を臭がっていることである。母子とも鼻もちならない臭いがあったとしている。私は思うのだが、アレクサンダー母子の臭いは、出産のけがれの臭いと産湯のあとの新生児の皮膚の臭いの名残りではないだろうか。汚物とともに生まれた新生児をさらに牛小屋、馬小屋に連れていって汚物にまぶし、それから産湯をつかわせる風習がイランにある。中国では、新生児を豚小屋に入れる風習があった。においにも悪臭と芳香があり、誕生や死の儀礼で両者があらわれている。金関先生の腋臭の話を読んで連想した感想である。

「二枚舌」　人間の舌の裏の両側に綵嫛というものがある。キツネザルやメガネザルにはこの嫛の代りに小さい舌がくっついている。人間は小児では発達して小舌というが、大人では退化するものだ。

ヘロドトスの『歴史』はエジプトのアピスの聖牛が舌の裏にスカラベ形のものをつけているといっている（三・二八）。この仔牛は天の光を感じた母牛から生まれたいわば神の子ともいうべき牛で、二八五日の在胎期間（人間は二八〇日）のあと生れた牛であった。人間も牛も春分の聖所婚によって冬至に神の子を生むしくみになっていた。死者の舌の裏に玉類を入れるのはイラン人や中国人の間にみられる。おそらく死後に小児として生れ変るさいの小児の特徴をあらわしたのかもしれない。『三国遺事』の景文大王は寝るとき無数の蛇が舌を出し、王の胸をおおっていたという。蛇の二枚舌が幽明の境界にいる睡眠中の王にあらわれて、王の覚醒後の幼若化をたすけたのであろう。ギリシアではいけにえの舌はヘルメス神（「緬鈴」に出てきたヘルムアフロディト両性具有神のこと、わが道祖神にあたる。生殖、誕生の原点であった）

に捧げる。ちなみに、景文大王はロバの耳をしていた。これはギリシア神話のミダス王やアレクサンダー大王のロバの耳と同じモチーフである（『南方熊楠全集』4「驢の耳を持った皇帝」にくわしい）。景文大王が蛇と寝るのは、『プルターク英雄伝』のアレクサンダーの母が蛇と寝たのに通ずるものがある。

「へその緒」　へその緒は母親の胎盤につながっている。その切口はどこを切っても三つの血管の切口である三つの輪がみえる。

へそは万物の創造主に通じていたと古くから考えられていたようである。『唐書』西域伝に大秦国の北邑に羊がいるが、それは土の中から生れ、へそは地につながっている。へその緒を切ると必ず死ぬとある。明代の『本草綱目』になると、西域の地生羊の記事はもっとくわしくなる。羊のへそを土に播き、水をやり、雷鳴をきくと羊が成長するが、へその緒は大地とつながっている。木をたたいて驚ろかすと緒が切れ、自由に草をはむとか、右の大秦国の地生羊のことなどが出ている。ギリシアのデルポイにはオンパロス（へそ）という岩の突起物があり、そこが世界の中心とされた。メッカのカアバ神殿もイスラム教以前から天のへそ（天斉）とか始源の家とされたものである。このへそ石はイラン、インド、中国、朝鮮にも多くの類例がある。わが益田の岩船もその一つである。へそ石の上には、単穴、二穴、九穴のものなどがあるが、ゾロアスター教徒の浄化儀礼では三穴を三つ、計九穴を通過する。ナクシェ・ロスタムにあるダリウス大王墓内も同じ構造になっている。メッカのカアバの内部には「天のへそ」という三本の木柱が立っている。私は金関先生の論考を読んで、へそ石は三穴あるのが古いのだと教えられた。

「お月さまいくつ」　「お月さまいくつ　十三七つ」の童謡はよく知られたうたで各地にいろいろな変種がある。年が若い、子を生む、油、犬などの語が共通してみられるものが多い。童謡には大人が参加した部分が混入していることに注意すべきである。十三一つ、十三九つの伝承もある。行智編の『童謡集』の朱書に「九月十三夜更に、お月さまやいくつ十三七ッ時　吉時」の文字がある。台湾にもこれとよく似た童謡がいくつかある。ここでは犬、油、灰などが共通して登場する。わが国の「お月さまいくつ」は明らかに南方系である。南中国から長崎あたりに伝わり、日本全国に拡まったものであろう。

「十三七つ」を九月十三日七つ時に解するのが説明し易い。八月十五日は旧暦（メトン法）では前後の月に移動させえない、いわば定点ともなる折り目である。綱引き競技の行なわれる日である。この日とつぎの月の十三日がお月見とされている。九月十三日は八月十五夜から一ヶ月あとの同じ祭であるが、こちらに重点の置かれた時代もあったのであろう。ギリシアではハデスの祖霊祭アンテステリオン月十三日にディオニソスの死と再生の儀礼が行なわれた。イランの新年祭（祖霊祭でもある）は十三日に町の外に出て帰宅することで完了する。十三七つのうたに、油、灰、犬、誕生などのモチーフが出ているのは死と再生に関係がある。終油は再生のためのものである。アル・ビールーニーによると古くはイランの新年では身体に油を塗った。プルタークの「アレクサンダー伝」には大王がアキレスの墓標に油を塗り、墓前で競技をしたとある。トルコには身体に塗油してレスリングをする風習が残っている。灰は死と再生の儀礼で世界的に広く用いられる。十二世紀イランの神秘詩人アッタールの『聖者伝』に、聖者シェブリーは死期の近づいたのを知って、自分の頭に灰を振りかけるよう命じたとある。『荊楚歳時記』では七日正月の人日に灰があらわれる。墨付け正月を想起していただきたい。犬はケルベロス、四つ目の犬に代表される魂の導者としての犬であろう。

「射人」(エバーハルト原著)「太陽を征服する伝説」 射人羿には善悪両面があり、二人の羿としてあらわれている。羿は桃弓でさまざまな怪物を殺す。鑿歯(「射人」の原著者エバーハルトは南方の種族に比定するが、ヘラクレス神話と対照するとライオン〔古くインドを通じて南中国に知られたとして〕かもしれない)、大豚、大鵬、まだら蛇、九嬰、蛇身人頭の怪獣などである。羿はそのほかに太陽を射る。太陽の数はテキストによってちがうが、類似の話は環太平洋的にみられると金関先生の該博な注は教えてくれる。さらに、附記では小川琢治博士が羿の行蹟とギリシア神話のヘラクレスのそれを結び、後者が太陽神を射た話と類似することを指摘したと述べ、先生はさらにアッシリア・インド・インドシナ・インドネシアの類例を列挙される。先生はさらに、スサノヲノミコトも善悪両面を有し、ヘラクレスが九頭のヒュドラーを退治し、羿がまだら蛇を殺したようにヤマタノヲロチを殺したことを指摘される。

ヘロドトスによるフェニキアのテュロスにヘラクレス社が二社あるが、ギリシア人も二種のヘラクレス社を建立しており、一方は不死のヘラクレスを祀り、他方は半神として死者に対する礼を以て敬うという(『歴史』二・四四)。ヘラクレスには死(悪)の面と不死(善・再生)の面があった。ヘラクレスはあやまって家族を殺害してしまい、父をも殺そうとして気絶させられる。正気にかえったあと、ヘラクレスは十二の功業(十の功業の伝承もある)をたてれば不死を得るといわれる。十二番目の功業は冥界に降りてケルベロス犬を連れてくることであった。神話の骨子はヘラクレスが気絶したあと冥界を訪れて死と再生の儀礼を行なうエレウシスの秘儀にもとづいたもので、退治する鳥獣は死と再生の儀礼で人間として誕生する前に経過する自己の変身をあらわしたものであったと考えられる。十二とか十は一年を形成する新旧の月の数であった。イランやインドでは九つの鳥獣に変身して十度目に英雄や神に変身する。十の太陽のうち九陽を射るモチーフともとは通じるものがあったのだろう。『荊楚歳時記』では正月一日から六日までさまざまな動物がわりあてられ、七日が人日となっている。「お月さまいくつ」にみられる十三は十二プラス一のことで、ヘラクレス十二功業系の文化の系統と考えられる。ここでは十三夜がいわば人日なのである。太陽と月の発生神話がこの神話サイクルに関係しているのはやはり死と再生のモチーフで説明できるからであろう。

「**青い遠山**」以下の美術論集は金関先生の人と学問を語るさいに欠かすことのできないものである。ことに先生が、あの沈思的、神秘的、象徴的なロセッティの絵画と詩に深く共鳴されているのを知って私は先生の創造力が奈辺にあるのかを知る思いがした。ロセッティの世界は詩に満ちた澄明の世界であった。彼の択んだ材料はダンテに関するものや中世の伝説やバラッドなのである。コンデンスされ、精細、厳格しかも温和な色彩をもつロセッティの絵画は、一方では厳密な自然科学者である先生の一面を物語るものであろう。

「**心にかかる峯の白雲**」「随筆 佐川田昌俊」(『文芸博物誌』所収)と小説「くびの輪」(『南の風』所収)を補う先生の力を余すところなく示した考証である。「吉野山花まつ頃の朝な朝な心にかゝる峯の白雲」の一首で一時に喧伝され近世の三十六歌仙に列することができた昌俊が残した歌は、金関先生が蒐め得られたもので十四首ある。「吉野山」を比較的初期のものと考えてみると、初めの名声を落すまじとの努力は自由な行き方を阻むものがあったのではないか、これが作品の甚だ多くない理由ではないかと先生は考えられた。昌俊の茶道の方面では彼が削った茶杓が一本残るのみである。しかし茶道で彼の名が重んぜられるのは、彼が十万石の家老職を弊履の如く棄てて世を遁れたことに対する、世人の渇仰より生れたものだろうと先生は見られる。昌俊が友人石川丈山と同じように遁世したのは、名誉に背き時代を否定した自由人の行動で、あらゆる時代の鑽仰を呼び起すであろうが、現代のわれわれには必ずしも山に入る必要のないと同時に、入るべき山もないと先生は論考をしめくくる。

金関先生の書かれるものはいつの時代のものであれ、一つ一つが「金関学」の結晶である。五十年前に書かれた「牧野志略」(『文芸博物誌』所収)いらい連綿とそれは続き、読者によろこびとおどろきとかなしみを与えてきた。私は先生の学問の一端しかかじっていない身であることを承知の上で、先生が言外に示唆されたことを敷衍して、いくつかの論考の解説をさせていただいた。

あとがき

金関丈夫

この巻には、医事や文事、美術の随筆から、民俗や説話伝承に関する論考などを、雑然と収めた。最も初期の作から今日のものに及んでおり、これまでのどの巻にも入らなかった、極めてとりとめのない内容のものである。

顧みれば、法政大学出版局の稲義人編集長が、昭和五十年の六月に出た私の『発掘から推理する』を読んで、是非、私の著書をと希望されたのは、同年秋のことであった。その前年、角川書店より同様の申し入れを受けていた私は、出版社に迷惑がかかるのを恐れて、やはりお断りすることにした。しかし稲さんは、三冊でも四冊でも、どうしてもまとめたいという。その熱意に負けて、結局は承諾したものの、やはり不安であった。

こうして第一冊目の『日本民族の起源』が、翌五十一年の末に出たが、ほとんど何の反響もなく、黙殺された形であった。心配していたことが現実となって、私はためらったが、稲さんは挫けなかった。私は撤収を覚悟し、とにかく早めに打切るつもりで、更に一年後に、『南方文化誌』『文芸博物誌』『琉球民俗誌』を、半年あまりの期間に、つづけて出した。

ところがこの三冊が、次第に世間の目にとまるようになり、その年の十二月に出た『形質人類誌』を含めて、私のこれまでの業績、特に「南島の人類学的研究と弥生時代人の研究」に対して、「朝日賞」が朝日新聞社から贈られることになった。

そうなると、随筆・雑文・創作もということになって、今まで書き散らしてきたものを、ほぼ網羅する形で、十冊とすることにふくらんでしまった。

こうして、最初の三、四巻という予定が、五、六巻に、遂にはごらんのように十巻となったが、数度のプランの変更に伴い、編集は錯綜を極めた。各巻の内容が、必ずしも整理統制されたものでないのは、このような経緯がからんでいるからである。編集担当の松永辰郎さんには、全く迷惑のかけどうしであった。

国分さんとの共著『台湾考古誌』をふくめて、予想だにしなかった十冊が、こうして世に出ることになった。すべて稲さんの熱意と、松永さんの忍耐によって成ったのである。

この間、好意あふれる書評をお寄せ下さった諸氏、解説をお書き下さった諸友には、感謝の言葉を知らない。読者の支持に対しては、いうまでもないことである。長い間、ほんとうに有難うございました。

初出発表覚え書

I　緬鈴

緬　鈴——一九七六・八、「えとのす」六号
鼻とペニスの関連についてのK博士の意見——未発表
わきくさ物語——一九三一、「生理学研究」八—四
アイヌの腋臭——一九三四、「生理学研究」一一—八
人間の嗅覚——一九五三・八、「九大医報」二三—一

II　鼻の挨拶

鼻の挨拶——一九四四・七・八、「台湾新報」
わきがと耳くそ——一九五〇・一二・二四、「山陰新報」
二枚舌——一九四〇・一二・二〇、「閑話十二題」
へその緒——一九五一・三・三〇、「山陰新報」

オールバック——一九四〇・一二・二〇、「閑話十二題」
ハゲアタマの一考察——一九五一・五、「臨床と研究」
雁——未発表
抜歯風習の起源——一九六二、「解剖学雑誌」
繍鞋——一九八〇・二、「えとのす」一三号
三百年前にも義歯はあった——一九五四・二・二〇、「臨床と研究」
日本人の手と足——一九四二・一二、「台湾公論」
信長父子の肖像——一九四〇・一二・二〇、「閑話十二題」
石田三成の頭蓋——一九四〇・一二・二〇、「閑話十二題」
黒田如水の死因——一九五四・四、「医譚」復刊第四号
服用——「山陰新報」（プロムナード37）
福来病——未発表
「古」字——未発表
嬰児——未発表
台湾の瘻疾文献——未発表
古人の曰く——一九五七・一、「福岡県医報」二六一号

Ⅲ　お月さまいくつ

お月さまいくつ――未発表
射　人――一九七八・一、「東洋学術研究」一七巻一号
太陽を征服する伝説――一九四七・五・一〇〜五・一七、「台北公論」
倭人のおこり――一九七九・一一、「ゼミナール日本古代史」上、光文社
種子島の方言――一九七八・六、「えとのす」一〇号
種子島の民謡――一九七九・一、「えとのす」一一号

Ⅳ　青い遠山

青い遠山――一九五二・三、「九大医報」二二巻一号
ロセッティの芸術――未詳
絵画解説――「文芸台湾」
羊の絵――一九五五・一、「九州文学」

Ⅴ　心にかかる峯の白雲

心にかかる峯の白雲――未発表

著 者

金関 丈夫（かなせき たけお）

1897年，香川県琴平に生まれる．松江中学・三高を経て，1923年，京都大学医学部解剖学科を卒業．京都大学・台北大学・九州大学を経て帝塚山大学教授となり，1979年退職．専攻：考古学・人類学・民族学．「南島の人類学的研究の開拓と弥生時代人研究の業績」により，1978年度朝日賞受賞．1983年逝去．著書に，『日本民族の起源』，『南方文化誌』，『琉球民俗誌』，『形質人類誌』，『文芸博物誌』，『長屋大学』，『孤燈の夢』，『南の風』，『お月さまいくつ』，『木馬と石牛』，『考古と古代』，『台湾考古誌』（国分直一共著．以上，いずれも法政大学出版局刊）などがある．

お月さまいくつ

1980年10月 1 日　　初版第 1 刷発行
2008年 5 月20日　新装版第 1 刷発行

著　者　金関丈夫 © 1980 Takeo KANASEKI

発行所　財団法人 法政大学出版局
〒102-0073 東京都千代田区九段北3-2-7
電話03（5214）5540／振替00160-6-95814

組版・印刷：三和印刷，製本：鈴木製本所

ISBN978-4-588-27053-6
Printed in Japan